suhrkamp taschenbuch 3805

Der fünfte Band der »Sämtlichen Erzählungen« bringt in der Abfolge ihrer Entstehung die neben den Romanen »Roßhalde« und »Demian« entstandenen Prosadichtungen des 30- bis 40-jährigen Hesse. Die meisten von ihnen (außer »Seenacht«, »Die Braut« und »Das Haus der Träume«) hat der Autor selbst in seine Bücher aufgenommen. Autobiographisches, wie u.a. der »Wandertag«, »Das Nachtpfauenauge« und die den Gerbersau-Zyklus abschließenden Erzählungen »Der Zyklon« und »Kinderseele« sowie die humoristischen Berichte »Dic Braut« und »Autorenabend« wechseln ab mit fiktionalen Schilderungen wie »Pater Matthias«, »Der Weltverbesserer«, »Robert Aghion« und den unter Pseudonym veröffentlichten zeitkritischen Parodien aus dem Ersten Weltkrieg. Ein Glanzstück des Bandes ist die Erzählung »Im Presselschen Gartenhaus«, worin mit ebenso kenntnisreichem wie kongenialem Einfühlungsvermögen ein Ausflug des kranken Hölderlin mit seinen jungen Verehrern, den Tübinger Theologiestudenten Wilhelm Waiblinger und Eduard Mörike, geschildert wird.

»Hesse weiß viel über die Zeit der Kindheit, der Jugend, der Pubertät. Das ist mir bei einem Autor in dieser Qualität noch nicht begegnet. Die Lektüre seiner Werke ist eine Übung und Schulung, sich zu verändern, tödlich gewordene Verhältnisse zu verlassen.«

Karin Struck

Hermann Hesse, Erzähler, Lyriker, Maler und zeitkritischer Essayist, am 2.7.1877 in Calw/Württemberg als Sohn eines baltischen Missionars und der Tochter eines schwäbischen Indologen geboren, 1946 ausgezeichnet mit dem Nobelpreis für Literatur, starb am 9.8.1962 in Montagnola bei Lugano.

Hermann Hesse
Der Weltverbesserer

Sämtliche Erzählungen
1910–1918

Herausgegeben
und mit einem Nachwort von
Volker Michels

Suhrkamp

Der Text der Erzählungen folgt der Ausgabe
Hermann Hesse, »Sämtliche Werke«
Band 7 »Die Erzählungen 2« und
Band 8 »Die Erzählungen 3«
Suhrkamp Verlag Frankfurt am Main 2001

Klimaneutral
Druckprodukt
ClimatePartner.com/14438-2110-1001

3. Auflage 2023

Erste Auflage 2006
suhrkamp taschenbuch 3805
© für diese Zusammenstellung und das Nachwort 2006,
Suhrkamp Verlag AG, Berlin
Alle Rechte vorbehalten. Wir behalten uns auch
eine Nutzung des Werks für Text und Data Mining
im Sinne von § 44b UrhG vor.
Umschlaggestaltung: Göllner, Michels, Zegarzewski
Umschlagmotiv nach einem Aquarell von Hermann Hesse
aus dem Band Hermann Hesse, »Spiel mit Farben.
Der Dichter als Maler«, Frankfurt am Main 2005
Satz: pagina GmbH, Tübingen
Druck: CPI books GmbH, Leck
Printed in Germany
ISBN 978-3-518-45805-1

www.suhrkamp.de

Der Weltverbesserer

Pater Matthias

I

An der Biegung des grünen Flusses, ganz in der Mitte der hügeligen alten Stadt, lag im Vormittagslicht eines sonnigen Spätsommertages das stille Kloster. Von der Stadt durch den hoch ummauerten Garten, vom ebenso großen und stillen Nonnenkloster durch den Fluß getrennt, ruhte der dunkle breite Bau in behaglicher Ehrwürdigkeit am gekrümmten Ufer und schaute mit vielen blinden Fensterscheiben hochmütig in die entartete Zeit. In seinem Rücken an der schattigen Hügelseite stieg die fromme Stadt mit Kirchen, Kapellen, Kollegien und geistlichen Herrenhäusern bergan bis zum hohen Dom; gegenüber aber jenseits des Wassers und des einsam stehenden Schwesterklosters lag helle Sonne auf der steilen Halde, deren lichte Matten und Obsthänge da und dort von goldbraun schimmernden Geröllwällen und Lehmgruben unterbrochen wurden.

An einem offenen Fenster des zweiten Stockwerkes saß lesend der Pater Matthias, ein blondbärtiger Mann im besten Alter, der im Kloster und anderwärts den Ruf eines freundlichen, wohlwollenden und sehr achtbaren Herrn genoß. Es spielte jedoch unter der Oberfläche seines hübschen Gesichtes und ruhigen Blickes ein Schatten von verheimlichter Dunkelheit und Unordnung, den die Brüder, sofern sie ihn wahrnahmen, als einen gelinden Nachklang der tiefen Jugendmelancholie betrachteten, welche vor zwölf Jahren den Pater in dieses stille Kloster getrieben hatte und seit geraumer Zeit immer mehr untergesunken und in liebenswürdige Gemütsruhe verwandelt schien. Aber der Schein trügt, und Pater Matthias selbst war der einzige, der um die verborgenen Ursachen dieses Schattens wußte.

Nach heftigen Stürmen einer leidenschaftlichen Jugend hatte ein Schiffbruch diesen einst glühenden Menschen in das Kloster geführt, wo er Jahre in zerstörender Selbstverleugnung und Schwermut hinbrachte, bis die geduldige Zeit und die ursprüngliche kräftige Gesundheit seiner Natur ihm Vergessen und neuen Lebensmut brachte. Er war ein beliebter Bruder geworden und stand im gesegneten Ruf, er habe eine besondere Gabe, auf Missionsreisen und in frommen Häusern ländlicher Gemeinden die Herzen zu rühren und die Hände zu öffnen, so daß er von solchen Zügen stets mit reichlichen Erträgen an barem Gut und rechtskräftigen Legaten in das beglückte Kloster heimkehrte.

Ohne Zweifel war dieser Ruf wohlerworben, sein Glanz jedoch und der des klingenden Geldes hatte die Väter für einige andere Züge im Bild ihres lieben Bruders blind gemacht. Denn wohl hatte Pater Matthias die Seelenstürme jener dunklen Jugendzeiten überwunden und machte den Eindruck eines ruhig gewordenen, doch vorwiegend frohgesinnten Mannes, dessen Wünsche und Gedanken im Frieden mit seinen Pflichten beisammen wohnten; wirkliche Seelenkenner aber hätten doch wohl sehen müssen, daß die angenehme Bonhommie des Paters nur einen Teil seines inneren Zustandes wirklich ausdrückte, über manchen verschwiegenen Unebenheiten aber nur als eine hübsche Maske lag. Der Pater Matthias war nicht ein Vollkommener, in dessen Brust alle Schlakken des Ehemals untergegangen waren; vielmehr hatte mit der Gesundung seiner Seele auch der alte, eingeborene Kern dieses Menschen wieder eine Genesung begangen und schaute, wenn auch aus veränderten und beherrschten Augen, längst wieder mit heller Begierde nach dem funkelnden Leben der Welt.

Um es ohne Umschweife zu sagen: Der Pater hatte schon mehrmals die Klostergelübde gebrochen. Seiner reinlichen Natur widerstrebte es zwar, unterm Mantel der Frömmigkeit Weltlust zu suchen, und er hatte seine Kutte nie befleckt. Wohl aber hatte er sie, wovon kein Mensch etwas wußte, schon mehrmals beiseite getan, um sie säuberlich zu erhalten und nach einem Ausflug ins Weltliche wieder anzulegen.

Pater Matthias hatte ein gefährliches Geheimnis. Er besaß, an sicherem Orte verborgen, eine angenehme, ja elegante Bürgerkleidung samt Wäsche, Hut und Schmuck, und wenn er auch neunundneunzig von hunderten seiner Tage durchaus ehrbar in Kutte und Pflichtübung hinbrachte, so weilten seine heimlichen Gedanken doch allzuoft bei jenen seltenen, geheimnisvollen Tagen, die er da und dort als Weltmann unter Weltmenschen verlebt hatte.

Dieses Doppelleben, dessen Ironie auszukosten des Paters Gemüt viel zu redlich war, lastete als ungebeichtetes Verbrechen auf seiner Seele. Wäre er ein schlechter, uneifriger und unbeliebter Pater gewesen, so hätte er längst den Mut gefunden, sich des Ordenskleides unwürdig zu bekennen und eine ehrliche Freiheit zu gewinnen. So aber sah er sich geachtet und geliebt und tat seinem Orden die trefflichsten Dienste, neben welchen ihm sogar zuweilen seine Verfehlungen beinahe verzeihlich erscheinen wollten. Ihm war wohl und frei ums Herz, wenn er in ehrlicher Arbeit für die Kirche und seinen Orden wirken konnte. Wohl war ihm auch, wenn er auf verbotenen Wegen den Begierden seiner Natur Genüge tun und lang unterdrückte Wünsche ihres Stachels berauben konnte. In allen müßigen Zwischenzeiten jedoch erschien in seinem guten Blick der unliebliche Schatten, da schwankte seine nach Sicherheit begehrende Seele zwischen Reue und Trotz, Mut und Angst hin und wider, und bald beneidete er jeden Mitbruder um seine Unschuld, bald jeden Städter draußen um seine Freiheit.

So saß er auch jetzt, vom Lesen nicht erfüllt, an seinem Fenster und sah häufig vom Buche weg ins Freie hinaus.

Indem er mit müßigem Auge den lichten frohen Hügelhang gegenüber betrachtete, sah er einen merkwürdigen Menschenzug dort drüben erscheinen, der von der Höhenstraße her auf einem Fußpfad näher kam.

Es waren vier Männer, von denen der eine fast elegant, die anderen schäbig und kümmerlich gekleidet waren, ein Landjäger in glitzernder Uniform ging ihnen voraus, und zwei andere Landjäger folgten hinten nach. Der neugierig zuschauende Pater erkannte bald, daß es Verurteilte waren, welche vom Bahnhof her auf diesem nächsten Wege dem Kreisgefängnis zugeführt wurden, wie er es öfter gesehen hatte.

Erfreut durch die Ablenkung, beschaute er sich die betrübte Gruppe, jedoch nicht ohne in seinem heimlichen Mißmut unzufriedene Betrachtungen daran zu knüpfen. Er empfand zwar wohl ein Mitleid mit diesen armen Teufeln, von welchen namentlich einer den Kopf hängen ließ und jeden Schritt voll Widerstreben tat; doch meinte er, es ginge ihnen eigentlich nicht gar so übel wie ihre augenblickliche Lage andeute.

»Jeder von diesen Gefangenen«, dachte er, »hat als ersehntes Ziel den Tag vor Augen, da er entlassen und wieder frei wird. Ich aber habe keinen solchen Tag vor mir, nicht nah noch fern, sondern eine endlose bequeme Gefangenschaft, nur durch seltene gestohlene Stunden einer eingebildeten Freiheit unterbrochen. Der eine oder andere von den armen Kerlen da drüben mag mich jetzt hier sitzen sehen und mich herzlich beneiden. Sobald sie aber wieder frei sind und ins Leben zurückkehren, hat der Neid ein Ende, und sie halten mich lediglich für einen armen Tropf, der wohlgenährt hinter dem zierlichen Gitter sitzt.«

Während er noch, in den Anblick der Dahingeführten und Soldaten verloren, solchen Gedanken nachhing, trat ein Bruder bei ihm ein und meldete, er werde vom Guardian in dessen Amtszimmer erwartet. Freundlich kam der gewohnte Gruß und Dank von seinen Lippen, lächelnd erhob er sich, tat das Buch an seinen Ort, wischte über den braunen Ärmel seiner Kutte, auf dem ein Lichtreflex vom Wasser herauf in rostfarbenen Flekken tanzte, und ging sogleich mit seinem unfehlbar anmutig würdigen Schritt über die langen kühlen Korridore zum Guardian hinüber.

Dieser empfing ihn mit gemessener Herzlichkeit, bot ihm einen Stuhl an und begann ein Gespräch über die schlimme Zeit, über das scheinbare Abnehmen des Gottesreiches auf Erden und die zunehmende Teuerung. Pater Matthias, der dieses Gespräch seit langem kannte, gab ernsthaft die erwarteten Antworten und Einwürfe von sich und sah mit froher Erregung dem Endziel entgegen, welchem sich denn auch der würdige Herr ohne Eile näherte. Es sei, so schloß er seufzend, eine Ausfahrt ins Land sehr notwendig, auf welcher Matthias den Glauben treuer Seelen ermuntern, den Wankelmut ungetreuer vermahnen solle und von welcher er, wie man hoffe, eine erfreuliche Beute von Liebesgaben heimbringen werde. Der Zeitpunkt sei nämlich ungewöhnlich günstig, da ja soeben in einem fernen südlichen Lande bei Anlaß einer politischen Revolution Kirchen und Klöster mörderlich heimgesucht worden, wovon alle Zeitungen meldeten. Und er gab dem Pater eine sorgfältige Auswahl von teils schrecklichen, teils rührenden Einzelheiten aus diesen neuesten Martyrien der kämpfenden Kirche.

Dankend zog sich der erfreute Pater zurück, schrieb Notizen in sein kleines Taschenbüchlein, überdachte mit geschlossenen Augen seine Aufgabe und fand eine glückliche Wendung und Lösung um die andere, ging zur gewohnten Stunde munter zu Tisch und brachte alsdann den Nachmittag mit den vielen kleinen Vorbereitungen zur Reise hin. Sein unscheinbares Bündel war bald beisammen; weit mehr Zeit und Sorgfalt erforderten die Anmeldungen in Pfarrhäusern und bei treuen gastfreien Anhängern, deren er manche wußte. Gegen Abend trug er eine Handvoll Briefe zur Post und hatte dann noch eine Weile auf dem Telegrafenamt zu tun. Schließlich legte er noch einen tüchtigen Taschenvorrat von kleinen Traktaten, Flugblättern und frommen Bildchen bereit und schlief danach fest und friedvoll als ein Mann, der wohlgerüstet einer ehrenvollen Arbeit entgegengeht.

2

Am Morgen gab es, gerade vor seiner Abreise, noch eine kleine unerfreuliche Szene. Es lebte im Kloster ein junger Laienbruder von geringem Verstand, der früher an Epilepsie gelitten hatte, aber seiner zutraulichen Unschuld und rührenden Dienstwilligkeit wegen von allen im Hause geliebt wurde. Dieser einfältige Bursche begleitete den Pater Matthias zur Eisenbahn, seine kleine Reisetasche tragend. Schon unterwegs zeigte er ein etwas erregtes und gestörtes Wesen, auf dem Bahnhof aber zog er plötzlich mit flehenden Mienen den reisefertigen Pater in eine menschenleere Ecke und bat ihn mit Tränen in den Augen, er möge doch um Gottes willen von dieser Reise abstehen, deren unheilvollen Ausgang ihm eine sichere Ahnung vorausverkünde.

»Ich weiß, Ihr kommt nicht wieder!« rief er weinend mit verzerrtem Gesicht. »Ach, ich weiß gewiß, Ihr werdet nimmer wiederkommen!«

Der gute Matthias hatte alle Mühe, dem Trostlosen, dessen Zuneigung er kannte, zuzureden; er mußte sich am Ende beinahe mit Gewalt losreißen und sprang in den Wagen, als der Zug schon die Räder zu drehen begann. Und im Wegfahren sah er von draußen das angstvolle Gesicht des Halbklugen mit Wehmut und Sorge auf sich gerichtet. Der unscheinbare Mensch in seiner schäbigen und verflickten Kutte winkte ihm noch lange nach, Abschied nehmend und beschwörend, und es ging dem Abreisenden noch eine Weile ein leiser kühler Schauder nach.

Bald indessen überkam ihn die hintangehaltene Freude am Reisen, das er über alles liebte, so daß er die peinliche Szene rasch vergaß und mit zufriedenem Blick und gespannten Seelenkräften den Abenteuern und Siegen seines Beutezuges entgegenfuhr. Die hügelige und waldreiche Landschaft leuchtete ahnungsvoll einem glänzenden Tag entgegen, schon von ersten herbstlichen Feuern überflogen, und der reisende Pater ließ bald das Brevier wie das kleine wohlgerüstete Notizbuch ruhen und schaute in wohliger Erwartung durchs offene Wagenfenster in den siegreichen Tag, der über Wälder hinweg und aus noch nebelverschleierten Tälern emporwuchs und Kraft gewann, um bald in Blau und Goldglanz makellos zu erstehen. Seine Gedanken gingen elastisch zwischen diesem Reisevergnügen und den ihm bevorstehenden Aufgaben hin und wider. Wie wollte er die fruchtbringende Schönheit dieser Erntetage hinmalen, und den nahen sicheren Ertrag an Obst und Wein, und wie würde sich von diesem paradiesischen Grunde das Entsetzliche abheben, das er von den heimgesuchten Gläubigen in dem fernen gottlosen Lande zu berichten hatte!

Die zwei oder drei Stunden der Eisenbahnfahrt vergingen schnell. An dem bescheidenen Bahnhof, an welchem Pater Matthias ausstieg und welcher einsam neben einem kleinen Gehölz im freien Felde lag, erwartete ihn ein hübscher Einspänner, dessen Besitzer den geistlichen Gast mit Ehrerbietung begrüßte. Dieser gab leutselig Antwort, stieg vergnügt in das bequeme Gefährt und fuhr sogleich an Ackerland und schöner Weide vorbei dem stattlichen Dorf entgegen, wo seine Tätigkeit beginnen sollte und das ihn bald einladend und festlich anlachte, zwischen Weinbergen und Gärten gelegen. Der fröhliche Ankommende betrachtete das hübsche gastliche Dorf mit Wohlwollen. Da wuchs Korn und Rübe, gedieh Wein und Obst, stand Kartoffel und Kohl in Fülle, da war überall Wohlsein und feiste Gedeihlichkeit zu spüren; wie sollte nicht von diesem Born des Überflusses ein voller Opferbecher auch dem anklopfenden Gast zugute kommen?

Der Pfarrherr empfing ihn und bot ihm Quartier im Pfarrhaus an, teilte ihm auch mit, daß er schon auf den heutigen Abend des Paters Gastpredigt in der Dorfkirche angekündigt habe und daß, bei dem Ruf des Herrn Paters, ein bedeutender Zulauf auch aus dem Filialdorfe zu erwarten sei. Der Gast nahm die Schmeichelei mit Liebenswürdigkeit auf und gab sich Mühe, den Kollegen mit Höflichkeit einzuspinnen, da er die Neigung kleiner Landpfarrer wohl kannte, auf wortgewandte und erfolgreiche Gastspieler ihrer Kanzeln eifersüchtig zu werden.

Hinwieder hielt der Geistliche mit einem recht üppigen Mittagessen im Hinterhalt, das alsbald nach der Ankunft im Pfarrhause aufgetragen wurde. Und auch hier wußte Matthias die Mittelstraße zwischen Pflicht und Neigung zu finden, indem er unter schmeichelnder Anerkennung hiesiger Küchenkünste dem Dargebotenen mit gesunder Begierde zusprach, ohne doch – zumal beim Wein – ein ihm bekömmliches Maß zu überschreiten und seiner Aufgabe zu vergessen. Gestärkt und fröhlich konnte er schon nach einer ganz kurzen Ruhepause dem Gastgeber mitteilen, er fühle sich nun ganz in der Stimmung, seine Arbeit im Weinberg des Herrn zu beginnen. Hatte also der Wirt etwa den schlimmen Plan gehabt, unseren Pater durch die so reichliche Bewirtung lahmzulegen, so war er ihm völlig mißlungen.

Dafür hatte nun allerdings der Pfarrer dem Gast eine Arbeit eingefädelt, welche an Schwierigkeit und Delikatesse nichts zu wünschen ließ. Seit kurzem lebte im Dorf, als am Heimatort ihres Mannes, in einem neu erbauten Landhaus die Witwe eines reichen Bierbrauers, die wegen ihres skeptischen Verstandes und ihrer anmutig gewandten Zunge nicht minder bekannt und mit Scheu geachtet war als wegen ihres Geldes. Diese Frau Franziska Tanner stand zuoberst auf der Liste derer, deren spezielle Heimsuchung der Pfarrer dem Pater Matthias ans Herz legte.

So erschien, auf das zu Gewärtigende vom geistlichen Kollegen wenig vorbereitet, der satte Pater zu guter Nachmittagsstunde im Landhause und begehrte mit der Frau Tanner zu sprechen. Eine nette Magd führte ihn in das Besuchszimmer, wo er eine längere Weile warten mußte, was ihn als eine ungewohnte Respektlosigkeit verwirrte und warnte. Alsdann trat zu seinem Erstaunen nicht eine ländliche Person und schwarzgekleidete Witwe, sondern eine grauseidene damenhafte Erscheinung in das Zimmer, die ihn gelassen willkommen hieß und nach seinem Begehren fragte.

Und nun versuchte er der Reihe nach alle Register, und jedes versagte, und Schlag um Schlag ging ins Leere, während die geschickte Frau lächelnd entglitt und von Satz zu Satz neue Angeln auslegte. War er weihevoll, so begann sie zu scherzen; neigte er zu geistlichen Bedrohungen, so ließ sie harmlos ihren Reichtum und ihre Lust zu mildtätigen Werken glänzen, so daß er aufs neue Feuer fing und ins Disputieren kam, denn sie ließ ihn deutlich merken, sie kenne seine Endabsicht genau und sei auch bereit, Geld zu geben, wenn es ihm nur gelänge, ihr die tatsächliche Nützlichkeit einer solchen Gabe zu beweisen. War es ihr kaum gelungen, den gar nicht ungeschickten Herrn in einen leichten geselligen Weltton zu verstricken, so redete sie ihn plötzlich wieder devot mit Hochwürden an, und begann er sie wieder geistlicherweise als Tochter zu ermahnen, so war sie unversehens eine kühle Dame.

Trotz dieser Maskenspiele und Redekämpfe hatten die beiden ein Gefallen aneinander. Sie schätzte an dem hübschen Pater die männliche Aufmerksamkeit, mit der er ihrem Spiel zu folgen und sie im Besiegen zu schonen suchte, und er hatte mitten im Schweiß der Bedrängnis eine heimliche natürliche Freude an dem Schauspiel weiblich beweglicher Koketterie, so daß es trotz schwieriger Augenblicke zu einer ganz guten Unterhaltung kam und der lange Besuch in gutem Frieden verlief, wobei unausgesprochenerweise freilich der moralische Sieg auf der Seite der Dame blieb. Sie übergab zwar dem Pater am Ende eine Banknote und sprach ihm und seinem Orden ihre Anerkennung aus, doch geschah es in ganz gesellschaftlichen Formen und beinahe mit einem Hauch von Ironie, und auch sein Dank und Abschied fiel so diskret und weltmännisch aus, daß er sogar den üblichen feierlichen Segensspruch vergaß.

Die weiteren Besuche im Dorf wurden etwas abgekürzt und verliefen nach der Regel. Pater Matthias zog sich noch eine halbe Stunde in seine Stube zurück, aus welcher er wohlbereitet und frisch zur Abendpredigt wieder hervorging.

Diese Predigt gelang vortrefflich. Zwischen den im entlegenen Süden geplünderten Altären und Klöstern und dem Bedürfnis des eigenen Klosters nach einigen Geldern entstand ganz zauberhaft ein inniger Zusammenhang, der weniger auf kühlen logischen Folgerungen als auf einer mit Kunst erzeugten und gesteigerten Stimmung des Mitleids und unbestimmter frommer Erregung beruhte. Die Frauen weinten, und die Opferbüchsen klangen, und der Pfarrer sah mit Erstaunen die Frau Tanner unter den Andächtigen sitzen und dem Vortrag zwar ohne Aufregung, doch mit freundlichster Aufmerksamkeit lauschen.

Damit hatte der feierliche Beutezug des beliebten Paters seinen glänzenden Anfang genommen. Auf seinem Angesicht glänzte Pflichteifer und herzliche Befriedigung, in seiner verborgenen Brusttasche ruhte und wuchs der kleine Schatz, in einige gefällige Banknoten und Goldstücke umgewechselt. Daß inzwischen die größeren Zeitungen draußen in der Welt berichteten, es stehe um die bei jener Revolution geschädigten Klöster bei weitem nicht so übel, als es im ersten Wirrwarr geschienen habe, das wußte der Pater nicht und hätte sich dadurch wohl auch wenig stören lassen.

Sechs, sieben Gemeinden hatten die Freude, ihn bei sich zu sehen, und die ganze Reise verlief aufs erfreulichste. Nun, indem er sich schon gegen die protestantische Nachbargegend hin dem letzten kleinen Weiler näherte, den zu besuchen ihm noch oblag, nun dachte er mit Stolz und Wehmut an den Glanz dieser Triumphtage und daran, daß nun für eine ungewisse Weile Klosterstille und mißmutige Langeweile den genußreichen Erregungen seiner Fahrt nachfolgen würden.

Diese Zeiten waren dem Pater stets verhaßt und gefährlich gewesen, da das Geräusch und die Leidenschaft einer frohen außerordentlichen Tätigkeit sich legte und hinter den prächtigen Kulissen der klanglose Alltag hervorschaute. Die Schlacht war geschlagen, der Lohn im Beutel, nun blieb nichts Lockendes mehr als die kurze Freude der Ablieferung und Anerkennung daheim, und diese Freude war auch schon keine richtige mehr.

Hingegen war von hier der Ort nicht weit entfernt, wo er sein merkwürdiges Geheimnis verwahrte, und je mehr die Feststimmung in ihm verglühte und je näher die Heimkehr bevorstand, desto heftiger ward seine Begierde, die Gelegenheit zu nützen und einen wilden frohen Tag ohne Kutte zu genießen. Noch gestern hätte er davon nichts wissen mögen, allein so ging es jedesmal, und er war es schon müde, dagegen anzukämpfen: am Schluß einer solchen Reise stand immer der Versucher plötzlich da, und fast immer war er ihm unterlegen.

So ging es auch dieses Mal. Der kleine Weiler wurde noch besucht und gewissenhaft erledigt, dann wanderte Pater Matthias zu Fuß nach dem nächsten Bahnhof, ließ den nach seiner Heimat führenden Zug trotzig davonfahren und kaufte sich ein Billett nach der nächsten größeren Stadt, welche in protestantischem Land lag und für ihn sicher war. In der Hand aber trug er einen kleinen hübschen Reisekoffer, den gestern noch niemand bei ihm gesehen hatte.

3

Am Bahnhof eines lebhaften Vorortes, wo beständig viele Züge aus- und einliefen, stieg Pater Matthias aus, den Koffer in der Hand und bewegte sich ruhig, von niemandem beachtet, einem kleinen hölzernen Gebäude zu, auf dessen weißem Schild die Inschrift »Für Männer« stand. An diesem Ort verhielt er sich wohl eine Stunde, bis gerade wieder mehrere ankommende Züge ein Gewühl von Menschen ergossen, und da er in diesem Augenblick wieder hervortrat, trug er wohl noch denselben Koffer bei sich, war aber nicht der Pater Matthias mehr, sondern ein angenehmer, blühender Herr in guter, wenn schon nicht ganz modischer Kleidung, der sein Gepäck am Schalter in Verwahrung gab und alsdann ruhig der Stadt entgegenschlenderte, wo er bald auf der Plattform eines Trambahnwagens, bald vor einem Schaufenster zu sehen war und endlich im Straßengetöse sich verlor.

Mit diesem vielfach zusammengesetzten, ohne Pause schwingenden Getöne, mit dem Glanz der Geschäfte, dem durchsonnten Staub der Straßen atmete Herr Matthias die berauschende Vielfältigkeit und liebe Farbigkeit der törichten Welt, für welche seine wenig verdorbenen Sinne empfänglich waren, und gab sich jedem frohen Eindruck willig hin. Es schien ihm herrlich, die eleganten Damen in Federhüten spazieren oder in feinen Equipagen fahren zu sehen, und köstlich, als Frühstück in einem schönen Laden von marmornem Tische eine Tasse Schokolade und einen zarten, süßen französischen Likör zu nehmen. Und daraufhin, innerlich erwärmt und erheitert, hin und wider zu gehen, sich an Plakatsäulen über die für den Abend versprochenen Unterhaltungen zu unterrichten und darüber nachzudenken, wo es nachher sich am besten zu Mittag werde speisen lassen; das tat ihm in allen Fasern wohl. Allen diesen größeren und kleineren Genüssen ging er ohne Eile in dankbarer Kindlichkeit nach, und wer ihn dabei beobachtet hätte, wäre niemals auf den Gedanken gekommen, dieser schlichte, sympathische Herr könnte verbotene Wege gehen.

Ein treffliches Mittagessen zog Matthias beim schwarzen Kaffee und einer Zigarre weit in den Nachmittag hinein. Er saß nahe an einer der gewaltigen bis zum Fußboden reichenden Fensterscheiben des Restaurants und sah durch den duftenden Rauch seiner Zigarre mit Behagen auf die belebte Straße hinaus. Vom Essen und Sitzen war er ein wenig schwer geworden und schaute gleichmütig auf den Strom der Vorübergehenden. Nur einmal reckte er sich plötzlich auf, leicht errötend, und blickte aufmerksam einer schlanken Frauengestalt nach, in welcher er einen Augenblick lang die Frau Tanner zu erkennen glaubte. Er sah jedoch, daß er sich getäuscht habe, fühlte eine leise Ernüchterung und erhob sich, um weiterzugehen.

Unschlüssig stand er eine Stunde später vor den Reklametafeln eines kinematografischen Theaters und las die großgedruckten Titel der versprochenen Darbietungen. Dabei hielt er eine brennende Zigarre in der Hand und wurde plötzlich im Lesen durch einen jungen Mann unterbrochen, der ihn mit Höflichkeit um Feuer für seine Zigarette bat.

Bereitwillig erfüllte er die kleine Bitte, sah dabei den Fremden an und sagte: »Mir scheint, ich habe Sie schon gesehen. Waren Sie nicht heute früh im Café Royal?«

Der Fremde bejahte, dankte freundlich, griff an den Hut und wollte weitergehen, besann sich aber plötzlich anders und sagte lächelnd: »Ich glaube, wir sind beide fremd hier. Ich bin auf der Reise und suche hier nichts als ein paar Stunden gute Unterhaltung und vielleicht ein bißchen holde Weiblichkeit für den Abend. Wenn es Ihnen nicht zuwider ist, könnten wir ja zusammenbleiben.«

Das gefiel Herrn Matthias durchaus, und die beiden Müßiggänger flanierten nun nebeneinander weiter, wobei der Fremde sich dem Älteren stets höflich zur Linken hielt. Er fragte ohne Zudringlichkeit ein wenig nach Herkunft und Absichten des neuen Bekannten, und da er merkte, daß Matthias hierüber nur undeutlich und beinahe etwas befangen sich äußerte, ließ er die Frage lässig fallen und begann ein munteres Geplauder, das Herrn Matthias sehr wohl gefiel. Der junge Herr Breitinger schien viel gereist zu sein und die Kunst wohl zu verstehen, wie man in fremden Städten sich einen vergnügten Tag macht. Auch am hiesigen Ort war er schon je und je gewesen und erinnerte sich einiger Vergnügungslokale, wo er damals recht nette Gesellschaft gefunden und köstliche Stunden verlebt habe. So ergab es sich bald von selbst, daß er mit des Herrn Matthias dankbarer Einwilligung die Führung übernahm. Nur einen heiklen Punkt erlaubte sich Herr Breitinger im voraus zu berühren. Er bat, es ihm nicht zu verübeln, wenn er darauf bestehe, daß jeder von ihnen beiden überall seine Zeche sofort aus dem eigenen Beutel bezahle. Denn, so fügte er entschuldigend bei, er sei zwar kein Rechner und Knicker, habe jedoch in Geldsachen gern reinliche Ordnung und sei zudem nicht gesonnen, seinem heutigen Vergnügen mehr als ein paar Goldfüchse zu opfern, und wenn etwa sein Begleiter großartigere Gewohnheiten habe, so würde es besser sein, sich in Frieden zu trennen, statt etwaige Enttäuschungen und Ärgerlichkeiten zu wagen.

Auch dieser Freimut war ganz nach Matthias' Geschmack. Er erklärte, auf einen goldenen Zwanziger hin oder her komme es ihm allerdings nicht an, doch sei er gerne einverstanden und im voraus überzeugt, daß sie beide aufs beste miteinander auskommen würden.

Darüber hatte Breitinger, wie er sagte, einen kleinen Durst bekommen, und ohnehin war es jetzt nach seiner Meinung Zeit, die angenehme Bekanntschaft durch Anstoßen mit einem Glase Wein zu feiern. Er führte den Freund durch unbekannte Gassen nach einer kleinen, abseits gelegenen Gastwirtschaft, wo man sicher sein dürfe, einen raren Tropfen zu bekommen, und sie traten durch eine klirrende Glastüre in die enge niedere Stube, in der sie die einzigen Gäste waren. Ein etwas unfreundlicher Wirt brachte auf Breitingers Verlangen eine Flasche herbei, die er öffnete und woraus er den Gästen einen hellgelben kühlen, leicht prickelnden Wein einschenkte, mit welchem sie denn anstießen. Darauf zog sich der Wirt zurück, und bald erschien statt seiner ein großes hübsches Mädchen, das die Herrn lächelnd begrüßte und, da eben das erste Glas geleert war, das Einschenken übernahm.

»Prosit!« sagte Breitinger zu Matthias, und indem er sich zu dem Mädchen wandte: »Prosit, schönes Fräulein!«

Sie lachte und hielt scherzweise dem Herrn ein Salzfaß zum Anstoßen hin.

»Ach, Sie haben ja nichts zum Anstoßen«, rief Breitinger und holte selbst von der Kredenz ein Glas für sie. »Kommen Sie, Fräulein, und leisten Sie uns ein bißchen Gesellschaft!«

Damit schenkte er ihr Glas voll und hieß sie, die sich nicht sträubte, zwischen ihm und seinem Bekannten sitzen. Diese zwanglose Leichtigkeit der Anknüpfung machte Herrn Matthias Eindruck. Er stieß nun auch seinerseits mit dem Mädchen an und rückte seinen Stuhl dem ihren nahe. Es war indessen in dem unfrohen Raume schon dunkel geworden, die Kellnerin zündete ein paar Gasflammen an und bemerkte nun, daß kein Wein mehr in der Flasche sei.

»Die zweite Bouteille geht auf meine Kosten!« rief Herr Breitinger. Aber der andere wollte das nicht dulden, und es gab einen kleinen Wortkrieg, bis er sich unter der Bedingung fügte, daß nachher auf seine Rechnung noch eine Flasche Champagner getrunken werde. Fräulein Meta hatte inzwischen die neue Flasche herbeigebracht und ihren Platz wieder eingenommen, und während der Jüngere mit dem Korkziehen beschäftigt war, streichelte sie unterm Tische leise die Hand des Herrn Matthias, der alsbald mit Feuer auf diese Eroberung einging und sie weiter verfolgte, indem er seinen Fuß auf ihren setzte. Nun zog sie den Fuß zwar zurück, liebkoste dafür aber wieder seine Hand, und so blieben sie in stillem Einverständnis triumphierend beieinander sitzen. Matthias ward jetzt gesprächig, er redete vom Wein und erzählte von Zechgelagen, die er früher mitgemacht habe, stieß immer wieder mit den beiden an, und der erhitzende falsche Wein machte seine Augen glänzen.

Als eine Weile später Fräulein Meta meinte, sie habe in der Nachbarschaft eine sehr nette und lustige Freundin, da hatte keiner von den Kavalieren etwas dagegen, daß sie diese einlade, den Abend mitzufeiern. Eine alte Frau, die inzwischen den Wirt abgelöst hatte, wurde mit dem Auftrag weggeschickt. Als nun Herr Breitinger sich für Minuten zurückzog, nahm Matthias die hübsche Meta an sich und küßte sie heftig auf den Mund. Sie ließ es still und lächelnd geschehen, da er aber stürmisch ward und mehr begehrte, leuchtete sie ihn aus feurigen Augen an und wehrte: »Später, du, später!«

Die klappernde Glastüre mehr als ihre beschwichtigende Gebärde hielt ihn zurück, und es kam mit der Alten nicht nur die erwartete Freundin herein, sondern auch noch eine zweite mit ihrem Bräutigam, einem halbeleganten Jüngling mit steifem Hütchen und glatt in der Mitte gescheiteltem schwarzem Haar, dessen Mund unter einem gezwickelten Schnauzbärtchen hervor hochmütig und gewalttätig ausschaute. Zugleich trat auch Breitinger wieder ein, es entstand eine Begrüßung und man rückte zwei Tische aneinander, um gemeinsam zu Abend zu essen. Matthias sollte bestellen und war für einen Fisch mit nachfolgendem Rindsbraten, dazu kam auf Metas Vorschlag noch eine Platte mit Kaviar, Lachs und Sardinen, sowie auf den Wunsch ihrer Freundin eine Punschtorte. Der Bräutigam aber erklärte mit merkwürdig gereizter Verächtlichkeit, ohne Geflügel tauge ein Abendessen nichts, und wenn auf das Rindfleisch nicht ein Fasanenbraten folge, so esse er schon lieber gar nicht mit. Meta wollte ihm zureden, aber Herr Matthias, der inzwischen zu einem Burgunderwein übergegangen war, rief munter dazwischen: »Ach was, man soll doch den Fasan bestellen! Die Herrschaften sind doch hoffentlich alle meine Gäste?«

Das wurde angenommen, die Alte verschwand mit dem Speisezettel, der Wirt tauchte auch wieder auf. Meta hatte sich nun ganz an Matthias angeschlossen, ihre Freundin saß gegenüber neben Herrn Breitinger. Das Essen, das nicht im Hause gekocht, sondern über die Straße herbeigeholt schien, wurde rasch aufgetragen und war gut. Beim Nachtisch machte Fräulein Meta ihren Verehrer mit einem neuen Genusse bekannt: er bekam in einem großen fußlosen Glase ein delikates Getränk dargereicht, das sie ihm eigens zubereitet hatte und das, wie sie erzählte, aus Champagner, Cherry und Kognak gemischt war. Es schmeckte gut, nur etwas schwer und süß, und sie nippte jedesmal selber am Glase, wenn sie ihn zum Trinken einlud. Matthias wollte nun auch Herrn Breitinger ein solches Glas anbieten. Der lehnte jedoch ab, da er das Süße nicht liebe, auch habe dies Getränk den leidigen Nachteil, daß man darauf hin nur noch Champagner genießen könne.

»Hoho, das ist doch kein Nachteil!« rief Matthias überlaut. »Ihr Leute, Champagner her!«

Er brach in ein heftiges Gelächter aus, wobei ihm die Augen voll Wasser liefen, und war von diesem Augenblick an ein hoffnungslos betrunkener Mann, der beständig ohne Ursache lachte, Wein über den Tisch vergoß und rechenschaftslos auf einem breiten Strome von Rausch und Wohlleben dahintrieb. Nur zuweilen besann er sich für eine Minute, blickte verwundert in die Lustbarkeit und griff nach Metas Hand, die er küßte und streichelte, um sie bald wieder loszulassen und zu vergessen. Einmal erhob er sich, um einen Trinkspruch auszubringen, doch fiel ihm das schwankende Glas aus der Hand und zersprang auf dem überschwemmten Tisch, worüber er wieder ein herzliches, doch schon ermüdetes Gelächter begann. Meta zog ihn in seinen Stuhl zurück, und Breitinger bot ihm mit ernsthafter Zurede ein Glas Kirschwasser an, das er leerte und dessen scharfer brennender Geschmack das letzte war, was ihm von diesem Abend dunkel im Gedächtnis blieb.

4

Nach einem todschweren Schlaf erwachte Herr Matthias blinzelnd zu einem schauderhaften Gefühl von Leere, Zerschlagenheit, Schmerz und Ekel. Kopfweh und Schwindel hielten ihn nieder, die Augen brannten trocken und entzündet, an der Hand schmerzte ihn ein breiter verkrusteter Riß, von dessen Herkunft er keine Erinnerung hatte. Nur langsam erholte sich sein Bewußtsein, da richtete er sich plötzlich auf, sah an sich nieder und suchte Stützen für sein Gedächtnis zu gewinnen. Er lag, nur halb entkleidet, in einem fremden Zimmer und Bett, und da er erschreckend aufsprang und zum Fenster trat, blickte er in eine morgendliche unbekannte Straße hinab. Stöhnend goß er ein Waschbecken voll und badete das entstellte heiße Gesicht, und während er mit dem Handtuch darüber fuhr, schlug ihm plötzlich ein böser Argwohn wie ein Blitz ins Gehirn. Hastig stürzte er sich auf seinen

Rock, der am Boden lag, riß ihn an sich, betastete und wendete ihn, griff in alle Taschen und ließ ihn erstarrt aus zitternden Händen sinken. Er war beraubt. Die schwarzlederne Brustmappe war fort.

Er besann sich und wußte alles plötzlich wieder. Es waren über tausend Kronen in Papier und Gold gewesen.

Still legte er sich wieder auf das Bett und blieb wohl eine halbe Stunde wie ein Erschlagener liegen. Weindunst und Schlaftrunkenheit waren völlig verflogen, auch die Schmerzen spürte er nicht mehr, nur eine große Müdigkeit und Trauer. Langsam erhob er sich wieder, wusch sich mit Sorgfalt, klopfte und schabte seine beschmutzten Kleider nach Möglichkeit zurecht, zog sich an und schaute in den Spiegel, wo ein gedunsenes trauriges Gesicht ihm fremd entgegensah. Dann faßte er alle Kraft mit einem heftigen Entschluß zusammen und überdachte seine Lage. Und dann tat er ruhig und bitter das Wenige, was ihm zu tun übrigblieb.

Vor allem durchsuchte er seine ganze Kleidung, auch Bett und Fußboden genau. Der Rock war leer, im Beinkleid jedoch fand sich ein zerknitterter Schein von fünfzig Kronen und zehn Kronen in Gold. Sonst war kein Geld mehr da.

Nun zog er die Glocke und fragte den erscheinenden Kellner, um welche Zeit er heute nacht angekommen sei. Der junge Mensch sah ihm lächelnd ins Gesicht und meinte, wenn der Herr selber sich nimmer erinnern könne, so werde einzig der Portier Bescheid wissen.

Und er ließ den Portier kommen, gab ihm das Goldstück und fragte ihn aus. Wann er ins Haus gebracht worden sei? – Gegen zwölf Uhr. – Ob er bewußtlos gewesen? – Nein, nur anscheinend bezecht. – Wer ihn hergebracht habe? – Zwei junge Männer. Sie hätten erzählt, der Herr habe sich bei einem Gastmahl übernommen und begehre hier zu schlafen. Er habe ihn zuerst nicht aufnehmen wollen, sei jedoch durch ein schönes Trinkgeld doch dazu bestimmt worden. – Ob der Portier die beiden Männer wiedererkennen würde? – Ja, das heißt wohl nur den einen, den mit dem steifen Hut.

Matthias entließ den Mann und bestellte seine Rechnung samt einer Tasse Kaffee. Den trank er heiß hinunter, bezahlte und ging weg.

Er kannte den Teil der Stadt, in dem sein Gasthaus lag, nicht, und ob er wohl nach längerem Gehen bekannte und halbbekannte Straßen traf, so gelang es ihm doch in mehreren Stunden angestrengter Wanderung nicht, jenes kleine Wirtshaus wiederzufinden, wo das Gestrige passiert war.

Doch hatte er sich ohnehin kaum Hoffnung gemacht, etwas von dem Verlorenen wiederzugewinnen. Von dem Augenblick an, da er in plötzlich aufzuckendem Verdacht seinen Rock untersucht und die Brusttasche leer gefunden hatte, war er von der Erkenntnis durchdrungen, es sei nicht das Kleinste mehr zu retten. Dieses Gefühl hatte durchaus mit der Empfindung eines ärgerlichen Zufalls oder Unglücks nichts zu tun, sondern war frei von jeder Auflehnung und glich mehr einer zwar bitteren, doch entschiedenen Zustimmung zu dem Geschehenen. Dies Gefühl vom Einklang des Geschehens mit dem eigenen Gemüt, der äußeren und inneren Notwendigkeit, dessen ganz geringe Menschen niemals fähig sind, rettete den armen betrogenen Pater vor der Verzweiflung. Er dachte nicht einen Augenblick daran, sich etwa durch List reinzuwaschen und wieder in Ehre und Achtung zurückzustehlen, noch auch trat ihm der Gedanke nahe, sich ein Leid anzutun. Nein, er fühlte nichts als eine völlig klare und gerechte Notwendigkeit, die ihn zwar traurig machte, gegen welche er jedoch mit keinem Gedanken protestierte. Denn stärker als Bangnis und Sorge, wenn auch noch verborgen und außerhalb des Bewußtseins, war in ihm die Empfindung einer großen Erlösung vorhanden, da jetzt unzweifelhaft seiner bisherigen Unzufriedenheit und dem unklaren, durch Jahre geführten und verheimlichten Doppelleben ein Ende gesetzt war. Er fühlte wie früher zuweilen nach kleineren Verfehlungen die schmerzliche innere Befreitheit eines Mannes, der vor dem Beichtstuhl kniet und dem zwar eine Demütigung und Bestrafung bevorsteht, dessen Seele aber die beklemmende Last verheimlichter Taten schon weichen fühlt.

Dennoch aber war er über das, was nun zu tun sei, keineswegs im klaren. Hatte er innerlich seinen Austritt aus dem Orden schon genommen und Verzicht auf alle Ehren getan, so schien es ihm doch ärgerlich und recht unnütz, nun alle häßlichen und schmerzenden Szenen einer feierlichen Ausstoßung und Verurteilung auskosten zu sollen. Schließlich hatte er, weltlich gedacht, kein gar so schändliches Verbrechen begangen, und das viele Klostergeld hatte ja nicht er gestohlen, sondern offenbar jener Herr Breitinger.

Klar war ihm zunächst nur, daß noch heute etwas Entscheidendes zu geschehen habe; denn blieb er länger als noch diesen Tag dem Kloster fern, so entstand Verdacht und Untersuchung und es war ihm die Freiheit des Handelns abgeschnitten. Ermüdet und hungrig suchte er ein Speisehaus, aß einen Teller Suppe und schaute alsdann, rasch gesättigt und von verwirrten Erinnerungsbildern gequält, mit müden Augen durchs Fenster auf die Straße hinaus, genau wie er es gestern ungefähr um dieselbe Zeit getan hatte.

Indem er seine Lage hin und her bedachte, fiel es ihm grausam auf die Seele, daß er auf Erden keinen einzigen Menschen habe, dem er mit Vertrauen und Hoffnung seine Not klagen könnte, der ihm hülfe und riete, der ihn zurechtweise, rette oder doch tröste. Ein Auftritt, den er erst vor einer Woche erlebt und schon völlig wieder vergessen hatte, stieg unversehens rührend und wunderlich in seinem Gedächtnis auf; der junge halbgescheite Laienbruder in seiner geflickten Kutte, wie er am heimischen

Bahnhof stand und ihm nachschaute, angstvoll und beschwörend.

Heftig wendete er sich von diesem Bilde ab und zwang seinen Blick, dem Straßenleben draußen zu folgen. Da trat ihm, auf seltsamen Umwegen der Erinnerung, mit einem Male ein Name und eine Gestalt vor die Seele, woran sie sich sofort mit instinktivem Zutrauen klammerte.

Diese Gestalt war die der Frau Franziska Tanner, jener reichen jungen Witwe, deren Geist und Takt er erst kürzlich bewundert und deren anmutig strenges Bild ihn heimlich begleitet hatte. Er schloß die Augen und sah sie, im grauseidenen Kleide, mit dem klugen und beinahe spöttischen Mund im hübschen blassen Gesicht, und je genauer er zuschaute und je deutlicher nun auch der kräftig entschlossene Ton ihrer hellen Stimme und der feste, ruhig beobachtende Blick ihrer grauen Augen ihm wieder vorschwebte, desto leichter, ja selbstverständlicher schien es ihm, das Vertrauen dieser ungewöhnlichen Frau in seiner ungewöhnlichen Lage anzurufen.

Dankbar und froh, das nächste Stück seines Weges endlich klar vor sich zu sehen, machte er sich sofort daran, seinen Entschluß auszuführen. Von dieser Minute an bis zu jener, da er wirklich vor Frau Tanner stand, tat er jeden Schritt sicher und rasch, nur ein einzigesmal geriet er ins Zaudern. Das war, als er jenen Bahnhof des Vorortes wieder erreichte, wo er gestern seinen Sündenwandel begonnen hatte und wo seither sein Köfferchen in Verwahrung stand. Er war des Sinnes gewesen, wieder als Pater in der Kutte vor die hochgeschätzte Frau zu treten, schon um sie nicht allzusehr zu erschrecken, und hatte deshalb den Weg hierher genommen. Nun jedoch, da er nur eines Schrittes bedurfte, um am Schalter sein Eigentum wiederzufordern, kam diese Absicht ihm plötzlich töricht und unredlich vor, ja er empfand, wie nie zuvor, vor der Rückkehr in die klösterliche Tracht einen wahren

Schreck und Abscheu, so daß er seinen Plan im Augenblick änderte und vor sich selber schwor, die Kutte niemals wieder anzulegen, es komme, wie es wolle.

Daß mit den übrigen Wertsachen ihm auch der Gepäckschein entwendet worden war, wußte und bedachte er dabei gar nicht.

Darum ließ er sein Gepäck liegen, wo es lag, und reiste denselben Weg, den er gestern in der Frühe noch als Pater gefahren, im schlichten Bürgerrocke zurück. Dabei schlug ihm das Herz immerhin, je näher er dem Ziel kam, desto peinlicher; denn er fuhr nun schon wieder durch die Gegend, welcher er vor Tagen noch gepredigt hatte, und mußte in jedem neu einsteigenden Fahrgaste den beargwöhnen, der ihn erkennen und als erster seine Schande sehen würde. Doch war der Zufall und der einbrechende Abend ihm günstig, so daß er die letzte Station unerkannt und unbelästigt erreichte.

Bei sinkender Nacht wanderte er auf müden Beinen den Weg zum Dorf hin, den er zuletzt bei Sonnenschein im Einspänner gefahren war, und zog, da er noch überall Licht hinter den Läden bemerkte, noch am selben Abend die Glocke am Tore des Tannerschen Landhauses.

Die gleiche Magd wie neulich tat ihm auf und fragte nach seinem Begehren, ohne ihn zu erkennen. Matthias bat, die Hausfrau noch heute abend sprechen zu dürfen, und gab dem Mädchen ein verschlossenes Billett mit, das er vorsorglich noch in der Stadt geschrieben hatte. Sie ließ ihn, der späten Stunde wegen, ängstlich, im Freien warten, schloß das Tor wieder ab und blieb eine bange Weile aus. Dann aber schloß sie rasch wieder auf, hieß ihn mit verlegener Entschuldigung ihrer vorigen Ängstlichkeit eintreten und führte ihn in das Wohnzimmer der Frau, die ihn dort allein erwartete.

»Guten Abend, Frau Tanner«, sagte er mit etwas befangener Stimme, »darf ich Sie nochmals für eine kleine Weile stören?«

Sie grüßte gemessen und sah ihn an.

»Da Sie, wie Ihr Billett mir sagt, in einer sehr wichtigen Sache kommen, stehe ich gerne zur Verfügung. – Aber wie sehen Sie denn aus?«

»Ich werde Ihnen alles erklären, bitte, erschrecken Sie nicht! Ich wäre nicht zu Ihnen gekommen, wenn ich nicht das Zutrauen hätte, Sie würden mich in einer sehr schlimmen Lage nicht ohne Rat und Teilnahme lassen. Ach, verehrte Frau, was ist aus mir geworden!«

Seine Stimme brach, und es schien, als würgten ihn Tränen. Doch hielt er sich tapfer, entschuldigte sich mit großer Erschöpfung und begann alsdann, in einem bequemen Sessel ruhend, seine Erzählung. Er fing damit an, daß er schon seit mehreren Jahren des Klosterlebens müde sei und sich mehrere Verfehlungen vorzuwerfen habe. Dann gab er eine kurze Darstellung seines früheren Lebens und seiner Klosterzeit, seiner Predigtreisen und auch seiner letzten Mission. Und darauf berichtete er ohne viel Einzelheiten, aber ehrlich und verständlich sein Abenteuer in der Stadt.

5

Es folgte auf seine Erzählung eine lange Pause. Frau Tanner hatte aufmerksam und ohne jede Unterbrechung zugehört, zuweilen gelächelt und zuweilen den Kopf geschüttelt, schließlich aber jedes Wort mit einem gleichbleibenden gespannten Ernst verfolgt. Nun schwiegen sie beide eine Weile.

»Wollen Sie jetzt nicht vor allem andern einen Imbiß nehmen?« fragte sie endlich. »Sie bleiben jedenfalls die Nacht hier und können in der Gärtnerwohnung schlafen.«

Die Herberge nahm der Pater dankbar an, wollte jedoch von Essen und Trinken nichts wissen.

»Was wollen Sie nun von mir haben?« fragte sie langsam.

»Vor allem Ihren Rat. Ich weiß selber nicht genau, woher mein Vertrauen zu Ihnen kommt. Aber in allen diesen schlimmen Stunden ist mir niemand sonst eingefallen, auf den ich hätte hoffen mögen. Bitte, sagen Sie mir, was ich tun soll!«

Nun lächelte sie ein wenig.

»Es ist eigentlich schade«, sagte sie, »daß Sie mich das nicht neulich schon gefragt haben. Daß Sie für einen Mönch zu gut oder doch zu lebenslustig sind, kann ich wohl begreifen. Es ist aber nicht schön, daß Sie Ihre Rückkehr ins Weltleben so heimlich betreiben wollten. Dafür sind Sie nun gestraft. Denn Sie müssen den Austritt aus Ihrem Orden, den Sie freiwillig und in Ehren hätten suchen sollen, jetzt eben unfreiwillig tun. Mir scheint, Sie können gar nichts anderes tun, als Ihre Sache mit aller Offenheit Ihren Oberen anheimstellen. Ist das nicht Ihre Meinung?«

»Ja, das ist sie; ich habe es mir nicht anders gedacht.«

»Gut also. Und was wird dann aus Ihnen werden?«

»Das ist es eben! Ich werde ohne Zweifel nicht im Orden behalten werden, was ich auch keinesfalls annehmen würde. Mein Wille ist, ein stilles Leben als ein fleißiger und ehrlicher Mensch anzufangen; denn ich bin zu jeder anständigen Arbeit bereit und habe manche Kenntnisse, die mir nützen können.«

»Recht so, das habe ich von Ihnen erwartet.«

»Ja. Aber nun werde ich nicht nur aus dem Kloster entlassen werden, sondern muß auch für die mir anvertrauten Summen, die dem Kloster gehören, mit meiner Person eintreten. Da ich diese Summen in der Hauptsache nicht selber veruntreut, sondern an Schelme verloren habe, wäre es mir doch gar bitter, für sie wie ein gemeiner Betrüger zur Rechenschaft gezogen zu werden.«

»Das verstehe ich wohl. Aber wie wollen Sie das ver-
hüten?«

»Das weiß ich noch nicht. Ich würde, wie es selbstverständlich ist, das Geld so bald und so vollkommen als
möglich zu ersetzen suchen. Wenn es möglich wäre, dafür
eine einstweilige Bürgschaft zu stellen, so könnte wohl
ein gerichtliches Verfahren ganz vermieden werden.«

Die Frau sah ihn forschend an.

»Was wären in diesem Falle Ihre Pläne?« fragte sie
dann ruhig.

»Dann würde ich außer Landes eine Arbeit suchen und
mich bemühen, vor allem jene Summe abzutragen. Sollte
jedoch die Person, welche für mich bürgt, mir anders ra-
ten und mich anders zu verwenden wünschen, so wäre
mir natürlich dieser Wunsch Befehl.«

Frau Tanner erhob sich und tat einige erregte Schritte
durchs Zimmer. Sie blieb außerhalb des Lichtkreises der
Lampe in der Dämmerung stehen und sagte leise von dort
herüber: »Und die Person, von der Sie reden und die für
Sie bürgen soll, die soll ich sein?«

Herr Matthias war ebenfalls aufgestanden.

»Wenn Sie wollen – ja«, sagte er tief atmend. »Da ich
mich Ihnen, die ich noch kaum kannte, so weit geöffnet
habe, mag auch das gewagt sein. Ach, liebe Frau Tanner,
es ist mir wunderlich, wie ich in meiner elenden Lage zu
solcher Kühnheit komme. Aber ich weiß keinen Richter,
dem ich mich so leicht und gerne zu jedem Urteilsspruch
überließe, wie Ihnen. Sagen Sie ein Wort, so gehe ich
heute noch für immer aus Ihren Augen.«

Sie trat an den Tisch zurück, wo vom Abend her noch
eine feine Stickarbeit und eine umgefalzte Zeitung lag,
und verbarg ihre leicht zitternden Hände hinter ihrem
Rücken. Dann lächelte sie ganz leicht und sagte: »Danke
für Ihr Vertrauen, Herr Matthias, es soll in guten Händen
sein. Aber Geschäfte tut man nicht so in einer Abendstim-
mung ab. Wir wollen jetzt zur Ruhe gehen, die Magd

wird Sie ins Gärtnerhaus führen. Morgen früh um sieben wollen wir hier frühstücken und weiterreden, dann können Sie noch leicht den ersten Bahnzug erreichen.«

In dieser Nacht hatte der flüchtige Pater einen weit besseren Schlaf als seine gütige Wirtin. Er holte in einer tiefen achtstündigen Ruhe das Versäumte zweier Tage und Nächte ein und erwachte zur rechten Zeit ausgeruht und helläugig, so daß ihn die Frau Tanner beim Frühstück erstaunt und wohlgefällig betrachten mußte.

Diese verlor über der Sache Matthias den größeren Teil ihrer Nachtruhe. Die Bitte des Paters hätte, soweit sie nur das verlorene Geld betraf, ihr dies nicht angetan. Aber es war ihr sonderbar zu Herzen gegangen, wie da ein fremder Mensch, der nur ein einzigesmal zuvor flüchtig ihren Weg gestreift, in der Stunde peinlicher Not so voll Vertrauen zu ihr gekommen war, fast wie ein Kind zur Mutter. Und daß ihr selber dies doch eigentlich nicht erstaunlich gewesen war, daß sie es ohne weiteres verstanden und beinahe wie etwas Erwartetes aufgenommen hatte, während sie sonst eher zum Mißtrauen neigte, das schien ihr darauf zu deuten, daß zwischen ihr und dem Fremden ein Zug von Geschwisterlichkeit und heimlicher Harmonie bestehe.

Der Pater hatte ihr schon bei seinem ersten Besuch neulich einen angenehmen Eindruck gemacht. Sie mußte ihn für einen lebenstüchtigen, harmlosen Menschen halten, dazu war er ein hübscher und gebildeter Mann. An diesem Urteil hatte das seither Erfahrene nichts geändert, nur daß die Gestalt des Paters dadurch in ein etwas schwankendes Licht von Abenteuer gerückt und in seinem Charakter immerhin eine gewisse Schwäche enthüllt schien.

Dies alles hätte hingereicht, dem Mann ihre Teilnahme zu gewinnen, wobei sie die geforderte Bürgschaft oder Geldsumme gar nicht beachtet haben würde. Durch die merkwürdige Sympathie jedoch, die sie mit dem Fremden verband und die auch in den sorgenvollen Gedanken dieser Nacht nicht abgenommen hatte, war alles in eine andere Beleuchtung getreten, wo das Geschäftliche und Persönliche gar eng aneinanderhing und wo sonst harmlose Dinge ein bedeutendes, ja schicksalhaftes Aussehen gewannen. Wenn dieser Mann so viel Macht über sie hatte und so viel Anziehung zwischen ihnen beiden bestand, so war es mit einem Geschenk nicht getan, sondern es mußten daraus dauernde Verhältnisse und Beziehungen entstehen, die immerhin auf ihr Leben großen Einfluß gewinnen konnten.

Dem gewesenen Pater schlechthin mit einer Geldgabe aus der Not und ins Ausland zu helfen, unter Ausschluß aller weiteren Beteiligung an seinem Schicksal als einfache Abfindung, das ging nicht an, dazu stand ihr der Mann zu hoch. Andererseits trug sie Bedenken, ihn auf seine immerhin seltsamen Geständnisse hin ohne weiteres in ihr Leben aufzunehmen, dessen Freiheit und Übersicht sie liebte. Und wieder tat es ihr weh und schien ihr unmöglich, den Armen ganz ohne Hilfe zu lassen.

So sann sie mehrere Stunden hin und wider, und als sie nach kurzem Schlaf in guter Toilette das Frühstückszimmer betrat, sah sie ein wenig geschwächt und müde aus. Matthias begrüßte sie und blickte ihr so klar in die Augen, daß ihr Herz sich rasch wieder erwärmte. Sie sah, es war ihm mit allem, was er gestern gesagt, vollkommen ernst, und er würde zuverlässig dabei bleiben.

Sie schenkte ihm Kaffee und Milch ein, ohne mehr als die notwendigen geselligen Worte dazu zu sagen, und gab Auftrag, daß später für ihren Gast der Wagen angespannt werde, da er zum Bahnhof müsse. Zierlich aß sie aus silbernem Becherlein ein Ei und trank eine Schale Milch dazu, und erst als sie damit und der Gast ebenfalls mit seinem Morgenkaffee fertig war, begann sie zu sprechen.

»Sie haben mir gestern«, sagte sie, »eine Frage und

Bitte vorgelegt, über die ich mich nun besonnen habe. Sie haben auch ein Versprechen gegeben, nämlich in allem und jedem es so zu halten, wie ich es gutfinden werde. Ist das Ihr Ernst gewesen und wollen Sie sich noch dazu bekennen?«

Er sah sie ernsthaft und innig an und sagte einfach: »Ja.«

»Gut, so will ich Ihnen sagen, was ich mir zurechtgelegt habe. Sie wissen selbst, daß Sie mit Ihrer Bitte nicht nur mein Schuldner werden, sondern mir und meinem Leben auf eine Weise nähertreten wollen, deren Bedeutung und Folgen für uns beide wichtig werden können. Sie wollen nicht ein Geschenk von mir haben, sondern mein Vertrauen und meine Freundschaft. Das ist mir lieb und ehrenvoll, doch müssen Sie selbst zugeben, daß Ihre Bitte in einem Augenblick an mich gekommen ist, wo Sie nicht völlig tadelfrei dastehen und wo manches Bedenken wider Sie erlaubt und möglich ist.«

Matthias nickte errötend, lächelte aber ein klein wenig dazu, weshalb sie ihren Ton sofort um einen Schatten strenger werden ließ.

»Eben darum kann ich leider Ihren Vorschlag nicht annehmen, werter Herr. Es ist mir für die Zuverlässigkeit und Dauer Ihrer guten Gesinnung zu wenig Gewähr vorhanden. Wie es mit Ihrer Freundschaft und Treue beschaffen ist, das kann nur die Zeit lehren, und was aus meinem Geld würde, kann ich auch nicht wissen, seit Sie mir das mit Ihrem Freunde Breitinger erzählt haben. Ich bin daher gesonnen, Sie beim Wort zu nehmen. Sie sind mir zu gut, als daß ich Sie mit Geld abfinden möchte, und Sie sind mir wieder zu fremd und unsicher, als daß ich Sie ohne weiteres in meinen Lebenskreis aufnehmen könnte. Darum stelle ich Ihre Treue auf eine vielleicht schwere Probe, indem ich Sie bitte: Reisen Sie heim, übergeben Sie Ihren ganzen Handel dem Kloster, fügen Sie sich in alles, auch in eine Bestrafung durch die Gerichte! Wenn Sie das tapfer und ehrlich tun wollen, ohne mich in der Sache irgend zu nennen, so verspreche ich Ihnen dagegen, nachher keinen Zweifel mehr an Ihnen zu haben und Ihnen zu helfen, wenn Sie mit Mut und Fröhlichkeit ein neues Leben anfangen wollen. – Haben Sie mich verstanden und soll es gelten?«

Herr Matthias nahm ihre ausgestreckte Hand, blickte ihr mit Bewunderung und tiefer Rührung in das schön erregte bleiche Gesicht und machte eine sonderbare stürmische Bewegung, beinahe als wollte er sie in die Arme schließen. Statt dessen verbeugte er sich sehr tief und drückte auf die schmale Damenhand einen festen Kuß. Dann ging er aufrecht aus dem Zimmer, ohne weiteren Abschied zu nehmen, und schritt durch den Garten und stieg in das draußen wartende Kabriolett, während die überraschte Frau seiner großen Gestalt und entschiedenen Bewegung in sonderbar gemischter Empfindung nachschaute.

6

Als der Pater Matthias in seinem städtischen Anzug und mit einem merkwürdig veränderten Gesicht wieder in sein Kloster gegangen kam und ohne Umweg den Guardian aufsuchte, da zuckte Schrecken, Erstaunen und lüsterne Neugierde durch die alten Hallen. Doch erfuhr niemand etwas Gewisses. Hingegen fand schon nach einer Stunde eine geheime Sitzung der Oberen statt, in welcher die Herren trotz manchen Bedenkens schlüssig wurden, den üblen Fall mit aller Sorgfalt geheimzuhalten, die verlorenen Gelder zu verschmerzen und den Pater lediglich mit einer längeren Buße in einem ausländischen Kloster zu bestrafen.

Da er hereingeführt und ihm dieser Entscheid mitgeteilt wurde, setzte er die milden Richter durch seine Weigerung, ihren Spruch anzuerkennen, in kein geringes Erstaunen. Allein es half kein Drohen und kein gütiges Zureden, Matthias blieb dabei, um seine Entlassung aus dem Orden zu bitten. Wolle man ihm, fügte er hinzu, die durch seinen Leichtsinn verlorengegangene Opfersumme als persönliche Schuld stunden und deren allmähliche Abtragung erlauben, so würde er dies dankbar als eine große Gnade annehmen, andernfalls jedoch ziehe er es vor, daß seine Sache vor einem weltlichen Gericht ausgetragen werde.

Da war guter Rat teuer, und während Matthias Tag um Tag einsam in strengem Zellenarrest gehalten wurde, beschäftigte seine Angelegenheit die Vorgesetzten bis nach Rom hin, ohne daß der Gefangene über den Stand der Dinge das geringste erfahren konnte.

Es hätte auch noch viele Zeit darüber hingehen können, wäre nicht durch einen unvermuteten Anstoß von außen her plötzlich alles in Fluß gekommen und nach einer ganz anderen Entwicklung hin gedrängt worden.

Es wurde nämlich, zehn Tage nach des Paters unseliger Rückkehr, amtlich und eilig von der Behörde angefragt, ob etwa dem Kloster neuestens ein Insasse oder doch eine so und so beschriebene Ordenskleidung abhanden gekommen, da diese Gewandung soeben als Inhalt eines auf dem und dem Bahnhof abgegebenen rätselhaften Handkoffers festgestellt worden sei. Es habe dieser Koffer, der seit genau zwölf Tagen in jener Station lagerte, infolge eines schwebenden Prozesses geöffnet werden müssen, da ein unter schwerem Verdacht verhafteter Gauner neben anderem gestohlenen Gute auch den auf obigen Koffer lautenden Gepäckschein bei sich getragen habe.

Eilig lief nun einer der Väter zur Behörde, bat um nähere Auskünfte und reiste, da er diese nicht erhielt, unverweilt in die benachbarte Provinzhauptstadt, wo er sich viele, doch vergebliche Mühe gab, die Person und die Spuren des guten Pater Matthias als mit dem Gaunerprozesse unzusammenhängend darzustellen. Der Staatsanwalt zeigte im Gegenteil für diese Spuren ein lebhaftes Interesse und eine große Lust, den einstweilen als krankliegend entschuldigten Pater Matthias selber kennenzulernen.

Durch diese Ereignisse kam plötzlich eine schroffe Änderung in die Taktik der Väter. Es wurde nun, um zu retten, was noch zu retten wäre, der Pater Matthias mit aller Feierlichkeit aus dem Orden ausgestoßen, der Staatsanwaltschaft übergeben und wegen Veruntreuung von Klostergeldern angeklagt. Und von dieser Stunde an füllte der Prozeß des Paters nicht nur die Aktenmappen der Richter und Anwälte, sondern auch als Skandalgeschichte alle Zeitungen, so daß sein Name im ganzen Lande widerhallte.

Da niemand sich des Mannes annahm, da sein Orden ihn völlig preisgab und die öffentliche Meinung, dargestellt durch die Artikel der liberalen Tagesblätter, den Pater keineswegs schonte und den Anlaß zu einer kleinen frohen Hetze wider die Klöster benutzte, kam der Angeklagte in eine wahre Hölle von Verdacht und Verleumdung und bekam eine schlimmere Suppe auszuessen, als er sich eingebrockt zu haben meinte. Er hielt sich aber in aller Bedrängnis brav und tat keine einzige Aussage, die sich nicht bewährt hätte.

Im übrigen nahmen die beiden ineinander verwickelten Prozesse ihren raschen Verlauf. Mit wunderlichen Gefühlen sah sich Matthias bald als Angeklagter den Pfarrern und Mesnern jener Missionsgegend, bald als Zeuge der hübschen Meta und dem Herrn Breitinger gegenübergestellt, der gar nicht Breitinger hieß und in weiten Kreisen als Gauner und Zuhälter unter dem Namen des dünnen Jakob bekannt war. Sobald sein Anteil an der Breitingerschen Affäre klargestellt war, entschwand dieser und seine Gefolgschaft aus des Paters Augen, und es wurde in wenigen kräftigen Verhandlungen sein eigenes Urteil vorbereitet.

Er war auf eine Verurteilung von allem Anfang an gefaßt gewesen. Inzwischen hatte die Enthüllung der Einzelheiten jenes Tages in der Stadt, das Verhalten seiner
Oberen und die öffentliche Stimmung auf seine allge-
meine Beurteilung gedrückt, so daß die Richter auf sein
unbestrittenes Vergehen den gefährlichsten Paragraphen
anwendeten und ihn zu einer recht langen Gefängnisstrafe verurteilten.

Das war ihm nun doch ein empfindlicher Schlag, und
es wollte ihm scheinen, eine so harte Buße habe sein in
keiner eigentlichen Bosheit beruhendes Vergehen doch
nicht verdient. Am meisten quälte ihn dabei der Gedanke
an die Frau Tanner und ob sie ihn, wenn er nach Verbü-
ßung einer so langwierigen Strafe und überhaupt nach
diesem unerwartet viel beschriebenen Skandal sich ihr
wieder vorstelle, noch überhaupt werde kennen wollen.

Zu gleicher Zeit bekümmerte und empörte sich Frau
Tanner kaum weniger über diesen Ausgang der Sache und
machte sich Vorwürfe darüber, daß sie ihn doch eigentlich ohne Not da hineingetrieben habe. Sie schrieb auch
ein Brieflein an ihn, worin sie ihn ihres unveränderten
Zutrauens versicherte und die Hoffnung aussprach, er
werde gerade in der unverdienten Härte seines Urteils
eine Mahnung sehen, sich innerlich ungebeugt und un-
verbittert für bessere Tage zu erhalten. Allein dann fand
sie wieder, es sei kein Grund vorhanden, an Matthias zu
zweifeln, und sie müsse es nun erst recht darauf ankommen lassen, wie er die Probe bestehe. Und sie legte den
geschriebenen Brief, ohne ihn nochmals anzusehen, in ein
Fach ihres Schreibtisches, das sie sorgfältig verschloß.

Über alledem war es längst völlig Herbst geworden
und der Wein schon gekeltert, als nach einigen trüben
Wochen der Spätherbst noch einmal warme, blaue, zart
verklärte Tage brachte. Friedlich lag, vom Wasser in ge-
brochenen Linien gespiegelt, an der Biegung des grünen
Flusses das alte Kloster und schaute mit vielen Fenster-

scheiben in den zartgolden blühenden Tag. Da zog in dem schönen Spätherbstwetter wieder einmal ein trauriges Trüpplein unter der Führung einiger bewaffneter Landjäger auf dem hohen Weg überm steilen Ufer dahin.

Unter den Gefangenen war auch der ehemalige Pater Matthias, der zuweilen den gesenkten Kopf aufrichtete und in die sonnige Weite des Tales und zum stillen Kloster hinunter sah. Er hatte keine guten Tage, aber seine Hoffnung stand immer wieder, von allen Zweifeln unzerstört, auf das Bild der hübschen blassen Frau gerichtet, deren Hand er vor dem bitteren Gang in die Schande gehalten und geküßt hatte. Und indem er unwillkürlich jenes Tages vor seiner Schicksalsreise gedachte, da er noch aus dem Schutz und Schatten des Klosters in Langeweile und Mißmut hier herübergeblickt hatte, da ging ein feines Lächeln über sein mager gewordenes Gesicht, und es schien ihm das halbzufriedene Damals keineswegs besser und wünschenswerter als das hoffnungsvolle Heute. *(1910)*

Ein Wandertag vor hundert Jahren

Eine Idylle

I

Auf der Höhe eines lichten, nach Süden hin mit Rebgärten bedeckten Hügels tauchten, in schlanken Sprüngen laufend wie mutwillige Schulknaben, rasch hintereinander zwei Jünglinge auf, in Reisekleidern und jeder sein Wandergepäck am Riemen über der Schulter tragend.

»Hallo, ich bin der erste!« rief Jonas Finckh lachend und triumphierend als Sieger in dem scherzhaften Wettlauf um den Hügelgrat und den ersten Anblick des Bodensees.

Sein Freund, nach dem Jonas sich rufend umschaute, war schon dicht hinter ihm und trat nun, vom Laufen gerötet und tief aufatmend, neben ihm hervor, vom Anblick der vor ihm zurückweichenden ungeheuren Weite betroffen.

»Der Bodensee!« sagte er leise zu sich selber, glücklich und ungläubig sich bestätigend, daß er nun dieses berühmte Wasser, von dem er von Kind auf viel gehört hatte, wahrhaftig vor Augen und nahezu erreicht habe.

»Jawohl, der Bodensee«, fiel Jonas ein. »Diesmal war also unser Rennen nicht vergebens wie heut schon zweimal. Dafür gönnen wir uns aber jetzt eine Viertelstunde Rast und sehen die Herrlichkeit in allem Behagen an.«

Sie warfen ihre Ranzen ab und setzten sich am erhöhten Straßenrand auf das moosige Gemäuer. Sie beide waren auf der ersten größeren Reise ihres jungen Lebens begriffen, voll ungeduldiger Empfänglichkeit für die Schönheit der Welt und voll ahnungsvoller Erwartung ihrer Wunder, zu lauter Hingabe und Bewunderung bereit, und zugleich voll Eroberungslust und Siegergefühl.

Seit vier Tagen nun war ihnen Stund um Stunde ein neues Stück Welt aufgegangen, davon sie zuvor noch nichts oder nur vom Hörensagen und aus ungeliebter Schulweisheit gewußt hatten; sie waren durch Täler und über Flüsse gekommen, deren Namen sie seit Jahren wohl gekannt, ohne sich bei ihrem fremden Klang etwas gedacht zu haben, und hatten Tag für Tag sich begierig darauf gefreut, nun bald die Grenze und den großen See zu erreichen und in neue, fremde Länder zu kommen. Denn ihre Absicht war, auf dem Wege über einige Alpenstraßen Italien aufzusuchen, wohin ihre Sehnsucht längst das Paradies verlegt hatte.

Soviel sie indessen auf ihren bisherigen Wegen davon geredet hatten, und so begehrlich sie ihr Italien und Sehnsuchtsland in der Seele hegten, auf dieser freien Hügelhöhe vergaßen sie es doch für eine Weile völlig und verloren sich im Taumel ersten Erlebens in die Größe und unendliche Mannigfaltigkeit der Aussicht, die zu ihren Füßen und weithin nach drei Himmelsgegenden sich farbig prangend erstreckte. Vor ihnen fiel in sanften Hügelstufen mit Reben und Obstgärten das Land gegen den See hin abwärts, dessen blaue und manchmal blendend spiegelnde Fläche nahezu regungslos in großer Ausdehnung leuchtete und das ganze Land unermeßlich weit, licht und klar machte. Kleinere Hügel mit weichen Waldrücken umschlossen zur Rechten das riesige Seebecken, auf ihren Höhen leuchteten Burgen, Klöster und Gehöfte, zu ihren Füßen schmiegte sich das blaue Wasser zärtlich in runde, weich verfließende Buchten. An diesen Buchten da und dort lagen klein, still und säuberlich die Dörfer im Obstgartendunkel und die Städtchen mit Kirchenturm und Schloß, einzelne träumerische Landhäuser, winzig und merkwürdig klar zu schauen, und auf der Seeseite, sparsam verteilt, schwammen die Fahrzeuge der Schiffer und Fischer.

»O, ein Segel!« rief Gustav Weizsäcker mit Entzücken,

da er, zum erstenmal in seinem Leben, in einem Sonnen-
blitze das schwebende weiße Dreieck eines schlanken Se-
gels scharf aufglänzen sah.

Da berührte ihn sein Freund Finckh leise am Arm und
deutete in die Ferne und Höhe, gegen Süden, und Gustav
folgte mit froh erschrockenem Blick und sah schweigend,
den Arm um seines Kameraden Schulter gelegt, das längst
erwartete, besprochene und ersehnte Gebirge, das ihnen
beiden nun doch vollkommen überraschend und neu entgegentrat. Dort jenseits lagen wolkige Nebel grau und
weiß dampfend um den Fuß und die halbe Höhe der Alpen, und nur die Gipfel ragten zartklar und gläsern in
ihrer schweigenden, ehrwürdigen Reihe in die Bläue des
sommerlichen Himmels, unirdisch, an Form und Farben
mehr dem Luftreich als der Erde verwandt und trotzdem
gewaltig und wie drohend.

Unwillkürlich waren sie aufgesprungen und standen
lange, beglückt und gebannt, in der tief erregenden, leise
und rätselhaft schmerzenden Erweiterung des Herzens,
mit der die Jugend auf mächtige und überraschende An-
blicke und Erlebnisse antwortet.

Sie waren voneinander weggetreten und schauten eine
lange Zeit, von der Größe des Anblicks benommen,
schweigend hinab und über den See und die Buchten entlang, und immer wieder hinüber gegen die Alpen, deren
dunkle Felstürme und weiße Schneefelder, Grate, Schar-
ten und Gipfel im Spiegel des Sonnenlichtes ihre tausend-
fältigen Formen und Geheimnisse der Ahnung darboten.

Eine Scham hielt die Freunde ab, einander anzublik-
ken, zu umarmen und ihre Ergriffenheit zu äußern, bis
Jonas Finckh, nicht länger fähig, sich zurückzuhalten,
unter Tanzen und Hutschwenken laut jubelnd und jo-
delnd seiner übermäßigen Lust den Lauf ließ. Er warf Hut
und Stab in die Lüfte, fing sie laufend wieder auf, drückte
den Freund heftig an seine Brust, ließ ihn sofort wieder los
und sank atemlos und lachend auf die Wegmauer hin. Der

knabenhafte Ausbruch, hinter dem er seine Ergriffenheit verbarg, kam auch dem andern zugute, der sich nun gefaßt und freudig mit glänzenden Augen zu ihm wandte.

Zum Gebirge hinüberdeutend, rief er begeistert: »Das muß der Säntis sein, der hohe, spitzige da vorn, und dort links hinüber geht unser Weg, morgen oder übermorgen sind wir mitten in den Alpen drin! Du, es ist alles gerade so, wie ich es mir immer gedacht habe, und noch schöner!«

Sie nahmen ihre Ranzen wieder auf und wanderten langsam weiter, bergabwärts gegen den klar heraufblauenden See, und so durstig sie immer wieder die Ferne maßen und dieser ganzen Schönheit froh und Herr zu werden verlangten, fanden sie doch keine innere Rast und kein beschauliches Stehenbleiben mehr, sondern mußten, vom Wanderrausch getrieben, rasch und rascher gehen, um selber mitten darin zu sein. Bald schwand ihnen Schneegebirg und Länderferne hinter Obstbaumkronen dahin, die sich immer enger und dunkelgrüner über ihnen anhäuften, bis der abstürzende Weg sich gemach verflachte und sie langsamer gegen den warmen Seerand hin führte. Hier nahm Tor und Gasse einer kleinen hübschen Stadt die Wanderer freundlich grüßend auf, mit Blumenbrettern vor blitzenden Fenstern, kleinem Handwerksgeräusch und einladenden Wirtsschildern.

Allein so hübsch die sonnige Gasse lachte und so vertraulich der »Hecht« und »Anker«, die »Linde« und der »Adler« grüßten, die jungen Menschen gingen in einmütiger Ungeduld vorüber, dem See entgegen. Der blitzte ihnen unversehens am Ende einer Nachbargasse ins Gesicht; eilig nahmen sie den Weg dahin und ins Freie und machten, geblendet, vor dem strahlenden Wasser halt. Da umgab sie neu und köstlich fremd der wunderliche Seegeruch und das nie gesehene Strandleben: barfüßige Buben mit langen Angelstöcken, aufgespannte, funkelnde Fischernetze, leichte Rudergondeln, an Pflöcke gebunden und milde schaukelnd, weiter draußen verankert Barken und Segelboote; andere, ans Trockene gezogen, lagen groß und dunkel am schrägen Strand.

Und weithin lag in hundert Perlmutterfarben der mächtige See, über den sie fahren sollten. War es auch noch nicht der Hafen von Genua und noch kein südliches Meer, so gaben doch Wasserweite, Seeduft, Silhouetten der Boote und Segel einen kräftigen Vorgeschmack, und ohne es zu sagen oder dessen nur recht bewußt zu sein, dachten die Jünglinge im stillen an Homer und an den Seefahrer Odysseus.

Nun gingen sie den Schiffsmann zu erfragen, der sie über das große Wasser fergen sollte. Sie fanden ihn, einen graubärtigen kleinen Mann, an seiner Fährbarke beschäftigt, und fragten ihn, ob er sie hinüberfahren wolle und wie lange er dazu wohl brauche.

»Ein paar Stunden schon«, sagte er langsam. »Aber die jungen Herren müssen noch warten; dafür gibt es nachher Gesellschaft. Es ist schon eine fremde Herrschaft da, ein Herr und eine Jungfer; die haben ihren Wagen gestern vorausgeschickt und wollen heute zu Wasser weiter. Und in einer halben Stunde kommt die Post an; die bringt wohl auch noch Fahrgäste mit.«

Gustav Weizsäcker zeigte sich über den Bescheid ein wenig enttäuscht. »Ich hatte es mir so schön gedacht«, sagte er betrübt, »diese Fahrt nur zu zweien in einem kleinen Boot zu machen.«

»Das können Sie ja haben«, meinte der Alte freundlich, »wenn Sie darauf bestehen und einige Geduld haben wollen. Nur kostet es halt vier Gulden, und auf der großen Fähre, die ohnehin geht, zahlt ein jeder bloß zwanzig Kreuzer und hat die Gesellschaft umsonst. Und es ist auch im kleinen Boot schon manchem ungut geworden, wenn eine Oberluft kam und er kein Seeheld war.«

»Ach was!« rief Jonas, »natürlich fahren wir mit den andern. Die Gulden haben wir sowieso nicht im Überfluß, und Seehelden sind wir auch nicht. Ich wenigstens bin keiner.«

Der Freund stimmte bei; sie bestellten Plätze und ließen ihre Bündel und Mäntel gleich auf der stattlichen Barke liegen. Dann gingen sie behutsam in das Städtchen zurück, besahen den Marktplatz und die sauberen Gassen, lächelten den vom Spiel weg nach ihnen umschauenden Kindern zu, kauften beim Bäcker Brot, beim Metzger eine Wurst und ließen in der »Linde« ihre neuen Reiseflaschen mit einheimischem Rotwein füllen. Danach fanden sie noch Zeit, den Kirchturm zu ersteigen und von seiner Höhe Ausschau zu halten, bis schwerer Pferdetrab, Schellengeläute und Räderknirschen auf dem Pflaster die Anfahrt des Postwagens verkündeten. Da eilten sie vom Turm und den nächsten Weg zum Strand und Hafen hinab, um ja die Fähre nicht zu versäumen.

Damit hatte es indessen gute Weile. Die vornehme fremde Herrschaft zwar, die der schönen Wasserfahrt zuliebe ihren Wagen leer hatte weiterfahren lassen, stand schon reisebereit im Hinterteil des Bootes bei ihrem ledernen Koffer; zwei andere Mitreisende aber gingen noch ruhig am Strand hin und wider, während über den Ländesteg allerlei Frachtgüter auf das Fährboot gebracht wurden. Es wurden mehrere Kisten, Ballen und Körbe herübergeschleppt und verstaut, sodann ein großer Wasserbottich voll lebender Fische und schließlich noch einige Fässer, und die jungen Reisenden sahen dieser einfachen Hantierung mit dem Eifer und Vergnügen zu, mit dem alle Landbewohner das Schiffahrtsgewerbe betrachten, wenn sie es noch nie oder selten gesehen haben. Sie sahen es beide zum erstenmal, und es schien ihnen diese Art des Reisens schöner und verlockender als jede andere.

Sorgfältig stiegen sie ins Schiff hinüber, sobald der Steg frei ward. Die säumigen Mitfahrer wurden nun zur Eile ermahnt und stiegen ein wie Leute, die das nicht zum ersten Male tun; sie riefen den am Lande Stehenden

Grüße, Aufträge und Scherzworte zu, und die schwere Barke ward von zwei Ruderknechten mit einer Stange vom Ufer abgestoßen. Dann wurden die großen, breitschaufeligen Stehruder taktmäßig bewegt und die Fahrt begann.

2

Der fremde Herr hatte inzwischen mit seiner Tochter in der Mitte des Schiffes den Ehrenplatz eingenommen. Für ihn und sie waren da eigens zwei bequeme, niedere Polstersessel aufgestellt worden, indes die gewöhnlichen Fahrgäste zwei hölzerne Bänklein benützen konnten. Der Fremde war ein bequem, doch fein gekleideter Mann von wohl sechzig Jahren, die Tochter ein junges, sehr wohlgewachsenes Mädchen, dessen Gesicht jedoch zur Hälfte von einem bläulichen Schleier verhüllt war. Sie saßen beide mit den lässigen Gebärden reicher Leute in ihren Ehrenstühlen, der Vater mit einem lederumkleideten Fernrohr versehen, betrachteten den See und die Ferne und sprachen zuweilen halblaut miteinander. Jonas war geneigt gewesen, sie für Engländer zu halten, und hatte für den noblen Alten schon den Ehrennamen »der Lord« erfunden. Es erwies sich jedoch später, daß sie Deutsche waren und aus Bremen stammten, worauf Jonas den Lord mit einigem Bedauern in einen Senator verwandelte.

Nach einigem Umherstöbern hatten auch die Freunde sich gesetzt, im stillen Dahinfahren sank ihre vorige Erregung und Ungeduld wieder, und sie gewöhnten sich daran, auf dem blauen Wasser und mitten im schönen Bilde zu sein.

Von den übrigen Fahrtgenossen hielt sich der eine bei den Ruderern und Waren auf und sank später, bei zunehmender Wärme, über einem Bündel leerer Säcke in Schlaf. Der andere nahm bei den Wanderern Platz; bald gesellte sich der alte Schiffsmann dazu, und indem die jungen

Leute sich um die Namen mancher Ortschaften und Berge, um Wetter und Entfernungen erkundigten, entstand ein lässiges Gespräch und schuf Vertrauen. Da nun Jonas Finckh seine Wurst zerschnitten, dem Freunde und sich vorgelegt und gespeist, den Becher mit Wein aber auch dem Schiffer und dem andern Mann angeboten hatte, sagte der kleine Schiffsmann zutraulich: »So, ihr jungen Herren, nun haben wir von Ihrem Wein getrunken und wollen die Gastfreundschaft beim nächsten Anlaß gern erwidern. Wir beide sind in der Seegegend daheim; ich habe mein Schiff und Gewerbe hier, und der dort ist Gastwirt in Appenzell. Sie aber kommen von weiter her, und man kennt Sie nicht. Wenn Sie also Lust dazu haben, an der Zeit wird es nicht fehlen, so erzählen Sie uns ein wenig, wer Sie sind und woher und was Sie da auf Reisen suchen.«

»Das kann geschehen und ist bald gesagt«, gab Finckh Antwort. »Was mich betrifft, ich habe vier Jahre lang (es kommt mir aber viel länger vor) Philologie studiert und soll später den Schulbuben daheim das Latein beibringen. Studiert habe ich in Heidelberg und Tübingen; meine Heimat aber ist in Reutlingen, obwohl man das, hoffe ich, meiner Sprache nicht anhört. Und meine Reise geht mit einem kleinen Umweg nach Rom, wo der Papst regiert und wo früher das beste Latein gesprochen wurde. Ich habe mir mit Stundengeben und Abschreiben ein Reisegeld verdient, und weil das bis nach Rom nicht gereicht hätte, hat ein alter Onkel, dem meine Reiselust besser gefällt als mein Schulmeisterberuf, das Fehlende dazugelegt und mir diesen guten Stock hier mit dem Hirschhorngriff geschenkt, mit dem er selber vor Zeiten als junger Goldschmied sich in der Welt herumgetrieben und das Handwerk begrüßt hat. – Jetzt kommst du dran, Gustav!«

Der angerufene Freund lächelte und wurde rot, er war weder Philologe noch sonst so redegewandt wie Jonas. Auch hatte er bemerkt, daß die beiden vornehmen Fremden mit Behagen und leiser Belustigung von ihrer Unterhaltung Kenntnis nahmen. Doch überwand er schnell das Husten und brachte seinen Spruch nicht übel heraus. Seine Heimat sei im untern Neckartal, und wenn sein Vater noch am Leben wäre, so hätte wohl auch er ein ordentliches Fach studieren und ein Amt erlernen müssen. So aber sei sein Vater früh gestorben, und er habe beim besten Willen an der Schule und am Lernen keine Freude haben können. Und da seine Mutter ihn schon immer verwöhnt, habe sie mit Seufzen ihm schließlich erlaubt, das zu werden, was er von Kind auf habe werden wollen, nämlich ein Maler. Nun habe er die Kunstschule hinter sich, auch ein kleines Stipendium erhalten und sei auf dem Wege nach Italien, dem Paradies der Maler, wohin sein lieber Jugendfreund und halber Vetter ihn begleite. Noch sei er gegen diesen im Vorteil, denn Finckh müsse nach zwei, drei Monaten wieder heimkehren und Schullehrer werden, während er selbst in voller Freiheit dahinziehe und im schönen Italien nach Herzenslust werde wandern und malen dürfen.

Wieder hatten die Fremden zugehört, gelächelt und einander zugenickt, und nun trat der »Lord« zu der kleinen Gesellschaft herüber und sagte: »Da wir bei so naher Nachbarschaft unsere Unterhaltungen doch nicht wohl isolieren können, bitte ich um die Erlaubnis, an der Ihren teilzunehmen.« Der Appenzeller zog den Hut, die Freunde standen auf und verbeugten sich, und mit ihrer Hilfe wurden die beiden Prunksessel herbeigezogen und die Lager vereinigt.

»Wer die Herren sind, weiß ich nun schon«, sagte der Fremde höflich in seiner nordischen Sprache. »Von uns beiden ist nicht viel zu sagen. Ich komme aus Bremen und bin weder ein Gelehrter noch gar ein Künstler, sondern nur ein Kaufmann. Ich habe Geschäfte in Mailand, und da meine Tochter viel von Italien gehört und große Lust zur Reise hatte, nahm ich sie mit und wählte diesen schönen Weg. Im Vorübergehen kann ich mir dann auch die Stadt Chur besehen, wo ein alter Freund von mir, ein Graubündner, sein Geschäft und seinen Wohnsitz hat. Mit dem bin ich vor vielen Jahren in Ostindien gewesen.«

»Wohl, da sind Sie schon ein gutes Stück umeinand gefahren«, anerkannte der Schiffsmann, und man sprach darüber, wie wunderlich Menschen sich treffen, verlieren und wieder begegnen können, wozu jeder irgendein Beispiel zu erzählen wußte.

Der Philologe kam mit seinem Senator in ein lebhaftes Gespräch, dem auch die andern zuhörten und worin die Lebenserfahrung des alten Kaufmanns der Fragelust und Belesenheit des Kandidaten lustig die Waage hielt. Der Maler hielt sich ganz ruhig und schaute in die glänzende Weite, an der Bremerin vorüber, und wenn er den Blick nur ein wenig neigte, konnte er ihren im Blauen ruhenden Kopf und ihr seitwärts abgewendetes Gesicht betrachten, von dem sie den Schleier weggenommen hatte und das mit bräunlicher Blässe unter dunkelblonden Haaren gleichmütig vor seinem entzückten Auge stand. Er sah die vornehme Haltung des schmalen Nackens, die starke Braue über dem ernsten Auge, die feine schlanke Nase und den dünn geschnittenen, kräftig roten Mund. Dies alles war ganz anders, als er sich eine Schönheit von der Nordsee vorgestellt hätte, aber es war im ganzen und einzelnen überaus reizend. Er bewunderte ihre freie Haltung und die Noblesse ihrer Bewegungen, er bewunderte den stillen Gleichmut, mit dem sie an den Gesprächen vorbei den klugen Kopf in die Landschaft wendete, er bewunderte die Ruhe, Kühle und wohlabgemessene Form einer reichen, wohlerzogenen, reise- und weltgewohnten Dame. Und dennoch rührte ihn etwas an ihr, als müsse er zärtliches Mitleid mit ihr haben, die ihm so weit überlegen war und gewiß in ihm nichts anderes sehen konnte als einen jungen, unfein gekleideten, schüchternen und tappigen Menschen, der seine erste Reise macht.

Was ihn so rührte, war vielleicht der leise Widerspruch zwischen ihrer damenhaft vollendeten, kühl beherrschten Erscheinung und ihrer großen Jugend. Er selber, der neben ihr so schülerhaft und schlechthin nichtig saß, war gewiß wohl drei, vier Jahre älter als sie.

Am jenseitigen Ufer leuchteten Städte im Grünen, in den Bergen brodelte Wolkendunst. Möwen strichen über das Schiff hinweg und stießen zuweilen kurze, scharfe, etwas krächzende Schreie aus.

Während die Unterhaltung eine Weile ruhte, hörte man fern vom Lande, aus den Bergen her, mehrmals einen vollen, melodisch reinen Jodler tönen und über dem stillen Wasser verklingen.

»Hast du gehört?« rief der Kandidat begierig. »Das war gejodelt, von der Schweiz her! Nicht wahr, Schiffsmann?«

»Jawohl«, lächelte der alte Mann. »Haben Sie das noch nie gehört?«

»Nein, wir hören es zum erstenmal. Wie das klingt!«

»Nun, wenn Sie dergleichen so gerne hören, dann wenden Sie sich nur an meinen Freund Tobler da! Der ist ein Appenzeller und versteht die Sache.«

Nun wurde der Appenzeller, der sich während der Gespräche bisher in bescheidenem, doch aufmerksamem Schweigen verhalten hatte, von den drei Reisenden lebhaft gebeten, seine Kunst hören zu lassen.

»Na ja«, lachte er munter, »wenn es nicht zu grob ist und das Fräulein nicht verdrießt.«

»Was sagst du dazu, Christa?« fragte der Bremer, und nun bat auch sie den Schweizer, und der stand auf, trat ein wenig zur Seite und begann einen Jodler. Er ließ den Ton anschwellen, sich überschlagen, langsam hinklingen und eilig sprudeln, klagen und wild frohlocken, daß das ganze unendliche Seetal davon erfüllt schien. Alle lauschten verwundert und eigentümlich ergriffen; der sonderbare Gesang war so urtümlich und dabei so abgemessen kunstvoll, so vom Sinn eines fröhlichen, doch trotzigen Hirtenvolkes erfüllt, als käme er aus alten Jahrhunderten herüber und paßte doch in den Tag und in die Landschaft wie Seeblau, Sonne und Wolkenspiel.

Noch einmal hob der Appenzeller an: eine verschlungene, vielfältige, rasche Tonfolge, die zuweilen ein völlig wilder, raubvogelhafter Schrei durchriß und die melodisch in langen, schwellenden Klagetönen endete. Darauf setzte er sich an seinen vorigen Platz zurück und gab auf die lebhaften Lobreden seiner Zuhörer nur durch ein stilles, bauernschlaues Lächeln Antwort.

Das Fräulein schien ein besonderes Gefallen an den Tönen zu haben. Ihr Vater nickte ihr fröhlich zu und meinte: »Nirgends tönt doch Gesang besser und würdiger als auf dem Wasser! Schade, daß wir nicht alle Sänger sind!«

Hier zwinkerte Jonas Finckh dem Maler bedeutsam zu. Der winkte errötend und abwehrend zurück, jedoch zu spät, denn schon wandte sein Freund sich gegen die Fremden und bat um Gehör für ein einfaches, altes Lied. Kunstmäßige Sänger seien sie freilich nicht, er und sein Freund, und es könne keiner von ihnen Triller schlagen, aber an schönen einfachen Volksweisen hätten sie immer ihre Lust gehabt und sie oft miteinander gesungen.

»Welches denn?« fragte Gustav schüchtern. Als aber Jonas ein derbes altes Scholarenlied vorschlug, das am besten auf sie beide und ihren Zustand passen werde, wehrte der Maler entrüstet ab und fing, um allen Widerspruch zu vereiteln, nun selber unversehens an zu singen:

> »Innsbruck, ich muß dich lassen
> ich fahr dahin mein Straßen,
> in fremde Land dahin ...«

Es zeigte sich, daß der schweigsame junge Mensch nicht auf den Mund gefallen sei, wenn es ans Singen ging. Vor sich niederschauend, sang er mit einem festen, schönen

Tenor die alte herrliche Weise sicher und kraftvoll durch; der Philolog nahm die zweite Stimme auf sich; sie machten dem wunderbaren Liede alle Ehre.

Der Maler hätte dem Lied noch zwanzig Verse statt der bloßen drei gewünscht; er blühte im Singen auf und hatte dabei ein köstlich zartes Gefühl des Glückes, als sei sein Gesang einzig an die schöne Bremerin gerichtet und ein Gruß und Bekenntnis an sie. Und als er am Schlusse sang: »Bis daß ich wiederum kumm«, da wollte ihm das Wort im Halse bleiben und im Herzen weh tun. Denn wie lange noch, so mußte dies Schiff an den Strand stoßen, so fuhr der Schiffer heimwärts, die schöne Liebe in ihrem Wagen davon, er selber zu Fuß einen anderen Weg, und alles ging in alle Winde auseinander und war, als wäre es nie gewesen!

Vorerst war jedoch der holde Augenblick noch Gegenwart, und ihm ward das Glück, ein Echo seines Liedes auf dem Gesicht des Mädchens wahrnehmen zu dürfen. Den mündlichen Dank zwar überließ sie ihrem Vater, der sogleich um ein neues Lied bat, doch war die Fremdheit und Kälte einigermaßen von ihrem Gesicht gewichen, und sie blickte zu ihm, den sie bisher durch ihre strenge Vornehmheit in einer eisigen Ferne gehalten hatte, ganz warm, anerkennend und dankbar herüber. Der Maler fühlte zwar wohl, daß sie auch so noch ihn keineswegs für ihresgleichen ansehe, doch war immerhin die Starrheit gebrochen und eine Art von menschlichem Verstehen, von wohlwollendem Geltenlassen, ja von Bewunderung an ihre Stelle gerückt.

Nun hätte er noch manche zarte, schöne Lieder gewußt, die er ihr gar zu gerne alle gesungen hätte, allein Jonas Finckh bestand diesmal darauf; es sei genug der Rührung, und es müsse nun auch etwas Lustiges an die Reihe kommen. Damit waren auch der Schiffer und der Schweizer einverstanden, und so sangen die beiden denn ein kräftiges Studentenlied von Bier und Schlägerklappern und Schulden, das dem Maler nicht sehr von Herzen kam. Und diesmal lachte die Schöne und klatschte in die Hände und wurde sehr vergnügt. Ihm aber, so gern er ihren Beifall hörte und ihr eine Freude machte, ihm war ihr voriger nachdenklicher Blick doch weit lieber gewesen. Jetzt war plötzlich die Schranke wieder da, und er nahm es dummerweise so, als lache sie nicht bloß über das Lied, sondern ebenso über die Sänger, die sie für windige Studentlein halte.

Jener letzte Passagier, der vorne auf den Säcken geschlafen hatte, kam jetzt ermuntert hinzu und zog den Appenzeller in eine geschäftliche Unterhaltung. Die Bremer rückten mit ihrem herrschaftlichen Gestühl wieder ein wenig beiseite, wenn auch nicht in die frühere Unnahbarkeit zurück.

3

»Es ist ein sonderbares Gefühl«, sagte Finckh zum Bremer, »so auf Reisen eine kleine Weile mit ganz fremden Menschen beisammenzusein, die man vermutlich niemals wieder sehen wird.« Der Kaufherr lächelte und nickte: »Ja, das ist auf Reisen nicht anders. Da muß man lernen, sich ineinander zu schicken und womöglich sich aneinander zu freuen, und darf aus keiner Begegnung mehr als den augenblicklichen Nutzen ziehen wollen.«

Dies war freundlich und vollkommen absichtslos gesagt. Nur der junge Maler, in der mißtrauischen Empfindlichkeit der Verliebten, wollte darin eine Mahnung und Warnung des Alten wittern, als fürchte dieser, sie möchten die Gunst dieser Reisebekanntschaft etwa mißbrauchen und ungebührlich zu verlängern trachten.

»Mir scheint«, sagte er langsam, »da ich ein Maler bin, der gegenwärtige Augenblick wie ein sehr schönes Gemälde. Der herrliche See, die fernen Alpen – und um sich und uns ein Vergnügen zu machen, hat nun heute der Herrgott nicht bloß einen extraschönen Tag geschaffen, sondern hat auch noch auf diesem Schiff ein paar Menschen zusammengeführt, die das Schöne lieben und zu genießen wissen. So sind denn diese paar Stunden unserer Seefahrt, die ich nie vergessen will, wie ein schönes, in sich vollkommenes Bild, das man wohl im Gedächtnis behalten mag, das aber – wie jedes Bild – eben nur einen einzelnen losgelösten Augenblick darstellt. Es ist reine Gegenwart, durch keine vergangenen Beziehungen und durch keine Absicht oder auch nur Hoffnung auf künftige gestört.«

Etwas verwundert hörte der freundliche Herr diese unerwartete Rede des bisher so schweigsamen Jünglings an. Dann gab er mit einer höflichen Gebärde die Antwort: »Sehr gut, Herr Künstler. Ich habe Sie, wie ich hoffe, so ziemlich verstanden und will Ihnen gerne recht geben. Übrigens können Sie mit unsrer heutigen Fahrt guten Gewissens zufrieden sein, da Sie nicht nur genossen haben, sondern auch Gebender waren. Ich dagegen kann mir nicht verhehlen, daß ich in diesen Stunden zwar viel Schönes genossen, meinerseits aber nicht das mindeste geleistet habe.«

Die Jünglinge unterbrachen ihn mit einigen abwehrenden Höflichkeiten, und namentlich der Maler war keineswegs der Meinung, auf dieser Seereise weniger empfangen als gegeben zu haben. Doch wagte er diese Überzeugung, die in einen Lobpreis des schönen Mädchens hätte austönen müssen, nicht kundzugeben.

»Nun«, fuhr der alte Herr fort, »jedenfalls möchte ich die einzige Gelegenheit, Ihnen meine Dankbarkeit und gute Gesinnung zu zeigen, ja nicht versäumen und bitte die Herren, uns nach der Ankunft am Land noch bei einer fröhlichen Mahlzeit Gesellschaft zu leisten.«

Weizsäcker war, so sehr ihn die Aussicht auf eine weitere Stunde in des Fräuleins Nähe verlocken wollte, durch seine Abschiedsgedanken schon allzu tief in Selbstquälerei versunken, als daß er freimütig hätte annehmen und sich freuen können. Hatten sie durch ihren Gesang den Herrschaften eine Freude machen und sich ihrer Gesellschaft würdig erweisen können, so sollte ihnen dies Vergnügen jetzt nicht durch ein Mittag- oder Abendessen abgekauft werden. Es schien ihm, dadurch gäbe er der schönen Fremden gar vollends das Recht, ihn mit Geringschätzung als einen armen Schlucker und fahrenden Schüler anzusehen. Darum gab er durch seine Antwort von neuem Anlaß zur Verwunderung.

»Verehrter Herr«, sagte er ernsthaft, »Ihre gütige Einladung ist mehr, als wir je verdient haben. Wir haben ja doch zu unserem eigenen Vergnügen gesungen. Es würde mir leid tun, von Ihnen etwas annehmen zu sollen, was ich weder verdient noch beabsichtigt habe.«

»Aber, lieber Herr«, rief der Kaufmann mit Erstaunen, »dies wird doch nicht Ihr Ernst sein!«

Aber Jonas Finckh fiel sofort entschieden ein: »Natürlich ist es nicht sein Ernst! Er muß nur immer so feierlich tun. Lieber Gustel, warum sollten wir denn nicht mit den Herrschaften speisen? Komm, sei nicht komisch, gleich sind wir an Land.«

Dabei blieb es, während nun jedermann nach vorne drängte und sich die Landungsstelle beschaute, wo unter hohen Ulmenbäumen, den Weg zum nahen Städtchen verbergend, ein behagliches Gasthaus mit schimmernden Fenstern lag.

Es war im halben Nachmittag, als das fröhliche Boot am Lande anlegte und seine Gäste entließ. Der Schiffsmann trug selbst das wenige Gepäck der Herrschaft nach dem Gasthaus hinüber und kehrte wohlzufrieden mit der Belohnung in sein Fahrzeug zurück, wo er sogleich die beiden kostbaren Stühle beiseite tat und sorgsam mit einer schützenden Leinwand zudeckte.

Der Appenzeller und der andre Mann verließen grüßend die Gesellschaft und gingen davon. Die beiden

Freunde bezahlten dem Schiffer das Notwendige, nahmen Abschied von ihm und gaben den Ruderknechten, wie sie den Senator hatten tun sehen, ein Trinkgeld. Dann trugen sie ihre Ranzen zum Wirtshaus hin, in dem das Fräulein schon verschwunden war. Ihr Vater verhandelte im Hausflur mit dem Wirt. Dann trat er umschauend hervor, nahm die Wartenden wahr und rief ihnen zu: »Leider muß ich die Herren um ein wenig Geduld bitten, wir können erst in einer Stunde essen. Aber ich rechne auf Sie! Lassen Sie sich die Zeit nicht zu lange werden, während ich inzwischen ein wenig ruhen will.«

Sie nahmen flüchtig Abschied, und Finckh erklärte, große Lust zu einer Ruderpartie zu haben. Leicht beredete ihn Weizsäcker, daß er sich allein in die Gondel des Wirtes setze, wo er zum Vergnügen zweier zuschauender Knaben sich so heftig und ungeschickt mit dem ungewohnten Ruderzeug zu schaffen machte, daß das Wasser um ihn spritzte. Der Maler ging indessen am Strande hin bis zum äußersten Vorsprung der kleinen Bucht, von wo das breit daliegende Gasthaus samt den Ulmenbäumen, dem kleinen Bootshafen und einem Stück See als ein friedevoll abgeschlossenes Bildchen zu sehen war. Er hatte aus seinem Bündel einiges Malzeug und ein Blatt vom feinsten, teuersten Papier mitgenommen, dessen Faser und zartes Korn er besonders schätzte. Nun setzte er sich, im Herzen unruhig bewegt, auf den hell schimmernden Stumpf eines wohl erst kürzlich abgesägten Baumes und fing behutsam an, die kleine hübsche Landschaft mit dem Haus, darin er das Fräulein ruhen wußte, zu zeichnen.

Er hatte eine ordentliche Schule genossen und war namentlich im genauen Zeichnen und zarten Kolorieren von Landschaften wohl geübt. Seine Art war es nicht, die Ansicht einer Landschaft oder Architektur mit heftiger Kohle zu umreißen, kühne Schatten darein zu werfen und in Schnelligkeit und Sturm etwas Geniemäßiges hinzuzaubern. Vielmehr liebte er und übte es, mit feinem Stift in Treue jeden Umriß und jede erfreuliche Artigkeit einer Gegend sorgfältig nachzuzeichnen, auch auf dem Zweig den singenden Vogel nicht zu versäumen und überall nach Kräften die freudige Ehrfurcht auszudrücken, die er vor jeder Schöpfung Gottes, auch der kleinsten, empfand.

Diese Tätigkeit, dies fromme und gewissenhafte Tun übte auch jetzt seinen sänftigenden Zauber, und während sein unerfahrenes und noch kindliches Herz sich gegen den Pfeil einer hoffnungslosen Verliebtheit wehrte, kam ihm von allen Seiten, vom friedlichen Wasser, von den vollen weichen Baumkronen und Gebüschen, vom Gestein und Kies des Ufers der leise Trost entgegen, der keinem reinen Herzen verwehrt bleibt, solange es Gott in seinen Werken zu ehren versteht. Liebevoll umschrieb sein Bleistift die anmutigen Formen der Seebucht und die strengen des ruhenden Fährbootes, liebevoll auch jedes Fenster und Gesims des Hauses. Da er sah, es werde ihm die Zeit nicht hinreichen, das Blatt zu kolorieren, wandte er doppelte Sorgfalt an die Zeichnung und Schattierung, gab dem Ulmenlaub und dem Kastanienlaub sein Recht und ließ keinen von den vielen Pfählen des Gartenhages seinen Schatten entbehren.

Die Frucht seines Fleißes, wenn sie hinreichend schön gelänge, hatte er als Andenken und Abschiedsgeschenk dem Fräulein aus Bremen zugedacht, indem er damit auch die angebotene Mahlzeit ihres vielleicht doch etwas almosenhaften Charakters zu entkleiden meinte. Es schien ihm wünschenswert, daß die junge Dame irgend etwas von ihm in Händen habe, damit doch ein schwaches Zeugnis des Gewesenen und ein leiser Antrieb zur Erinnerung vorhanden sei. Dies stimmte keineswegs zu den klugen Worten, die er kürzlich über den Wert der Gegenwart gesprochen hatte, wohl aber stimmte es durchaus zu seinem jetzigen Gefühl und auch zu dem Lied, das ihm vom Schiff her noch nachtönte und das er nun, während er die letzten sauberen Striche an seiner

Kunstarbeit tat, nochmals ganz leise, und doch vielleicht bis zum Hause hin hörbar, anstimmte und zu Ende sang:

>»Innsbruck, ich muß dich lassen,
ich fahr dahin mein Straßen,
in fremde Land dahin;
mein Freud ist mir genommen,
die ich nit weiß bekommen,
wo ich im Elend bin.

Groß Leid muß ich jetzt tragen,
das ich allein tu klagen
dem liebsten Buhlen mein;
ach Lieb, nun laß mich Armen
im Herzen dein erbarmen,
daß ich muß dannen sein!

Mein Trost ob allen Weiben,
dein tu ich ewig bleiben,
stet, treu, der Ehren fromm;
nun muß dich Gott bewahren,
in aller Tugend sparen,
bis daß ich wieder komm!«

Mit dem Gesang zugleich war auch die Zeichnung zur Vollendung gediehen und schien dem Künstler zwar lange nicht gut und wertvoll genug, doch immerhin nicht ganz unwürdig, ihn bei dem Mädchen zu vertreten und sie als ein Zeichen uneingestandener Neigung und als Andenken an schöne Reisestunden so lange und weit zu begleiten, als es ihr gefallen würde.

Indem er noch, das Blatt betrachtend, grübelte und manchen begehrlichen Gedanken mit dem Unmöglichen spielen ließ, kam der Kandidat Finckh um die Bucht gerudert, sicherer schon als vor einer Stunde, doch auch ermüdet und sehr auf die Mahlzeit wartend.

»Noch fleißig?« rief er zu dem Freunde hinüber, der scheu aus seiner Verlorenheit emporschrak.

Rasch wollte der Maler vom Sitz aufspringen, fiel jedoch mit einem abscheulichen Gefühl unerklärlicher Lähmung zurück, und da er erschrocken und verwirrt unter den Blicken des lachenden Kameraden nochmals sich aufzurichten versuchte, hielt dasselbe unheimliche Hindernis ihn wieder fest.

Entsetzt begriff Gustav Weizsäcker urplötzlich seine Lage ganz und gar. Ach, er war weder gelähmt noch angenagelt, sondern sein Beinkleid hing fest verwachsen an dem noch harzigen Baumstumpf, auf dem er saß. Noch einmal versuchte er vorsichtig loszukommen. Es gelang nicht, und jetzt rief er kläglich den Freund zu Hilfe. Halb erschrocken suchte dieser in Eile eine nahe Landestelle, fuhr auf den Sand und kam fragend gelaufen.

Da er sah und hörte, wie es um den Maler stand, mußte er anfangs nicht wenig lachen. Bald aber wurde auch ihm das Verhängnisvolle der Lage klar.

»Ich weiß nichts anderes«, sagte er entschlossen, »als daß du aus der Hose schlüpfst. Die werden wir dann mit einiger Vorsicht wohl unbeschädigt losbringen. Wenn du dich losreißt, geht sie in Fetzen.«

Dazu war indessen Gustav nicht zu bewegen. Zwar schien kein Mensch in der Nähe zu sein, doch war sein Sitz vom Hause her aus allen Fenstern sichtbar. Und lieber hätte er sich selber umgebracht, als es etwa erleben zu müssen, daß die Bremerin in ein Fenster träte und ihn, schmachvoll rückwärts kriechend, sein angewachsenes Beinkleid verlassen sähe. Nein, es mußte ein edlerer Weg gewählt werden.

Er beschwor den Freund, allein zu dem Mahl zu gehen. Er möge den Leuten sagen, er sei krank, sei fortgelaufen, sei ersoffen. Aber Jonas war anderer Meinung. Und er setzte sie durch.

Er zählte auf drei, und mit seiner Hilfe zerrte Gustav

sich mit verzweifeltem Ruck gewaltsam von dem tücki-
schen Sitze los. Das Wunder geschah, daß das neue Beinkleid aus derbem Lodenstoff dem Ansturm siegreich widerstand. Es war unverletzt und hatte bloß einige Flekken, um welche man sich jetzt nicht bekümmern konnte.

Aufatmend schritt der Erlöste mit seinem Freund gegen das Wirtshaus, nach kurzem Warten wurden sie von
der Wirtsfrau abgeholt und nach einem heiteren, kleinen
Saal im oberen Geschoß geleitet.

4

Hier fanden sie inmitten des freundlichen Raumes eine
Tafel für viere, schön und reichlich gedeckt, mit schimmernden Fußgläsern und Silberzeug auf frischem Da-
mast, mehrere Teller übereinander und Flaschen mit rotem und weißem Wein handgerecht stehend. Das war nun
freilich eine andere Art zu reisen und zu speisen, als es die
sparsamen Fußwanderer gewohnt waren. Der Maler
hatte seine Zeichnung unter daliegendem Leinenzeug auf
einem Tisch des Vorzimmers vorläufig verborgen, hatte
auch Zeit gefunden, auf der dunklen Treppe sein Gesäß
mit Taschentuch und Sackmesser etwas abzuschaben. Er
machte jetzt den vorsichtigen Versuch, sich auf einem
Stuhl niederzulassen, und fand zu seiner großen Freude
die Klebkraft des Harzes so weit gebrochen, daß er bei
einiger Sorgfalt wohl hoffen durfte, jederzeit mit Ehren
sich wieder erheben zu können.

An einem Fenster stehend, warteten die beiden in leichter Befangenheit des weiteren. Der See, der noch in voller
Sonne lag, warf ein schon abendliches, warmes Licht zurück und an die Wände des Raumes, die mit einer neuen,
figurenreichen Tapete voll mythologischer Darstellungen
bezogen waren.

Die Wirtin in sauberer Schürze trug die Suppe auf, und

gleichzeitig traten die Gastgeber herein, der Alte nur ge-
bürstet, rasiert und geglättet, die Tochter aber umgeklei-
det, in einem dunkelblauen schweren Abendkleid und
sorgfältig frisiert, so daß alsbald, trotz einiger Scheu der
Gäste, ein Flug von Festlichkeit und Glanz mit hereinzog.
Man begrüßte sich eifrig und vergnügt und nahm ungesäumt an der schönen Tafel Platz. Die Frau trug das Essen
auf, der Wirt selbst im Tuchrock sorgte für das Einschenken; auf die kräftige Suppe folgte eine Schüssel vorzüg-
licher Fische aus dem See, über deren eigentliche, zoolo-
gisch richtige Namen man aber nicht einig wurde.

Als an die Stelle der Fischplatte ein zarter Kalbsbraten
gesetzt wurde, hatten die Gäste ihre weltungewandte Befangenheit schon so ziemlich abgelegt, namentlich der
Reutlinger gab sich Mühe um ein großzügiges, nicht eben
gelehrtes, doch würdiges Tischgespräch. Der Maler, der
zuzeiten ungesehen die Adhäsionskraft seines Beinkleides
prüfte und nötigenfalls verstohlen mit der flachen Linken
zwischen sich und seiner Sitzgelegenheit auf Sonderung
drang, hatte das Glück, die schöne Fremde im besten Licht
gegenübersitzen zu sehen. Er hatte die zierliche Fertigkeit
bewundert, mit der sie das weiße Fleisch der Fische von
den Gräten löste (die die Wirtin entschuldigend »Dor-
nen« nannte), und fühlte bei ihrem Anblick, so sehr sie
ihm in jedem Betracht überlegen schien, doch wieder jene
unerklärliche Rührung, als bedürfe dieses schmucke Geschöpf eines besonderen Schutzes und einer besonders
zärtlichen Liebe. Sie gab ihm indessen zu irgendwelcher
Beschützung und Hilfe keinerlei Anlaß, bediente vielmehr
wiederholt seinen Teller mit guten Bissen, wenn er selbst
sich zu sparsam bedacht hatte. Sie fragte nach den Absichten seiner Reise, und wie er denn alsdann in dem fernen
wilden Land so allein zu leben gedenke. Da tat er ihr er-
zählend ein Fensterlein in sein bescheidenes Malerleben
auf, und sie erfuhr belustigt, wie er seinen kleinen Haushalt zu führen und sogar ein wenig zu kochen verstehe.

Ihr schienen diese kleinen Angelegenheiten spaßhaft und unterhaltend, und sooft er ablenkend von anderem zu reden begann, von den Bildern, die er zu malen hoffte, und dergleichen, was ihm groß und ernst und wichtig war, brachte sie ihn immer wieder auf jene hausfraulichen Kleinigkeiten zurück und erfuhr von ihm und seinem Leben in aller Geschwindigkeit unendlich viel mehr als er von dem ihren. Doch bemerkte er selbst das nicht, denn Geben und Nehmen ist ja für Verliebte einerlei.

Unten stand schon die hübsche Reisekutsche des Bremers bereit, und auch die jungen Freunde wollten vor Nacht noch eine Strecke wandern. Der Herr bemerkte im Gespräch, es wäre ja wohl möglich, daß man sich nochmals begegne, vielleicht in Mailand, doch vermochte der aufmerksam horchende Maler in seinen Worten keinerlei Aufforderung zu erkennen, auch war von einer mailändischen Adresse keine Rede. Es war nicht anders, der Abschied stand bevor, und auf ein Wiedersehen war nicht zu hoffen.

Als man denn mit guten Wünschen für eine weitere fröhliche Reise mit dem letzten Glase anstieß und sich von der behaglichen Tafel erhob, enteilte Weizsäcker in das Vorzimmer, holte seine Zeichnung hervor und überreichte sie dem Fräulein. Sie betrachtete das Blatt mit Überraschung, wollte nicht glauben, daß es ein Geschenk für sie sein solle, reichte es dem Alten hin und meinte, das dürfe sie nicht annehmen. Auch der Vater machte einige Einwände, gab sich jedoch bald zufrieden und meinte freundlich: »Sie wollen uns zeigen, daß ein Künstler immer der Reichere und Geber ist, wenn er mit gewöhnlichen Bürgern zusammenkommt. Damit haben Sie recht. Ich bin kein Kunstverständiger, lieber Herr, und kann Ihnen keine Elogen über Ihr Talent machen, es wäre anmaßend. Aber wenn ich Sie beide jungen Leute ansehe, wie Sie da Ihre erste Reise in die Fremde tun, so muß ich meine Lust daran haben und muß Ihnen beiden wünschen: bleiben Sie so gute Freunde und so muntere Reisende noch lange Zeit!«

Damit schieden sie voneinander, und nach wenigen Augenblicken marschierten Jonas und Gustav zum Hof und Garten hinaus der abendfarbenen Weite entgegen, der eine vom guten Wein froh erregt und munter pfeifend, der andre schweigsam und ergeben. Er dachte sich ein Bild, das er später malen würde: ein leuchtender Sommerhimmel, in dem ferne hohe Gebirge ragen, und unten eine warme, schillernde Seebreite und im Vordergrund die Brüstung eines Schiffes, an der ein schönes, bräunlichblasses Mädchen ausschauend steht, die halbe Stirn vom blauen Schleier bedeckt.

Sie waren noch keine halbe Stunde gewandert, da klang hinter ihnen auf der harten Straße Pferdetrab und leichtes Räderrollen; sie traten wartend an den Straßenrand, und kurz bevor das rasche, gute Fahrzeug sie erreichte, stimmten sie kräftig an:

> »Ach Gott, wie weh tut Scheiden,
> hat mir mein Herz verwundt;
> so trab ich über die Heiden ...«

Aus der braunen Kutsche grüßten nickend und lächelnd im Vorüberfahren das graubärtige Gesicht des Kaufherrn und das junge seiner Tochter; beide winkten lebhaft heraus, und da sie schon weit waren, wehte noch einmal auf der Seite des Mädchens ein blauer Schleier aus dem dahinfahrenden und bald entschwindenden Wagen.

»Hätt' mir ein Gärtlein bauen ...«, stimmte Jonas Finckh den zweiten Vers des begonnenen Liedes an, denn sie waren beide als rechte Sänger gewohnt, nichts Halbes von sich zu geben. Allein der Maler tat nicht mit, er ging gesenkten Kopfes dahin, und da ihn sein Freund anrief und zum Weitersingen mahnte, schüttelte er den Kopf, zog sein Taschentuch hervor und begann sich heftig zu schneuzen. *(1910)*

Der Weltverbesserer

Berthold Reichardt war vierundzwanzig Jahre alt. Er hatte die Eltern früh verloren, und von seinen Erziehern hatte nur ein einziger Einfluß auf ihn bekommen, ein edler, doch fanatischer Mensch und frommer Freigeist, welcher dem Jüngling früh die Gewohnheit eines Denkens beibrachte, das bei scheinbarer Gerechtigkeit doch nicht ohne Hochmut den Dingen seine Form aufzwang. Nun wäre es für den jungen Menschen Zeit gewesen, seine Kräfte im Spiel der Welt zu versuchen, um ohne Hast sich nach dem ihm zukömmlichen und erreichbaren Lebensglück umzusehen, auf das er als ein gescheiter, hübscher und wohlhabender Mann gewiß nicht lange hätte zu warten brauchen.

Berthold hatte keinen bestimmten Beruf gewählt. Seinen Neigungen gemäß hatte er bei guten Lehrern, auf Reisen und aus Büchern Philosophie und Geschichte studiert mit einer Tendenz nach den ästhetischen Fächern. Sein ursprünglicher Wunsch, Baumeister zu werden, war dabei in den Studienjahren abwechselnd erkaltet und wieder aufgeflammt; schließlich war er bei der Kunstgeschichte stehengeblieben und hatte vorläufig seine Lehrjahre durch eine Doktorarbeit abgeschlossen. Als junger Doktor traf er nun in München ein, wo er am ehesten die Menschen und die Tätigkeit zu finden hoffte, zu denen seine Natur auf noch verdunkelten Wegen doch immer stärker hinstrebte. Er dürstete danach, am Entstehen neuer Zeiten und Werke mitzuraten und mitzubauen und im Werden und Emporkommen seiner Generation mitzuwachsen. Des Vorteiles, den jeder Friseurgehilfe hat: hat: durch Beruf und Stellung von allem Anfang an ein festes, klares Verhältnis zum Leben und eine berechtigte Stelle im Gefüge der menschlichen Tätigkeiten zu haben, dieses Vorteils also mußte Berthold bei seinem Eintritt in die Welt und ins männliche Alter entraten.

In München, wo er schon früher ein Jahr als Student gelebt hatte, war der junge Doktor in mehreren Häusern eingeführt, hatte es aber mit den Begrüßungen und Besuchen nicht eilig, da er seinen Umgang in aller Freiheit suchen und unabhängig von früheren Verpflichtungen sein Leben einrichten wollte. Vor allem war er auf die Künstlerwelt begierig, welche zur Zeit eben wieder voll neuer Ideen gärte und beinahe täglich Zustände, Gesetze und Sitten entdeckte, welchen der Krieg zu erklären war.

Er geriet bald in näheren Umgang mit einem kleinen Kreise junger Künstler dieser Art. Man traf sich bei Tisch und im Kaffeehaus, bei öffentlichen Vorträgen und bald auch freundschaftlich in den Wohnungen und Ateliers, meistens in dem des Malers Hans Konegen, der eine Art geistiger Führerschaft in dieser Künstlergruppe ausübte.

Im weiteren Umgang mit diesen Künstlern fand er manchen Anlaß zur Verwunderung, ohne darüber den guten Willen zum Lernen zu verlieren. Es fiel ihm vor allem auf, daß die paar berühmten Maler und Bildhauer, deren Namen er stets in enger Verbindung mit den jungen künstlerischen Revolutionen nennen gehört hatte, offenbar diesem reformierenden Denken und Treiben der Jungen weit ferner standen, als er gedacht hätte, daß sie vielmehr in einer gewissen Einsamkeit und Unsichtbarkeit nur ihrer Arbeit zu leben schienen. Ja, diese Berühmtheiten wurden von den jungen Kollegen keineswegs als Vorbilder bewundert, sondern mit Schärfe, ja mit Lieblosigkeit kritisiert und zum Teil sogar verachtet. Es schien, als begehe jeder Künstler, der unbekümmert seine Werke schuf, damit einen Verrat an der Sache der revolutionierenden Jugend.

Es entsprach dieser Verirrung ein gewisser jugendlich-pedantischer Zug in Reichardts Wesen selbst, so daß er trotz gelegentlicher Bedenken dieser ganzen Art sehr bald zustimmte. Es fiel ihm nicht auf, wie wenig und mit wie geringer Leidenschaft in den Ateliers seiner Freunde gearbeitet wurde. Da er selbst ohne Beruf war, gefiel es ihm wohl, daß auch seine Malerfreunde fast immer Zeit und Lust zum Reden und Theoretisieren hatten. Namentlich schloß er sich an Hans Konegen an, dessen kaltblütige Kritiklust ihm ebensosehr imponierte wie sein unverhohlenes Selbstbewußtsein. Mit ihm durchstreifte er häufig die vielen Kunstausstellungen und hatte die Überzeugung, dabei viel zu lernen, denn es gab kaum ein Kunstwerk, an dem Konegen nicht klar und schön darzulegen wußte, wo seine Fehler lagen. Anfangs hatte es Berthold oft weh getan, wenn der andere über ein Bild, das ihm gefiel und in das er sich eben mit Freude hineingesehen hatte, gröblich und schonungslos hergefallen war; mit der Zeit gefiel ihm jedoch dieser Ton und färbte sogar auf seinen eigenen ab.

Da hing eine zarte grüne Landschaft, ein Flußtal mit bewaldeten Hügeln, von Frühsommerwolken überflogen, treu und zart gemalt, das Werk eines noch jungen, doch schon rühmlich bekannten Malers. »Das schätzen und kaufen nun die Leute«, sagte Hans Konegen dazu, »und es ist ja ganz nett, die Wolkenspiegel im Wasser sind sogar direkt gut. Aber wo ist da Größe, Wucht, Linie, kurz – Rhythmus? Eine nette kleine Arbeit, sauber und lieb, gewiß, aber das soll nun ein Berühmter sein! Ich bitte Sie: wir sind ein Volk, das den größten Krieg der modernen Geschichte gewonnen hat, das Handel und Industrie im größten Maßstab treibt, das reich geworden ist und Machtbewußtsein hat, das eben noch zu den Füßen Bismarcks und Nietzsches saß – und das soll nun unsere Kunst sein!«

Ob ein hübsches waldiges Flußtal geeignet sei, mit monumentaler Wucht gemalt zu werden, oder ob das Gefühl für einfache Schönheiten der ländlichen Natur unseres Volkes unwürdig sei, davon sprach er nicht.

Doktor Reichardt wußte nicht, daß seine Bekannten keineswegs die Blüte der Künstlerjugend darstellten, denn nach ihren Reden, ihrem Auftreten und ihren vielen theoretischen Kenntnissen taten sie das entschieden. Er wußte nicht, daß sie höchstens einen mäßigen Durchschnitt, ja vielleicht nur eine launige Luftblase und Zerrform bedeuteten. Er wußte auch nicht, wie wenig gründlich und gewissenhaft die Urteile Konegens waren, der von schlichten Landschaften den großen Stil, von Riesenkartons aber tonige Weichheit, von Studienblättern Bildwirkung und von Staffeleibildern größere Naturnähe verlangte, so daß freilich seine Ansprüche stets weit größer blieben als die Kunst aller Könner. Und er fragte nicht, ob eigentlich Konegens eigene Arbeiten so mächtig seien, daß sie ihm das Recht zu solchen Ansprüchen und Urteilen gäben. Wie es Art und schönes Recht der Jugend ist, unterschied er nicht zwischen seiner Freunde Idealen und ihren Taten.

Ihre Arbeit galt meistens recht anspruchslosen Dingen, kleinen Gegenständen und Spielereien dekorativer und gewerblicher Art. Aber wie das Können des größten Malers klein wurde und elend dahinschmolz, wenn man es an ihren Forderungen und Urteilen maß, so wuchsen ihre eigenen Geschäftigkeiten ins Gewaltige, wenn man sie darüber sprechen hörte. Der eine hatte eine Zeichnung zu einer Vase oder Tasse gemacht und wußte nachzuweisen, daß diese Arbeit, so unscheinbar sie sei, doch vielleicht mehr bedeute als mancher Saal voll Bilder, da sie in ihrem schlichten Ausdruck das Gepräge des Notwendigen trage und auf einer Erkenntnis der statischen und konstruktiven Grundgesetze jedes gewerblichen Gegenstandes, ja des Weltgefüges selbst, beruhe. Ein anderer versah ein Stück graues Papier, das zu Büchereinbänden dienen sollte, mit regellos verteilten gelblichen Flecken und konnte darüber eine Stunde lang philosophieren, wie die Art der Verteilung jener Flecken etwas Kosmisches zeige und ein Gefühl von Sternhimmel und Unendlichkeit zu wecken vermöge.

Dergleichen Unfug lag in der Luft und wurde von der Jugend als eine Mode betrieben; mancher kluge, doch schwache Künstler mochte es auch ernstlich darauf anlegen, mangelnden natürlichen Geschmack durch solche Räsonnements zu ersetzen oder zu entschuldigen. Reichardt aber in seiner Gründlichkeit nahm alles eine Zeitlang ernst und lernte dabei von Grund auf die Müßiggängerkunst eines intellektualistischen Beschäftigtseins, das der Todfeind jeder wertvollen Arbeit ist.

Über diesem Treiben aber konnte er doch auf die Dauer nicht alle gesellschaftlichen Verpflichtungen vergessen, und so erinnerte er sich vor allem eines Hauses, in dem er einst als Student verkehrt hatte, da der Hausherr vor Zeiten mit Bertholds Vater in näheren Beziehungen gestanden war. Es war dies ein Justizrat Weinland, der als leidenschaftlicher Freund der Kunst und der Geselligkeit ein glänzendes Haus geführt hatte. Dort wollte nun Reichardt, nachdem er schon einen Monat in der Stadt wohnte, einen Besuch machen und sprach in sorgfältiger Toilette in dem Hause vor, dessen erste Etage der Rat einst bewohnt hatte. Da fand er zu seinem Erstaunen einen fremden Namen auf dem Türschild stehen, und als er einen heraustretenden Diener fragte, erfuhr er, der Rat sei vor mehr als Jahresfrist gestorben.

Die Wohnung der Witwe, die Berthold sich aufgeschrieben hatte, lag weit draußen in einer unbekannten Straße am Rande der Stadt, und ehe er dorthin ging, suchte er durch Kaffeehausbekannte, deren er einige noch von der Studentenzeit her vorgefunden hatte, über Schicksal und jetzigen Zustand des Hauses Weinland Bericht zu erhalten. Das hielt nicht schwer, da der verstorbene Rat ein weithin gekannter Mann gewesen war, und so erfuhr Berthold eine ganze Geschichte: Weinland hatte allezeit weit über seine Verhältnisse gelebt und war so tief in Schulden und mißliche Finanzgeschäfte hineingeraten, daß niemand seinen plötzlichen Tod für einen natürlichen hatte halten mögen. Jedenfalls habe sofort nach diesem unerklärlichen Todesfall die Familie alle Habe verkaufen müssen und sei, obwohl noch in der Stadt wohnhaft, so gut wie vergessen und verschollen. Schade sei es dabei um die Tochter, der man ein besseres Schicksal gegönnt hätte.

Der junge Mann, von solchen Nachrichten überrascht und mitleidig ergriffen, wunderte sich doch über das Dasein dieser Tochter, welche je gesehen zu haben er sich nicht erinnern konnte, und es geschah zum Teil aus Neugierde auf das Mädchen, als er nach einigen Tagen beschloß, die Weinlands zu besuchen. Er nahm einen Mietwagen und fuhr hinaus, durch eine unvornehme Vorstadt bis an die Grenze des freien Feldes. Der Wagen hielt vor einem einzeln stehenden mehrstöckigen Miethaus, das trotz seiner Neuheit in Fluren und Treppen schon den trüben Duft der Ärmlichkeit angenommen hatte.

Etwas verlegen trat er in die kleine Wohnung im zweiten Stockwerk, deren Türe ihm eine Küchenmagd geöffnet hatte. Sogleich erkannte er in der einfachen Stube die Frau Rätin, deren strenge magere Gestalt ihm beinahe unverändert und nur um einen Schatten reservierter und kühler geworden schien. Neben ihr aber tauchte die Tochter auf, und nun wußte er genau, daß er diese noch nie gesehen habe, denn sonst hätte er sie gewiß nicht so ganz vergessen können. Sie hatte die Figur der Mutter und sah mit dem gesunden Gesicht, in der strammen, elastischen Haltung und einfachen, doch tadellosen Toilette wie eine junge Offiziersfrau oder Sportsdame aus. Bei längerem Betrachten ergab sich dann, daß in dem frischen, herben Gesicht dunkelbraune Augen ihre Stätte hatten, und in diesen ruhigen Augen sowohl wie in manchen Bewegungen der beherrschten Gestalt schien erst der wahre Charakter des schönen Mädchens zu wohnen, den das übrige Äußere härter und kälter vermuten ließ, als er war.

Reichardt blieb eine halbe Stunde bei den Frauen. Das Fräulein Agnes war, wie er nun erfuhr, während der Zeit seines früheren Verkehrs in ihrem Vaterhause im Ausland gewesen. Doch vermieden sie es alle, näher an die Vergangenheit zu rühren, und so kam es von selbst, daß vor allem des Besuchers Person und Leben besprochen wurde. Beide Frauen zeigten sich ein wenig verwundert, ihn so zuwartend und unschlüssig an den Toren des Lebens stehen zu sehen, und Agnes meinte geradezu, wenn er einiges Talent zum Baumeister in sich fühle, so sei das ein so herrlicher Beruf, daß sie sein Zaudern nicht begreife. Beim Abschied wurde er eingeladen, nach Belieben sich wieder einzufinden.

Von den veränderten Umständen der Familie hatte zwar die Lage und Bescheidenheit ihrer Wohnung Kunde gegeben, die Frauen selbst aber hatten dessen nicht nur mit keinem Worte gedacht, sondern auch in ihrem ganzen Wesen kein Wissen von Armut oder Bedrücktheit gezeigt, vielmehr den Ton bewahrt, der in ihrer früheren Lebensführung ihnen geläufig gewesen war. Reichardt nahm eine Teilnahme und Bewunderung für die schöne, tapfere Tochter mit sich in die abendliche Stadt hinein und fühlte sich bis zur Nacht und zum Augenblick des Einschlafens von einer wohlig reizenden Atmosphäre umgeben, wie vom tiefen, warmen Braun ihrer Blicke.

Dieser sanfte Reiz spornte den Doktor auch zu neuen Arbeitsgedanken und Lebensplänen an. Er hatte darüber ein langes Gespräch mit dem Maler Konegen, das jedoch zu einer Abkühlung dieser Freundschaft führte. Hans Konegen hatte auf Reichardts Klagen hin sofort einen Arbeitsplan entworfen, er war in dem großen Atelier heftig hin und wider geschritten, hatte seinen Bart mit nervösen Händen gedreht und sich alsbald, wie es seine unheimliche Gabe war, in ein flimmerndes Gehäuse eingesponnen, das aus lauter Beredsamkeit bestand und dem Regendache jenes Meisterfechters im Volksmärchen glich, unter welchem jener trocken stand, obwohl es aus nichts bestand als dem rasenden Kreisschwung seines Degens.

Er rechtfertigte zuerst die Existenz seines Freundes Reichardt, indem er den Wert solcher Intelligenzen betonte, die als kritische und heimlich mitschöpferische Berater der Kunst helfen und dienen könnten. Es sei also dessen Pflicht, seine Kräfte der Kunst dienstbar zu machen. Er möge daher trachten, an einer angesehenen Kunstzeitschrift oder noch besser an einer Tageszeitung kritischer Mitarbeiter zu werden und zu Einfluß zu kommen. Dann würde er, Hans Konegen, ihm durch eine Gesamtausstellung seiner Schöpfungen Gelegenheit geben, einer guten Sache zu dienen und der Welt etwas Neues zu zeigen.

Als Berthold ein wenig mißmutig den Freund daran erinnerte, wie verächtlich sich dieser noch kürzlich über alle Zeitungen und über das Amt des Kritikers geäußert habe, legte der Maler dar, wie eben bei dem traurig tiefen Stand der Kritik ein wahrhaft freier Geist auf diesem Gebiete zum Reformator werden könne, zum Lessing unserer Zeit. Übrigens stehe dem Kunstschriftsteller auch noch ein anderer und schönerer Weg offen, nämlich der des Buches. Er selbst habe schon manchmal daran gedacht, die Herausgabe einer Monographie über ihn, Hans Konegen, zu veranlassen; nun sei in Reichardt der Mann für diese nicht leichte Aufgabe gefunden. Berthold solle den Text schreiben, die Illustration des Buches übernehme er selbst.

Reichardt hörte die wortreichen Vorschläge mit zunehmender Verstimmung an. Heute, da er das Übel seiner berufslosen Entbehrlichkeit besonders stark empfand, tat es ihm weh zu sehen, wie der Maler in diesem Zustand nichts anderes fand als eine Verlockung, ihn seinem persönlichen Ruhm oder Vorteil dienstbar zu machen.

Aber als er ihm ins Wort fiel und diese Pläne kurz von der Hand wies, war Hans Konegen keineswegs geschlagen.

»Gut, gut«, sagte er wohlwollend, »ich verstehe Sie vollkommen und muß Ihnen eigentlich recht geben. Sie wollen Werte schaffen helfen, nicht wahr? Tun Sie das! Sie haben Kenntnisse und Geschmack, Sie haben mich und einige Freunde und dadurch eine direkte Verbindung mit dem schaffenden Geist der Zeit. Gründen Sie also ein Unternehmen, mit dem Sie einen unmittelbaren Einfluß auf das Kunstleben ausüben können! Gründen Sie zum Beispiel einen Kunstverlag, eine Stelle für Herstellung und Vertrieb wertvoller Graphik, ich stelle dazu das Verlagsrecht meiner Holzschnitte und zahlreicher Entwürfe zur Verfügung, ich richte Ihre Druckerei und Ihr Privatbüro ein, die Möbel etwa in Ahornholz mit Messingbeschlägen. Oder noch besser, hören Sie! Beginnen wir eine kleine Werkstätte für vornehmes Kunstgewerbe! Nehmen Sie mich als Berater oder Direktor, für gute Hilfskräfte werde ich sorgen, ein Freund von mir modelliert zum Beispiel prachtvoll und versteht sich auch auf Bronzeguß.«

Und so ging es weiter, munter Plan auf Plan, bis Reichardt beinahe wieder lachen konnte. Überall sollte er der Unternehmer sein, das Geld aufbringen und riskieren, Konegen aber war der Direktor, der technische Leiter, kurz die Seele von allem. Zum erstenmal erkannte er deutlich, wie eng alle Kunstgedanken des Malergenies nur um dessen eigene Person und Eitelkeit kreisten, und er sah nachträglich mit Unbehagen, wie wenig schön die Rolle war, die er in der Vorstellung und den Absichten dieser Leute gespielt hatte.

Doch überschätzte er sie immer noch, indem er nun darauf dachte, sich von diesem Umgang unter möglichster Delikatesse und Schonung zurückzuziehen. Denn kaum hatte Herr Konegen nach mehrmals wiederholten

Beredungsversuchen eingesehen, daß Reichardt wirklich nicht gesonnen war, diese Unternehmergelüste zu befriedigen, so fiel die ganze Bekanntschaft dahin, als wäre sie nie gewesen. Der Doktor hatte diesen Leuten ihre paar Holzschnitte und Töpfchen längst abgekauft, einigen auch kleine Geldbeträge geliehen; wenn er nun seiner Wege gehen wollte, hielt niemand ihn zurück. Reichardt, mit den Sitten der Bohème noch wenig vertraut, sah sich mit unbehaglichem Erstaunen von seinen Künstlerfreunden vergessen und kaum mehr gegrüßt, während er sich noch damit quälte, eine ebensolche Entfremdung vorsichtig einzuleiten.

Zuweilen sprach Doktor Reichardt in dem öden Vorstadthause bei der Frau Rat Weinland vor, wo es ihm jedesmal merkwürdig wohl wurde. Der vornehme Ton dort bildete einen angenehmen Gegensatz zu den Reden und Sitten des Zigeunertums, und immer ernsthafter beschäftigte ihn die Tochter, die ihn zweimal allein empfing und deren strenge Anmut ihn jedesmal entzückte und verwirrte. Denn er fand es unmöglich, mit ihr jemals über Gefühle zu reden oder doch die ihren kennenzulernen, da sie bei all ihrer damenhaften Schönheit die Verständigkeit selbst zu sein schien. Und zwar besaß sie jene praktische, auf das Notwendige und Nächste gerichtete Klugheit, welche das nur spielerische Sichabgeben mit den Dingen nicht kennt.

Agnes zeigte eine freundliche, sachliche Teilnahme für den Zustand, in dem sie ihn befangen sah, und wurde nicht müde, ihn auszufragen und ihm zuzureden, ja sie machte gar kein Hehl daraus, daß sie es eines Mannes unwürdig finde, sich seinen Beruf so im Weiten zu suchen, wie man Abenteuer suche, statt mit festem Willen an einem bestimmten Punkt zu beginnen. Von den Weisheiten des Malers Konegen hielt sie ebensowenig wie von dessen Holzschnitten, die ihr Reichardt mitgebracht hatte.

»Das sind Spielereien«, sagte sie bestimmt, »und ich hoffe, Ihr Freund treibe dergleichen nur in Mußestunden. Es sind, soviel ich davon verstehe, Nachahmungen japanischer Arbeiten, die vielleicht den Wert von Stilübungen haben können. Mein Gott, was sind denn das für Männer, die in den besten Jugendjahren sich daran verlieren, ein Grün und ein Grau gegeneinander abzustimmen! Jede Frau von einigem Geschmack leistet ja mehr, wenn sie sich ihre Kleiderstoffe aussucht!«

Die wehrhafte Gestalt bot selber in ihrem sehr einfachen, doch sorgfältig und bewußt zusammengestellten Kostüm das Beispiel einer solchen Frau. Recht als wolle es ihn mit der Nase darauf stoßen, hatte sein Glück ihm diese prächtige Figur in seinen Weg gestellt, daß er sich an sie halte. Aber der Mensch ist zu nichts schwerer zu bringen als zu seinem Glück.

Bei einem öffentlichen Vortrag über das Thema »Neue Wege zu einer künstlerischen Kultur« hatte Berthold etwas erfahren, was er um so bereitwilliger aufnahm, als es seiner augenblicklichen enttäuschten Gedankenlage entsprach, nämlich daß es not tue, aus allen ästhetischen und intellektualistischen Interessantheiten herauszukommen. Fort mit der formalistischen und negativen Kritik unserer Kultur, fort mit dem kraftlosen Geistreichtun auf Kosten heiliger Güter und Angelegenheiten unserer Zeit! Dies war der Ruf, dem er wie ein Erlöster folgte. Er folgte ihm in einer Art von Bekehrung sofort und unbedingt, einerlei wohin er führe.

Und er führte auf eine Straße, deren Pflaster für Bertholds Steckenpferde wie geschaffen war, nämlich zu einer neuen Ethik. War nicht ringsum alles faul und verdorben, wohin der Blick auch fallen mochte? Unsere Häuser, Möbel und Kleider geschmacklos, auf Schein berechnet und unecht, unsere Geselligkeit hohl und eitel, unsere Wissenschaft verknöchert, unser Adel vertrottelt und unser Bürgertum verfettet? Beruhte nicht unsere In-

dustrie auf einem Raubsystem, und war es nicht eben-
deshalb, daß sie das häßliche Widerspiel ihres wahren
Ideals darstellte? Warf sie etwa, wie sie könnte und sollte,
Schönheit und Heiterkeit in die Massen, erleichterte sie
das Leben, förderte sie Freude und Edelmut?

Der gelehrige Gelehrte sah sich rings von Falschheit
und Schwindel umgeben, er sah die Städte vom Kohlen-
rauch beschmutzt und vom Geldhunger korrumpiert, das
Land entvölkert, das Bauerntum aussterbend, jede echte
Lebensregung an der Wurzel bedroht. Dinge, die er noch
vor Tagen mit Gleichmut, ja mit Vergnügen betrachtet
hatte, enthüllten ihm nun ihre innere Fäulnis. Berthold
fühlte sich für dies alles mitverantwortlich und zur Mitarbeit an der neuen Ethik und Kultur verpflichtet.

Als er dem Fräulein Weinland zum erstenmal davon
berichtete, wurde sie aufrichtig betrübt. Sie hatte Berthold gerne und traute es sich zu, ihm zu einem tüchtigen
und schönen Leben zu verhelfen, und nun sah sie ihn, der
sie doch sichtlich liebte, blind in diese Lehren und
Umtriebe stürzen, für die er nicht der Mann war und bei
denen er nur zu verlieren hatte. Sie sagte ihm ihre
Meinung recht deutlich und meinte, jeder, der auch nur
eine Stiefelsohle mache oder einen Knopf annähe, sei
der Menschheit gewiß nützlicher als diese Propheten. Es
gebe in jedem kleinen Menschenleben Anlaß genug, edel
zu sein und Mut zu zeigen, und nur wenige seien dazu berufen, das Bestehende anzugreifen und Lehrer der
Menschheit zu werden.

Er antwortete dagegen mit Feuer, ebendiese Gesinnung, die sie äußere, sei die übliche weltkluge Lauheit,
mit welcher es zu halten sein Gewissen ihm verbiete. Es
war der erste kleine Streit, den die beiden hatten, und
Agnes sah mit Betrübnis, wie der liebe Mensch immer
weiter von seinem eigenen Leben und Glück abgedrängt
und in endlose Wüsten der Theorie und Einbildungen
verschlagen wurde. Schon war er im Begriff, blind und

stolz an der hübschen Glücksinsel vorüberzusegeln, wo sie auf ihn wartete.

Die Sache wurde um so übler, als Reichardt jetzt in den Einfluß eines wirklichen Propheten geriet, den er in einem »ethischen Verein« kennengelernt hatte. Dieser Mann, welcher Eduard van Vlissen hieß, war erst Theologe, dann Künstler gewesen und hatte überall, wohin er kam, rasch eine große Macht in den Kreisen der Suchenden gewonnen, welche ihm auch zukam, da er nicht nur unerbittlich im Erkennen und Verurteilen sozialer Übelstände, sondern persönlich zu jeder Stunde bereit war, für seine Gedanken einzustehen und sich ihnen zu opfern. Als katholischer Theologe hatte er eine Schrift über den heiligen Franz von Assisi veröffentlicht, worin er den Untergang seiner Ideen aus seinem Kompromiß mit dem Papsttum erklärt und den Gegensatz von heiliger Intuition und echter Sittlichkeit gegen Dogma und Kirchenmacht auf das schroffste ausgemalt hatte. Von der Kanzel deshalb vertrieben, nahm er seinen Austritt aus der Kirche und tauchte bald darauf in belgischen Kunstausstellungen als Urheber seltsamer mystischer Gemälde auf, die viel von sich reden machten. Seit Jahren aber lebte er nun auf Reisen, ganz dem Drang seiner Mission hingegeben. Er gab einem Armen achtlos sein letztes kleines Geldstück, um dann selbst zu betteln. In den Häusern der Reichen verkehrte er unbefangen, stets in dasselbe überaus einfache Lodenkleid gehüllt, das er auch auf seinen Fußwanderungen und Reisen trug. Seine Lehre war ohne Dogmen, er liebte und empfahl vor allem Bedürfnislosigkeit und Wahrhaftigkeit, so daß er auch die kleinste Höflichkeitslüge verabscheute. Wenn er daher zu jemand, den er kennenlernte, sagte: »Es freut mich«, so galt das für eine Auszeichnung, und ebendas hatte er zu Reichardt gesagt.

Seit dieser den merkwürdigen Mann gesehen hatte und seinen Umgang genoß, wurde sein Verhältnis zu Agnes

Weinland immer lockerer und unsicherer. Der Prophet sah in Reichardt einen begabten jungen Mann, der im Getriebe der Welt keinen richtigen Platz finden konnte und den er keineswegs zu beruhigen und zu versöhnen dachte, denn er liebte und brauchte solche Unzufriedene, deren Not er teilte und aus deren Bedürfnis und Auflehnung er die Entstehung der besseren Zeiten erwartete. Während dilettantische Weltverbesserer stets an ihren eigenen Unzulänglichkeiten leiden, war dieser holländische Prophet gegen sein eigenes Wohl oder Wehe unempfindlich und richtete alle seine Kraft gegen jene Übel, die er als Feinde und Zerstörer menschlichen Friedens ansah. Er haßte den Krieg und die Machtpolitik, er haßte das Geld und den Luxus, und er sah seine Mission darin, seinen Haß auszubreiten und aus dem Funken zur Flamme zu machen, damit sie einst das Übel vernichte. In der Tat kannte er Hunderte und Tausende von notleidenden und suchenden Seelen in der Welt, und seine Verbindungen reichten vom russischen Gutshof des Grafen Tolstoi bis in die Friedens- und Vegetarierkolonien an der italienischen Küste und auf Madeira.

Van Vlissen hielt sich drei Wochen in München auf und wohnte bei einem schwedischen Maler, in dessen Atelier er sich nachts eine Hängematte ausspannte und dessen mageres Frühstück er teilte, obwohl er genug reiche Freunde hatte, die ihn mit Einladungen bedrängten. Öffentliche Vorträge hielt er nicht, war aber von früh bis spät und selbst bei Gängen auf der Straße umgeben von einem Kreis Gleichgesinnter oder Ratsuchender, mit denen er einzeln oder in Gruppen redete, ohne zu ermüden. Mit einer einfachen, volkstümlichen Dialektik wußte er alle Propheten und Weisen als seine Bundesgenossen darzustellen und ihre Sprüche als Belege für seine Lehre zu zitieren, nicht nur den heiligen Franz, sondern ebenso Jesus selbst, Sokrates, Buddha, Konfuzius. Berthold unterlag willig dem Einfluß einer so starken und anziehenden Persönlichkeit. Wie ihm ging es auch hundert anderen, die sich in van Vlissens Nähe hielten. Aber Reichardt war einer von den wenigen, die sich nicht mit der Sensation des Augenblicks begnügten, sondern eine Umkehrung des Willens in sich erlebten.

In dieser Zeit besuchte er Agnes Weinland und ihre Mutter nur ein einziges Mal. Die Frauen bemerkten die Veränderung seines Wesens alsbald; seine Begeisterung, die keinen kleinsten Widerspruch ertragen konnte, und die fanatisierte Gehobenheit seiner Sprache mißfielen ihnen beiden, und indem er ahnungslos mit seinem Eifer sich immer heißer und immer weiter von Agnes wegredete, sorgte der böse Feind dafür, daß gerade heute ihn das denkbar unglücklichste Thema beschäftigen mußte.

Dieses war die damals viel besprochene Reform der Frauenkleidung, welche von vielen Seiten fanatisch gefordert wurde, von Künstlern aus ästhetischen Gründen, von Hygienikern aus hygienischen, von Ethikern aus ethischen. Während eine lärmende Jugend, von manchen ernsthaften Männern und Frauen bedeutsam unterstützt, gegen die bisherigen Frauenkleider auftrat und der Mode ihre Lebensberechtigung absprach, sah man freilich die schönen und eleganten Frauen nach wie vor sich mit dem schönen Schein dieser verfolgten Mode schmücken; und diese eleganten Frauen gefielen sich und der Welt entschieden besser als die Erstlingsopfer der neuen Reform, die mutig in ungewohnten faltenlosen Kostümen einhergingen.

Reichardt stand neuerdings unbedingt auf der Seite der Reformer. Die anfangs humoristischen, dann ernster werdenden und schließlich indignierten Einwürfe der beiden Damen beantwortete er in einem überlegenen Ton, wie ein Weiser, der zu Kindern spricht. Die alte Dame versuchte mehrmals das Gespräch in andere Gleise zu lenken, doch vergebens, bis schließlich Agnes mit Entschiedenheit sagte: »Sprechen wir nicht mehr davon! Ich bin darüber erstaunt, Herr Doktor, wieviel Sie von diesem Gebiet verstehen, auf dem ich mich auch ein wenig auszukennen glaubte, denn ich mache alle meine Kleider selber. Da habe ich denn also, ohne es zu ahnen, Ihre Gesinnungen und Ihren Geschmack durch meine Trachten fortwährend beleidigt.«

Erst bei diesen Worten ward Reichardt inne, wie anmaßend sein Predigen gewesen sei, und errötend bat er um Entschuldigung. »Meine Überzeugung zwar bleibt bestehen«, sagte er ernsthaft, »aber es ist mir niemals eingefallen, auch nur einen Augenblick dabei an Ihre Person zu denken, die mir für solche Kritik viel zu hoch steht. Auch muß ich gestehen, daß ich selbst wider meine Anschauungen sündige, indem Sie mich in einer Kleidung sehen, deren Prinzip ich verwerfe. Mit anderen Änderungen meiner Lebensweise, die ich schon vorbereite, werde ich auch zu einer anderen Tracht übergehen, mit deren Beschreibung ich Sie jedoch nicht belästigen darf.«

Unwillkürlich musterte bei diesen Worten Agnes seine Gestalt, die in ihrer Besuchskleidung recht hübsch und nobel aussah, und sie rief mit einem Seufzer: »Sie werden doch nicht im Ernst hier in München in einem Prophetenmantel herumlaufen wollen!«

»Nein«, sagte der Doktor, »aber ich habe eingesehen, daß ich überhaupt nicht in das Stadtleben tauge, und will mich in Bälde auf das Land zurückziehen, um in schlichter Tätigkeit ein einfaches und naturgemäßes Leben zu führen.«

Eine gewisse Befangenheit, der sie alle drei verfielen, lag lähmend über der weiteren Unterhaltung, so daß Reichardt nach wenigen Minuten Abschied nahm. Er reichte der Rätin die Hand, dann der Tochter, die jedoch erklärte, ihn hinausbegleiten zu wollen. Sie ging, was sie noch nie getan hatte, mit ihm in den engen Flur hinaus und wartete, bis er im Überzieher war. Dann öffnete sie die Tür zur Treppe, und als er ihr nun Abschied nehmend die Hand gab, hielt sie diese einen Augenblick fest, sah ihn mit dunklen Augen aus dem erbleichten Gesicht durchdringend an und sagte: »Tun Sie das nicht! Tun Sie nichts von dem, was Ihr Prophet verlangt! Ich meine es gut.«

Unter ihrem halb flehenden, halb befehlenden Blick überlief ihn ein süßer, starker Schauder von Glück, und im Augenblick schien es ihm Erlösung, sein Leben dieser Frau in die Hände zu geben. Er fühlte, wie weit aus ihrer spröden Selbständigkeit sie ihm hatte entgegenkommen müssen, und einige Sekunden lang schwankte, von diesem Wort und Blick erschüttert, das ganze Gebäude seiner Gedankenwelt, als wolle es einstürzen.

Indessen hatte sie seine Hand losgelassen und die Türe hinter ihm geschlossen.

Am folgenden Tag merkte van Vlissen wohl, daß sein Jünger unsicher geworden und von fremden Einflüssen gestört war. Er sah ihm lächelnd ins Gesicht, mit seinen klaren, doch leidvollen Augen, doch tat er keine Frage und lud ihn stattdessen zu einem Spaziergang ein. Berthold ließ alsbald einen Wagen kommen, in dem sie weit vor die Stadt hinaus isaraufwärts fuhren. Im Walde ließ van Vlissen halten und schickte den Wagen zurück. Der Wald stand vorwinterlich verlassen unter dem bleichen grauen Himmel, nur aus großer Ferne her hörten sie die Axtschläge von Holzhauern durch die graue Kühle klingen.

Auch jetzt begann der Apostel kein Gespräch. Er schritt mit leichtem, wandergewohntem Gange dahin, aufmerksam mit allen Sinnen die Waldstille einatmend und durchdringend. Wie er die Luft eintrank und den Boden trat, wie er einem entfliehenden Eichhorn nachblickte und mit lautloser Gebärde den Begleiter auf einen nahe sitzenden Specht aufmerksam machte, da war etwas still Zwingendes in seinem Wesen, eine ungetrübte Wachheit und überall mitlebende Unschuld, in welche der mächtige Mann wie in einen Zaubermantel gehüllt ein Reich zu durchwandern schien, dessen heimlicher König er war. Aus dem Walde tretend sahen sie Äcker ausgebreitet, ein Bauer fuhr am Horizont langsam mit schweren Gäulen dahin, und langsam begann van Vlissen zu sprechen, von Saat und Ernte und lauter bäuerlichen Dingen, und entfaltete in einfachen Worten ein Bild des ländlichen Lebens, das der stumpfe Bauer unbewußt führe, das aber, von bewußten und dankbaren Menschen geführt, voll Heiligung und geheimer Kraft sein müsse. Und der Jünger fühlte, wie die Weite und Stille und der ruhige große Atem der ländlichen Natur Sprache gewann und sich seines Herzens bemächtigte. Erst gegen Abend kehrten sie in die Stadt zurück.

Wenige Tage später fuhr van Vlissen zu Freunden nach Tirol, und Reichardt reiste mit ihm, und in einem südlichen Tal kaufte er einen Obstgarten und ein kleines, etwas verfallenes Weinberghäuschen, in das er ohne Säumen einziehen wollte, um sein neues Leben zu beginnen. Er trug ein einfaches Kleid aus grauem Loden, wie das des Holländers, und fuhr in diesem Kleide auch nach München zurück, wo er sein Zelt abbrechen und Abschied nehmen wollte.

Schon aus seinem langen Wegbleiben hatte Agnes geschlossen, daß ihr Rettungsversuch vergeblich gewesen sei. Das stolze Mädchen war betrübt, den Mann und die an ihn geknüpften Hoffnungen zu verlieren, doch nicht minder in ihrem Selbstgefühl verletzt, sich von ihm verschmäht zu sehen, dem sie nicht ohne Selbstüberwindung so weit entgegengekommen war.

Als jetzt Berthold Reichardt gemeldet wurde, hatte sie alle Lust, ihn gar nicht zu empfangen, bezwang jedoch ihre Verstimmung und sah ihm mit einer gewissen Neugierde entgegen. Die Mutter lag mit einer Erkältung zu Bett.

Mit Verwunderung sah Agnes den Mann eintreten, um den sie mit einem Luftgespinst zu kämpfen hatte und der nun etwas verlegen und wunderlich verändert vor ihr stand. Er trug nämlich die Tracht van Vlissens, Wams und Beinkleider von grobem Filztuch und statt steifgebügelter Wäsche ein Hemd aus naturfarbenem Linnen.

Agnes, die ihn nie anders als im schwarzen Besuchsrock oder im modischen Straßenanzug gesehen hatte, betrachtete ihn einen Augenblick, dann bot sie ihm einen Stuhl an und sagte mit einem kleinen Anklang von Spott: »Sie haben sich verändert, Herr Doktor.«

Er lächelte befangen und sagte: »Allerdings, und Sie wissen ja auch, was diese Veränderung bedeutet. Ich komme, um Abschied zu nehmen, denn ich übersiedele dieser Tage nach meinem kleinen Gut in Tirol.«

»Sie haben Güter in Tirol? Davon wußten wir ja gar nichts.«

»Es ist nur ein Garten und Weinberg und gehört mir erst seit einer Woche. Sie haben die große Güte gehabt, sich um mein Vorhaben und Ergehen zu kümmern, darum glaube ich Ihnen darüber Rechenschaft schuldig zu sein. Oder darf ich nun auf jene Teilnahme nicht mehr rechnen?«

Agnes Weinland zog die Brauen zusammen und sah ihn an.

»Ihr Ergehen«, sagte sie leise und klar, »hat mich interessiert, solange ich so etwas wie einen tätigen Anteil daran nehmen konnte. Für die Versuche mit Tolstoischer Lebensweise, die Sie vorhaben, kann ich aber leider nur wenig Interesse aufbringen.«

»Seien Sie nicht zu streng!« sagte er bittend. »Aber wie Sie auch von mir denken mögen, Fräulein Agnes, ich werde Sie nicht vergessen können, und ich hoffe, Sie werden mir das, was ich tue, verzeihen, sobald Sie mich hierin ganz verstehen.«

»O, zu verzeihen habe ich Ihnen nichts.«

Berthold beugte sich vor und fragte leise: »Und wenn wir beide guten Willens wären, glauben Sie nicht, daß Sie dann vielleicht diesen Weg mit mir gemeinsam gehen könnten?«

Sie stand auf und sagte ohne Erregung: »Nein, Herr Reichardt, das glaube ich nicht. Ich kann Ihnen alles Glück wünschen. Aber ich bin in all meiner Armut gar nicht so unglücklich, daß ich Lust hätte, einen Weg zu teilen, der aus der Welt hinaus ins Unsichere führt.«

Und plötzlich aufflammend rief sie fast heftig: »Gehen Sie nur Ihren Weg! Gehen Sie ihn!«

Mit einer zornig-stolzen, prachtvollen Gebärde lud sie ihn ein, sich zu verabschieden, was er betroffen und bekümmert tat, und indessen er draußen die Türe öffnete und schloß und die Treppe hinabstieg, hatte sie, die seine Schritte verklingen hörte, genau dasselbe bittere Gefühl im Herzen wie der davongehende Mann, als gehe hier einer Torheit wegen eine schöne und köstliche Sache zugrunde; nur daß jeder dabei an die Torheit des andern dachte.

Es begann jetzt Berthold Reichardts Martyrium. In den ersten Anfängen sah es gar nicht übel aus. Wenn er ziemlich früh am Morgen das Lager verließ, das er sich selber bereitete, schaute durch das kleine Fenster seiner Schlafkammer das stille morgendliche Tal herein. Der Tag begann mit angenehmen und kurzweiligen Betätigungen des Einsiedlerlehrlings, mit dem Waschen oder auch Baden im Brunnentrog, mit dem Feuermachen im Steinherd, dem Herrichten der Kammer, dem Milchkochen. Sodann erschien der Knecht und Lehrmeister Xaver aus dem Dorf, der auch das Brot mitbrachte. Mit ihm ging Berthold nun an die Arbeit, bei gutem Wetter im Freien, sonst im Holzschuppen oder im Stall. Emsig lernte er unter des Knechtes Anleitung die wichtigsten Geräte handhaben, die Geiß melken und füttern, den Boden graben, Obstbäume putzen, den Gartenzaun flicken, Scheitholz für den Herd spalten und Reisig für den Ofen bündeln, und war es kalt und wüst, so wurden im Hause Wände und Fenster verstopft, Körbe und Strohseile geflochten, Spatenstiele geschnitzt und ähnliche Dinge betrieben, wobei der Knecht seine Holzpfeife rauchte und aus dem Gewölk hervor eine Menge Geschichten erzählte.

Wenn Berthold mit dem von ihm selbst gespaltenen Holz in der urtümlichen Feuerstelle unterm Schlund des Rauchfanges Feuer anmachte und das Wasser oder die Milch im viel zu großen Hängekessel zu sieden begann, dann konnte er ein Gefühl robinsonschen Behagens in den Gliedern spüren, das er seit fernen Knabenzeiten nicht gekannt hatte und in dem er schon die ersten Atemzüge der ersehnten inneren Erlösung zu kosten meinte.

In der Tat mag es für den Städter nichts Erfrischenderes geben, als eine Weile mit bäuerlicher Arbeit zu spielen, die Glieder zu ermüden, früh schlafen zu gehen und früh aufzustehen. Es lassen sich jedoch ererbte und erworbene Gewohnheiten und Bedürfnisse nicht wie Hemden wechseln, das mußte auch Reichardt erfahren.

Abends ging der Knecht nach Hause oder ins Wirtshaus, um unter seinesgleichen froh zu sein und von dem Treiben seines wunderlichen Brotgebers zu erzählen; der Herr aber saß bei der Lampe und las in den Büchern, die er mitgebracht hatte und die vom Garten und Obstbau handelten. Diese vermochten ihn aber nicht lange zu fesseln. Er las und lernte gläubig, daß das Steinobst die Neigung hat, mit seinen Wurzeln in die Breite zu gehen, das Kernobst aber mehr in die Tiefe und daß dem Blumenkohl nichts so bekömmlich sei wie eine gleichmäßig feuchte Wärme. Er interessierte sich auch noch dafür, daß die Samen von Lauch und Zwiebeln ihre Keimkraft nach zwei Jahren verlieren, während die Kerne von Gurken und Melonen ihr geheimnisvolles Leben bis ins sechste Jahr behalten. Bald aber ermüdeten und langweilten ihn diese Dinge, die er von Xaver doch besser lernen konnte, und er gab diese Lektüre auf.

Dafür nahm er jetzt einen kleinen Bücherstoß hervor, der sich in der letzten Münchener Zeit bei ihm angesammelt, da er dies und jenes Zeitbuch auf dringende Empfehlungen hin gekauft hatte, zum Lesen aber nie gekommen war. Da waren Bücher von Tolstoi, van Vlissens Abhandlung über den Heiligen von Assisi, Schriften wider den Alkohol, wider die Laster der Großstadt, wider den Luxus, den Industrialismus, den Krieg.

Von diesen Büchern fühlte sich der Weltflüchtige wieder in allen seinen Prinzipien bestätigt, er sog sich mit erbittertem Vergnügen voll an der Philosophie der Unzufriedenen, Asketen und Idealisten, aus deren Schriften her ein Heiligenschein über sein eigenes jetziges Leben fiel. Und als nun bald der Frühling begann, erlebte Berthold mit Wonne den Segen natürlicher Arbeit und Lebensweise, er sah unter seinem Rechen hübsche Beete entstehen, tat zum erstenmal in seinem Leben die schöne, vertrauensvolle Arbeit des Säens und hatte seine Lust am Keimen und Gedeihen der Gewächse. Die Arbeit hielt ihn jetzt bis weit in die Abende hinein gefangen, die müßigen Stunden wurden selten, und in den Nächten schlief er tief. Wenn er jetzt, in einer Ruhepause auf den Spaten gestützt oder am Brunnen das Vollwerden der Gießkanne abwartend, an Agnes Weinland denken mußte, so zog sich wohl sein Herz ein wenig zusammen, aber er dachte das mit der Zeit vollends zu überwinden, und er meinte, es wäre doch schade gewesen, hätte er sich in der argen Welt zurückhalten lassen.

Dazu kam, daß jetzt sich auch die Einsamkeit mehr und mehr verlor wie ein Winternebel. Es erschienen je und je unerwartete, freundlich aufgenommene Gäste verschiedener Art, lauter fremde Menschen, von denen er nie gewußt hatte und deren eigentümliche Klasse er nun kennenlernte, da sie alle aus unbekannter Quelle seine Adresse wußten und keiner ihres Ordens durch das Tal zog, ohne ihn heimzusuchen. Es waren dies verstreute Angehörige jener großen Schar von Sonderlingsexistenzen, die außerhalb der gewöhnlichen Weltordnung ein kometenhaftes Wanderleben führen und deren einzelne Typen nun Berthold allmählich unterscheiden lernte.

Der erste, der sich zeigte, war ein ziemlich bürgerlich aussehender Herr aus Leipzig, der die Welt mit Vorträgen über die Gefahren des Alkohols bereiste und auf einer Ferientour unterwegs war. Er blieb nur eine Stunde oder zwei, hinterließ aber bei Reichardt ein angenehmes Gefühl, er sei nicht völlig in der Welt vergessen und gehöre einer heimlichen Gesellschaft edel strebender Menschen an.

Der nächste Besucher sah schon aparter aus, es war ein regsamer, begeisterter Herr in einem weiten altmodischen Gehrock, zu welchem er keine Weste, dafür aber ein Jägerhemd, gelbe karierte Beinkleider und auf dem Kopf einen breitrandigen Filzhut trug. Dieser Mann, welcher sich Salomon Adolfus Wolff nannte, benahm sich mit einer so leutseligen Fürstlichkeit und nannte seinen Namen so bescheiden lächelnd und alle zu hohen Ehrenbezeigungen im voraus etwas nervös ablehnend, daß Reichardt in eine kleine Verlegenheit geriet, da er ihn nicht kannte und seinen Namen nie gehört hatte.

Der Fremde war, soweit aus seinem eigenen Berichte hervorging, ein hervorragendes Werkzeug Gottes und vollzog wundersame Heilungen, wegen deren er zwar von Ärzten und Gerichten beargwöhnt und angefeindet, ja grimmig verfolgt, von der kleinen Schar der Weisen und Gerechten aber desto höher verehrt wurde. Er hatte soeben in Italien einer Gräfin, deren Namen er nicht verraten dürfe, durch bloßes Händeauflegen das schon verlorengegebene Leben wiedergeschenkt. Nun war er, als ein Verächter der modernen Hastigkeit, zu Fuß auf dem Rückweg nach der Heimat, wo ihn zahlreiche Bedürftige erwarteten. Leider sehe er sich die Reise durch Geldmangel erschwert, denn es sei ihm unmöglich, für seine Heilungen anderen Entgelt anzunehmen als die Dankestränen der Genesenen, und er schäme sich daher nicht, seinen Bruder Reichardt, zu welchem Gott ihn gewiesen, um ein kleines Darlehen zu bitten, welches nicht seiner Person – an welcher nichts gelegen sei –, sondern eben den auf seine Rückkunft harrenden Bedürftigen zugute kommen sollte.

Das Gegenteil dieses Heilandes stellte ein junger Mann von russischem Aussehen vor, welcher eines Abends vorsprach und dessen feine Gesichtszüge und Hände in Widerspruch standen mit seiner äußerst dürftigen Arbeiterkleidung und den zerrissenen groben Schuhen. Er sprach nur wenige Worte Deutsch, und Reichardt erfuhr nie, ob er einen verfolgten Anarchisten, einen heruntergekommenen Künstler oder einen Heiligen beherbergt habe. Der Fremdling begnügte sich damit, einen glühend forschenden Blick in Reichardts Gesicht zu tun und ihn dann mit einem geheimen Signal der aufgehobenen Hände zu begrüßen. Er ging schweigend durch das ganze Häuschen, von dem verwunderten Wirt gefolgt, zeigte dann auf eine leerstehende Kammer mit einer breiten Wandbank und fragte demütig: »Ich hier kann schlafen?« Reichardt nickte, lud ihn zur Abendsuppe ein und machte ihm auf jener Bank ein Nachtlager zurecht. Am nächsten Morgen nahm der Fremde noch eine Tasse Milch an, sagte mit tiefem Gurgelton »Danke« und ging fort.

Bald nach ihm erschien ein halbnackter Vegetarier, der erste einer langen Reihe, in Sandalen und einer Art von baumwollener Hemdhose. Er hatte, wie die meisten Brüder seiner Zunft, außer einiger Arbeitsscheu keine Laster, sondern war ein kindlicher Mensch von rührender Bedürfnislosigkeit, der in seinem sonderbaren Gespinst von hygienischen und sozialen Erlösungsgedanken ebenso frei und natürlich dahinlebte, wie er äußerlich seine etwas theatralische Wüstentracht nicht ohne Würde trug.

Dieser einfache, kindliche Mann machte Eindruck auf Reichardt. Er predigte nicht Haß und Kampf, sondern war in stolzer Demut überzeugt, daß auf dem Grunde seiner Lehre ganz von selbst ein neues paradiesisches Menschendasein erblühen werde, dessen er selbst sich schon teilhaftig fühlte. Sein oberstes Gebot war: »Du sollst nicht töten!«, was er nicht nur auf Mitmenschen und Tiere bezog, sondern als eine grenzenlose Verehrung alles Lebendigen auffaßte. Ein Tier zu töten, schien ihm scheußlich, und er glaubte fest daran, daß nach Ablauf der jetzigen Periode von Entartung und Blindheit die Menschheit von diesem Verbrechen wieder völlig ablassen werde. Er fand es aber auch mörderisch, Blumen abzureißen und Bäume zu fällen. Reichardt wandte ein, daß wir, ohne Bäume zu fällen, ja keine Häuser bauen könnten, worauf der Frugivore eifrig nickte: »Ganz recht! Wir sollen ja auch keine Häuser haben, so wenig wie Kleider, das alles trennt uns von der Natur und führt uns weiter zu allen den Bedürfnissen, um derentwillen Mord und Krieg und alle Laster entstanden sind.« Und als Reichardt wieder einwarf, es möchte sich kaum irgendein Mensch finden, der in unserem Klima ohne Haus und ohne Kleider einen Winter überleben könnte, da lächelte sein Gast abermals freudig und sagte: »Gut so, gut so! Sie verstehen mich ausgezeichnet. Ebendas ist ja die Hauptquelle alles Elends in der Welt, daß der Mensch seine Wiege und natürliche Heimat im Schoß Asiens verlassen hat. Dahin wird der Weg der Menschheit zurückführen, und dann werden wir alle wieder im Garten Eden sein.«

Berthold hatte, trotz der offenkundigen Untiefen, eine gewisse Freude an dieser idyllischen Philosophie, die er noch von manchen anderen Verkündern in anderen Tönungen zu hören bekam, und er hätte ein Riese sein müssen, wenn nicht allmählich jedes dieser Bekenntnisse ihm, der außerhalb der Welt lebte, Eindruck gemacht und sein eigenes Denken gefärbt hätte. Die Welt, wie er sie jetzt sah und nicht anders sehen konnte, bestand aus dem kleinen Kreis primitiver Tätigkeiten, denen er oblag, darüberhinaus war nichts vorhanden als auf der einen Seite eine verderbte, verfaulende und daher von ihm verlassene Kultur, auf der anderen eine über die Welt verteilte kleine Gemeinde von Zukünftigen, welcher er sich zurechnen mußte und zu der auch alle die Gäste zählten, deren manche tagelang bei ihm blieben. Nun begriff er auch wohl den sonderbar religiös-schwärmerischen Anhauch, den alle diese seine Gäste und Brüder hatten. Sie waren das Salz der Erde, die Umschaffenden und Zukunftbringenden, geheime geistige Kräfte hatten sich mit ihnen verbündet, vom Fasten und den Mysterien der Ägypter und Inder bis zu den Phantasien der langhaarigen Obstesser und den Heilungswundern der Magnetiseure oder Gesundbeter.

Daß aus diesen Erlebnissen und Beobachtungen alsbald wieder eine systematische Theorie oder Weltanschauung werde, dafür sorgte nicht nur des Doktors eigenes Geistesbedürfnis, sondern auch eine ganze Literatur von Schriften, die ihm von diesen Gästen teils mitgebracht, teils zugesandt, teils als notwendig empfohlen wurden. Eine seltsame Bibliothek entstand in dem kleinen Häuschen, beginnend mit vegetarischen Kochbüchern und endend mit den tollsten mystischen Systemen, über Platonismus, Gnostizismus, Spiritismus und Theosophie hinweg alle Gebiete geistigen Lebens in einer allen diesen Autoren gemeinsamen Neigung zu okkultistischer Wichtigtuerei umfassend. Der eine Autor wußte die Identität der pythagoreischen Lehre mit dem Spiritismus darzutun, der andere Jesus als Verkünder des Vegetarismus zu deuten, der dritte das lästige Liebesbedürfnis als eine Übergangsstufe der Natur zu erweisen, welche sich der Fortpflanzung nur vorläufig bediene, in ihren Endabsichten aber die leibliche Unsterblichkeit der Individuen anstrebe.

Mit dieser Büchersammlung fand sich Berthold schließlich bei rasch abnehmenden Tagen seinem zweiten Tiroler Winter gegenübergestellt. Mit dem Eintritt der kühlen Zeit hörte der Gästeverkehr, an den er sich gewöhnt hatte, urplötzlich auf wie mit der Schere abgeschnitten. Die Apostel und Brüder saßen jetzt entweder im eigenen Winternest oder hielten sich, soweit sie heimatlos von Wanderung und Bettel lebten, an andere Gegenden und an die Adressen städtischer Gesinnungsgenossen.

Um diese Zeit las Reichardt in der einzigen Zeitung, die er bezog, die Nachricht vom Tode des Eduard van Vlissen. Der hatte in einem Dorf an der russischen Grenze, wo er der Cholera wegen in Quarantäne gehalten, aber kaum bewacht wurde, in der Bauernschenke gegen den Schnaps gepredigt und war im ausbrechenden Tumult erschlagen worden.

Vereinsamt sah Berthold dem Einwintern in seinem Tale zu. Seit einem Jahr hatte er sein Stücklein Boden nimmer verlassen und sich zugeschworen, auch ferner dem Leben der Welt den Rücken zu kehren. Die Genügsamkeit und erste Kinderfreude am Neuen war aber nicht mehr in seinem Herzen, er trieb sich viel auf mühsamen Spaziergängen im Schnee herum, denn der Winter war viel härter als der vorjährige, und überließ die häusliche Handarbeit immer häufiger dem Xaver, der sich längst in dem kleinen Haushalt unentbehrlich wußte und das Gehorchen so ziemlich verlernt hatte.

Mochte sich aber Reichardt noch so viel draußen herumtreiben, so mußte er doch alle die unendlich langen Abende allein in der Hütte sitzen, und ihm gegenüber mit furchtbaren großen Augen saß die Einsamkeit wie ein Wolf, den er nicht anders zu bannen wußte als durch ein stets waches Starren in seine leeren Augen, und der ihn doch von hinten überfiel, sooft er den Blick abwandte.

Die Einsamkeit saß nachts auf seinem Bett, wenn er durch leibliche Ermüdung den Schlaf gefunden hatte, und vergiftete ihm Schlaf und Träume. Und wenn am Abend der Knecht das Haus verließ und pfeifend durch den Obstgarten hinab gegen das Dorf verschwand, sah ihm sein Herr nicht selten mit nacktem Neide nach. Nichts ist gefährlicher und seelenmordender als die beständige Beschäftigung mit dem eigenen Wesen und Ergehen, der eigenen einsamen Unzufriedenheit und Schwäche. Die ganze Krankheit dieses Zustandes mußte der Eremit an sich erleben, und durch die Lektüre so manches mystischen Buches geschult, konnte er nun an sich selbst beobachten, wie unheimlich wahr alle die vielen Legenden von den Nöten und Versuchungen der frommen Einsiedler in der Wüste Thebais waren.

So brachte er trostlose Monate hin, dem Leben entfremdet und an der Wurzel krank. Er sah übel aus, und seine früheren Freunde hätten ihn nicht mehr erkannt; denn über dem wetterfarbenen, aber eingesunkenen Gesicht waren Bart und Haar lang gewachsen, und aus dem hohlen Gesicht brannten hungrig und durch die Einsamkeit scheu geworden die Augen, als hätten sie niemals gelacht und niemals sich unschuldig an der Buntheit der Welt gefreut.

Es blies schon der erste Föhnwind, da brachte eines Tages der Knecht mit der Zeitung auch einen Brief herauf, die gedruckte Einladung zu einer Versammlung aller derer, die mit Wort oder Tat sich um eine Reform des Lebens und der Menschheit mühten. Die Versammlung, zu deren Einberufung theosophische, vegetarische und andere Gesellschaften sich vereinigt hatten, sollte zu Ende des Februar in München abgehalten werden. Wohlfeile Wohnungen und fleischfreie Kosttische zu vermitteln, erbot sich ein dortiger Verein.

Mehrere Tage schwankte Reichardt ungewiß, dann aber faßte er seinen Entschluß und meldete sich in München an. Und nun dachte er drei Wochen lang an nichts anderes als an dieses Unternehmen. Schon die Reise, so einfach sie war, machte ihm, der länger als ein Jahr eingesponnen hier gehaust hatte, Gedanken und Sorgen. Gern hätte er auch zum Bader geschickt und sich Bart und Haar zuschneiden lassen, doch scheute er davor zurück, da es ihm als eine feige Konzession an die Weltsitten erschien und da er wußte, daß manche der ihm befreundeten Sektierer auf nichts einen so hohen Wert legten wie auf die religiös eingehaltene Unbeschnittenheit des Haarwuchses. Dafür ließ er sich im Dorf einen neuen Anzug machen, gleich in Art und Schnitt wie sein van Vlissensches Büßerkleid, aber von gutem Tuche und einen landesüblichen Lodenkragen als Mantel.

Am vorbestimmten Tag verließ er früh am kalten Morgen sein Häuschen, dessen Schlüssel er im Dorf bei Xaver abgab, und wanderte in der Dämmerung das stille Tal hinab bis zum nächsten Bahnhof. Dann saß er mit einer lang nicht mehr gekosteten frohen Reiseunruhe im Münchener Zug und fuhr aufmerksam durch das schöne Land, unendlich froh, dem unerträglichen heimischen Zustand für ungewisse Tage entronnen zu sein.

Es war der Tag vor dem Beginn der Versammlung, und es begrüßten den Ankommenden gleich am Bahnhof die ersten Zeichen derselben. Aus einem Zug, der mit dem seinen zugleich ankam, stieg eine ganze Gesellschaft von Naturverehrern in malerisch exotischen Kostümen und auf Sandalen, mit Christusköpfen und Apostelköpfen, und mehrere Entgegenkömmlinge gleicher Art aus der Stadt begrüßten die Brüder, bis alle sich in einer ansehnlichen Prozession in Bewegung setzten. Reichardt, den ein ebenfalls heute zugereister Buddhist, einer seiner Sommerbesucher, erkannt hatte, mußte sich anschließen, und so hielt er seinen Wiedereinzug in München in einem Aufzug von Erscheinungen, deren Absonderlichkeit ihm hier peinlich auffiel. Unter dem lauten Vergnügen einer nachfolgenden Knabenhorde und den belustigten Blicken aller Vorübergehenden wallte die seltsame Schar stadteinwärts zur Begrüßung im Empfangssaale.

Reichardt erfragte so bald als möglich die ihm zugewiesene Wohnung und bekam einen Zettel mit der Adresse in die Hand gedrückt. Er verabschiedete sich, nahm an der nächsten Straßenecke einen Wagen und fuhr, ermüdet und verwirrt, nach der ihm unbekannten Straße. Da rauschte um ihn her das Leben der wohlbekannten Stadt, da standen die Ausstellungsgebäude, in denen er einst mit Kollegen Kunstkritik getrieben hatte, dort lag seine ehemalige Wohnung, mit erleuchteten Fenstern, da drüben hatte früher der Justizrat Weinland gewohnt. Er aber war vereinsamt und beziehungslos geworden und hatte nichts mehr mit alledem zu tun, und doch bereitete jede von den wieder erweckten Erinnerungen ihm einen süßen Schmerz. Und in den Straßen lief und fuhr das Volk wie ehemals und immer, als sei nichts Arges dabei und sei keine Sorge noch Gefahr in der Welt, elegante Wagen fuhren auf lautlosen Rädern zu den Theatern, und Soldaten hatten ihre Mädel im Arm.

Das alles erregte den Einsamen, das wogende rötliche Licht, das im feuchten Pflaster sich mit froher Eitelkeit abspiegelte, und das Gesumme der Wagen und Schritte, das ganze wie selbstverständlich spielende Getriebe. Da war Laster und Not, Luxus und Selbstsucht, aber da war auch Freude und Glanz, Geselligkeit und Liebe, und vor allem war da die naive Rechenschaftslosigkeit und gleichmütige Lebenslust einer Welt, deren mahnendes Gewissen er hatte sein wollen und die ihn einfach beiseite getan hatte, ohne einen Verlust zu fühlen, während sein bißchen Glück darüber in Scherben gegangen war. Und dies alles sprach zu ihm, zog mit ungelösten Fäden an seinen Gefühlen und machte ihn traurig.

Sein Wagen hielt vor einem großen Mietshaus, seinem Zettel folgend stieg er zwei Treppen hinan und wurde von einer Frau, die ihn mißtrauisch musterte, in ein überaus kahles Zimmerchen geführt, das ihn kalt und ungastlich empfing.

»Für wieviel Tage ist es?« fragte die Vermieterin kühl und bedeutete ihm, daß das Mietgeld im voraus zu erlegen sei.

Unwillig zog er die Geldtasche und fragte, während sie auf die Zahlung lauerte, nach einem besseren Zimmer.

»Für anderthalb Mark am Tag gibt es keine besseren Zimmer, in ganz München nicht«, sagte die Frau. Nun mußte er lächeln.

»Es scheint hier ein Mißverständnis zu walten«, sagte er rasch. »Ich suche ein bequemes Zimmer, nicht eine Schlafstelle. Mir liegt nichts am Preis, wenn Sie ein schöneres Zimmer haben.«

Die Vermieterin ging wortlos durch den Korridor voran, öffnete ein anderes Zimmer und drehte das elektrische Licht an. Zufrieden sah der Gast sich in dem weit größeren und wohnlich eingerichteten Zimmer um, legte den Mantel ab und gab der Frau ihr Geld für einige Tage voraus.

Erst am Morgen, da er in dem ungewohnt weichen fremden Bett erwachte und sich auf den vorigen Abend besann, ward ihm bewußt, daß seine Unzufriedenheit mit der einfachen Schlafstelle und sein Verlangen nach größerer Bequemlichkeit eigentlich wider sein Gewissen sei. Allein er nahm es sich nicht zu Herzen, stieg vielmehr munter aus dem Bett und sah dem Tag mit Spannung entgegen. Früh ging er aus, und beim nüchternen Gehen durch die noch ruhigen Straßen erkannte er auf Schritt und Tritt bekannte Bilder wieder. Es war herrlich, hier umherzugehen und als kleiner Mitbewohner dem Getriebe einer schönen Stadt anzugehören, statt im verzauberten Ring der Einsamkeit zu lechzen und immer nur vom eigenen Gehirn zu zehren.

Die großen Kaffeehäuser und Läden waren noch geschlossen, er suchte daher eine volkstümliche Frühstückshalle, um eine Schale Milch zu genießen.

»Kaffee gefällig?« fragte der Kellner und begann schon einzugießen. Lächelnd ließ Reichardt ihn gewähren und roch mit heimlichem Vergnügen den Duft des Trankes, den er ein Jahr lang entbehrt hatte. Doch ließ er es bei diesem kleinen Genusse bewenden, aß nur ein Stück Brot dazu und nahm eine Zeitung zur Hand.

Dann suchte er den Versammlungssaal auf, den er mit Palmen und Lorbeer geschmückt und schon von vielen Gästen belebt fand. Die Naturburschen waren sehr in der Minderzahl, und die alttestamentlichen oder tropischen Kostüme fielen auch hier als Seltsamkeiten auf, dafür sah man manchen feinen Gelehrtenkopf und viel Künstlerjugend. Die gestrige Gruppe von langhaarigen Barfüßern stand fremd als wunderliche Insel im Gewoge.

Ein eleganter Wiener trat als erster Redner auf und sprach den Wunsch aus, die Angehörigen der vielen Einzelgruppen möchten sich hier nicht noch weiter auseinanderreden, sondern das Gemeinsame suchen und Freunde werden. Dann sprach er parteilos über die religiösen Neubildungen der Zeit und ihr Verhältnis zur Frage des Weltfriedens. Ihm folgte ein greiser Theosoph aus England, der seinen Glauben als universale Vereinigung der einzelnen Lichtpunkte aller Weltreligionen empfahl. Ihn löste ein Rassentheoretiker ab, der mit scharfer Höflichkeit für die Belehrung dankte, jedoch den Gedanken einer internationalen Weltreligion als eine gefährliche Utopie brandmarkte, da jede Nation das Bedürfnis und Recht auf einen eigenen, nach ihrer Sonderart geformten und gefärbten Glauben habe.

Während dieser Rede wurde eine neben Reichardt sitzende Frau unwohl, und er begleitete sie durch den Saal bis zum nächsten Ausgang. Um nicht weiter zu stören, blieb er alsdann hier stehen und suchte den Faden des

Vortrages wieder zu erhaschen, während sein Blick über die benachbarten Stuhlreihen wanderte.

Da sah er gar nicht weit entfernt in aufmerksamer Haltung eine schöne Frauenfigur sitzen, die seinen Blick gefangenhielt, und während sein Herz unruhig wurde und jeder Gedanke an die Worte des Redners ihn jäh verließ, erkannte er Agnes Weinland. Heftig zitternd lehnte er sich an den Türbalken und hatte keine andere Empfindung als die eines Verirrten, dem in Qual und Verzweiflung unerwartet die Türme der Heimat winken. Denn kaum hatte er die stolze Haltung ihres Kopfes erkannt und von hinten den verlorenen Umriß ihrer Wange erfühlt, so wußte er nichts auf der Welt als sich und sie, und wußte, der Schritt zu ihr und der Blick ihrer braunen Augen und der Kuß ihres Mundes seien das einzige, was seinem Leben fehle und ohne welche keine Weisheit ihm helfen könne. Und dies alles schien ihm möglich und in Treue aufbewahrt; denn er fühlte mit liebender Ahnung, daß sie nur seinetwegen oder doch im Gedanken an ihn diese Versammlung aufgesucht habe.

Als der Redner zu Ende war, meldeten sich viele zur Erwiderung, und es machte sich bereits die erste Woge der Rechthaberei und Unduldsamkeit bemerklich, welche fast allen diesen ehrlichen Köpfen die Weite und Liebe nahm und woran auch dieser ganze Kongreß, statt der Welterlösung zu dienen, kläglich scheitern sollte.

Berthold Reichardt jedoch hatte für diese Vorboten naher Stürme kein Ohr. Er starrte auf die Gestalt seiner Geliebten, als sei sein ganzes Wesen sich bewußt, daß es einzig von ihr gerettet werden könne. Mit dem Schluß jener Rede erhob sich das Fräulein, schritt dem Ausgang zu und zeigte ein ernstkühles Gesicht, in welchem sichtlich ein Widerwille gegen diese ganzen Verhandlungen unterdrückt wurde. Sie ging nahe an Berthold vorbei, ohne ihn zu beachten, und er konnte deutlich sehen, wie ihr beherrschtes kühles Gesicht noch immer in frischer

Farbe blühte, doch um einen feinen lieben Schatten älter und stiller geworden war. Zugleich bemerkte er mit Stolz, wie die Vorüberschreitende überall von bewundernden und achtungsvollen Blicken begleitet wurde.

Sie trat ins Freie und ging die Straße hinab, wie sonst in tadelloser Kleidung und mit ihrem sportmäßigen Schritt, nicht eben fröhlich, aber aufrecht und elastisch. Ohne Eile ging sie dahin, von Straße zu Straße, nur vor einem prächtig prangenden Blumenladen eine Weile sich vergnügend, ohne zu ahnen, daß ihr Berthold immerzu folgte und in ihrer Nähe war. Und er blieb hinter ihr bis zur Ecke der fernen Vorstadtstraße, wo er sie im Tor ihrer alten Wohnung verschwinden sah.

Dann kehrte er um, und im langsamen Gehen blickte er an sich nieder. Er war froh, daß sie ihn nicht gesehen hatte, und die ganze ungepflegte Dürftigkeit seiner Erscheinung, die ihn schon seit gestern bedrückt hatte, schien ihm jetzt unerträglich. Sein erster Gang war zu einem Barbier, der ihm das Haar scheren und den Bart abnehmen mußte, und als er in den Spiegel sah und dann wieder auf die Gasse trat und die Frische der rasierten Wangen im leisen Winde spürte, fiel alle einsiedlerische Scheu vollends von ihm ab. Eilig fuhr er nach einem großen Kleidergeschäft, kaufte einen modischen Anzug und ließ ihn so sorgfältig wie möglich seiner Figur anpassen, kaufte nebenan weiße Wäsche, Halsbinde, Hut und Schuhe, sah sein Geld zu Ende gehen und fuhr zur Bank um neues, fügte dem Anzug einen Mantel und den Schuhen Gummischuhe hinzu und fand am Abend, als er in angenehmer Ermüdung heimkehrte, alles schon in Schachteln und Paketen daliegen und auf ihn warten.

Nun konnte er nicht widerstehen, sofort eine Probe zu machen, und zog sich alsbald von Kopf zu Füßen an, lächelte sich etwas verlegen im Spiegel zu und konnte sich nicht erinnern, je in seinem Leben eine so knabenhafte Freude über neue Kleider gehabt zu haben. Daneben hing, unsorglich über einen Stuhl geworfen, sein asketisches Lodenzeug, grau und entbehrlich geworden wie die Puppenhülle eines jungen Schmetterlings.

Während er so vor dem Spiegel stand, unschlüssig, ob er noch einmal ausgehen sollte, wurde an seine Tür geklopft, und er hatte kaum Antwort gegeben, so trat geräuschvoll ein stattlicher Mann herein, in welchem er sofort den Herrn Salomon Adolfus Wolff erkannte, jenen reisenden Wundertäter, der ihn vor Monaten in der Tiroler Einsiedelei besucht hatte.

Wolff begrüßte den »Freund« mit heftigem Händeschütteln und nahm mit Verwunderung dessen frische Eleganz wahr. Er selbst trug den braunen Hut und alten Gehrock von damals, jedoch diesmal auch eine schwarze Weste dazu und graue Beinkleider, die jedoch für längere Beine als die seinen gearbeitet schienen, da sie oberhalb der Stiefel eine harmonikaähnliche Anordnung von widerwilligen Querfalten aufwiesen. Er beglückwünschte den Doktor zu seinem guten Aussehen und hatte nichts dagegen, als dieser ihn zum Abendessen einlud.

Schon unterwegs auf der Straße begann Salomon Adolfus mit Leidenschaft von den heutigen Reden und Verhandlungen zu sprechen und konnte es kaum glauben, daß Reichardt ihnen nicht beigewohnt habe. Am Nachmittag hätte ein schöner langlockiger Russe über Pflanzenkost und soziales Elend gesprochen und dadurch Skandal erregt, daß er beständig den nichtvegetarianischen Teil der Menschheit als Leichenfresser bezeichnet hatte. Darüber waren die Leidenschaften der Parteien erwacht, mitten im Gezänke hatte sich ein Anarchist des Wortes bemächtigt und mußte durch Polizeigewalt von der Tribüne entfernt werden. Die Buddhisten hatten stumm in geschlossenem Zuge den Saal verlassen, die Theosophen vergebens zum Frieden gemahnt. Ein Redner habe das von ihm selbst verfaßte »Bundeslied der Zukunft« vorgetragen, mit dem Refrain:

> »Ich laß der Welt ihr Teil,
> Im All allein ist Heil!«

und das Publikum sei schließlich unter Lachen und Schimpfen auseinandergegangen.

Erst beim Essen beruhigte sich der erregte Mann und wurde dann gelassen und heiter, indem er ankündigte, er werde morgen selbst im Saale sprechen. Es sei ja traurig, all diesen Streit um nichts mitanzusehen, wenn man selbst im Besitz der so einfachen Wahrheit sei. Und er entwickelte seine Lehre, die vom »Geheimnis des Lebens« handelte und in der Weckung der in jedem Menschen vorhandenen magischen Seelenkräfte das Heilmittel für die Übel der Welt erblickte.

»Sie werden doch dabei sein, Bruder Reichardt?« sagte er einladend.

»Leider nicht, Bruder Wolff«, meinte dieser lächelnd. »Ich kenne ja Ihre Lehre schon, der ich guten Erfolg wünsche. Ich selber bin in Familiensachen hier in München und morgen leider nicht frei. Aber wenn ich Ihnen sonst irgendeinen Dienst erweisen kann, tue ich es sehr gerne.«

Wolff sah ihn mißtrauisch an, konnte aber in Reichardts Mienen nur Freundliches entdecken.

»Nun denn«, sagte er rasch. »Sie haben mir diesen Sommer mit einem Darlehen von zehn Kronen geholfen, die nicht vergessen sind, wenn ich auch bis jetzt nicht in der Lage war, sie zurückzugeben. Wenn Sie mir nun nochmals mit einer Kleinigkeit aushelfen wollten – mein Aufenthalt hier im Dienst unserer Sache ist mit Kosten verbunden, die niemand mir ersetzt.«

Berthold gab ihm ein Goldstück und wünschte nochmals Glück für morgen, dann nahm er Abschied und ging nach Hause, um zu schlafen.

Kaum lag er jedoch im Bett und hatte das Licht gelöscht, da waren Müdigkeit und Schlaf plötzlich dahin, und er lag die ganze Nacht brennend in Gedanken an Agnes.

Früh am Morgen verließ er das Haus, unruhig und von der schlaflosen Nacht erschöpft. Er brachte die frühen Stunden auf einem Spaziergang und im Schwimmbad zu, saß dann noch eine ungeduldige halbe Stunde vor einer Tasse Tee und fuhr, sobald ein Besuch möglich schien, in einem hübschen Wagen an der Weinlandschen Wohnung vor.

Nachdem er die Glocke gezogen, mußte er eine Weile warten, dann fragte ihn ein kleines neues Mädchen, keine richtige Magd, unbeholfen nach seinem Begehren. Er fragte nach den Damen, und die Kleine lief, die Tür offen lassend, nach der Küche davon. Dort wurde nun ein Gespräch hörbar und zur Hälfte verständlich.

»Es geht nicht«, sagte Agnesens Stimme, »du mußt sagen, daß die gnädige Frau krank ist. – Wie sieht er denn aus?«

Schließlich aber kam Agnes selbst heraus, in einem blauen leinenen Küchenkleid, sah ihn fragend an und sprach kein Wort, da sie ihn unverweilt erkannte.

Er streckte ihr die Hand entgegen. »Darf ich hereinkommen?« fragte er, und ehe weiteres gesagt wurde, traten sie in das bekannte Wohnzimmer, wo die Frau Rat in einen Wollschal gehüllt im Lehnstuhl saß und sich bei seinem Anblick alsbald steif und tadellos aufrichtete.

»Der Herr Doktor Reichardt ist gekommen«, sagte Agnes zur Mutter, die dem Besuch die Hand gab.

Sie selbst aber sah nun im Morgenlicht der hellen Stube den Mann an, las die Not eines verfehlten und schweren Jahres in seinem mageren Gesicht und den Willen einer geklärten Liebe in seinen Augen.

Sie ließ seinen Blick nicht mehr los, und eines vom andern wortlos angezogen, gaben sie einander nochmals die Hand.

»Kind, aber Kind!« rief die Rätin erschrocken, als unversehens ihre Tochter große Tränen in den Augen hatte und ihr erbleichtes Gesicht neben dem der Mutter im Lehnstuhl verbarg.

Das Mädchen richtete sich aber mit neu erglühten Wangen sogleich wieder auf und lächelte noch mit Tränen in den Augen.

»Es ist schön, daß Sie wiedergekommen sind«, begann nun die alte Dame. Da stand das hübsche Paar schon Hand in Hand bei ihr und sah dabei so gut und lachend aus, als habe es schon seit langem zusammengehört.

(1910)

Seenacht

Seit wenigen Tagen hatte der Sommer seine volle Höhe erreicht und brannte in prächtigen Farben mit der leidenschaftlichen Glut schöner Vergänglichkeit. Tag um Tag stieg blau und heiß in zartem Dunst herauf, leuchtete in kristallenen Morgenstunden, loderte in der Mittagspracht und prangte gegen den Abend hin, in sehnsüchtig weichen, seligen Farben verblutend, indes die Nächte schon mit scharfer Kühle und in der ersten Frühe mit dichten Nebeln den Herbst heranführten. Tag um Tag stieg auf und verglühte, jeder blau und prangend und seinen Brüdern wie ein Zwilling ähnlich, doch jeder um einen unmerklichen Schatten herbstlicher gestimmt und jeder um schöne, ungefühlte Augenblicke ärmer als der vorige.

Es kam der Tag heran, an welchem jedes Jahr das Land sich der Begründung seiner Verfassung in festlicher Dankbarkeit erinnert. Am Abend dieses Tages brennen auf allen Höhen die großen, schlichten Reisigfeuer der Dorfgemeinden, die reicheren Städte tun sich durch Beleuchtungen und Musik hervor. Am heftigsten jedoch brennt Festbegier und Prachtliebe an diesem Abend an den berühmten Gestaden der herrlichen Seen, wo reiche Bürger und eifrige Gastwirte einander mit Lustbarkeiten überbieten und große Scharen von ausländischen Sommergästen den Festlichkeiten beiwohnen. Es fällt alsdann unter diesen müßiggehenden Fremden manches Witzwort über das kleine Volk und Land, dessen Selbstgefühl sich am liebsten in bunten Festen äußere, deren goldener Niederschlag in den Beuteln der Wirte dann wieder die auf Wohlhabenheit ruhende Sicherheit und Ehre des Landes festige, und mancher Kluge, der das Land nur von seiner Schauseite her kennt, glaubt damit etwas Bedeutendes und Zutreffendes gesagt zu haben. Alle die müßigen Sommergäste, und auch die meisten der prachtliebenden festlichen Städter, hören niemals den schönen, einfältigen Ruf der kleinen Kirchenglocken armer Alpendörfer, der an diesem Abend durch Finsternis und Nebel von Alp zu Alp über Schluchten und Steinwüsten hin Friede läutet und Einigkeit verkündet; und sie sehen niemals oder nur aus gleichgültiger Ferne die still glimmenden Feuer auf hohen Bergen, die Feuer, deren Holz von Dorfbuben, Sennen und Geißhirten stundenweit über Stein und Geröll herzugetragen wurde und bei deren Schein einfache, starke und genügsame Menschen, der Kern des Volkes, mit wenig Lärm ihr bescheidenes Jahresfest begehen.

Am Ufer eines berühmten Sees, wo in stattlichen alten Häusern und Gärten viele wohlig lebende Bürger, dazu in guten Gasthöfen Tausende von Fremden wohnten, war der vaterländische Ehrenabend mit besonderer Pracht, ja Verschwendung vorbereitet worden. Schon seit dem Beginn der Dämmerung waren allerorten einzelne verfrühte Schüsse ertönt, und als nun mit der sinkenden Nacht, hier wie auf jedem Turm des Landes, die Kirchenglocken feierlich zu läuten anfingen, strahlte der schon zuvor aus vielen Fenstern her erhellte Strand plötzlich in reichem Lichte auf, Schüsse fielen überall, bengalische Flammen erstanden in dunstigem Rot oder geisterhaft bleichem Grün, und kaum waren die vielen Glocken verstummt, so brach große und kleine Musik überall aus den gastlichen Gärten.

Um diese Stunde bestieg, wohl eine Stunde von der Stadt entfernt, an der Gartentreppe eines bescheidenen Landhauses eine kleine Gesellschaft ihr Boot, eine leichte Gondel mit zwei Ruderpaaren. Die beiden jungen Männer, ein Student und ein Maler aus Deutschland, hatten quer über dem Steuersitz des kleinen Bootes einen Bogen aus Haselnußgerten befestigt und ihn leicht mit hellrot blühenden Schlingrosen umwunden; in der Mitte des leise schwankenden Bogens hing eine sanft leuchtende runde Laterne aus rotem Papier. Auf den Ehrenplatz unter diesem laubigen Schmuckgerüst wurde das junge Mädchen gebeten, eine zwanzigjährige Blonde aus der Steiermark, ein stillfrohes Geschöpf mit dicken, dicht um das schöne Haupt gewundenen Zöpfen, mit klaren, kindlich erstaunten Augen und einem kleinen, kindlichen, herzförmigen Mund. Sie tat ihren großen weißen Strohhut ab und legte ihn hinter sich auf die tiefe Bank, setzte sich lächelnd unter die schaukelnde Laterne und blickte erstaunt und erwartungsvoll in die seltsam unruhige, von tausend Lichtern und Lichtspiegeln flakkernde Seenacht.

Den letzten Sitz, in der Spitze des Kahnes, nahm ihr Bruder ein. Er war ein schöner, bräunlich blonder Mann von bald dreißig Jahren, schlank und hoch von Gestalt, und trug an einem alten, frohfarbigen Bande die Gitarre mit sich.

Die beiden Jüngeren tauchten die Ruder ein, und das geschmückte Boot schwamm still aus der Bucht in den weiten, schwarzen See hinaus und der von ferne zauberhaft schimmernden Stadt entgegen. Die mächtige Wasserfläche lag windstill in vollkommener Glätte und spiegelte jedes von den vieltausend Lichtern treulich wider. Vom fernen Gestade her liefen unzählige schmale Stege aus weißem, rotem, blauem, gelbem, grünem Licht in den dunkeln See, zitternd von dem Ruderschlag der Boote, im Kielwasser jedes Schiffes zerbrechend, tausendmal in Funken zersplittert und immer wieder erstehend. Und unermüdlich stiegen in jedem Augenblick aus dem Lichtmeer hoch und freudig die Raketen. Manche zischten rasch und wunderlich schräg über den Himmel, dessen matte Sterne niemand betrachtete, und erloschen plötzlich mit leisem, fernem Knall. Andere sandten in schlanken Bogen glühende Kugeln empor, die in schönen, tiefen Farben wie feurige Edelsteine erglühten und allzufrüh lautlos vergingen. Noch andere stiegen schmal empor, schwebten für Sekunden wie ermüdet in der Höhe und entfalteten im Niedersinken große Sterne, Ringe und Riesenblumenkelche aus golden träufelndem Licht. Und einige, von unzufriedenen Strebern ersonnene, durchschnitten die Nacht in völlig unerwarteten, grotesken Bahnen, wie die Wünsche haltloser Menschen sinnlos und taumelnd in der Zukunft wühlen.

Lange Zeit wurde in dem rasch und gleichmäßig bewegten Boot kein Wort gesprochen. Die drei jungen Männer, die sich in wenigen Sommerwochen herzlich aneinander geschlossen hatten, waren alle, ein jeder auf besondere Weise, der ungetrübten Jugendfröhlichkeit entfremdet und zur Stille genötigt worden. Dem ältesten, dem Offizier aus der Steiermark, war im ersten glücklichen Ehejahr die langbegehrte und umworbene Frau gestorben. Der Student wiederum war von Natur wenig froh und hatte sich in einsamen Jünglingsjahren der Resignation eines vorzeitigen Pessimismus überlassen. Und der Maler, ein dankbarer, zarter Mensch mit feinen Sinnen, trug eine unheilbare Krankheit als Bleigewicht im jungen Leben. Er hatte gelernt, mit Heiterkeit zu entsagen und das Schöne unbegehrlich zu lieben, und er war, obwohl der Jüngste, den beiden andern zum Lehrer geworden.

So saßen die vier im Nachen, und von allen blickte einzig das junge Mädchen unbekümmert in reiner Lebenshoffnung auf die Schönheit der glänzenden Nacht. Sie saß, allein im kleinen Lichtkreis der Laterne, lässig und beglückt unter ihrem Rosenbogen, im weißen Kleide matt leuchtend, zufrieden im Schimmer der guten Stunde und im dämmerhaften, noch kindlichen Gefühl der eigenen Schönheit. Alle drei Männer sahen sie mit froher Rührung an und empfanden, jeder auf seine Art, die schöne, lichte Gestalt im Rosenbogen als ein Bild aller Jugendunschuld und ahnungslosen Lebenskraft, die ihnen selbst verlorengegangen und zu Ferne und Sehnsucht geworden war.

In der Nähe des strahlenden Hafens, noch ein wenig abseits vom Getümmel der hundert Boote und Schiffe, machten sie Halt und zogen die Ruder ein. Der Österreicher hatte die Gitarre gestimmt und begann zu singen. Er sang ein altes, geistliches Trinklied der frommen Nonnen, dessen Text und Melodie in verhaltener Sinnenkraft und bangem Himmelsheimweh tiefgolden leuchten wie die farbigen Bilder in alten Kirchenfenstern. Es glüht darin eine zur Lust geschaffene Lebensfülle, die sich hinweg ins Unsinnliche wendet und dennoch alle Bilder der ersehnten Seligkeit aus dem frohen Kreise der natürlichen Sinnenwelt entleihen muß. Der schöne, geheimnisvolle Gesang, der zwischen dem Getöse der vielfältigen Lustbarkeit wie eine Blumeninsel aufblühte, zog manche Hörer heran, die leise in kleinen Gondeln das Rosenboot umkreisten, und wen das Lied nicht bewegte, den freute und zog doch der Anblick des schönen Mädchens in der Laube, dessen Schifflein in rosigem Halblicht mit leiser Musik dahinschwamm.

Indessen kamen sie dem Getriebe näher, als ihre Absicht gewesen war, und der hübsche Anblick zog auch unholde Gäste an. Aus manchen Gondeln waren Blumen in das kleine Boot geworfen worden, nun aber drängten sich Barken hinzu, deren Gäste schon trunken waren und einen schönen Anblick nicht ertragen konnten, ohne ihm gröblich mit plumpen Scherzen und Huldigungen nahezurücken. Ein mächtiges Feuerwerk flammte allzu nahe mit Geprassel empor, und das ganze Festgestade, das von fern so verklärt und herrlich zu schauen gewesen war, verwandelte sich in eine Stätte lärmender Lust und ungezügelter Volkslaune.

Enttäuscht hatte des Mädchens Bruder längst zu singen aufgehört und die Gitarre verborgen. Da trotzdem die Neugierde nicht abzuwehren und aus dem Wirrwarr so vieler Boote auch ein rasches Entrinnen unmöglich war, gab er dem Maler einen Wink, worauf dieser die Laterne rasch auslöschte.

Die Zudringlichen waren nun um ihre Lust gebracht und verschwanden bald, und die viere trachteten zurück in den freien See zu gelangen. Da jedoch das Gedränge groß war und ihrem lampenlosen Boote niemand richtig auswich, kamen sie nur langsam weiter.

Unter mancherlei unerfreulichen Erscheinungen des Festgetriebes war ihnen längst ein großes Maschinenboot aufgefallen, dessen am hohen Bord zechende Insassen den allgemeinen Lärm in trunkenem Behagen zu vermehren trachteten. Sie führten in ihrem raschen Schiff einen jener vom Teufel erfundenen Mechanismen mit sich, die man Grammophone nennt, und ließen die grelle Musik eines Militärorchesters, eines Jodlerquartetts und anderer solcher Stücke abwechselnd unter Gelächter ertönen.

»O die Schweine«, rief der Student am Ende, ernstlich erzürnt.

»Lassen Sie sie«, sagte der Offizier. »Es ist unser Fehler, daß wir uns dahinein gewagt haben.«

Jenes große Vergnügungsboot war eben in der Nähe, und nun wendete es und schien gegen den offenen See zu steuern. Die beiden Ruderer nahmen dieselbe Richtung, um hinter dem Schiff her alsdann leichter ins Freie zu kommen. So kamen die beiden Fahrzeuge einander ganz nahe, daß die in der dunkeln Gondel die roten Gesichter der Zecher auf dem erleuchteten Verdeck sehen konnten.

In diesem Augenblick machte das große Boot eine unerwartete Wendung, seine Maschine tickte plötzlich ganz nahe, Gondeln wichen überall zur Seite. Das kleine Boot ohne Laterne aber, das der Mann am Steuerrad nicht sehen konnte, stand unversehens quer vor dem großen; der Offizier tat einen raschen Warnungsruf, den niemand hörte. Das Ruder des Malers, der erschrocken ausgriff, um eilig zu wenden, stieß schon an die Wand des Motorbootes, welches in der nächsten Sekunde schon über die umgeworfene Gondel hinwegfuhr, indessen auf seinem Verdeck noch das Grammophon eine kecke Musik schmetterte.

Im Nu war Schrecken und hastige Bewegung ringsum: Ein junger Mensch sprang, ohne nur den Hut abzuwerfen, vom Boot ins Wasser hinab. Ruderboote eilten von allen Seiten herbei, Signale schrillten, die niemand verstand, Schwimmende tauchten auf und wurden von den Bootsführern herausgezogen. In wenigen Minuten, noch ehe die Kunde von einem Unglücksfall das Ufer erreicht hatte, war alles schon vorbei, die Schwimmer gerettet, die lecke Gondel beiseite geschleppt, sogar die Gitarre und des Malers Mütze gefunden.

Längere Zeit aber dauerte es, bis die Verunglückten, die von verschiedenen Booten aufgenommen worden waren, zueinander fanden. Da waren sie endlich, an Bord des Motorschiffes, dessen Musikwerk nun endlich schwieg. Da waren sie, naß und bleich, doch unbeschädigt: Der Maler, der Student, der Offizier. Da war die Gitarre, der Hut des Studenten, die Mütze des Malers, und schließlich fand auch der breite, lichte Strohhut des Fräuleins sich dazu.

Es fehlte nichts als das Fräulein selbst. Zwar gab noch niemand die Hoffnung verloren, von Boot zu Boot gingen Fragen und Rufe, ihr Name lief erwartungsvoll durch den ganzen Hafen. Sie selbst indessen, die schöne, noble Blonde im Rosenbogen, sie war zwischen Musik und Pulverdunst, zwischen Raketengefunkel und selig erblühenden Leuchtkugeln still und schnell versunken und hinweggekommen aus dem Land der Lust und Jugendfülle, dessen lachende Farbenlichter sie allein von allen vieren mit ungetrübten Augen und ungebrochenen Hoffnungen begrüßt hatte. Und von den drei Männern war keiner, der nicht gerne selber in der Tiefe verschwunden wäre, um ihre liebe, leichte Gestalt und ihre frohen kindlichen Augen wieder oben am Lichte zu wissen.

Auf dem Verdeck des Zecherschiffes, dessen laute Gäste sich verloren hatten, fuhren spät in der Nacht die drei nach dem Landhaus zurück. Sie sprachen wenig, sie standen, ein jeder für sich allein, an Bord und schauten in die Seenacht. Der Himmel stand voll heller Sterne, die ferne Stadt erlosch allmählich, Licht um Licht. Nur selten klang verspätet und vereinsamt der schwache Knall eines letztes Freudenschusses herüber, und im letzten Augenblick, da sie schon zur Gartenbucht ins Dunkle einbogen, stieg eine letzte Rakete einsam in den Himmel. Sie wuchs in einem wunderschlanken Bogen hinan, ruhte einen Augenblick wie ermüdet in der Höhe, entfaltete im Niedersinken eine große, stille Blume aus golden tropfendem Feuer und erlosch lautlos in der Nachtstille wie das ganze Fest. *(1911)*

Das Nachtpfauenauge

Mein Gast und Freund Heinrich Mohr war von seinem Abendspaziergang heimgekehrt und saß nun bei mir im Studierzimmer, noch beim letzten Tageslicht. Vor den Fenstern lag weit hinaus der bleiche See, scharf vom hügeligen Ufer gesäumt. Wir sprachen, da eben mein kleiner Sohn uns gute Nacht gesagt hatte, von Kindern und von Kindererinnerungen.

»Seit ich Kinder habe«, sagte ich, »ist schon manche Liebhaberei der eigenen Knabenzeit wieder bei mir lebendig geworden. Seit einem Jahr etwa habe ich sogar wieder eine Schmetterlingssammlung angefangen. Willst du sie sehen?«

Er bat darum, und ich ging hinaus, um zwei oder drei von den leichten Pappkästen hereinzuholen. Als ich den ersten öffnete, merkten wir beide erst, wie dunkel es schon geworden war; man konnte kaum noch die Umrisse der aufgespannten Falter erkennen.

Ich griff zur Lampe und strich ein Zündholz an, und augenblicklich versank die Landschaft draußen, und die Fenster standen voll von undurchdringlichem Nachtblau.

Meine Schmetterlinge aber leuchteten in dem hellen Lampenlicht prächtig aus dem Kasten. Wir beugten uns darüber, betrachteten die schönfarbigen Gebilde und nannten ihre Namen.

»Das da ist ein gelbes Ordensband«, sagte ich, »lateinisch *fulminea*, das gilt hier für selten.«

Heinrich Mohr hatte vorsichtig einen der Schmetterlinge an seiner Nadel aus dem Kasten gezogen und betrachtete die Unterseite seiner Flügel.

»Merkwürdig«, sagte er, »kein Anblick weckt die Kindheitserinnerungen so stark in mir wie der von Schmetterlingen.«

Und, indem er den Falter wieder an seinem Ort ansteckte und den Kastendeckel schloß: »Genug davon!«

Er sagte es hart und rasch, als wären diese Erinnerungen ihm unlieb. Gleich darauf, da ich den Kasten weggetragen hatte und wieder hereinkam, lächelte er mit seinem braunen, schmalen Gesicht und bat um eine Zigarette.

»Du mußt mir's nicht übelnehmen«, sagte er dann, »wenn ich deine Sammlung nicht genauer angeschaut habe. Ich habe als Junge natürlich auch eine gehabt, aber leider habe ich mir selber die Erinnerung daran verdorben. Ich kann es dir ja erzählen, obwohl es eigentlich schmählich ist.«

Er zündete seine Zigarette über dem Lampenzylinder an, setzte den grünen Schirm über die Lampe, so daß unsre Gesichter in Dämmerung sanken, und setzte sich auf das Gesims des offenen Fensters, wo seine schlanke hagere Figur sich kaum von der Finsternis abhob. Und während ich eine Zigarette rauchte und draußen das hochtönige ferne Singen der Frösche die Nacht erfüllte, erzählte mein Freund das Folgende.

Das Schmetterlingssammeln fing ich mit acht oder neun Jahren an und trieb es anfangs ohne besonderen Eifer wie andre Spiele und Liebhabereien auch. Aber im zweiten Sommer, als ich etwa zehn Jahre alt war, da nahm dieser Sport mich ganz gefangen und wurde zu einer solchen Leidenschaft, daß man ihn mir mehrmals meinte verbieten zu müssen, da ich alles darüber vergaß und versäumte. War ich auf Falterfang, dann hörte ich keine Turmuhr schlagen, sei es zur Schule oder zum Mittagessen, und in den Ferien war ich oft, mit einem Stück Brot in der Botanisierbüchse, vom frühen Morgen bis zur Nacht draußen, ohne zu einer Mahlzeit heimzukommen.

Ich spüre etwas von dieser Leidenschaft noch jetzt manchmal, wenn ich besonders schöne Schmetterlinge sehe. Dann überfällt mich für Augenblicke wieder das namenlose, gierige Entzücken, das nur Kinder empfinden können, und mit dem ich als Knabe meinen ersten Schwalbenschwanz beschlich. Und dann fallen mir plötzlich ungezählte Augenblicke und Stunden der Kinderzeit ein, glühende Nachmittage in der trockenen, stark duftenden Heide, kühle Morgenstunden im Garten oder Abende an geheimnisvollen Waldrändern, wo ich mit meinem Netz auf der Lauer stand wie ein Schatzsucher und jeden Augenblick auf die tollsten Überraschungen und Beglückungen gefaßt war. Und wenn ich dann einen schönen Falter sah, er brauchte nicht einmal besonders selten zu sein, wenn er auf einem Blumenstengel in der Sonne saß und die farbigen Flügel atmend auf und ab bewegte und mir die Jagdlust den Atem verschlug, wenn ich näher und näher schlich und jeden leuchtenden Farbenfleck und jede kristallene Flügelader und jedes feine braune Haar der Fühler sehen konnte, das war eine Spannung und Wonne, eine Mischung von zarter Freude mit wilder Begierde, die ich später im Leben selten mehr empfunden habe.

Meine Sammlung mußte ich, da meine Eltern arm waren und mir nichts dergleichen schenken konnten, in einer gewöhnlichen alten Kartonschachtel aufbewahren. Ich klebte runde Korkscheiben, aus Flaschenpfropfen geschnitten, auf den Boden, um die Nadeln darein zu stecken, und zwischen den zerknickten Pappdeckelwänden dieser Schachtel hegte ich meine Schätze. Anfangs zeigte ich gern und häufig meine Sammlung den Kameraden, aber andere hatten Holzkästen mit Glasdeckeln, Raupenschachteln mit grünen Gazewänden und anderen Luxus, so daß ich mit meiner primitiven Einrichtung mich nicht eben brüsten konnte. Auch war mein Bedürfnis danach nicht groß und ich gewöhnte mir an, sogar wichtige und aufregende Fänge zu verschweigen und die Beute nur meinen Schwestern zu zeigen. Einmal hatte ich den bei uns seltenen blauen Schillerfalter erbeutet und aufgespannt, und als er trocken war, trieb mich der Stolz, ihn doch wenigstens meinem Nachbarn zu zeigen, dem Sohn eines Lehrers, der überm Hof wohnte. Dieser Junge hatte das Laster der Tadellosigkeit, das bei Kindern doppelt unheimlich ist. Er besaß eine kleine unbedeutende Sammlung, die aber durch ihre Nettigkeit und exakte Erhaltung zu einem Juwel wurde. Er verstand sogar die seltene und schwierige Kunst, beschädigte und zerbrochene Falterflügel wieder zusammenzuleimen, und war in jeder Hinsicht ein Musterknabe, weshalb ich ihn denn mit Neid und halber Bewunderung haßte.

Diesem jungen Idealknaben zeigte ich meinen Schillerfalter. Er begutachtete ihn fachmännisch, anerkannte seine Seltenheit und sprach ihm einen Barwert von etwa zwanzig Pfennigen zu; denn der Knabe Emil wußte alle Sammelobjekte, zumal Briefmarken und Schmetterlinge, nach ihrem Geldwert zu taxieren. Dann fing er aber an zu kritisieren, fand meinen Blauschiller schlecht aufgespannt, den rechten Fühler gebogen, den linken ausgestreckt, und entdeckte richtig auch noch einen Defekt, denn dem Falter fehlten zwei Beine. Ich schlug zwar diesen Mangel nicht hoch an, doch hatte mir der Nörgler die Freude an meinem Schiller einigermaßen verdorben und ich habe ihm nie mehr meine Beute gezeigt.

Zwei Jahre später, wir waren schon große Buben, aber meine Leidenschaft war noch in voller Blüte, verbreitete sich das Gerücht, jener Emil habe ein Nachtpfauenauge gefangen. Das war nun für mich weit aufregender als wenn ich heute höre, daß ein Freund von mir eine Million geerbt oder die verlorenen Bücher des Livius gefunden habe. Das Nachtpfauenauge hatte noch keiner von uns gefangen, ich kannte es überhaupt nur aus der Abbildung eines alten Schmetterlingsbuches, das ich besaß und dessen mit der Hand kolorierte Kupfer unendlich viel schöner und eigentlich auch exakter waren als alle modernen

Farbendrucke. Von allen Schmetterlingen, deren Namen ich kannte und die in meiner Schachtel noch fehlten, ersehnte ich keinen so glühend wie das Nachtpfauenauge. Oft hatte ich die Abbildung in meinem Buch betrachtet, und ein Kamerad hatte mir erzählt: Wenn der braune Falter an einem Baumstamm oder Felsen sitze und ein Vogel oder anderer Feind ihn angreifen wolle, so ziehe er nur die gefalteten dunkleren Vorderflügel auseinander und zeige die schönen Hinterflügel, deren große helle Augen so merkwürdig und unerwartet aussähen, daß der Vogel erschrecke und den Schmetterling in Ruhe lasse.

Dieses Wundertier sollte der langweilige Emil haben! Als ich es hörte, empfand ich im ersten Augenblick nur die Freude, endlich das seltene Tier zu Gesicht zu bekommen und eine brennende Neugierde darauf. Dann stellte sich freilich der Neid ein, und es schien mir schnöde zu sein, daß gerade dieser Langweiler und Mops den geheimnisvollen kostbaren Falter hatte erwischen müssen. Darum bezwang ich mich auch und tat ihm die Ehre nicht an, hinüberzugehen und mir seinen Fang zeigen zu lassen. Doch brachte ich meine Gedanken von der Sache nicht los, und am nächsten Tage, als das Gerücht sich in der Schule bestätigte, war ich sofort entschlossen, doch hinzugehen.

Nach Tisch, sobald ich vom Hause wegkonnte, lief ich über den Hof und in den dritten Stock des Nachbarhauses hinauf, wo neben Mägdekammern und Holzverschlägen der Lehrerssohn ein oft von mir beneidetes kleines Stübchen für sich allein bewohnen durfte. Niemand begegnete mir unterwegs, und als ich oben an die Kammertür klopfte, erhielt ich keine Antwort. Emil war nicht da, und als ich die Türklinke versuchte, fand ich den Eingang offen, den er sonst während seiner Abwesenheit peinlich verschloß.

Ich trat ein, um das Tier doch wenigstens zu sehen, und nahm sofort die beiden großen Schachteln vor, in welchen Emil seine Sammlung verwahrte. In beiden suchte ich vergebens, bis mir einfiel, der Falter werde noch auf dem Spannbrett sein. Da fand ich ihn denn auch: die braunen Flügel mit schmalen Papierstreifen überspannt, hing das Nachtpfauenauge am Brett, ich beugte mich darüber und sah alles aus nächster Nähe an, die behaarten hellbraunen Fühler, die eleganten und unendlich zart gefärbten Flügelränder, die feine wollige Behaarung am Innenrand der unteren Flügel. Nur gerade die Augen konnte ich nicht sehen, die waren vom Papierstreifen verdeckt.

Mit Herzklopfen gab ich der Versuchung nach, die Streifen loszumachen, und zog die Stecknadel heraus. Da sahen mich die vier großen merkwürdigen Augen an, weit schöner und wunderlicher als auf der Abbildung, und bei ihrem Anblick fühlte ich eine so unwiderstehliche Begierde nach dem Besitz des herrlichen Tieres, daß ich unbedenklich den ersten Diebstahl meines Lebens beging, indem ich sachte an der Nadel zog und den Schmetterling, der schon trocken war und die Form nicht verlor, in der hohlen Hand aus der Kammer trug. Dabei hatte ich kein Gefühl als das einer ungeheuren Befriedigung.

Das Tier in der rechten Hand verborgen, ging ich die Treppe hinab. Da hörte ich, daß von unten mir jemand entgegenkam, und in dieser Sekunde wurde mein Gewissen wach, ich wußte plötzlich, daß ich gestohlen hatte und ein gemeiner Kerl war; zugleich befiel mich eine ganz schreckliche Angst vor der Entdeckung, so daß ich instinktiv die Hand, die den Raub umschlossen hielt, in die Tasche meiner Jacke steckte. Langsam ging ich weiter, zitternd und mit einem kalten Gefühl von Verworfenheit und Schande, ging angstvoll an dem heraufkommenden Dienstmädchen vorbei und blieb an der Haustüre stehen, mit klopfendem Herzen und schwitzender Stirn, fassungslos und vor mir selbst erschrocken.

Alsbald wurde mir klar, daß ich den Falter nicht behalten könne und dürfe, daß ich ihn zurücktragen und alles nach Möglichkeit ungeschehen machen müsse. So kehrte ich denn, trotz aller Angst vor einer Begegnung und Entdeckung, schnell wieder um, sprang mit Eile die Stiege hinan und stand eine Minute später wieder in Emils Kammer. Vorsichtig zog ich die Hand aus der Tasche und legte den Schmetterling auf den Tisch, und ehe ich ihn wieder sah, wußte ich das Unglück schon und war dem Weinen nah, denn das Nachtpfauenauge war zerstört. Es fehlte der rechte Vorderflügel und der rechte Fühler, und als ich den abgebrochenen Flügel vorsichtig aus der Tasche zu ziehen suchte, war er zerschlissen und an kein Flicken mehr zu denken.

Beinahe noch mehr als das Gefühl des Diebstahls peinigte mich nun der Anblick des schönen seltenen Tieres, das ich zerstört hatte. Ich sah an meinen Fingern den zarten braunen Flügelstaub hängen und den zerrissenen Flügel daliegen, und hätte jeden Besitz und jede Freude gern hingegeben, um ihn wieder ganz zu wissen.

Traurig ging ich nach Hause und saß den ganzen Nachmittag in unsrem kleinen Garten, bis ich in der Dämmerung den Mut fand, meiner Mutter alles zu erzählen. Ich merkte wohl, wie sie erschrak und traurig wurde, aber sie mochte fühlen, daß schon dies Geständnis mich mehr gekostet habe als die Erduldung jeder Strafe.

»Du mußt zum Emil hinübergehen«, sagte sie bestimmt, »und es ihm selber sagen. Das ist das einzige, was du tun kannst, und ehe das nicht geschehen ist, kann ich dir nicht verzeihen. Du kannst ihm anbieten, daß er sich irgendetwas von deinen Sachen aussucht, als Ersatz, und du mußt ihn bitten, daß er dir verzeiht.«

Das wäre mir nun bei jedem anderen Kameraden leichter gefallen als bei dem Musterknaben. Ich fühlte im voraus genau, daß er mich nicht verstehen und mir womöglich gar nicht glauben würde, und es wurde Abend und beinahe Nacht, ohne daß ich hinzugehen vermochte. Da fand mich meine Mutter unten im Hausgang und sagte leise: »Es muß heut noch sein, geh jetzt!«

Und da ging ich hinüber und fragte im untern Stock nach Emil, er kam und erzählte sofort, es habe ihm jemand das Nachtpfauenauge kaputt gemacht, er wisse nicht, ob ein schlechter Kerl oder vielleicht ein Vogel oder die Katze, und ich bat ihn, mit mir hinaufzugehen und es mir zu zeigen. Wir gingen hinauf, er schloß die Kammertür auf und zündete eine Kerze an, und ich sah auf dem Spannbrett den verdorbenen Falter liegen. Ich sah, daß er daran gearbeitet hatte, ihn wieder herzustellen, der kaputte Flügel war sorgfältig ausgebreitet und auf ein feuchtes Fließpapier gelegt, aber er war unheilbar, und der Fühler fehlte ja auch.

Nun sagte ich, daß ich es gewesen sei, und versuchte zu erzählen und zu erklären.

Da pfiff Emil, statt wild zu werden und mich anzuschreien, leise durch die Zähne, sah mich eine ganze Weile still an und sagte dann: »So so, also so einer bist du.«

Ich bot ihm alle meine Spielsachen an, und als er kühl blieb und mich immer noch verächtlich ansah, bot ich ihm meine ganze Schmetterlingssammlung an. Er sagte aber:

»Danke schön, ich kenne deine Sammlung schon. Man hat ja heut wieder sehen können, wie du mit Schmetterlingen umgehst.«

In diesem Augenblicke fehlte nicht viel, so wäre ich ihm an die Gurgel gesprungen. Es war nichts zu machen, ich war und blieb ein Schuft, und Emil stand kühl in verächtlicher Gerechtigkeit vor mir wie die Weltordnung. Er schimpfte nicht einmal, er sah mich nur an und verachtete mich.

Da sah ich zum erstenmal, daß man nichts wieder gut machen kann, was einmal verdorben ist. Ich ging weg und war froh, daß die Mutter mich nicht ausfragte, sondern mir einen Kuß gab und mich in Ruhe ließ. Ich sollte zu Bett gehen, es war schon spät für mich. Vorher aber holte ich heimlich im Eßzimmer die große braune Schachtel, stellte sie aufs Bett und machte sie im Dunkeln auf. Und dann nahm ich die Schmetterlinge heraus, einen nach dem andern, und drückte sie mit den Fingern zu Staub und Fetzen. *(1911)*

Der schöne Traum

Als der Gymnasiast Martin Haberland im Alter von siebzehn Jahren an einer Lungenentzündung starb, sprach jedermann von ihm und seinen reichen Talenten mit Bedauern und hielt ihn für sehr unglücklich, daß er gestorben war, ehe er aus diesen Talenten hatte Erfolge und Zinsen und bares Geld lösen können.

Es ist wahr, der Tod des hübschen, begabten Jünglings hat auch mir leid getan, und ich dachte mir mit einem gewissen Bedauern: wie unheimlich viel Talent muß es doch in der Welt geben, daß die Natur damit so um sich werfen kann! Aber es ist der Natur einerlei, was wir über sie denken, und was das Talent angeht, so ist es ja tatsächlich in solchem Überfluß vorhanden, daß unsre Künstler bald nur noch Kollegen und gar kein Publikum mehr haben werden.

Indessen kann ich den Tod des jungen Mannes nicht in dem Sinne bedauern, als sei ihm selbst dadurch ein Schaden zugefügt und sei er des Besten und Schönsten grausam beraubt worden, das noch für ihn bestimmt gewesen wäre.

Wer mit Glück und in Gesundheit siebzehn Jahre alt geworden ist und gute Eltern hatte, der hat ohnehin in gar vielen Fällen gewiß den schöneren Teil des Lebens hinter sich, und wenn sein Leben so früh endet und aus Mangel an großem Schmerz und grellem Erlebnis und wilder Lebensweise kein Beethovensches Symphoniestück geworden ist, so kann es doch eine kleine Haydnsche Kammermusik gewesen sein, und das kann man nicht von vielen Menschenleben sagen.

Im Falle Haberland bin ich meiner Sache ganz sicher. Der junge Mensch hat tatsächlich das Schönste erlebt, was ihm zu erleben möglich war, er hat ein paar Takte von so unirdischer Musik geschlürft, daß sein Tod notwendig war, weil kein Leben daraufhin etwas anderes als einen Mißklang ergeben hätte. Daß der Schüler sein Glück nur im Traum erlebt hat, ist gewiß keine Abschwächung, denn die meisten Menschen erleben ihre Träume viel heftiger als ihr Leben.

Am zweiten Tag seiner Krankheit, drei Tage vor seinem Tode, hatte der Gymnasiast bei schon beginnendem Fieber folgenden Traum:

Sein Vater legte ihm die Hand auf die Schulter und sagte: »Ich begreife ganz gut, daß du bei uns nicht mehr viel lernen kannst. Du mußt ein großer und guter Mann werden und ein besonderes Glück gewinnen, das findet man nicht daheim im Nest. Paß auf: du mußt jetzt zuerst auf den Berg der Erkenntnis steigen, dann mußt du Taten tun, und dann mußt du die Liebe finden und glücklich werden.«

Während der Vater die letzten Worte sagte, schien sein Bart länger und sein Auge größer, er sah für einen Augenblick wie ein greiser König aus. Dann gab er dem Sohn einen Kuß auf die Stirne und hieß ihn gehen, und der Sohn ging eine breite schöne Treppe hinab wie aus einem Palast, und als er über die Straße ging und gerade das Städtlein verlassen wollte, begegnete ihm seine Mutter und rief ihn an: »Ja Martin, willst du denn fortgehen und mir nicht einmal Adieu sagen?« Bestürzt sah er sie an und schämte sich, zu sagen, er habe gemeint, sie sei schon lang gestorben, denn er sah sie ja lebend vor sich stehen, und sie war schöner und jünger als er sie in Erinnerung gehabt hatte, ja sie hatte fast etwas Mädchenhaftes an sich, so daß er, als sie ihn küßte, rot wurde und sie nicht wiederzuküssen wagte. Sie sah ihm in die Augen mit einem hellen, blauen Blick, der wie ein Licht in ihn überging, und nickte ihm zu, als er verwirrt und in Hast davonging.

Vor der Stadt fand er ohne Erstaunen statt der Landstraße und dem Tal mit der Eschenallee einen Meerhafen liegen, wo ein großes altmodisches Schiff mit bräunlichen

Segeln bis in den goldenen Himmel ragte, wie auf seinem Lieblingsbild von Claude Lorrain, und wo er sich alsbald nach dem Berg der Erkenntnis einschiffte.

Das Schiff und der goldene Himmel entschwanden jedoch unvermerkt wieder aus der Sichtbarkeit, und nach einer Weile fand sich der Schüler Haberland wie erwachend, wandernd auf der Landstraße, schon weit von daheim, und einem Berge entgegen gehen, der in der Ferne abendrot glühte und nicht näher zu kommen schien, so lange er auch wanderte. Zum Glück schritt neben ihm der Professor Seidler und sagte väterlich: »Hier ist keine andere Konstruktion am Platze als der Ablativus absolutus, nur mit seiner Benützung kommen Sie plötzlich medias in res.« Er folgte alsbald, und es fiel ihm ein Ablativus absolutus ein, der gewissermaßen die ganze Vergangenheit seiner selbst und der Welt in sich begriff und mit jeder Art von Vergangenheit so gründlich aufräumte, daß alles hell voll Gegenwart und Zukunft wurde. Und damit stand er plötzlich auf dem Berge, aber neben ihm auch der Professor Seidler, und dieser sagte auf einmal Du zu ihm, und Haberland duzte auch den Professor, und der vertraute ihm an, er sei eigentlich sein Vater, und, indem er sprach, wurde er dem Vater immer ähnlicher, und die Liebe zum Vater und die Liebe zur Wissenschaft wurde in dem Schüler eins, und beide wurden stärker und schöner, und während er saß und sann und von lauter ahnender Verwunderung umgeben war, sagte sein Vater neben ihm: »So, jetzt sieh um dich!«

Da war eine unsägliche Klarheit rings umher, und alles auf der Welt war in bester Ordnung und sonnenklar; er begriff vollkommen, warum seine Mutter gestorben war und doch noch lebte; er begriff bis ins Innerste, warum die Menschen an Aussehen, Gebräuchen und Sprachen so verschieden und doch aus einem Wesen und nahe Brüder waren; er begriff Not und Leid und Häßlichkeit so sehr als notwendig und von Gott gewollt oder gemußt, daß sie schön und hell wurden und laut von der Ordnung und Freude der Welt sprachen. Und ehe er noch ganz klar darüber war, daß er nun auf dem Berg der Erkenntnis gewesen und weise geworden sei, fühlte er sich zu einer Tat berufen, und obwohl er seit zwei Jahren immerzu über verschiedene Berufe nachgedacht und sich nie für einen entschieden hatte, wußte er jetzt ganz genau und fest, daß er ein Baumeister war, und es war herrlich, das zu wissen und nicht den kleinsten Zweifel mehr zu haben.

Alsbald lag da weißer und grauer Stein, lagen Balken und standen Maschinen, viele Menschen standen umher und wußten nicht, was tun; er aber wies mit den Händen und erklärte und befahl, hielt Pläne in Händen und brauchte nur zu winken und zu deuten, so liefen die Menschen und waren glücklich, eine verständige Arbeit zu tun, hoben Steine und schoben Karren, richteten Stangen auf und meißelten an Blöcken, und in allen Händen und in jedem Auge war der Wille des Baumeisters tätig. Das Haus aber entstand und wurde ein Palast, der mit Giebelfeldern und Vorhallen, mit Höfen und Bogenfenstern eine ganz selbstverständliche, einfache, freudige Schönheit verkündigte, und es war klar, daß man nur noch einige solche Sachen zu bauen brauchte, damit Leid und Not, Unzufriedenheit und Verdruß von der Erde verschwänden.

Mit der Vollendung des Bauwerks war Martin schläfrig geworden und hatte nicht mehr genau auf alles acht, er hörte etwas wie Musik und Festlichkeit um sich tosen und gab sich mit Ernsthaftigkeit und seltsamer Befriedigung einer tiefen, schönen Müdigkeit hin. Aus ihr tauchte sein Bewußtsein erst dann empor, als wieder seine Mutter vor ihm stand und ihn an der Hand nahm. Da wußte er, daß sie nun mit ihm in das Land der Liebe gehen wolle, und er wurde still und erwartungsvoll und vergaß alles, was er auf dieser Reise schon erlebt und getan hatte; nur glänzte ihm vom Berge der Erkenntnis und von seinem Palastbau her eine Helligkeit und ein bis in den Grund hinab gereinigtes Gewissen nach.

Die Mutter lächelte und hielt ihn an der Hand, sie ging bergabwärts in eine abendliche Landschaft hinein, ihr Kleid war blau, und im wohligen Gehen entschwand sie ihm, und was ihr blaues Kleid gewesen war, das war das Blau der tiefen Talferne, und indem er das erkannte und nicht mehr wußte, war die Mutter wirklich bei ihm gewesen oder nicht, befiel ihn eine Traurigkeit, er setzte sich in die Wiese und begann zu weinen, ohne Schmerzen, hingegeben und ernsthaft wie er vorher im Schaffensdrang gebaut und in der Müdigkeit geruht hatte. In seinen Tränen fühlte er, daß ihm nun das Süßeste begegnen solle, was ein Mensch erleben kann, und wenn er darüber nachzusinnen versuchte, wußte er zwar wohl, daß das die Liebe sei, aber er konnte sie sich nicht recht vorstellen und endete mit dem Gefühl, die Liebe sei wie der Tod, sie sei eine Erfüllung und ein Abend, auf welchen nichts mehr folgen dürfe.

Er hatte es noch nicht zu Ende gedacht, da war wieder alles anders, es spielte unten im blauen Tal eine köstliche ferne Musik, und es kam über die Wiese her Fräulein Voßler gegangen, die Tochter des Stadtschultheißen, und plötzlich wußte er, daß er diese lieb habe. Sie hatte dasselbe Gesicht wie immer, aber sie trug ein ganz einfaches, edles Kleid wie eine Griechin, und kaum war sie da, so war es Nacht, und man sah nichts mehr als einen Himmel voll großer, heller Sterne.

Das Mädchen blieb vor Martin stehen und lächelte. »So, bist du da?« sagte sie freundlich, als habe sie ihn erwartet.

»Ja«, sagte er, »die Mutter hat mir den Weg gezeigt. Ich bin jetzt mit allem fertig, auch mit dem großen Haus, das ich bauen mußte. Da mußt du drin wohnen.«

Sie lächelte aber nur und sah fast mütterlich aus, überlegen und ein wenig traurig, wie eine Erwachsene.

»Was soll ich jetzt tun?« fragte Martin und legte seine Hände auf die Schultern des Mädchens. Sie neigte sich vor und sah ihm aus solcher Nähe in die Augen, daß er ein wenig erschrak, und er sah jetzt nichts mehr als ihre großen ruhigen Augen, und darüber in einem Goldnebel die vielen Sterne. Sein Herz schlug heftig und tat weh.

Das schöne Mädchen legte seinen Mund auf Martins Mund, und indessen sein Wesen schmolz und aller Wille von ihm wich, begannen oben in der blauen Finsternis die Sterne leise zu tönen, und während Martin fühlte, daß er jetzt die Liebe und den Tod und das Süßeste koste, was ein Mensch erleben kann, hörte er die Welt um ihn her in einem feinen Reigen klingen und sich bewegen, und ohne seine Lippen vom Mund des Mädchens zu lösen, und ohne mehr irgend etwas in der Welt zu wollen und zu begehren, fühlte er sich und sie und alles in den Reigen mitgenommen, er schloß die Augen und flog mit sanftem Schwindel eine tönende, ewig vorbestimmte Straße dahin, auf welcher keine Erkenntnis und keine Tat und nichts Zeitliches mehr auf ihn wartete. *(1912)*

Robert Aghion

Im Laufe des achtzehnten Jahrhunderts wuchs in Großbritannien eine neue Art von Christentum und christlicher Betätigung heran, die sich aus einer winzigen Wurzel ziemlich rasch zu einem großen exotischen Baume auswuchs und welche einem jeden heute unter dem Namen der evangelischen Heidenmission bekannt ist.

Für die von England ausgehende protestantische Missionsbewegung war äußerlich nicht wenig Grund und Anlaß vorhanden. Seit dem glorreichen Zeitalter der Entdeckungen hatte man allerwärts auf Erden entdeckt und erobert, und es war das wissenschaftliche Interesse an der Form entfernter Inseln und Gebirge ebenso wie das seefahrende und abenteuernde Heldentum überall einem modernen Geist gewichen, der sich in den entdeckten exotischen Gegenden nicht mehr für aufregende Taten und Erlebnisse, für seltsame Tiere und romantische Palmenwälder interessierte, sondern für Pfeffer und Zucker, für Seide und Felle, für Reis und Sago, kurz für die Dinge, mit denen der Welthandel Geld verdient. Darüber war man häufig etwas einseitig und hitzig geworden und hatte manche Regeln vergessen und verletzt, die im christlichen Europa Geltung hatten. Man hatte eine Menge von erschrockenen Eingeborenen da draußen wie Raubzeug verfolgt und niedergeknallt, und der gebildete christliche Europäer hatte sich in Amerika, Afrika und Indien benommen wie der in den Hühnerstall eingebrochene Marder. Es war, auch wenn man die Sache ohne besondere Empfindsamkeit betrachtete, recht scheußlich hergegangen und recht grob und säuisch geräubert worden, und zu den Regungen der Scham und Entrüstung im Heimatvolk gehörte auch die Missionsbewegung, fußend auf dem schönen Wunsche, es möchte den Heidenvölkern von Europa her doch auch etwas anderes, Besseres und Höheres

mitgebracht werden als nur Schießpulver und Branntwein.

Es kam in der zweiten Hälfte des vorvorigen Jahrhunderts in England nicht allzuselten vor, daß wohlmeinende
Privatleute sich dieses Missionsgedankens tätig annahmen und Mittel zu seiner Ausführung hergaben. Geord-
nete Gesellschaften und Betriebe dieses Behufes aber, wie
sie heute blühen, gab es zu jener Zeit noch nicht, sondern
es versuchte eben ein jeder nach eigenem Vermögen und
auf eigenem Wege die gute Sache zu fördern, und wer
damals als Missionar in ferne Länder auszog, der fuhr
nicht wie ein heutiger gleich einem wohladressierten
Poststück durch die Meere und einer geregelten und or-
ganisierten Arbeit entgegen, sondern er reiste mit Gott-
vertrauen und ohne viel Anleitung geradenwegs in ein
zweifelhaftes Abenteuer hinein.

In den neunziger Jahren entschloß sich ein Londoner
Kaufherr, dessen Bruder in Indien reich geworden und
dort ohne Kinder gestorben war, eine bedeutende Geldsumme für die Ausbreitung des Evangeliums in jenem
Lande zu stiften. Ein Mitglied der mächtigen Ostindischen Kompagnie sowie mehrere Geistliche wurden als
Ratgeber herbeigezogen und ein Plan ausgearbeitet, nach
welchem zunächst drei oder vier junge Männer, mit einer
hinlänglichen Ausrüstung und gutem Reisegeld versehen,
als Missionare ausgesandt werden sollten.

Die Ankündigung dieses Unternehmens zog alsbald
einen Schwarm von abenteuerlustiger Mannheit heran,
erfolglose Schauspieler und entlassene Barbiergehilfen
glaubten sich zu der verlockenden Reise berufen, und das
fromme Kollegium hatte alle Mühe, über die Köpfe dieser
Zudringlichen hinweg nach würdigen Männern zu fahn-
den. Unter der Hand suchte man vor allem junge Theologen zu gewinnen, doch war die englische Geistlichkeit
durchweg keineswegs der Heimat müde oder auf an-

strengende, ja gefährliche Unternehmungen erpicht; die Suche zog sich in die Länge, und der Stifter begann schon ungeduldig zu werden.

Da verlor sich die Kunde von seinen Absichten und Mißerfolgen endlich auch in ein Bauerndorf in der Gegend von Lancaster und in das dortige Pfarrhaus, dessen ehrwürdiger Herr seinen jungen Brudersohn namens Robert Aghion als Amtsgehilfen bei sich in Kost und Wohnung hatte. Robert Aghion war der Sohn eines Schiffskapitäns und einer frommen fleißigen Schottin, er hatte den Vater früh verloren und kaum gekannt und war als ein Knabe von guten Gaben durch seinen Onkel auf Schulen geschickt und ordnungsgemäß auf den Beruf eines Geistlichen vorbereitet worden, dem er nunmehr so nahestand, als ein Kandidat mit guten Zeugnissen, aber ohne Vermögen, es eben konnte. Einstweilen stand er seinem Oheim und Wohltäter als Vikarius bei und hatte auf eine eigene Pfarre bei dessen Lebzeiten nicht zu rechnen. Da nun der Pfarrer Aghion noch ein rüstiger Mann war, sah des Neffen Zukunft nicht allzu glänzend aus. Als ein armer Jüngling, der nach aller Voraussicht nicht vor dem mittleren Mannesalter auf ein eigenes Amt und Einkommen zu rechnen hatte, war er für junge Mädchen kein begehrenswerter Mann, wenigstens nicht für ehrbare, und mit anderen als solchen war er nie zusammengetroffen.

Als Sohn einer herzlich frommen Mutter hatte er einen schlichten Christensinn und Glauben, welchen als Prediger zu bekennen ihm eine Freude war. Seine eigentlichen geistigen Vergnügungen aber fand er im Betrachten der Natur, wofür er ein feines Auge besaß. Als ein bescheidener frischer Junge mit tüchtigen Augen und Händen fand er Befriedigung im Sehen und Kennen, Sammeln und Untersuchen der natürlichen Dinge, die sich ihm darboten. Als Knabe hatte er Blumen gezüchtet und botanisiert, hatte dann eine Weile sich eifrig mit Steinen und

Versteinerungen abgegeben, und neuerdings, zumal seit seinem Aufenthalt in der ländlichen Umgebung, war ihm die vielfarbige Insektenwelt vor allem andern lieb geworden. Das Allerliebste aber waren ihm die Schmetterlinge, deren glänzende Verwandlung aus dem Raupen- und Puppenstand ihn immer wieder innig entzückte und deren Zeichnung und Farbenschmelz ihm ein so reines Vergnügen bereiteten, wie es geringer befähigte Menschen nur in den Jahren der frühen Kindheit erleben können.

So war der junge Theologe beschaffen, der als erster auf die Kunde von jener Stiftung hin alsbald aufhorchte und ein Verlangen in seinem Innersten gleich einem Kompaßzeiger gegen Indien hinweisen fühlte. Seine Mutter war vor wenigen Jahren gestorben, ein Verlöbnis oder auch nur ein heimlicher Verspruch mit einem Mädchen bestand nicht. Er schrieb nach London, bekam ermunternde Antwort und das Reisegeld für die Fahrt nach der Hauptstadt zugestellt und fuhr gleich darauf mit einer kleinen Bücherkiste und einem Kleiderbündel getrost nach London, wobei es ihm nur leid tat, daß er seine Herbarien, Versteinerungen und Schmetterlingskästen nicht mitnehmen konnte.

Bänglich betrat in der düsteren brausenden Altstadt von London der Kandidat das hohe ernste Haus des frommen Kaufherrn, wo ihm im düsteren Korridor eine gewaltige Wandkarte der östlichen Erdhälfte und gleich im ersten Zimmer ein großes fleckiges Tigerfell das ersehnte Land vor Augen führte. Beklommen und verwirrt ließ er sich von dem vornehmen Diener in das Zimmer führen, wo ihn der Hausherr erwartete. Es empfing ihn ein großer, ernster, schön rasierter Herr mit eisblauen scharfen Augen und strengen alten Mienen, dem der schüchterne Bewerber jedoch nach wenigen Reden recht wohl gefiel, so daß er ihn zum Sitzen einlud und sein Examen mit Vertrauen und Wohlwollen zu Ende führte. Darauf ließ der Herr sich seine Zeugnisse übergeben und schellte den Diener herbei, der den Theologen stillschweigend hinwegführte und in ein Gastzimmer brachte, wo unverweilt ein zweiter Diener mit Tee, Wein, Schinken, Butter und Brot erschien. Mit diesem Imbiß ward der junge Mann allein gelassen und tat seinem Hunger und Durst Genüge. Dann blieb er beruhigt in dem blausamtenen Armstuhl sitzen, dachte über seine Lage nach und musterte mit müßigen Augen das Zimmer, wo er nach kurzem Umherschauen zwei weitere Entgegenkömmlinge aus dem fernen heißen Lande entdeckte, nämlich in einer Ecke neben dem Kamin einen ausgestopften rotbraunen Affen und über ihm aufgehängt an der blauen Seidentapete das gegerbte Fell einer riesig großen Schlange, deren augenloser Kopf blind und schlaff herabhing. Das waren Dinge, die er schätzte und die er sofort aus der Nähe zu betrachten und zu befühlen eilte. War ihm auch die Vorstellung der lebendigen Boa, die er durch das Zusammenbiegen der glänzend silbrigen Haut zu einem Rohre zu unterstützen versuchte, einigermaßen grauenvoll und zuwider, so ward doch seine Neugierde auf die geheimnisvolle Ferne durch ihren Anblick noch geschürt. Er dachte sich weder von Schlangen noch von Affen schrecken zu lassen und malte sich mit Wollust die fabelhaften Blumen, Bäume, Vögel und Schmetterlinge aus, die in solchen gesegneten Ländern gedeihen mußten.

Es ging indessen schon gegen Abend, und ein stummer Diener trug eine angezündete Lampe herein. Vor dem hohen Fenster stand neblige Dämmerung. Die Stille des vornehmen Hauses, das ferne schwache Wogen der großen Stadt, die Einsamkeit des hohen kühlen Zimmers, in dem er sich wie gefangen fühlte, der Mangel an jeder Beschäftigung und die Ungewißheit seiner romanhaften Lage verbanden sich mit der zunehmenden Dunkelheit der Londoner Herbstnacht und stimmten die Seele des jungen Menschen von der Höhe seiner Hoffnung immer weiter herab, bis er nach zwei Stunden, die er horchend und wartend in seinem Lehnstuhl hingebracht hatte, für heute jede Erwartung aufgab und sich kurzerhand müde in das vortreffliche Gastbett legte, wo er in kurzem einschlief.

Es weckte ihn, wie ihm schien, mitten in der Nacht, ein Diener mit der Nachricht, der junge Herr werde zum Abendessen erwartet und möge sich beeilen. Verschlafen kroch Aghion in seine Kleider und taumelte mit blöden Augen hinter dem Manne her durch Zimmer und Korridore und eine Treppe hinab bis in das große, grell von Kronleuchtern erhellte Speisezimmer, wo ihn die in Sammet gekleidete und von Schmuck funkelnde Hausfrau durch ein Augenglas betrachtete und der Herr ihn zwei Geistlichen vorstellte, die ihren jungen Bruder gleich während der Mahlzeit in eine scharfe Prüfung nahmen und vor allem sich über die Echtheit seiner christlichen Gesinnung zu unterrichten suchten. Der schlaftrunkene Apostel hatte Mühe, alle Fragen zu verstehen und gar zu beantworten; aber die Schüchternheit kleidete ihn gut, und die Männer, die an ganz andere Aspiranten gewöhnt waren, wurden ihm alle wohlgesinnt. Nach Tische wurden im Nebenzimmer Landkarten vorgelegt, und Aghion sah zum erstenmal die Gegend, der er Gottes Wort verkündigen sollte, auf der indischen Karte als einen gelben Fleck südlich von der Stadt Bombay liegen.

Am folgenden Tag wurde er zu einem ehrwürdigen alten Herrn gebracht, der des Kaufherrn oberster geistlicher Berater war. Dieser Greis fühlte sich sofort von dem harmlosen jungen Menschen angezogen. Er wußte Roberts Sinn und Wesen rasch zu erkennen, und da er wenig geistlichen Unternehmungsgeist in ihm wahrnahm, wollte der Junge ihm leid tun, und er stellte ihm die Gefahren der Seereise und die Schrecken der südlichen Zonen eindringlich vor Augen; denn es schien ihm sinnlos, daß ein junger Mensch sich da draußen opfere und zugrunde richte, wenn er nicht durch besondere Gaben und Neigungen zu einem solchen Dienst bestimmt schien.

So legte er denn dem Kandidaten die Hand auf die Schulter, sah ihm mit eindringlicher Güte in die Augen und sagte: »Was Sie mir sagen, ist gut und mag richtig sein; aber ich kann noch immer nicht ganz verstehen, was Sie nun eigentlich nach Indien zieht. Seien Sie offen, lieber Freund, und sagen Sie mir ohne Hinterhalt: ist es irgendein weltlicher Wunsch und Drang, der Sie treibt, oder ist es lediglich der innige Wunsch, den armen Heiden unser liebes Evangelium zu bringen?« Auf diese Anrede wurde Robert Aghion so rot wie ein ertappter Schwindler. Er schlug die Augen nieder und schwieg eine Weile, dann aber bekannte er freimütig, mit jenem frommen Willen sei es ihm zwar völlig ernst, doch wäre er wohl nie auf den Gedanken gekommen, sich für Indien zu melden und überhaupt Missionar zu werden, wenn nicht ein Gelüst nach den herrlichen seltenen Pflanzen und Tieren der tropischen Länder, zumal nach deren Schmetterlingen, ihn dazu verlockt hätte. Der alte Mann sah wohl, daß der Jüngling ihm nun sein letztes Geheimnis preisgegeben und nichts mehr zu bekennen habe. Lächelnd nickte er ihm zu und sagte freundlich: »Nun, mit dieser Sünde müssen Sie selber fertigwerden. Sie sollen nach Indien fahren, lieber Junge!« Und alsbald ernst werdend, legte er ihm beide Hände aufs Haupt und segnete ihn feierlich mit den Worten des biblischen Segens.

Drei Wochen später reiste der junge Missionar, mit Kisten und Koffern wohl ausgerüstet, auf einem schönen Segelschiff als Passagier hinweg, sah sein Heimatland im grauen Meer versinken und lernte in der ersten Woche, noch ehe Spanien erreicht war, die Launen und Gefahren des Meeres kennen. In jenen Zeiten konnte ein Indienfahrer noch nicht so grün und unerprobt sein Ziel erreichen wie heute, wo man in Europa seinen bequemen Dampfer besteigt, sich auf dem Suezkanal um Afrika drückt und nach kurzer Zeit, verwundert und träg vom vielen Schlafen und Essen, die indische Küste erblickt. Damals mußten die Segelschiffe sich um das ungeheure Afrika herum monatelang quälen, von Stürmen gefährdet und von toten langen Windstillen gelähmt, und es galt zu schwitzen und zu frieren, zu hungern und des Schlafes zu entbehren, und wer die Reise siegreich vollendet hatte, der war nun längst kein unerprobter Neuling mehr, sondern hatte gelernt, sich einigermaßen auf den Beinen zu halten. So ging es auch dem Missionar. Er war zwischen England und Indien hundertsechsundfünfzig Tage unterwegs und stieg in der Hafenstadt Bombay als ein gebräunter und gemagerter Seefahrer an Land.

Indessen hatte er seine Freude und Neugierde nicht verloren, obwohl sie stiller geworden war, und wie er schon auf der Reise jeden Strand mit Forschersinn betreten und jede fremde Palmeninsel mit ehrfürchtiger Neugierde betrachtet hatte, so betrat er das indische Land mit begierig offenen Augen und hielt seinen Einzug in der schönen leuchtenden Stadt mit ungebrochenem Mut.

Zunächst suchte und fand er das Haus, an das er empfohlen war; es lag in einer stillen vorstädtischen Gasse, von Kokospalmen überragt. Beim Eintreten streifte sein Blick den kleinen Vorgarten und fand, obwohl jetzt eben Wichtigeres zu tun und zu beachten war, gerade noch Zeit, einen dunkelbelaubten Strauch mit großen goldgelben Blüten zu bemerken, der von einer zierlichen Schar weißer Falter auf das fröhlichste umgaukelt wurde. Dies Bild noch im leicht geblendeten Auge, trat er über einige flache Stufen in den Schatten der breiten Veranda und durch die offenstehende Haustüre. Ein dienender Hindu in einem weißen Kleid mit nackten dunkelbraunen Beinen lief über den kühlen roten Ziegelboden herbei, machte eine ergebene Verbeugung und begann in singendem Tonfall hindostanische Worte zu näseln, merkte aber rasch, daß der Fremde ihn nicht verstehe und führte ihn mit neuen weichen Verbeugungen und schlangenhaften

Gebärden der Ergebenheit und Einladung tiefer ins Haus und vor eine Türöffnung, die statt der Tür mit einer lose herabhängenden Bastmatte verschlossen war. Zur gleichen Zeit ward diese Matte von innen beiseite gezogen, und es erschien ein großer, hagerer, herrisch aussehender Mann in weißen Tropenkleidern und mit Strohsandalen an den nackten Füßen. Er richtete in einer unverständlichen indischen Sprache eine Reihe von Scheltworten an den Diener, der sich klein machte und der Wand entlang davonschlich, dann wandte er sich an Aghion und hieß ihn auf Englisch eintreten.

Der Missionar suchte zuerst seine unangemeldete Ankunft zu entschuldigen und den armen Diener zu rechtfertigen, der nichts verbrochen habe. Aber der andere winkte ungeduldig ab und sagte: »Mit den Schlingeln von Dienern werden Sie ja bald umzugehen lernen. Treten Sie ein! Ich erwarte Sie.«

»Sie sind wohl Mister Bradley?« fragte der Ankömmling höflich, während doch bei diesem ersten Schritt in die exotische Wirtschaft und beim Anblick des Ratgebers, Lehrers und Mitarbeiters eine Fremdheit und Kälte in ihm aufstieg.

»Ich bin Bradley, gewiß, und Sie sind ja wohl Aghion. Also, Aghion, kommen Sie nun endlich herein! Haben Sie schon Mittagbrot gehabt?«

Der große knochige Mann nahm alsbald mit aller kurz angebundenen, herrischen Praxis eines bewährten Überseers und Handelsagenten den Lebenslauf seines Gastes in seine braunen, dunkelbehaarten Hände. Er ließ ihm eine Reismahlzeit mit Hammelfleisch und brennendem Curry bringen, er wies ihm ein Zimmer an, zeigte ihm das Haus, nahm ihm seine Briefe und Aufträge ab, beantwortete seine ersten neugierigen Fragen und gab ihm die ersten notwendigen indischen Lebensregeln. Er setzte die vier braunen Hindudiener in Bewegung, befahl und schnauzte in seiner kalten Zornigkeit durch das schallende Haus, ließ auch einen indischen Schneidermeister kommen, der sofort ein Dutzend landesüblicher Kleidungen für Aghion machen mußte. Dankbar und etwas eingeschüchtert nahm der Neuling alles hin, obwohl es seinem Sinne mehr entsprochen hätte, seinen Einzug in Indien stiller und friedlicher zu begehen, sich erst einmal ein bißchen heimisch zu machen und sich in einem freundlichen Gespräch seiner ersten Eindrücke und seiner vielen starken Reiseerinnerungen zu entladen. Indessen lernt man auf einer halbjährigen Seereise sich bescheiden und sich in viele Lagen finden, und als gegen Abend Mister Bradley wegging, um seiner kaufmännischen Arbeit in der Stadt nachzugehen, atmete der evangelische Jüngling fröhlich auf und dachte nun allein in stillem Behagen seine Ankunft zu feiern und das Land Indien zu begrüßen.

Feierlich verließ er sein luftiges Zimmer, das weder Tür noch Fenster, sondern nur leere geräumige Öffnungen in allen Wänden hatte, und ging ins Freie, einen großrandigen Hut mit langem Sonnenschleier auf dem blonden Kopf und einen tüchtigen Stock in der Hand. Beim ersten Schritt in den Garten blickte er mit einem tiefen Atemzug ringsum und sog mit witternden Sinnen die Lüfte und Düfte, Lichter und Farben des fremden, sagenhaften Landes, das er als ein bescheidener Mitarbeiter erobern helfen sollte und dem er sich willig hinzugeben gesonnen war.

Was er um sich sah und verspürte, gefiel ihm alles wohl und kam ihm wie eine tausendfältige strahlende Bestätigung vieler Träume und Ahnungen vor. Dichte hohe Gebüsche standen im heftigen Sonnenlicht und strotzten von großen, wunderlich starkfarbigen Blumen; auf säulenschlanken, glatten Stämmen ragten in erstaunlicher Höhe die stillen runden Wipfel der Kokospalmen, eine Fächerpalme stand hinter dem Hause und hielt ihr sonderbar strenges, gleichmäßiges Riesenrad von gewaltigen mannslangen Blättern steif in die Lüfte, am Rand des

Weges aber nahm sein naturfreundliches Auge ein kleines lebendiges Wesen wahr, dem er sich vorsichtig näherte. Es war ein grünes Chamäleon mit einem dreieckigen Kopf und boshaften kleinen Augen. Er beugte sich darüber und fühlte sich wie ein Knabe beglückt.

Eine fremdartige Musik weckte ihn aus seiner andächtigen Versunkenheit. Aus der flüsternden Stille der tiefen grünen Baumund Gartenwildnis brach der rhythmische Lärm metallener Trommeln und Pauken und schneidend helltöniger Blasinstrumente. Erstaunt lauschte der fromme Naturfreund hinüber und machte sich, da nichts zu sehen war, neugierig auf den Weg, die Art und Herkunft dieser barbarisch-festlichen Klänge auszukundschaften. Immer den Tönen folgend, verließ er den Garten, dessen Tor weit offen stand, und verfolgte den grasigen Fahrweg durch eine freundliche Landschaft von Hausgärten, Palmenpflanzungen und lachend hellgrünen Reisfeldern, bis er, um die hohe Ecke eines Gartens biegend, in eine dörflich anmutende Gasse von indischen Hütten gelangte. Die kleinen Häuschen waren aus Lehm oder auch nur aus Bambusgestänge erbaut, die Dächer mit trockenen Palmblättern gedeckt, in allen Türöffnungen standen und hockten braune Hindufamilien. Mit Neugierde sah er die Leute an und tat den ersten Blick in das dörfliche Leben des fremden Naturvolkes, und vom ersten Augenblick an gewann er die braunen Menschen lieb, deren schöne kindliche Augen wie in einer unbewußten und unerlösten Traurigkeit blickten. Schöne Frauen schauten aus mächtigen Flechten langen, tiefschwarzen Haares hervor, still und rehhaft; sie trugen mitten im Gesicht sowie an den Hand- und Fußgelenken silbernen Schmuck und Ringe an den Fußzehen.

Kleine Kinder standen vollkommen nackt und trugen nichts am Leibe als an dünner Bastschnur ein seltsames Amulett aus Silber oder aus Horn.

Noch immer schallte die tolle Musik, nun ganz in der

Nähe, und an der Ecke der nächsten Gasse hatte er gefunden, was er suchte. Da stand ein unheimlich sonderbares Gebäude von äußerst phantastischer Form und beängstigender Höhe, ein ungeheures Tor in der Mitte, und indem er daran empor staunte, fand er die ganze riesengroße Fläche des Bauwerks aus lauter steinernen Figuren von fabelhaften Tieren, Menschen und Göttern oder Teufeln zusammengesetzt, die sich zu Hunderten bis an die ferne schmale Spitze des Tempels hinantürmten, ein Wald und wildes Geflecht von Leibern, Gliedern und Köpfen. Dieser erschreckende Steinkoloß, ein großer Hindutempel, leuchtete heftig in den waagrechten Strahlen der späten Abendsonne und erzählte dem verblüfften Fremdling deutlich, daß diese tierhaft sanften, halbnackten Menschen eben doch keineswegs ein paradiesisches Naturvolk waren, sondern seit einigen tausend Jahren schon Gedanken und Götter, Künste und Religionen besaßen.

Die schallende Paukenmusik war soeben verstummt, und es kamen aus dem Tempel viele fromme Inder in weißen und farbigen Gewändern, voran und vornehm abgetrennt eine kleine feierliche Schar von Brahmanen, hochmütig in tausendjährig erstarrter Gelehrsamkeit und Würde. Sie schritten an dem weißen Manne so stolz vorüber wie Edelleute an einem Handwerksburschen, und weder sie noch die bescheideneren Gestalten, die ihnen folgten, sahen so aus, als hätten sie die geringste Neigung, sich von einem zugereisten Fremdling über göttliche und menschliche Dinge des Rechten belehren zu lassen.

Als der Schwarm verlaufen und der Ort stiller geworden war, näherte sich Robert Aghion dem Tempel und begann in verlegener Teilnahme das Figurenwerk der Fassade zu studieren, ließ jedoch bald mit Betrübnis und Schrecken davon wieder ab; denn die groteske Allegoriensprache dieser Bildwerke verwirrte und ängstigte ihn nicht minder als der Anblick einiger Szenen von schamloser Obszönität, die er naiv mitten zwischen dem Göttergewimmel dargestellt fand.

Während er sich abwandte und nach einem Rückweg ausblickte, erloschen der Tempel und die Gassen plötzlich; ein kurzes zuckendes Farbenspiel lief über den Himmel, und rasch brach die Nacht herein. Das unheimlich schnelle Eindunkeln, obwohl er es längst kannte, überfiel den jungen Missionar mit einem leichten Schauder. Zugleich mit dem Anbruch der Dämmerung begann aus allen Bäumen und Gebüschen ringsum ein grelles Singen und Lärmen von Tausenden Insekten, und in der Ferne erhob sich das Wut- oder Klagegeschrei eines Tieres mit fremden wilden Tönen. Eilig suchte Aghion seinen Heimweg, fand ihn glücklich wieder und hatte die kleine Strecke Weges noch nicht völlig zurückgelegt, als schon das ganze Land in tiefer Nachtfinsternis und der hohe schwarze Himmel voll von Sternen stand.

Im Hause, wo er nachdenklich und zerstreut ankam und sich dem ersten erleuchteten Raume näherte, empfing ihn Mister Bradley mit den Worten: »So, da sind Sie. Sie sollten aber fürs erste so spät am Abend nicht mehr ausgehen, es ist nicht ohne Gefahr. Übrigens, können Sie gut mit dem Gewehr umgehen?«

»Mit dem Gewehr? Nein, das habe ich nicht gelernt.«

»Dann lernen Sie es bald ... Wo waren Sie denn heut abend?«

Aghion erzählte voll Eifer. Er fragte begierig, welcherlei Religion jener Tempel angehöre und welcherlei Götter- oder Götzendienst darin getrieben werde, was die vielen Figuren bedeuteten und was die seltsame Musik, ob die schönen stolzen Männer in weißen Kleidern Priester seien und wie denn ihre Götter hießen. Allein hier erlebte er die erste Enttäuschung. Von allem, was er da fragte, wollte sein Ratgeber gar nichts wissen. Er erklärte, daß kein Mensch sich in dem scheußlichen Wirrwarr und Unflat dieser Götzendienste auskenne, daß die Brahmanen eine heillose Bande von Ausbeutern und Faulenzern seien und daß überhaupt diese Inder alle zusammen ein schweinisches Pack von Bettlern und Unholden wären, mit denen ein anständiger Engländer lieber gar nichts zu tun habe.

»Aber«, meinte Aghion zaghaft, »meine Bestimmung ist es doch gerade, diese verirrten Menschen auf den rechten Weg zu führen! Dazu muß ich sie kennen und lieben und alles von ihnen wissen ...«

»Sie werden bald mehr von ihnen wissen, als Ihnen lieb sein wird. Natürlich müssen Sie Hindostani und später vielleicht noch andere von diesen infamen Niggersprachen lernen. Aber mit der Liebe werden Sie nicht weit kommen.«

»Oh, die Leute sehen aber doch recht gutartig aus!«

»Finden Sie? Nun, Sie werden ja sehen. Von dem, was Sie mit den Hindus vorhaben, verstehe ich nichts und will nicht darüber urteilen. Unsere Aufgabe ist es, diesem gottlosen Pack langsam ein wenig Kultur und einen schwachen Begriff von Anständigkeit beizubringen; weiter werden wir vielleicht niemals kommen!«

»Unsere Moral, oder was Sie Anständigkeit heißen, ist aber die Moral Christi, mein Herr!«

»Sie meinen die Liebe. Ja, sagen Sie nur einmal einem Hindu, daß Sie ihn lieben. Dann wird er Sie heute anbetteln und Ihnen morgen das Hemd aus dem Schlafzimmer stehlen!«

»Ist das möglich?«

»Das ist sogar ganz sicher, lieber Herr. Sie haben es hier gewissermaßen mit Unmündigen zu tun, die noch keine Ahnung von Ehrlichkeit und Recht haben, nicht mit gutartigen englischen Schulkindern, sondern mit einem Volk von schlauen braunen Lausbuben, denen jede Schändlichkeit einen Hauptspaß macht. Sie werden noch an mich denken!«

Aghion verzichtete traurig auf ein weiteres Fragen und

nahm sich vor, nun einmal vor allem fleißig und gehorsam alles zu lernen, was hier zu lernen wäre. Doch ob nun der strenge Bradley recht hatte oder nicht, schon seit dem Anblick des ungeheuern Tempels und der unnahbar stolzen Brahmanen war ihm sein Vorhaben und Amt in diesem Lande unendlich viel schwieriger erschienen, als er je zuvor gedacht hätte.

Am nächsten Morgen wurden die Kisten ins Haus gebracht, in denen der Missionar sein Eigentum aus der Heimat mit sich geführt hatte. Sorglich packte er aus, legte Hemden zu Hemden und Bücher zu Büchern und fand sich durch manche Gegenstände nachdenklich gestimmt. Es fiel ihm ein kleiner Kupferstich in schwarzem Rahmen in die Hände, dessen Glas unterwegs zerbrochen war und der ein Bildnis des Herrn Defoe, des Verfassers von Robinson Crusoe, darstellte, und das alte, ihm von der frühen Kindheit an vertraute Gebetbuch seiner Mutter, alsdann aber als ermunternder Wegweiser in die Zukunft eine Landkarte von Indien, die ihm sein Oheim geschenkt, und zwei stählerne Netzbügel für den Schmetterlingsfang, die er sich selber noch in London hatte machen lassen. Einen von diesen legte er sogleich zum Gebrauch in den nächsten Tagen beiseite.

Am Abend war seine Habe verteilt und verstaut, der kleine Kupferstich hing über seinem Bett, und das ganze Zimmer war in saubere Ordnung gebracht. Die Beine seines Tisches und seiner Bettstatt hatte er, wie es ihm empfohlen worden war, in kleine irdene Näpfe gestellt und die Näpfe mit Wasser gefüllt, zum Schutz gegen die Ameisen. Mister Bradley war den ganzen Tag in Geschäften abwesend, und es war dem jungen Manne sonderbar, vom ehrfürchtigen Diener durch Zeichen zu den Mahlzeiten gelockt und dabei bedient zu werden, ohne daß er ein einziges Wort mit ihm reden konnte.

In der Frühe des folgenden Tages begann Aghions Arbeit. Es erschien und wurde ihm von Bradley vorgestellt der schöne dunkeläugige Jüngling Vyardenya, der sein Lehrmeister in der Hindostani-Sprache werden sollte. Der lächelnde junge Inder sprach nicht übel Englisch und hatte die besten Manieren; nur schreckte er ängstlich zurück, als der arglose Engländer ihm freundlich die Hand zur Begrüßung entgegenstreckte, und vermied auch künftighin jede körperliche Berührung mit dem Weißen, die ihn verunreinigt haben würde, da er einer hohen Kaste angehörte. Er wollte sich auch niemals auf einen Stuhl setzen, den vor ihm ein Fremder benutzt hatte, sondern brachte jeden Tag zusammengerollt unterm Arm seine eigene hübsche Bastmatte mit, die er auf dem Ziegelboden ausbreitete und auf welcher er mit gekreuzten Beinen edel und aufrecht saß. Sein Schüler, mit dessen Eifer er zufrieden sein konnte, suchte auch diese Kunst von ihm zu lernen und kauerte während seiner Lektionen stets auf einer ähnlichen Matte am Boden, obwohl ihm dabei in der ersten Zeit alle Glieder weh taten, bis er daran gewöhnt wurde. Fleißig und geduldig lernte er Wort für Wort, mit den alltäglichen Begrüßungsformeln beginnend, die ihm der Jüngling unermüdet und lächelnd vorsprach, und stürzte sich jeden Tag mit neuem Mut in den Kampf mit den indischen Girr- und Gaumenlauten, die ihm zu Anfang als ein unartikuliertes Röcheln erschienen waren und die er nun alle zu unterscheiden und nachzuahmen lernte.

So merkwürdig das Hindostani war und so rasch die Vormittagsstunden mit dem höflichen Sprachlehrer vergingen, so waren doch die Nachmittage und gar die Abende lang genug, um den strebsamen Herrn Aghion die Einsamkeit fühlen zu lassen, in der er lebte. Sein Wirt, zu dem er in einem unklaren Verhältnisse stand und der ihm halb als Gönner, halb als eine Art Vorgesetzter entgegentrat, war wenig zu Hause; er kam meistens gegen Mittag zu Fuß oder zu Pferde aus der Stadt zurück, präsidierte als Hausherr beim Essen, zu dem er manchmal einen englischen Schreiber mitbrachte, und legte sich dann zwei, drei Stunden zum Rauchen und Schlafen auf die Veranda, um gegen Abend nochmals für einige Stunden in sein Kontor oder Magazin zu gehen. Zuweilen mußte er für mehrere Tage verreisen, um Produkte einzukaufen, und sein neuer Hausgenosse hatte wenig dagegen, da er mit dem besten Willen sich dem rauhen und wortkargen Geschäftsmann nicht befreunden konnte. Auch gab es manches in der Lebensführung Mister Bradleys, was dem Missionar nicht gefallen konnte. Unter anderem kam es zuweilen vor, daß Bradley am Feierabend mit jenem Schreiber zusammen bis zur Trunkenheit eine Mischung von Wasser, Rum und Limonadensaft genoß; dazu hatte er in der ersten Zeit den jungen Geistlichen mehrmals eingeladen, aber stets von ihm eine sanfte Absage erhalten.

Bei diesen Umständen war Aghions tägliches Leben nicht gerade kurzweilig. Er hatte versucht, seine ersten schwachen Sprachkenntnisse anzuwenden, indem er an den langen öden Nachmittagen, wo das hölzerne Haus ringsum von der stechenden Hitze belagert lag, sich zur Dienerschaft in die Küche begab und sich mit den Leuten zu unterhalten suchte. Der mohammedanische Koch zwar gab ihm keine Antwort und war so hochmütig, daß er ihn gar nicht zu sehen schien, der Wasserträger aber und der Hausjunge, die beide stundenlang müßig auf ihren Matten hockten und Betel kauten, hatten nichts dagegen, sich an den angestrengten Sprechversuchen des Masters zu belustigen.

Eines Tages erschien aber Bradley in der Küchentür, als gerade die beiden Schlingel sich über einige Irrtümer und Wortverwechslungen des Missionars vor Vergnügen auf die mageren Schenkel klatschten. Bradley sah der Lustbarkeit mit verbissenen Lippen zu, gab blitzschnell dem Boy eine Ohrfeige, dem Wasserträger einen Fußtritt und zog den erschrockenen Aghion stumm mit sich davon. In seinem Zimmer sagte er dann ärgerlich: »Wie oft muß ich Ihnen noch sagen, daß Sie sich nicht mit den Leuten einlassen sollen! Sie verderben mir die Burschen, selbstverständlich in der besten Absicht, und ohnehin geht es nicht an, daß ein Engländer sich vor diesen braunen Schelmen zum Hanswurst macht!« Er war wieder davongegangen, noch ehe der beleidigte Aghion sich rechtfertigen konnte.

Unter Menschen kam der vereinsamte Missionar nur am Sonntag, wo er regelmäßig zur Kirche ging, auch selbst einmal für den wenig arbeitsamen englischen Pfarrer die Predigt übernahm. Aber er, der daheim vor den Bauern und Wollwebern seiner Gegend mit Liebe gepredigt hatte, fand sich hier, vor einer kühlen Gemeinde von reichen Geschäftsleuten, müden, kränklichen Damen und lebenslustigen jungen Angestellten, fremd und ernüchtert.

Wenn er nun über dem Betrachten seiner Lage zuweilen recht betrübt wurde und sich erbarmenswert vorkam, so gab es einen Trost für sein Gemüt, der niemals versagte. Dann rüstete er sich zu einem Ausflug, hängte die Botanisierbüchse um und nahm das Netz zur Hand, das er mit einem langen schlanken Bambusstab versehen hatte. Gerade das, worüber die meisten anderen Engländer sich bitter zu beklagen pflegten, die glühende Sonnenhitze und das ganze indische Klima, war ihm lieb und schien ihm herrlich; denn er hielt sich an Leib und Seele frisch und ließ keine Erschlaffung aufkommen. Für seine Naturstudien und Liebhabereien vollends war dieses Land eine unermeßliche Weide, auf Schritt und Tritt hielten unbekannte Bäume, Blumen, Vögel, Insekten ihn auf, die er mit der Zeit alle namentlich kennenzulernen beschloß. Seltsame Eidechsen und Skorpione, riesengroße dicke Tausendfüßler und anderes Koboldzeug erschreckte ihn selten mehr, und seit er eine dicke Schlange in der Badekammer mutig mit dem hölzernen Eimer erschlagen hatte, fühlte er seine Bangnis vor unheimlicher Tiergefahr immer mehr dahinschwinden.

Als er zum erstenmal mit seinem Netz nach einem großen prächtigen Schmetterling schlug, als er ihn gefangen sah und mit vorsichtigen Fingern das stolze strahlende Tier an sich nahm, dessen breite Flügel alabastern glänzten und mit dem duftigsten Farbenflaum behaucht waren, da schlug ihm das Herz in einer unbändigen Freude, wie er sie nicht mehr empfunden hatte, seit er als Knabe seinen ersten Schwalbenschwanz erbeutet hatte. Fröhlich gewöhnte er sich an die Unbequemlichkeiten des Dschungels und verzagte nicht, wenn er im Urwald tief in versteckte Schlammgruben einbrach, von heulenden Affenherden verhöhnt und von wütenden Ameisenvölkern überfallen wurde. Nur einmal lag er zitternd und betend hinter einem ungeheuren Gummibaum auf den Knien, während in der Nähe wie ein Gewitter und Erdbeben ein Trupp von Elefanten durchs dichte Gehölz brach. Er gewöhnte sich daran, in seinem luftigen Schlafzimmer frühmorgens vom rasenden Affengebrüll aus dem nahen Walde geweckt zu werden und bei Nacht das heulende Schreien der Schakale zu hören. Seine Augen glänzten hell und wachsam aus dem gemagerten, braun und männlich gewordenen Gesicht.

Auch in der Stadt und noch lieber in den friedlichen gartenartigen Außendörfern sah er sich immer besser um, und die Hinduleute gefielen ihm desto mehr, je mehr er von ihnen sah. Störend und äußerst peinlich war ihm nur die Sitte der unteren Stände, ihre Frauen mit nacktem Oberkörper laufen zu lassen. Nackte Frauenhälse und -arme und Frauenbrüste auf der Gasse zu sehen, daran konnte der Missionar sich schwer gewöhnen, obgleich es häufig sehr hübsch aussah.

Nächst dieser Anstößigkeit machte nichts ihm so viel zu schaffen und zu denken wie die Rätsel, die ihm das geistige Leben dieser Menschen entgegenhielt. Wohin er blicken mochte, überall war Religion. In London konnte man gewiß am höchsten kirchlichen Feiertag nicht so viel Frömmigkeit wahrnehmen wie hier an jedem Werktag und in jeder Gasse; überall waren Tempel und Bilder, war Gebet und Opfer, waren Umzüge und Zeremonien, Büßer und Priester zu sehen. Aber wer wollte sich jemals in diesem wirren Knäuel von Religionen zurechtfinden? Da waren Brahmanen und Mohammedaner, Feueranbeter und Buddhisten, Diener des Schiwa und des Krischna, Turbanträger und Gläubige mit glattrasierten Köpfen, Schlangenanbeter und Diener heiliger Schildkröten.

Wo war der Gott, dem alle diese Verirrten dienten? Wie sah er aus, und welcher Kultus von den vielen war der ältere, heiligere, reinere? Das wußte niemand, und namentlich den Indern selber war dies vollkommen einerlei; wer von dem Glauben seiner Väter nicht befriedigt war, der ging zu einem andern über oder zog als Büßer dahin, um eine neue Religion zu finden oder gar zu schaffen. Göttern und Geistern, deren Namen niemand wußte, wurden Speisen in kleinen Schalen geopfert, und alle diese hundert Gottesdienste, Tempel und Priesterschaften lebten vergnügt nebeneinander hin, ohne daß es den Anhängern des einen Glaubens einfiel, die anderen zu hassen oder totzuschlagen, wie es daheim in den Christenländern Sitte war. Vieles sogar sah sich hübsch und lieblich an, Flötenmusik und zarte Blumenopfer, und auf vielen frommen Gesichtern wohnte ein Friede und heiter stiller Glanz, den man in den Gesichtern der Engländer vergeblich suchte. Schön und heilig schien ihm auch das von den Hindus streng gehaltene Gebot, kein Tier zu töten, und er schämte sich zuweilen und suchte Rechtfertigung vor sich selbst, wenn er ohne Erbarmen einige schöne Schmetterlinge und Käfer umgebracht und auf Nadeln gespießt hatte. Andererseits waren unter diesen selben Völkern, denen jeder Wurm als Geschöpf Gottes heilig galt und die sich innig in Gebeten und Tempeldienst hingaben, Diebstahl und Lüge, falsches Zeugnis und Vertrauensbruch ganz alltägliche Dinge, über die keine Seele sich empörte oder nur wunderte. Je mehr es der wohlmeinende Glaubensbote bedachte, desto mehr schien ihm dieses Volk zum undurchdringlichen Rätsel zu werden, das jeder Logik und Theorie hohnsprach. Der Diener, mit dem er trotz Bradleys Verbot bald wieder Gespräche pflog und der soeben ein Herz und eine Seele mit ihm zu sein schien, stahl ihm eine Stunde später ein baumwollenes Hemd, und als er ihn mit liebreichem Ernst zur Rede stellte, leugnete er zuerst unter Schwüren, gab dann lächelnd alles zu, zeigte das Hemd her und sagte zutraulich, es habe ja schon ein kleines Loch, und so habe er gedacht, der Master werde es gewiß nimmer tragen mögen.

Ein anderes Mal setzte ihn der Wasserträger in Erstaunen. Dieser Mann erhielt seinen Lohn und sein Essen dafür, daß er täglich die Küche und die Badekammer aus der nächsten Zisterne her mit Wasser versorgte. Er tat diese Arbeit stets am frühen Morgen und am Abend, den ganzen übrigen Tag saß er in der Küche oder in der Dienerhütte und kaute entweder Betel oder ein Stückchen Zuckerrohr. Einmal, da der andere Diener ausgegangen war, gab ihm Aghion ein Beinkleid zum Ausbürsten, das von einem Spaziergang her voll von Grassamen hing. Der Mann lachte nur und streckte die Hände auf den Rücken, und als der Missionar unwillig wurde und ihm streng befahl, sofort die kleine Arbeit zu tun, folgte er zwar endlich, tat die Verrichtung aber unter Murren und Tränen, setzte sich dann trostlos in die Küche und schalt und tobte eine Stunde lang wie ein Verzweifelter. Mit unendlicher Mühe und nach Überwindung vieler Mißverständnisse brachte Aghion an den Tag, daß er den Menschen schwer beleidigt habe durch den Befehl zu einer Arbeit, die nicht zu seinem Amte gehörte.

Alle diese kleinen Erfahrungen traten, sich allmählich verdichtend, wie zu einer Glaswand zusammen, die den

Missionar von seiner Umgebung abtrennte und in eine immer peinlichere Einsamkeit verwies. Desto heftiger, ja mit einer gewissen verzweifelten Gier lag er seinen Sprachstudien ob, in denen er gute Fortschritte machte und die ihm, wie er sehnlichst hoffte, dies fremde Volk doch noch erschließen sollten. Immer häufiger konnte er es nun wagen, Eingeborene auf der Straße anzureden, er ging ohne Dolmetscher zum Schneider, zum Krämer, zum Schuhmacher. Manchmal gelang es ihm, mit einfachen Leuten ins Geplauder zu kommen, etwa indem er einem Handwerker sein Werk, einer Mutter ihren Säugling freundlich betrachtete und lobte, und aus Worten und Blicken dieser Heidenmenschen, namentlich aber aus ihrem guten, kindlichen, seligen Lachen, sprach ihn oft die Seele des fremden Volkes so klar und brüderlich an, daß für Augenblicke alle Schranken fielen und das Gefühl der Fremdheit sich verlor.

Schließlich meinte er entdeckt zu haben, daß Kinder und einfache Leute vom Lande ihm fast immer zugänglich seien, ja, daß alle Schwierigkeiten, alles Mißtrauen und alle Verderbnis der Städter nur von der Berührung mit den europäischen Schiffsund Handelsleuten herkomme. Von da an wagte er sich, häufig zu Pferde, auf Ausflügen immer weiter ins Land hinein. Er trug Kupfermünzen und manchmal auch Zuckerstücke für die Kinder in der Tasche, und wenn er weit drinnen im hügeligen Lande vor einer bäuerlichen Lehmhütte sein Pferd an eine Palme band und, unter das Schilfdach tretend, grüßte und um einen Trunk Wasser oder Kokosmilch bat, so ergab sich fast jedesmal eine harmlos freundliche Bekanntschaft und ein Geplauder, bei dem Männer, Weiber und Kinder, über seine noch mangelhafte Kenntnis der Sprache oft im fröhlichsten Erstaunen hellauf lachten, was er gar nicht ungerne sah.

Noch machte er keinerlei Versuche, den Leuten bei solchen Anlässen vom lieben Gott zu erzählen. Es schien ihm das nicht nur nicht eilig, sondern auch überaus heikel und fast unmöglich zu sein, da er für alle die geläufigen Ausdrücke des biblischen Glaubens durchaus keine indischen Worte finden konnte. Außerdem fühlte er kein Recht, sich zum Lehrer dieser Leute aufzuwerfen und sie zu wichtigen Änderungen in ihrem Leben aufzufordern, ehe er dieses Leben genau kannte und fähig war, mit den Hindus einigermaßen auf gleichem Fuße zu leben und zu reden.

Dadurch dehnten seine Studien sich weiter aus. Er suchte Leben, Arbeit und Erwerb der Eingeborenen kennenzulernen, er ließ sich Bäume und Früchte zeigen und benennen, Haustiere und Geräte; er erforschte nach und nach die Geheimnisse des nassen und des trockenen Reisbaues, der Gewinnung des Bastes und der Baumwolle, er betrachtete Hausbau und Töpferei, Strohflechten und Webearbeiten, worin er von der Heimat her Bescheid wußte. Er sah dem Pflügen schlammiger Reisfelder mit rosenroten fetten Wasserbüffeln zu, er lernte die Arbeit des gezähmten Elefanten kennen und sah zahme Affen für ihre Herren die Kokosnüsse von den Bäumen holen.

Auf einem seiner Ausflüge, in einem friedvollen Tal zwischen hohen grünen Hügeln, überraschte ihn einst ein wilder Gewitterregen, vor welchem er in der nächsten Hütte, die er erreichen konnte, einen Unterstand suchte. Er fand in dem engen Raum zwischen lehmbekleideten Bambuswänden eine kleine Familie versammelt, die den hereintretenden Fremdling mit scheuem Erstaunen begrüßte. Die Hausmutter hatte ihr graues Haar mit Henna feurigrot gefärbt und zeigte, da sie zum Empfang aufs freundlichste lächelte, einen Mund voll ebenso roter Zähne, die ihre Leidenschaft für das Betelkauen verrieten. Ihr Mann war ein großer, ernst blickender Mensch mit langen, noch dunklen Haaren. Er erhob sich vom Boden und nahm eine königlich aufrechte Haltung an, tauschte Begrüßungsworte mit dem Gast und bot ihm alsbald eine frisch geöffnete Kokosnuß an, von deren süßlichem Saft der Engländer einen Schluck genoß. Ein kleiner Knabe, der bei seinem Eintritt still in die Ecke hinter der steinernen Feuerstelle geflohen war, blitzte von dort unter einem Wald von glänzend schwarzen Haaren hervor mit ängstlich neugierigen Augen; auf seiner dunkeln Brust schimmerte ein messingenes Amulett, das seinen einzigen Schmuck und seine einzige Kleidung bildete. Einige große Bananenbündel schwebten über der Türe zur Nachreife aufgehängt; in der ganzen Hütte, die all ihr Licht nur durch die offene Tür erhielt, war keine Armut, wohl aber die äußerste Einfachheit und eine hübsche, reinliche Ordnung zu bemerken.

Ein leises, aus allerfernsten Kindererinnerungen emporduftendes Heimatgefühl, das den Reisenden so leicht beim Anblick zufriedener Häuslichkeit übernimmt, ein leises Heimatgefühl, das er in dem Bungalow des Herrn Bradley niemals gespürt hatte, kam über den Missionar, und es schien ihm beinahe so, als sei seine Einkehr hier nicht nur die eines vom Regen überfallenen Wanderers, sondern als wehe ihm, der sich in trüben Lebenswirrsalen verlaufen, endlich einmal wieder Sinn und Frohmut eines richtigen, natürlichen, in sich begnügten Lebens entgegen. Auf dem dichten Schilfblätterdach der Hütte rauschte und trommelte leidenschaftlich der wilde Regen und hing vor der Tür dick und blank wie eine Glaswand.

Die Alten unterhielten sich mit ihrem ungewöhnlichen Gast, und als sie am Ende mit Höflichkeit die natürliche Frage stellten, was denn seine Ziele und Absichten in diesem Lande seien, kam er in Verlegenheit und begann von anderem zu reden. Wieder, wie schon oft, wollte es dem bescheidenen Aghion als eine ungeheuerliche Frechheit und Überhebung erscheinen, daß er als Abgesandter eines fernen Volkes hierhergekommen sei mit der Absicht, diesen Menschen ihren Gott und Glauben zu nehmen und einen anderen dafür aufzunötigen. Immer hatte er gedacht, diese Scheu würde sich verlieren, sobald er nur die

Hindusprache besser beherrsche; aber heute ward ihm unzweifelhaft klar, daß dies eine Täuschung gewesen war und daß er, je besser er das braune Volk verstand, desto weniger Recht und Lust in sich verspürte, herrisch in das Leben dieses Volkes einzugreifen.

Der Regen ließ nach, und das mit der fetten roten Erde durchsetzte Wasser in der hügeligen Gasse lief davon, Sonnenstrahlen drangen zwischen den naß glänzenden Palmenstämmen hervor und spiegelten sich grell und blendend in den blanken Riesenblättern der Pisang-bäume. Der Missionar bedankte sich bei seinen Wirten und machte Miene sich zu verabschieden, da fiel ein Schatten auf den Boden, und der kleine Raum verfinsterte sich. Schnell wandte er sich um und sah durch die Tür eine Gestalt lautlos auf nackten Sohlen hereintreten, eine junge Frau oder ein Mädchen, die bei seinem unerwarteten Anblick erschrak und zu dem Knaben hinter die Feuerstatt floh.

»Sag dem Herrn guten Tag!« rief ihr der Vater zu, und sie trat schüchtern zwei Schritte vor, kreuzte die Hände vor der Brust und verneigte sich mehrmals. In ihrem dik-ken tiefschwarzen Haar schimmerten Regentropfen; der Engländer legte freundlich und befangen seine Hand dar-auf und sprach einen Gruß, und während er das weiche geschmeidige Haar lebendig in seinen Fingern fühlte, hob sie das Gesicht zu ihm auf und lächelte freundlich aus wunderschönen Augen. Um den Hals trug sie eine Koral-lenkette und am einen Fußgelenk einen schweren golde-nen Ring, sonst nichts als das dicht unter den Brüsten gegürtete rotbraune Untergewand. So stand sie in ihrer Schönheit vor dem erstaunten Fremden; die Sonnenstrah-len spiegelten sich matt in ihrem Haar und auf ihren brau-nen blanken Schultern, blitzend funkelten die Zähne aus dem jungen Mund. Robert Aghion sah sie mit Entzücken an und suchte tief in ihre stillen sanften Augen zu blicken, wurde aber schnell verlegen; der feuchte Duft ihrer Haare und der Anblick ihrer nackten Schultern und Brüste verwirrte ihn, so daß er bald vor ihrem unschuldigen Blick die Augen niederschlug. Er griff in die Tasche und holte eine kleine stählerne Schere hervor, mit der er sich Nägel und Bart zu schneiden pflegte und die ihm auch beim Pflanzensammeln diente; die schenkte er dem schönen Mädchen und wußte wohl, daß dies eine recht kostbare Gabe sei. Sie nahm das Ding denn auch befangen und in beglücktem Erstaunen an sich, während die Eltern sich in Dankesworten erschöpften, und als er nun Abschied nahm und ging, da folgte sie ihm bis unter das Vordach der Hütte, ergriff seine linke Hand und küßte sie. Die laue, zärtliche Berührung dieser blumenhaften Lippen rann dem Manne ins Blut, am liebsten hätte er sie auf den Mund geküßt. Statt dessen nahm er ihre beiden Hände in seine Rechte, sah ihr in die Augen und sagte: »Wie alt bist du?«

»Das weiß ich nicht«, gab sie zur Antwort.

»Und wie heißt du denn?«

»Naissa.«

»Leb wohl, Naissa, und vergiß mich nicht!«

»Naissa vergißt den Herrn nicht.«

Er ging von dannen und suchte den Heimweg, tief in Gedanken, und als er spät in der Dunkelheit ankam und in seine Kammer trat, bemerkte er erst jetzt, daß er heute keinen einzigen Schmetterling oder Käfer, nicht Blatt noch Blume von seinem Ausflug mitgebracht hatte. Seine Wohnung aber, das öde Junggesellenhaus mit den herumlungernden Dienern und dem kühlen mürrischen Herrn Bradley, war ihm noch nie so unheimlich und trostlos erschienen wie in dieser Abendstunde, da er bei seiner kleinen Öllampe am wackligen Tischlein saß und in der Bibel zu lesen versuchte.

In dieser Nacht, als er nach langer Gedankenunruhe und trotz der singenden Moskitos endlich den Schlaf gefunden hatte, wurde der Missionar von sonderbaren Träumen heimgesucht.

Er wandelte in einem dämmernden Palmenhain, wo gelbe Sonnenflecken auf dem rotbraunen Boden spielten. Papageien riefen aus der Höhe, Affen turnten tollkühn an den unendlich hohen Baumsäulen, kleine edelsteinblitzende Vögel leuchteten kostbar auf, Insekten jeder Art gaben durch Töne, Farben oder Bewegungen ihre Lebensfreude kund. Der Missionar spazierte dankbar und beglückt inmitten dieser Pracht; er rief einen seiltanzenden Affen an, und siehe, das flinke Tier kletterte gehorsam zur Erde und stellte sich wie ein Diener mit Gebärden der Ergebenheit vor Aghion auf. Dieser sah ein, daß er in diesem seligen Bezirk der Kreatur zu gebieten habe, und alsbald berief er die Vögel und Schmetterlinge um sich, und sie kamen in großen glänzenden Scharen, er winkte und taktierte mit den Händen, nickte mit dem Kopf, befahl mit Blicken und Zungenschnalzen, und gefügig ordneten sich alle die herrlichen Tiere in der goldenen Luft zu schönen schwebenden Reigen und Festzügen, pfiffen und summten, zirpten und rollten in feinen Chören, suchten und flohen, verfolgten und haschten einander, beschrieben feierliche Kreise und schalkhafte Spiralen in der Luft. Es war ein glänzendes herrliches Ballett und Konzert und ein wiedergefundenes Paradies, und der Träumer verweilte in dieser harmonischen Zauberwelt, die ihm gehorchte und zu eigen war, mit einer beinahe schmerzlichen Lust; denn in all dem Glück war doch schon ein leises Ahnen oder Wissen enthalten, ein Vorgeschmack von Unverdientheit und Vergänglichkeit, wie ihn ein frommer Missionar ohnehin bei jeder Sinnenlust auf der Zunge haben muß.

Dieser ängstliche Vorgeschmack trog dann auch nicht. Noch schwelgte der entzückte Naturfreund im Anblick einer Affenquadrille und liebkoste einen ungeheuren blauen Sammetfalter, der sich vertraulich auf seine linke Hand gesetzt hatte und sich wie ein Täubchen streicheln ließ, aber schon begannen Schatten der Angst und Auflösung in dem Zauberhain zu flattern und das Gemüt des Träumers zu umhüllen. Einzelne Vögel schrien plötzlich grell und angstvoll auf, unruhige Windstöße erbrausten in den hohen Wipfeln, das frohe warme Sonnenlicht wurde fahl und siech, die Vögel huschten nach allen Seiten davon, und die schönen großen Falter ließen sich in wehrlosem Schrecken vom Winde davonführen. Regentropfen klatschten erregt auf den Baumkronen, ein ferner leiser Donner rollte langsam austönend über das Himmelsgewölbe.

Da betrat Mister Bradley den Wald. Der letzte bunte Vogel war entflogen. Hünenhaft groß von Gestalt und finster wie der Geist eines erschlagenen Königs kam Bradley heran, spuckte verächtlich vor dem Missionar aus und begann ihm in verletzenden, höhnischen, feindseligen Worten vorzuwerfen, er sei ein Gauner und Tagedieb, der sich von seinem Londoner Patron für die Bekehrung der Heiden anstellen und bezahlen lasse, statt dessen aber nichts tue als müßig gehen, Käfer fangen und spazierenlaufen. Und Aghion mußte in Zerknirschung eingestehen, jener habe recht und er sei all dieser Versäumnisse schuldig.

Es erschien nun jener mächtige reiche Patron aus England, Aghions Brotgeber, sowie mehrere englische Geistliche, und diese zusammen mit Bradley trieben und hetzten den Missionar vor sich her durch Busch und Dorn, bis sie auf eine volkreiche Straße und in jene Vorstadt von Bombay kamen, wo der turmhohe groteske Hindutempel stand. Hier flutete eine bunte Menschenmenge aus und ein, nackte Kulis und weißgekleidete stolze Brahmanen; dem Tempel gegenüber aber war eine christliche Kirche errichtet, und über ihrem Portal war Gottvater in Stein gebildet, in Wolken schwebend mit ernstem Vaterauge und fließendem Bart.

Der bedrängte Missionar schwang sich auf die Stufen des Gotteshauses, winkte mit den Armen und begann den Hinduleuten zu predigen. Mit lauter Stimme forderte er sie auf, herzuschauen und zu vergleichen, wie anders der wahre Gott beschaffen sei als ihre armen Fratzengötter mit den vielen Armen und Rüsseln. Mit ausgestrecktem Finger wies er auf das verschlungene Figurenwerk der indischen Tempelfassade, und dann wies er einladend auf das Gottesbild seiner Kirche. Aber wie sehr erschrak er da, als er seiner eigenen Gebärde folgend emporblickte; denn Gottvater hatte sich verändert, er hatte drei Köpfe und sechs Arme bekommen und hatte statt des etwas blöden und machtlosen Ernstes ein überlegen vergnügtes Lächeln in den Gesichtern, genau wie es die indischen Götterbilder nicht selten zeigten. Verzagend sah sich der Prediger nach Bradley, nach dem Patron und der Geistlichkeit um; sie waren aber alle verschwunden, er stand allein und kraftlos auf den Stufen der Kirche, und nun verließ ihn auch Gottvater selbst, denn er winkte mit seinen sechs Armen zu dem Tempel hinüber und lächelte den Hindugöttern mit göttlicher Heiterkeit zu.

Vollständig verlassen, geschändet und verloren stand Aghion auf seiner Kirchentreppe. Er schloß die Augen und blieb aufrecht stehen, jede Hoffnung war in seiner Seele erloschen, und er wartete mit verzweifelter Ruhe darauf, von den Heiden gesteinigt zu werden. Statt dessen aber fühlte er sich, nach einer furchtbaren Pause, von einer starken, doch sanften Hand beiseite geschoben, und als er die Augen aufriß, sah er den steinernen Gottvater groß und ehrwürdig die Stufen herabschreiten, während gegenüber die Götterfiguren des Tempels in ganzen Scharen von ihren Schauplätzen herabstiegen. Sie alle wurden von Gottvater begrüßt, der sodann in den Hindutempel eintrat und mit freundlicher Gebärde die Huldigung der weißgekleideten Brahmanen entgegennahm. Die Heidengötter aber mit ihren Rüsseln, Ringellocken und Schlitzaugen besuchten einmütig die Kirche, fanden alles gut und hübsch und zogen viele Beter nach sich, und so entstand ein Umzug der Götter und Menschen zwischen Kirche und Tempel; Gong und Orgel tönten geschwisterlich ineinander, und stille dunkle Inder brachten auf nüchternen englisch-christlichen Altären Lotosblumen dar.

Mitten im festlichen Gedränge aber schritt mit den glatten, glänzend schwarzen Haaren und den großen kindlichen Augen die schöne Naissa. Sie kam zwischen vielen anderen Gläubigen vom Tempel herübergegangen, stieg die Stufen zur Kirche empor und blieb vor dem Missionar stehen. Sie sah ihm ernst und lieblich in die Augen, nickte ihm zu und bot ihm eine Lotosblüte hin. Er aber, in überwallendem Entzücken, beugte sich über ihr klares stilles Gesicht herab, küßte sie auf die Lippen und schloß sie in seine Arme.

Noch ehe er hatte sehen können, was Naissa dazu sagte, erwachte Aghion aus seinem Traum und fand sich müde und erschrocken in tiefer Dunkelheit auf seinem Lager hingestreckt. Eine schmerzliche Verwirrung aller Gefühle und Triebe quälte ihn bis zur Verzweiflung. Der Traum hatte ihm sein eigenes Selbst unverhüllt gezeigt, seine Schwäche und Verzagtheit, den Unglauben an seinen Beruf, seine Verliebtheit in die braune Heidin, seinen unchristlichen Haß gegen Bradley, sein schlechtes Gewissen dem englischen Brotgeber gegenüber.

Eine Weile lag er traurig und bis zu Tränen erregt im Dunkeln. Er versuchte zu beten und vermochte es nicht, er versuchte sich die Naissa als Teufelin vorzustellen und seine Neigung als verworfen zu erkennen und konnte auch das nicht. Am Ende erhob er sich, einer halbbewußten Regung folgend und noch von den Schatten und Schauern des Traumes umgeben; er verließ sein Zimmer und suchte Bradleys Stube auf, ebensosehr im triebhaften Bedürfnis nach Menschenanblick und Trost wie in der frommen Absicht, sich seiner Abneigung gegen diesen Mann zu schämen und durch Offenheit ihn zum Freunde zu machen.

Leise schlich er auf dünnen Bastsohlen die dunkle Veranda entlang bis zum Schlafzimmer Bradleys, dessen leichte Tür aus Bambusgestäbe nur bis zur halben Höhe der Türöffnung reichte und den hohen Raum schwach erleuchtet zeigte; denn jener pflegte, gleich vielen Europäern in Indien, die ganze Nacht hindurch ein kleines Öllicht zu brennen. Behutsam drückte Aghion die dünnen Türflügel nach innen und ging hinein.

Der kleine Öldocht schwelte in einem irdenen Schüsselchen am Boden des Gemachs und warf schwache ungeheure Schatten an den kahlen Wänden aufwärts. Ein brauner Nachtfalter umsurrte das Licht in kleinen Kreisen. Um die umfangreiche Bettstatt her war der große Moskitoschleier sorgfältig zusammengezogen. Der Missionar nahm die Lichtschale in die Hand, trat ans Bett und öffnete den Schleier eine Spanne weit. Eben wollte er des Schläfers Namen rufen, da sah er mit heftigem Erschrecken, daß Bradley nicht allein sei. Er lag, vom dünnen, seidenen Nachtkleide bedeckt, auf dem Rücken, und sein Gesicht mit dem emporgereckten Kinn sah um nichts zarter oder freundlicher aus als am Tage. Neben ihm aber lag nackt eine zweite Gestalt, eine Frau mit langen schwarzen Haaren. Sie lag auf der Seite und wendete dem Missionar das schlafende Gesicht zu, und er erkannte sie: es war das starke große Mädchen, das jede Woche die Wäsche abzuholen pflegte.

Ohne den Vorhang wieder zu schließen, floh Aghion hinaus und in sein Zimmer zurück. Er versuchte wieder zu schlafen, doch gelang es ihm nicht; das Erlebnis des Tages, der seltsame Traum und endlich der Anblick der nackten Schläferin hatten ihn gewaltig erregt. Zugleich war seine Abneigung gegen Bradley viel stärker geworden, ja er scheute sich vor dem Augenblick des Wiedersehens und der Begrüßung beim Frühstück. Am meisten aber quälte und bedrückte ihn die Frage, ob es nun seine Pflicht sei, dem Hausgenossen wegen seiner Lebensführung Vorwürfe zu machen und seine Besserung zu versuchen. Aghions ganze Natur war dagegen, aber sein Amt schien von ihm zu fordern, daß er seine Feigheit überwinde und dem Sünder unerschrocken ins Gewissen rede. Er zündete seine Lampe an und las, von den singenden Mücken umschwärmt und gepeinigt, stundenlang im Neuen Testament, ohne doch Sicherheit und Trost zu gewinnen. Beinahe hätte er ganz Indien fluchen mögen oder doch seiner Neugierde und Wanderlust, die ihn hierher und in diese Sackgasse geführt hatte. Nie war ihm die Zukunft so düster erschienen, und nie hatte er sich so wenig zum Bekenner und Märtyrer geschaffen gefühlt wie in dieser Nacht.

Zum Frühstück kam er mit unterhöhlten Augen und müden Zügen, rührte unfroh mit dem Löffel im duftenden Tee und schälte in verdrossener Spielerei lange Zeit an einer Banane herum, bis Herr Bradley erschien. Dieser grüßte kurz und kühl wie sonst, setzte den Boy und den Wasserträger durch laute Befehle in Trab, suchte sich mit langwieriger Umsicht die goldenste Frucht aus dem Bananenbüschel und aß dann rasch und herrisch, während im sonnigen Hof der Diener sein Pferd vorführte.

»Ich hatte noch etwas mit Ihnen zu besprechen«, sagte der Missionar, als der andere eben aufbrechen wollte. Argwöhnisch blickte Bradley auf.

»So? Ich habe sehr wenig Zeit. Muß es gerade jetzt sein?«

»Ja, es ist besser. Ich fühle mich verpflichtet, Ihnen zu sagen, daß ich von dem unerlaubten Umgang weiß, den Sie mit einem Hinduweib haben. Sie können sich denken, wie peinlich es mir ist ...«

»Peinlich!« rief Bradley aufspringend und brach in ein zorniges Gelächter aus. »Herr, Sie sind ein größerer Esel, als ich je gedacht hätte! Was Sie von mir halten, ist mir natürlich durchaus einerlei, daß Sie aber in meinem Hause herumschnüffeln und spionieren, finde ich niederträchtig. Machen wir die Sache kurz! Ich lasse Ihnen Zeit bis Sonntag. Bis dahin suchen Sie sich freundlichst eine neue Unterkunft in der Stadt; denn in diesem Haus werde ich Sie keinen Tag länger dulden!«

Aghion hatte eine barsche Abfertigung, nicht aber diese Antwort erwartet. Doch ließ er sich nicht einschüchtern.

»Es wird mir ein Vergnügen sein«, sagte er mit guter Haltung, »Sie von meiner lästigen Einquartierung zu befreien. Guten Morgen, Herr Bradley!«

Er ging weg, und Bradley sah ihm aufmerksam nach, halb betroffen, halb belustigt. Dann strich er sich den harten Schnurrbart, rümpfte die Lippen, pfiff seinem Hunde und stieg die Holztreppe zum Hof hinab, um in die Stadt zu reiten.

Beiden Männern war die kurze gewitterhafte Aussprache und Klärung der Lage willkommen. Aghion allerdings sah sich unerwartet vor Sorgen und Entschlüsse gestellt, die ihm bis vor einer Stunde noch in angenehmer Ferne geschwebt hatten. Aber je ernstlicher er seine Angelegenheiten bedachte und je deutlicher es ihm wurde, daß der Streit mit Bradley eine Nebensache, die Lösung seines ganzen verworrenen Zustandes aber nun eine unerbittliche Notwendigkeit geworden sei, desto klarer und wohler wurde ihm in den Gedanken. Das Leben in diesem Hause, das Brachliegen seiner Kräfte, alle die ungestillten Begierden und toten Stunden waren ihm zu einer Qual geworden, die seine einfältige Natur ohnehin nicht lange mehr ertragen hätte.

Es war noch früh am Morgen, und eine Ecke des Gartens, sein Lieblingsplatz, lag noch kühl im Schatten. Hier hingen die Zweige verwilderter Gebüsche über einen ganz kleinen, gemauerten Weiher nieder, der einst als Badestelle angelegt, aber verwahrlost und nun von einem Völkchen gelber Schildkröten bewohnt war. Hierher trug er seinen Bambusstuhl, legte sich nieder und sah den schweigsamen Tieren zu, welche träg und wohlig im lauen grünen Wasser schwammen und still aus klugen kleinen Augen blickten. Jenseits im Wirtschaftshof kauerte in seinem Winkel der unbeschäftigte Stalljunge und sang; sein eintöniges näselndes Lied klang wie Wellenspiel herüber und zerfloß in der warmen Luft, und unversehens überfiel nach der schlaflosen erregten Nacht den Liegenden die Müdigkeit, er schloß die Augen, ließ die Arme sinken und schlief ein.

Als ein Mückenstich ihn weckte, sah er mit Beschämung, daß er fast den ganzen Vormittag verschlafen hatte. Aber er fühlte sich nun frisch und ging ungesäumt daran, seine Gedanken und Wünsche zu ordnen und die Wirrnis seines Lebens sachte auseinander zu falten. Da wurde ihm unzweifelhaft klar, was unbewußt seit langem ihn gelähmt und seine Träume beängstigt hatte, daß nämlich seine Reise nach Indien zwar durchaus gut und klug gewesen war, daß aber zum Missionar ihm der richtige innere Beruf und Antrieb fehle. Er war bescheiden genug, darin eine Niederlage und einen betrübenden Mangel zu sehen; aber zur Verzweiflung war kein Grund vorhanden. Vielmehr schien ihm jetzt, da er entschlossen war, sich eine angemessenere Arbeit zu suchen, das reiche Indien erst recht eine gute Zuflucht und Heimat zu sein. Mochte es traurig sein, daß alle diese Eingeborenen sich falschen Göttern verschrieben hatten – sein Beruf war es nicht, das zu ändern. Sein Beruf war, dieses Land für sich zu erobern und für sich und andere das Beste daraus zu holen, indem er sein Auge, seine Kenntnis, seine zur Tat gewillte Jugend darbrachte und überall bereitstand, wo eine Arbeit für ihn sich böte.

Noch am Abend desselben Tages wurde er, nach einer kurzen Besprechung, von einem in Bombay wohnhaften Herrn Sturrock als Sekretär und Aufseher für eine benachbarte Kaffeepflanzung angestellt. Einen Brief an seine bisherigen Brotgeber, worin Aghion sein Tun erklärte und sich zum späteren Ersatz des Empfangenen verpflichtete, versprach Sturrock nach London zu besorgen. Als der neue Aufseher in seine Wohnung zurückkehrte, fand er Bradley in Hemdärmeln allein beim Abendessen sitzen. Er teilte ihm, noch ehe er neben ihm Platz nahm, das Geschehene mit. Bradley nickte mit vollem Munde, goß etwas Whisky in sein Trinkwasser und sagte fast freundlich: »Sitzen Sie, und bedienen Sie sich, der Fisch ist schon kalt. Nun sind wir ja eine Art von Kollegen. Na, ich wünsche Ihnen Gutes. Kaffee bauen ist leichter als Hindus bekehren, das ist gewiß, und möglicherweise ist es ebenso wertvoll. Ich hätte Ihnen nicht so viel Vernunft zugetraut, Aghion!«

Die Pflanzung, die er beziehen sollte, lag zwei Tagereisen weit landeinwärts, und übermorgen sollte Aghion in Begleitung einer Kulitruppe dorthin aufbrechen; so blieb ihm zum Besorgen seiner Angelegenheiten nur ein einziger Tag. Zu Bradleys Verwunderung erbat er sich für morgen ein Reitpferd, doch enthielt sich jener aller Fragen, und die beiden Männer saßen, nachdem sie die von tausend Insekten umflügelte Lampe hatten wegtragen lassen, in dem lauen, schwarzen indischen Abend einander gegenüber und fühlten sich einander näher als in all diesen vielen Monaten eines gezwungenen Zusammenlebens.

»Sagen Sie«, fing Aghion nach einem langen Schweigen an, »Sie haben sicher von Anfang an nicht an meine Missionspläne geglaubt?«

»O doch«, gab Bradley ruhig zurück. »Daß es Ihnen damit Ernst war, konnte ich ja sehen.«

»Aber Sie konnten gewiß auch sehen, wie wenig ich zu dem paßte, was ich hier tun und vorstellen sollte! Warum haben Sie mir das nie gesagt?«

»Ich war von niemand dazu angestellt. Ich liebe es nicht, wenn mir jemand in meine Sachen hineinredet; so tue ich das auch bei anderen nicht. Außerdem habe ich hier in Indien schon die verrücktesten Dinge unternehmen und gelingen sehen. Das Bekehren war Ihr Beruf, nicht meiner. Und jetzt haben Sie ganz von selber einige Ihrer Irrtümer eingesehen! So wird es Ihnen auch noch mit anderen gehen ...«

»Mit welchen zum Beispiel?«

»Zum Beispiel in dem, was Sie heut morgen mir an den Kopf geworfen haben.«

»O, wegen des Mädchens!«

»Gewiß. Sie sind ein Geistlicher gewesen; trotzdem werden Sie zugeben, daß ein gesunder Mann nicht jahrelang leben und arbeiten und gesund bleiben kann, ohne gelegentlich eine Frau bei sich zu haben. Mein Gott, darum brauchen Sie doch nicht rot zu werden! Nun sehen Sie: als Weißer in Indien, der sich nicht gleich eine Frau mit aus England herübergebracht hat, hat man wenig Auswahl. Es gibt keine englischen Mädchen hier. Die hier geboren werden, die schickt man schon als Kinder nach Europa heim. Es bleibt nur die Wahl zwischen den Matrosendirnen und den Hindufrauen, und die sind mir lieber. Was finden Sie daran schlimm?«

»O, hier verstehen wir uns nicht, Herr Bradley! Ich finde, wie es die Bibel und unsere Kirche vorschreibt, jede uneheliche Verbindung schlimm und unrecht!«

»Wenn man aber nichts anderes haben kann?«

»Warum sollte man nicht können? Wenn ein Mann ein Mädchen wirklich lieb hat, so soll er es heiraten.«

»Aber doch nicht ein Hindumädchen?«

»Warum nicht?«

»Aghion, Sie sind weitherziger als ich! Ich will mir lieber einen Finger abbeißen als eine Farbige heiraten, verstehen Sie? Und so werden Sie später auch einmal denken!«

»O bitte, das hoffe ich nicht. Da wir so weit sind, kann ich es Ihnen ja sagen: ich liebe ein Hindumädchen, und es ist meine Absicht, sie zu meiner Frau zu machen.«

Bradleys Gesicht wurde ernsthaft. »Tun Sie das nicht!« sagte er fast bittend.

»Doch, ich werde es tun«, fuhr Aghion begeistert fort. »Ich werde mich mit dem Mädchen verloben und sie dann so lange erziehen und unterrichten, bis sie die christliche Taufe erhalten kann; dann lassen wir uns in der englischen Kirche trauen.«

»Wie heißt sie denn?« fragte Bradley nachdenklich.

»Naissa.«

»Und ihr Vater?«

»Das weiß ich nicht.«

»Na, bis zur Taufe hat es ja noch Zeit; überlegen Sie sich das lieber noch einmal! Natürlich kann sich unsereiner in ein indisches Mädel verlieben, sie sind oft hübsch genug. Sie sollen auch treu sein und zahme Frauen abgeben. Aber ich kann sie doch immer nur wie eine Art Tierchen ansehen, wie lustige Ziegen oder schöne Rehe, nicht wie meinesgleichen.«

»Ist das nicht ein Vorurteil? Alle Menschen sind Brüder, und die Inder sind ein altes edles Volk.«

»Ja, das müssen Sie besser wissen, Aghion. Was mich betrifft, ich habe sehr viel Achtung vor Vorurteilen.«

Er stand auf, sagte gute Nacht und ging in sein Schlafzimmer, in dem er gestern die hübsche große Wäscheträgerin bei sich gehabt hatte. »Wie eine Art Tierchen«, hatte er gesagt, und Aghion lehnte sich nachträglich in Gedanken dagegen auf.

Früh am andern Tage, noch ehe Bradley zum Frühstück gekommen war, ließ Aghion das Reitpferd vorführen und ritt davon, während noch in den Baumwipfeln die Affen ihr Morgengeschrei verübten. Und noch stand die Sonne nicht hoch, als er schon in der Nähe jener Hütte, wo er die hübsche Naissa kennengelernt hatte, sein Tier anband und zu Fuß sich der Behausung näherte. Auf der Türschwelle saß nackt der kleine Sohn und spielte mit einer jungen Ziege, von der er sich lachend immer wieder vor die Brust stoßen ließ.

Eben als der Besucher vom Weg abbiegen wollte, um in

die Hütte zu treten, stieg über den kauernden Jungen hinweg vom Innern der Hütte her ein junges Mädchen, das er sofort als Naissa erkannte. Sie trat auf die Gasse, einen hohen irdenen Wasserkrug leer in der losen Rechten tragend, und ging, ohne ihn zu beachten, vor Aghion her, der ihr mit Entzücken folgte. Bald hatte er sie eingeholt und rief ihr einen Gruß zu. Sie hob den Kopf, indem sie das Grußwort leise erwiderte, und sah aus den schönen braungoldenen Augen kühl auf den Mann, als kenne sie ihn nicht, und als er ihre Hand ergriff, zog sie sie erschrocken zurück und lief mit beschleunigten Schritten weiter. Er begleitete sie bis zu dem gemauerten Wasserbehälter, wo das Wasser einer schwachen Quelle dünn und sparsam über moosig-alte Steine rann; er wollte ihr helfen, den Krug zu füllen und emporzuziehen, aber sie wehrte ihn schweigend ab und machte ein trotziges Gesicht. Er war über so viel Sprödigkeit erstaunt und enttäuscht, und jetzt suchte er aus seiner Tasche das Geschenk hervor, das er für sie mitgebracht hatte, und es tat ihm nun doch ein wenig weh, zu sehen, wie sie alsbald die Abwehr vergaß und nach dem Dinge griff, das er ihr anbot. Es war eine emaillierte kleine Dose mit hübschen Blumenbildchen darauf, und die innere Seite des runden Deckels bestand aus einem kleinen Spiegel. Er zeigte ihr, wie man ihn öffne, und gab ihr das Ding in die Hand.

»Für mich?« fragte sie mit Kinderaugen.

»Für dich!« sagte er, und während sie mit der Dose spielte, streichelte er ihren sammetweichen Arm und ihr langes schwarzes Haar.

Da sie ihm nun Dank sagte und mit unentschlossener Gebärde den vollen Wasserkrug ergriff, versuchte er, ihr etwas Liebes und Zärtliches zu sagen, was sie jedoch offenbar nur halb verstand, und indem er sich auf Worte besann und unbeholfen neben ihr stand, schien ihm plötzlich die Kluft zwischen ihm und ihr ungeheuer, und er dachte mit Trauer, wie wenig doch vorhanden sei, das ihn mit ihr verbinde, und wie lange, lange es dauern mochte, bis sie einmal seine Braut und seine Freundin sein, seine Sprache verstehen, sein Wesen begreifen, seine Gedanken teilen könnte.

Mittlerweile hatte sie langsam den Rückweg angetreten, und er ging neben ihr her, der Hütte entgegen. Der Knabe war mit der Ziege in einem atemlosen Jagdspiel begriffen; sein schwarzbrauner Rücken glänzte metallisch in der Sonne, und sein geblähter Reisbauch ließ die Beine zu dünn erscheinen. Mit einem Anflug von Befremdung dachte der Engländer daran, daß, wenn er Naissa heirate, dieses Naturkind sein Schwager sein würde. Um sich diesen Vorstellungen zu entziehen, sah er das Mädchen wieder an. Er betrachtete ihr entzückend feines, großäugiges Gesicht mit dem kühlen kindlichen Mund und mußte denken, ob es ihm wohl glücken werde, heute noch von diesen Lippen den ersten Kuß zu erhalten.

Aus diesem lieblichen Gedanken schreckte ihn eine Erscheinung, die plötzlich aus der Hütte trat und wie ein Spuk vor seinen ungläubigen Augen stand. Es erschien im Türrahmen, schritt über die Schwelle und stand vor ihm eine zweite Naissa, ein Spiegelbild der ersten, und das Spiegelbild lächelte ihm zu und grüßte ihn, griff in ihr Hüftentuch und zog etwas hervor, das sie triumphierend über ihrem Haupte schwang, das blank in der Sonne glitzerte und das er nach einer Weile denn auch erkannte. Es war die kleine Schere, die er kürzlich Naissa geschenkt hatte, und das Mädchen, dem er heute die Spiegeldose gegeben, in dessen schöne Augen er geblickt und dessen Arm er gestreichelt hatte, war gar nicht Naissa, sondern deren Schwester, und wie die beiden Mädchen nebeneinander standen, noch immer kaum voneinander zu unterscheiden, da kam sich der verliebte Aghion unsäglich betrogen und irregegangen vor. Zwei Rehe konnten einander nicht ähnlicher sein, und wenn man ihm in diesem Augenblick freigestellt hätte, eine von ihnen zu wählen und mit sich zu nehmen und für immer zu behalten, er hätte nicht gewußt, welche von beiden es war, die er liebte. Wohl konnte er allmählich erkennen, daß die wirkliche Naissa die ältere und ein wenig kleinere sei; aber seine Liebe, deren er vor Augenblicken noch so sicher zu sein gemeint hatte, war ebenso auseinandergebrochen und zu zwei Hälften zerfallen wie das Mädchenbild, das sich vor seinen Augen so unerwartet und unheimlich verdoppelt hatte.

Bradley erfuhr nichts von dieser Begebenheit, er stellte auch keine Fragen, als zu Mittag Aghion heimkehrte und schweigsam beim Essen saß. Und am nächsten Morgen, als Aghions Kulis anrückten und seine Kisten und Säcke aufpackten und wegtrugen und als der Abreisende dem Dableibenden noch einmal Dank sagte und die Hand hinbot, da faßte Bradley die Hand kräftig und sagte: »Gute Reise, mein Junge! Es wird später eine Zeit kommen, wo Sie vor Sehnsucht vergehen werden, statt der süßen Hinduschnauzen wieder einmal einen ehrlichen ledernen Engländerkopf zu sehen! Dann kommen Sie zu mir, und dann werden wir über alles Mögliche einig sein, worüber wir heute noch verschieden denken!« *(1912)*

Die Braut

Signora Ricciotti, die mit ihrer Tochter Margherita vor kurzem im Waldstätterhof in Brunnen abgestiegen war, gehörte zu jenen blonden, weichen, etwas trägen Italienerinnen, die man in der Gegend von Venedig und in der Lombardei häufig antrifft. Sie trug viele schöne Ringe an ihren fetten Fingerchen, und ihr höchst charakteristischer Gang, der zur Zeit noch ein elastisch-üppiges Wiegen genannt werden konnte, entwickelte sich sichtlich mehr und mehr zu jenem Typ von Fortbewegung, den man Watscheln heißt. Elegant und offenbar einst an Huldigungen gewöhnt, machte sie eine gute, repräsentative Figur, sie trug schicke Toiletten und manchmal sang sie am Abend zum Klavier, mit einer wohlgebildeten, kleinen, ein wenig schmalzigen Stimme, wobei sie mit den kurzen, vollen Armen und stark auswärts gebogenen Handgelenken die Noten von sich weg hielt. Sie stammte aus Padua, wo ihr verstorbener Mann einst ein bekannter Geschäftsmann und Politiker gewesen war. Bei ihm hatte sie in einer Atmosphäre von blühender Bonhomie und stark über ihre Verhältnisse gelebt, was sie nach seinem Tode mit verzweifeltem Mut fortsetzte.

Trotz alledem würde sie uns kaum interessieren, hätte sie nicht ihre hübsche, kleine Tochter bei sich gehabt, Margherita, die kaum über das Backfischalter hinaus war und von der Pensionszeit her noch mit ein wenig Bleichsucht und Appetitlosigkeit zu tun hatte. Sie war ein entzückend schlankes, stilles, blasses Wesen mit dunkelblonden dichten Haaren, und jedermann sah ihr mit Vergnügen nach, wenn sie in ihren einfachen, weißen oder blaßblauen Sommertoiletten durch den Garten und über die Straße ging. Es war das erste Jahr, daß Frau Ricciotti das Mädchen mit sich in die Welt nahm – denn in Padua lebten sie ziemlich zurückgezogen –, und der Schimmer von Resignation, mit dem sie sich den meisten Hotelbekanntschaften gegenüber von ihrer Tochter in den Schatten gestellt sah, stand ihr recht gut. Frau Ricciotti war bisher zwar stets eine gute Mutter, jedoch nicht ohne geheimen Anspruch auf ein eigenes Schicksal, ja vielleicht noch auf eine eigene Zukunft gewesen; jetzt begann sie diese stillen Hoffnungen von sich abzutun und ihre Kleine damit zu schmücken, wie eine gute Mutter etwa den Schmuck, den sie von der eigenen Hochzeit her besaß, vom Halse nimmt und der herangewachsenen Tochter umhängt.

Von allem Anfang an fehlte es nicht an Männern, die sich für die schlanke, blonde Paduanerin interessierten. Die Mutter aber war auf der Wacht und umgab sich mit einem Wall von Achtbarkeit und soliden Ansprüchen, der manchen Abenteurer erschreckte. Ihre Tochter sollte einen Mann bekommen, bei dem sie es gut hätte, und da nun einmal die Schönheit ihre einzige Mitgift war, galt es doppelt auf der Hut zu sein.

Es tauchte jedoch schon nach kürzester Zeit der zukünftige Held dieses Romans in Brunnen auf, und alles ging viel rascher und einfacher, als die besorgte Mutter je gedacht hätte. Eines Tages traf im Waldstätterhof ein junger Herr aus Deutschland ein, der sich auf den ersten Blick in Margherita verliebte und alsbald seine Absichten so entschieden zum Ausdruck brachte, wie es nur Leute tun, die wenig Zeit haben und keine Umwege machen können. Herr Statenfoß hatte in der Tat sehr wenig Zeit. Er war Manager einer Teeplantage auf Ceylon und auf Urlaub in Europa, das er in zwei Monaten wieder würde verlassen müssen und wohin er dann frühestens wieder in drei, vier Jahren zurückkehren konnte.

Dieser hagere, braungebrannte, herrisch auftretende junge Mann gefiel Frau Ricciotti nicht besonders, er gefiel aber der schönen Margherita, die er von der ersten Stunde an mit dringlicher Werbung umgab. Er sah nicht übel aus, und er hatte die sorglos herrschaftliche Art des Auftretens, die sich der Europäer in den Tropen aneignet; er war übrigens erst sechsundzwanzig Jahre alt. Daß er von dem fernen Wundereiland Ceylon kam, war schon ein Stück Romantik, und sein Überseegefühl verlieh ihm auch eine tatsächliche Überlegenheit über den Durchschnitt des hiesigen täglichen Lebens. Statenfoß trug sich vollkommen englisch; vom Smoking bis zum Tennisanzug, vom Frack bis zur Bergausrüstung waren seine Sachen alle von erster Qualität, er führte für einen Junggesellen erstaunlich viele und große Koffer mit sich und schien in jeder Hinsicht an ein Leben erster Klasse gewöhnt zu sein. Er widmete sich den Beschäftigungen und Vergnügungen der Sommerfrische mit ruhiger Sachlichkeit, er tat sachlich und gut, was getan werden mußte, aber er schien nirgends mit Leidenschaft dabei zu sein, nicht beim Bergsteigen und nicht beim Rudern, nicht beim Tennis und nicht beim Whist, sondern schien in dieser Umgebung nur als ein flüchtiger Gast zu weilen, ein Gast aus einer fernen, fabelhaften Welt, wo es Palmen und Krokodile gibt, und wo Leute seiner Art sich in weißen, sauberen Landhäusern von ameisenhaft zahlreichen farbigen Dienern fächeln und mit Eiswasser bedienen ließen. Einzig Margherita gegenüber verließ ihn seine Ruhe und exotische Überlegenheit, er sprach mit ihr in einem leidenschaftlichen Gemisch von Deutsch, Italienisch, Französisch und Englisch, er belauerte die Damen Ricciotti vom Morgen bis zum Abend, er las ihnen Zeitungen vor und trug ihnen Strandstühle nach, und er gab sich so wenig Mühe, seine Verehrung für Margherita vor anderen Leuten zu verbergen, daß bald jedermann seinen Bemühungen um die schöne Italienerin mit Spannung zusah. Man verfolgte seinen Roman mit sportlichem Interesse und schloß gelegentlich Wetten darüber ab.

Das alles mißfiel der Mutter Ricciotti nicht wenig, und es gab Tage, an denen sie in beleidigter Majestät einherrauschte, während Margherita verweint aussah und Herr Statenfoß mit verschlossener Miene auf der Veranda Sodawasser mit Whisky trank. Indessen war er bald mit dem Mädchen einig, daß sie nicht mehr voneinander lassen wollten, und als Frau Ricciotti an einem schwülen Morgen ihrer Tochter zornig vorstellte, daß ihr vertrauter Umgang mit dem jungen Teepflanzer ihren Ruf beflecke und daß überhaupt ein Mann ohne großes Vermögen für sie nicht in Betracht komme, da schloß sich die reizende Margherita in ihr Zimmer ein und trank ein Fläschchen mit Fleckenwasser aus, das sie für giftig hielt und das in der Tat ihren kaum etwas gehobenen Appetit wieder völlig verdarb und ihr Gesicht noch um einen Schatten bleicher und geistiger machte.

Noch am selben Tage, nachdem Margherita stundenlang leidend auf einem Diwan verharrt war und ihre Mama in einem dazu gemieteten Ruderboot eine ebensolange Unterredung mit Herrn Statenfoß gehabt hatte, fand die Verlobung statt, und andern Tages sah man den energischen Überseer sein Frühstück am Tisch der beiden Damen einnehmen. Margherita war glücklich; ihre Mutter hingegen betrachtete diese Verlobung als ein zwar notwendiges, doch hoffentlich vorübergehendes Übel. ›Schließlich‹, dachte sie, ›wußte daheim niemand davon, und wenn sich nächstens eine bessere Gelegenheit fände, so säße der Bräutigam weit fort in Ceylon und brauchte nicht gefragt zu werden.‹ So bestand sie denn auch darauf, daß Statenfoß seine Rückreise nicht verschiebe, und drohte mit Abreise und völligem Bruch, als der Verlobte sein Verlangen aussprach, noch diesen Sommer getraut zu werden und seine junge Frau gleich mit nach Indien zu nehmen.

Er mußte sich fügen, und er tat es knirschend, denn vom Augenblick der Verlobung an schienen die Damen Ricciotti wie zusammengewachsen und er mußte Listen über Listen aufwenden, um auch nur für Minuten mit seiner Braut allein zu sein. Er kaufte ihr in Luzern die schönsten Brautgeschenke, bald darauf riefen ihn geschäftliche Telegramme nach England, und er sah seine schöne Braut erst wieder, als sie in Begleitung ihrer Mutter ihn am Bahnhof in Genua abholte, um noch einen Abend mit ihm zusammen zu sein und ihn in der Frühe des nächsten Morgens zum Hafen zu begleiten.

»In längstens drei Jahren komme ich zurück, und dann ist Hochzeit«, rief er noch von der Landungstreppe herab, die hinter ihm weggezogen wurde. Dann spielte die Schiffsmusik, und langsam schob sich der Lloyddampfer aus dem Hafen.

Die Hinterbliebenen reisten still nach Padua zurück und nahmen ihr gewohntes Leben wieder auf. Frau Ricciotti gab noch nichts verloren; ›übers Jahr‹, dachte sie, ›würde alles anders aussehen, und dann würden sie wieder einen feinen Kurort aufsuchen, und ohne Zweifel würden alsdann bald neue und glänzendere Aussichten sich zeigen.‹ Inzwischen schrieb der ferne Verlobte häufig lange Briefe, und Margherita war glücklich. Sie erholte sich von den Anstrengungen dieses unruhigen Sommers vollkommen, sie blühte sichtlich auf, und von Bleichsucht und schlechtem Appetit war nicht mehr die Rede. Ihr Herz war gebunden, ihr Schicksal gesichert, und in der bescheidenen Behaglichkeit ihres ruhigen Lebens gab sie sich angenehmen Träumen hin, lernte ein wenig Englisch und legte ein schönes Album an, worein sie die prächtigen Photographien von Palmen, Tempeln und Elefanten klebte, die der Bräutigam ihr schickte.

Im nächsten Sommer reiste man nicht ins Ausland, sondern weilte nur wenige Wochen in einer bescheidenen Sommerfrische in den euganäischen Bergen, und allmählich ergab sich auch die Mutter und gab es auf, über das Herzensglück ihrer standhaften Tochter hinweg ehrgeizige Pläne zu bauen. Zuweilen kamen Sendungen aus Indien mit feinem Musselin und hübschen Spitzen, Schachteln aus Stachelschweinborsten und kleine Elfenbeinspielereien; die zeigte man den Bekannten und hatte bald die gute Stube voll davon stehen. Und als einmal die Nachricht kam, Statenfoß liege krank und müsse sich zur Erholung ins Gebirge transportieren lassen, da knüpfte Mutter Ricciotti keine Hoffnungen mehr daran und betete gemeinsam mit der Tochter für die Genesung des lieben Fernen, die denn auch glücklich zustande kam.

Für beide Damen war dieses stille Zufriedensein ein ungewohnter Zustand. Die Signora wurde bürgerlicher als sie in ihrem Leben je gewesen war, sie alterte ein wenig und wurde so fett, daß das Singen ihr beschwerlich wurde. Es lag keine Veranlassung mehr vor, sich zu zeigen und den Anschein der Wohlhabenheit zu erwecken, man gab wenig mehr für Toiletten aus und gefiel sich in einer zwanglosen Häuslichkeit, man sparte nicht mehr für kostbare Reisen und tat dafür mehr für das tägliche Behagen.

Dabei zeigte sich, ohne daß die Beteiligten es sonderlich beachtet hätten, wie sehr Margherita die Tochter ihrer Mutter war. Seit dem Fleckenwasser und dem Abschied in Genua hatte kaum mehr eine ernstliche Trübsal an ihr gezehrt, sie war aufgeblüht und nahm beständig zu, und da weder seelische Trübungen noch körperliche Anstrengungen – auch das Tennis war längst aufgegeben – ihre Entwicklung mehr störten, verlor sich nicht nur der Zug von Schwermut oder Schwärmerei aus ihrem blassen, hübschen Gesicht, sondern es veränderte sich auch ihre schlanke Gestalt mehr und mehr und wuchs sich zu einer friedlichen Fülle aus, die niemand ihr einstmals zugetraut hätte. Noch immer erschien, was bei der Mutter drollig und grotesk aussah, bei der Jungfrau frisch und von Jugendanmut gemildert, aber es war kein Zweifel, sie neigte zum Fettwerden und war im Begriff, sich zu einer respektablen Kolossaldame auszuwachsen.

Drei Jahre waren vergangen und der Bräutigam

schrieb verzweifelt, es sei ihm unmöglich, dieses Jahr einen Urlaub zu erhalten. Hingegen habe sein Einkommen sich vergrößert und er fordere, falls ihm auch im nächsten Jahr kein Besuch in Europa möglich werden sollte, sein liebes Mädchen auf, alsdann zu ihm hinüber zu kommen und als Herrin in das hübsche Landhaus einzuziehen, das er eben zu erbauen im Begriffe sei.

Man überwand die Enttäuschung und ging auf den Vorschlag ein. Signora Ricciotti konnte sich nicht verhehlen, daß ihr Kind an äußerem Reiz einiges verloren habe und daß es sinnlos gewesen wäre, durch Einwände ihre sichere Zukunft zu gefährden.

Soweit ist diese Geschichte mir später erzählt worden; den Rest habe ich zufällig als Augenzeuge mit angesehen.

Ich bestieg eines Tages in Genua ein Schiff des Norddeutschen Lloyd, das nach Ostasien ausfuhr. Unter den nicht sehr zahlreichen Passagieren der ersten Klasse fiel eine junge Italienerin auf, die mit mir in Genua an Bord gegangen war und als Braut nach Colombo fuhr. Sie sprach ein wenig Englisch, und da noch andere Bräute an Bord waren, die nach Penang, nach Schanghai und Manila reisten, bildeten diese jungen, tapferen Mädchen eine angenehme und beliebte Gruppe, an der jedermann seine harmlose Freude hatte. Noch ehe wir durch den Suezkanal waren, hatten wir jungen Leute uns freundschaftlich zusammengeschlossen, und häufig probierten wir an der stattlichen Paduanerin, die wir den Koloß nannten, unser Italienisch.

Leider wurde sie, als hinter dem Kap Guardafui die See etwas rauh zu werden begann, hoffnungslos seekrank und sie, die wir bisher durchaus als ein komisches Naturspiel angesehen hatten, lag tagelang so jammervoll hingemäht in ihrem Deckstuhl, daß wir sie in allgemeinem Mitleid lieb gewannen und ihr alle Aufmerksamkeit zuteil werden ließen, wobei wir manchmal ein Lächeln über ihr erstaunliches Gewicht nicht unterdrücken konnten. Wir brachten ihr Tee und Bouillon, wir lasen ihr italienisch vor, was sie gelegentlich zum Lächeln brachte, und trugen sie jeden Morgen und jeden Mittag in ihrem Rohrstuhl an die schattigste und ruhigste Stelle des Decks. Doch kam sie erst kurz vor Colombo wieder einigermaßen in Ordnung und lag auch dann noch teilnahmslos und ermattet da, mit einem kindlichen Zug von Leiden und Schwäche in dem dicken, gutmütigen Gesicht.

Ceylon kam in Sicht, und wir alle hatten mitgeholfen, die Koffer des Kolosses zu packen, sie standen schon mitschiffs zum Ausladen bereit, und nun kam, nach vierzehntägiger Fahrt, über das ganze Schiff jene wilde Unruhe, mit der man den ersten wichtigen Hafen erwartet.

Jedermann begehrte an Land, man hatte Tropenhelme und Sonnenschirme ausgepackt, hielt Karten und Reisebücher in Händen, schaute mit Fernrohren nach der nahenden Küste und vergaß die Menschen, von denen man vor einer Stunde mit Herzlichkeit Abschied genommen hatte, noch während ihrer Anwesenheit vollständig. Niemand hatte mehr einen anderen Gedanken als an Land zu kommen, möglichst rasch an Land, sei es, um nach langer Reise zu Arbeit und Heim zurückzukehren, sei es, um mit Neugierde den ersten tropischen Strand, die ersten Kokospalmen und dunklen Eingeborenen zu sehen, sei es auch nur, um das plötzlich ganz uninteressant gewordene Schiff für Stunden zu verlassen und auf festem Boden in einem komfortablen Hotel seinen Whisky zu trinken. Und jeder war eifrig beschäftigt, seine Kabine abzuschließen oder seine Rauchsalonrechnung zu bezahlen, nach der eben an Bord gebrachten Post zu fragen und die ersten wichtigen Nachrichten aus Welt und Politik anzuhören und weiterzugeben.

Mitten in diesem lieblosen Getümmel lag die fette Paduanerin scheinbar uninteressiert an ihrem Platz, noch übel aussehend und vom Fasten geschwächt, mit eingefallenen Wangen und schläfrigen Augen. Je und je trat jemand, der längst von ihr Abschied genommen hatte, nochmals zu ihr, wie das Gedränge ihn schob, gab ihr nochmals die Hand und gratulierte ihr zur Ankunft. Und nun schmetterte die Musik gewaltig los, der zweite Offizier stellte sich kommandierend an die Falltreppe, der Kapitän erschien, wunderlich fremd und verwandelt, in einem grauen Straßenanzug mit steifem Hütchen, das Boot des Agenten nahm ihn und wenige bevorzugte Gäste auf, die anderen drängten hinterher nach den Motorbooten und Ruderbarken, die sich zur Überfahrt anboten.

In diesem Augenblick erschien ein Herr im weißen Tropenanzug mit silbernen Knöpfen, der von Land gekommen war.

Er sah nicht übel aus, das verbrannte junge Gesicht unter dem Sonnenhelm hatte jene stille Härte und Selbständigkeit, die man bei den meisten Überseern findet. In der Hand trug dieser Mann einen ungeheuren Blumenstrauß von mächtigen indischen Blumen, der ihm vom Bauch bis zum Kinn reichte. Er stürzte mit dem Schritt eines Menschen, der sich auf diesen Schiffen auskennt, durch die Menge, mit erregten Blicken suchend, und als er mich anrannte, fiel mir einen Augenblick ein, dies sei ohne Zweifel der Bräutigam des Kolosses. Er eilte weiter, auf und ab und zweimal an seiner Braut vorbei, verschwand im Rauchzimmer, kehrte atemlos wieder, rief nach dem Gepäckmeister und stieß endlich auf den Obersteward, den er festhielt und dringlich in Anspruch nahm. Ich sah ihn ein Trinkgeld geben und eifrig flüsternd fragen, und der Obersteward lächelte, nickte fröhlich und deutete auf den Stuhl, wo unsere Paduanerin noch immer mit halbgeschlossenen Augen ausgestreckt lag. Der Fremde kam näher. Er betrachtete die liegende Gestalt, lief zum Steward zurück, der bestätigend nickte, kehrte wieder und warf aus kleiner Entfernung nochmals einen prüfenden Blick auf das dicke Mädchen. Dann biß er die Zähne zusammen, drehte sich langsam um und ging unschlüssig weg.

Er ging ins Rauchzimmer, das eben geschlossen werden sollte. Er gab dem Rauchzimmersteward ein Trinkgeld und erhielt einen großen Whisky, zu dem setzte er sich und trank ihn sinnend aus. Dann drängte der Steward ihn höflich hinaus und schloß seine Bude.

Der Fremde marschierte, bleich und teuflisch aussehend, um das Vorderdeck, wo die Bläser ihre Instrumente zusammenpackten. Er trat an die Reling, ließ sachte seinen großen Blumenstrauß hinab ins schmutzige Wasser fallen, lehnte sich über und spuckte hinterher.

Nun schien er zu einem Entschluß gekommen zu sein. Langsam schritt er nochmals rund um das Deck bis zum Platz der Paduanerin, die inzwischen aufgestanden war und nun müde und etwas verängstigt um sich blickte. Er näherte sich, nahm den Helm vom Kopf, dessen Stirn nun weiß über dem braunen Gesicht leuchtete, und gab dem Koloß die Hand.

Aufschluchzend fiel sie ihm um den Hals und blieb eine Weile da liegen, während er gespannt und finster über ihren hingebend gebeugten Nacken hinweg nach der Küste starrte. Dann lief er zur Reling, brüllte eine grimmige Flut von Befehlen in gurgelnd singhalesischer Sprache hinab und nahm nun schweigend den Arm seiner Braut, um sie zu seinem Boot hinabzuführen.

Wie es ihnen geht, weiß ich nicht. Aber daß die Hochzeit vollzogen wurde, erfuhr ich bei meiner Rückreise auf dem Konsulat von Colombo. *(1913)*

Der Zyklon

Es war in der Mitte der neunziger Jahre, und ich tat damals Volontärdienst in einer kleinen Fabrik meiner Vaterstadt, die ich noch im selben Jahre für immer verließ. Ich war etwa achtzehn Jahre alt und wußte nichts davon, wie schön meine Jugend sei, obwohl ich sie täglich genoß und um mich her fühlte wie der Vogel die Luft. Ältere Leute, die sich der Jahrgänge im einzelnen nicht mehr besinnen mögen, brauche ich nur daran zu erinnern, daß in dem Jahre, von dem ich erzähle, unsere Gegend von einem Zyklon oder Wettersturm heimgesucht wurde, dessengleichen in unserm Lande weder vorher noch später gesehen worden ist. In jenem Jahr ist es gewesen. Ich hatte mir vor zwei oder drei Tagen einen Stahlmeißel in die linke Hand gehauen. Sie hatte ein Loch und war geschwollen, ich mußte sie verbunden tragen und durfte nicht in die Werkstatt gehen.

Es ist mir erinnerlich, daß jenen ganzen Spätsommer hindurch unser enges Tal in einer unerhörten Schwüle lag und daß zuweilen tagelang ein Gewitter dem andern folgte. Es war eine heiße Unruhe in der Natur, von welcher ich freilich nur dumpf und unbewußt berührt wurde und deren ich mich doch noch in Kleinigkeiten entsinne. Abends zum Beispiel, wenn ich zum Angeln ging, fand ich von der wetterschwülen Luft die Fische seltsam aufgeregt, sie drängten unordentlich durcheinander, schlugen häufig aus dem lauen Wasser empor und gingen blindlings an die Angel. Nun war es endlich ein wenig kühler und stiller geworden, die Gewitter kamen seltener, und in der Morgenfrühe roch es schon ein wenig herbstlich.

Eines Morgens verließ ich unser Haus und ging meinem Vergnügen nach, ein Buch und ein Stück Brot in der Tasche. Wie ich es in der Bubenzeit gewohnt gewesen war, lief ich zuerst hinters Haus in den Garten, der noch im Schatten lag. Die Tannen, die mein Vater gepflanzt und die ich selber noch ganz jung und stangendünn gekannt hatte, standen hoch und stämmig, unter ihnen lagen hellbraune Nadelhaufen, und es wollte dort seit Jahren nichts mehr wachsen als Immergrün. Daneben aber in einer langen, schmalen Rabatte standen die Blumenstauden meiner Mutter, die leuchteten reich und fröhlich, und es wurden von ihnen auf jeden Sonntag große Sträuße gepflückt. Da war ein Gewächs mit zinnoberroten Bündeln kleiner Blüten, das hieß brennende Liebe, und eine zarte Staude trug an dünnen Stengeln hängend viele herzförmige rote und weiße Blumen, die nannte man Frauenherzen, und ein anderer Strauch hieß die stinkende Hoffart. Nahebei standen hochstielige Astern, welche aber noch nicht zur Blüte gekommen waren, und dazwischen kroch am Boden mit weichen Stacheln die fette Hauswurz und der drollige Portulak, und dieses lange schmale Beet war unser Liebling und unser Traumgarten, weil da so vielerlei seltsame Blumen beieinander standen, welche uns merkwürdiger und lieber waren als alle Rosen in den beiden runden Beeten. Wenn hier die Sonne schien und auf der Efeumauer glänzte, dann hatte jede Staude ihre ganz eigene Art und Schönheit, die Gladiolen prahlten fett mit grellen Farben, der Heliotrop stand grau und wie verzaubert in seinen schmerzlichen Duft versunken, der Fuchsschwanz hing ergeben welkend herab, die Akelei aber stellte sich auf die Zehen und läutete mit ihren vierfältigen Sommerglocken. An den Goldruten und im blauen Phlox schwärmten laut die Bienen, und über dem dicken Efeu rannten kleine braune Spinnen heftig hin und wider; über den Levkoien zitterten in der Luft jene raschen, launisch schwirrenden Schmetterlinge mit dicken Leibern und gläsernen Flügeln, die man Schwärmer oder Taubenschwänze heißt.

In meinem Feiertagsbehagen ging ich von einer Blume zur andern, roch da und dort an einer duftenden Dolde oder tat mit vorsichtigem Finger einen Blütenkelch auf, um hineinzuschauen und die geheimnisvollen bleichfarbenen Abgründe und die stille Ordnung von Adern und Stempeln, von weichhaarigen Fäden und kristallenen Rinnen zu betrachten. Dazwischen studierte ich den wolkigen Morgenhimmel, wo ein sonderbar verwirrtes Durcheinander von streifigen Dunstfäden und wollig flockigen Wölkchen herrschte. Mir schien, es werde gewiß heute wieder einmal ein Gewitter geben, und ich nahm mir vor, am Nachmittag ein paar Stunden zu angeln. Eifrig wälzte ich, in der Hoffnung, Regenwürmer zu finden, ein paar Tuffsteine aus der Wegeinfassung beiseite, aber es krochen nur Scharen von grauen, trockenen Mauerasseln hervor und flüchteten verstört nach allen Seiten.

Ich besann mich, was nun zu unternehmen sei, und es wollte mir nicht sogleich etwas einfallen. Vor einem Jahre, als ich zum letztenmal Ferien gehabt hatte, da war ich noch ganz ein Knabe gewesen. Was ich damals am liebsten getrieben hatte, mit Haselnußbogen ins Ziel schießen, Drachen steigen lassen und die Mauslöcher auf den Feldern mit Schießpulver sprengen, das hatte alles den damaligen Reiz und Schimmer nicht mehr, als sei ein Teil meiner Seele müde geworden und antworte nimmer auf die Stimmen, die ihr einst lieb waren und Freude brachten.

Verwundert und in einer stillen Beklemmung blickte ich in dem wohlbekannten Bezirk meiner Knabenfreuden umher. Der kleine Garten, die blumengeschmückte Altane und der feuchte sonnenlose Hof mit seinem moosgrünen Pflaster sahen mich an und hatten ein anderes Gesicht als früher, und sogar die Blumen hatten etwas von ihrem unerschöpflichen Zauber eingebüßt. Schlicht und langweilig stand in der Gartenecke das alte Wasserfaß mit der Leitungsröhre; da hatte ich früher zu meines Vaters Pein halbe Tage lang das Wasser laufen lassen und hölzerne Mühlräder eingespannt, ich hatte auf dem Weg Dämme gebaut und Kanäle und mächtige Überschwemmungen veranstaltet. Das verwitterte Wasserfaß war mir ein treuer Liebling und Zeitvertreiber gewesen, und indem ich es ansah, zuckte sogar ein Nachhall jener Kinderwonne in mir auf, allein sie schmeckte traurig, und das Faß war kein Quell, kein Strom und kein Niagara mehr.

Nachdenklich kletterte ich über den Zaun, eine blaue Windenblüte streifte mir das Gesicht, ich riß sie ab und steckte sie in den Mund. Ich war nun entschlossen, einen Spaziergang zu machen und vom Berg herunter auf unsere Stadt zu sehen. Spazierengehen war auch so ein halbfrohes Unternehmen, das mir in früheren Zeiten niemals in den Sinn gekommen wäre. Ein Knabe geht nicht spazieren. Er geht in den Wald als Räuber, als Ritter oder Indianer, er geht an den Fluß als Flößer und Fischer oder Mühlenbauer, er läuft in die Wiesen zur Schmetterlings- und Eidechsenjagd. Und so erschien mir mein Spaziergang als das würdige und etwas langweilige Tun eines Erwachsenen, der nicht recht weiß, was er mit sich anzufangen hat.

Meine blaue Winde war bald welk und weggeworfen, und ich nagte jetzt an einem Buchsbaumzweig, den ich mir abgerissen hatte, er schmeckte bitter und gewürzig. Beim Bahndamm, wo der hohe Ginster stand, lief mir eine grüne Eidechse vor den Füßen weg, da wachte doch das Knabentum wieder in mir auf, und ich ruhte nicht und lief und schlich und lauerte, bis ich das ängstliche Tier sonnenwarm in meinen Händen hielt. Ich sah ihm in die blanken kleinen Edelsteinaugen und fühlte mit einem Nachhall ehemaliger Jagdseligkeit den geschmeidigen kräftigen Leib und die harten Beine zwischen meinen Fingern sich wehren und stemmen. Dann aber war die Lust erschöpft, und ich wußte nimmer, was ich mit dem gefangenen Tier beginnen sollte. Es war nichts damit, es war kein Glück mehr dabei. Ich bückte mich nieder und öffnete meine Hand, die Eidechse hielt verwundert einen Augenblick mit heftig atmenden Flanken still und verschwand eifrig im Grase. Ein Zug fuhr auf den glänzenden Eisenschienen daher und an mir vorbei, ich sah ihm nach und fühlte einen Augenblick ganz klar, daß mir hier keine wahre Lust mehr blühen könne, und wünschte inbrünstig, mit diesem Zuge fort und in die Welt zu fahren.

Ich hielt Umschau, ob nicht der Bahnwärter in der Nähe sei, und da nichts zu sehen noch zu hören war, sprang ich schnell über die Geleise und kletterte jenseits an den hohen roten Sandsteinfelsen empor, in welchen da und dort noch die geschwärzten Sprenglöcher vom Bahnbau her zu sehen waren. Der Durchschlupf nach oben war mir bekannt, ich hielt mich an den zähen, schon verblühten Ginsterbesen fest. In dem roten Gestein atmete eine trockene Sonnenwärme, der heiße Sand rieselte mir beim Klettern in die Ärmel, und wenn ich über mich sah, stand über der senkrechten Steinwand erstaunlich nah und fest der warme leuchtende Himmel. Und plötzlich war ich oben, ich konnte mich an dem Steinrand aufstemmen, die Knie nachziehen, mich an einem dünnen, dornigen Akazienstämmchen festhalten und war nun auf einem verlorenen, steil ansteigenden Grasland.

Diese stille kleine Wildnis, unter welcher in steiler Verkürzung die Eisenbahnzüge wegfahren, war mir früher ein lieber Aufenthalt gewesen. Außer dem zähen, verwilderten Gras, das nicht gemäht werden konnte, wuchsen hier kleine, feindornige Rosensträucher und ein paar vom Wind ausgesäte, kümmerliche Akazienbäumchen, durch deren dünne, transparente Blätter die Sonne schien. Auf dieser Grasinsel, die auch von oben her durch ein rotes Felsenband abgeschnitten war, hatte ich einst als Robinson gehaust, der einsame Landstrich gehörte niemandem, als wer den Mut und die Abenteuerlaune hatte, ihn durch senkrechtes Klettern zu erobern. Hier hatte ich als Zwölfjähriger mit dem Meißel meinen Namen in den Stein gehauen, hier hatte ich einst die Rosa von Tannenburg gelesen und ein kindliches Drama gedichtet, das vom tapferen Häuptling eines untergehenden Indianerstammes handelte.

Das sonnverbrannte Gras hing in bleichen, weißlichen Strähnen an der steilen Halde, das durchglühte Ginsterlaub roch stark und bitter in der windstillen Wärme. Ich streckte mich in die trockene Dürre, sah die feinen Akazienblätter in ihrer peinlich zierlichen Anordnung grell durchsonnt in dem satten blauen Himmel ruhen und dachte nach. Es schien mir die rechte Stunde zu sein, um mein Leben und meine Zukunft vor mir auszubreiten.

Doch vermochte ich nichts Neues zu entdecken. Ich sah nur die merkwürdige Verarmung, die mich von allen Seiten bedrohte, das unheimliche Erblassen und Hinwelken erprobter Freuden und liebgewordener Gedanken. Für das, was ich widerwillig hatte hingeben müssen, für die ganze verlorene Knabenseligkeit war mein Beruf mir kein Ersatz, ich liebte ihn wenig und bin ihm auch nicht lange treu geblieben. Er war für mich nichts als ein Weg in die Welt hinaus, wo ohne Zweifel irgendwo neue Befriedigungen zu finden wären. Welcher Art konnten diese sein?

Man konnte die Welt sehen und Geld verdienen, man brauchte Vater und Mutter nicht mehr zu fragen, ehe man etwas tat und unternahm, man konnte sonntags Kegel schieben und Bier trinken. Dieses alles aber, sah ich wohl, waren nur Nebensachen und keineswegs der Sinn des neuen Lebens, das mich erwartete. Der eigentliche Sinn lag anderswo, tiefer, schöner, geheimnisvoller, und er hing, so fühlte ich, mit den Mädchen und mit der Liebe zusammen. Da mußte eine tiefe Lust und Befriedigung verborgen sein, sonst wäre das Opfer der Knabenfreuden ohne Sinn gewesen.

Von der Liebe wußte ich wohl, ich hatte manches Liebespaar gesehen und wunderbar berauschende Liebesdichtungen gelesen. Ich hatte mich auch selber schon mehrere Male verliebt und in Träumen etwas von der

Süßigkeit empfunden, um die ein Mann sein Leben einsetzt und die der Sinn seines Tuns und Strebens ist. Ich hatte Schulkameraden, die schon jetzt mit Mädchen gingen, und ich hatte in der Werkstatt Kollegen, die von den sonntäglichen Tanzböden und von nächtlich erstiegenen Kammerfenstern ohne Scheu zu erzählen wußten. Mir selbst indessen war die Liebe noch ein verschlossener Garten, vor dessen Pforte ich in schüchterner Sehnsucht wartete.

Erst in der letzten Woche, kurz vor meinem Unfall mit dem Meißel, war der erste klare Ruf an mich ergangen, und seitdem war ich in diesem unruhig nachdenklichen Zustand eines Abschiednehmenden, seitdem war mein bisheriges Leben mir zur Vergangenheit und war der Sinn der Zukunft mir deutlich geworden. Unser zweiter Lehrbube hatte mich eines Abends beiseite genommen und mir auf dem Heimweg berichtet, er wisse mir eine schöne Liebste, sie habe noch keinen Schatz gehabt und wolle keinen andern als mich, und sie habe einen seidenen Geldbeutel gestrickt, den wolle sie mir schenken. Ihren Namen wollte er nicht sagen, ich werde ihn schon selber erraten können. Als ich dann drängte und fragte und schließlich geringschätzig tat, blieb er stehen – wir waren eben auf dem Mühlensteg überm Wasser – und sagte leise: »Sie geht gerade hinter uns.« Verlegen drehte ich mich um, halb hoffend und halb fürchtend, es sei doch alles nur ein dummer Scherz. Da kam hinter uns die Brückenstufen herauf ein junges Mädchen aus der Baumwollspinnerei gegangen, die Berta Vögtlin, die ich vom Konfirmandenunterricht her noch kannte. Sie blieb stehen, sah mich an und lächelte und wurde langsam rot, bis ihr ganzes Gesicht in Flammen stand. Ich lief schnell weiter und nach Hause.

Seither hatte sie mich zweimal aufgesucht, einmal in der Spinnerei, wo wir Arbeit hatten, und einmal abends beim Heimgehen, doch hatte sie nur grüß Gott gesagt und dann: »Auch schon Feierabend?« Das bedeutet, daß man ein Gespräch anzuknüpfen willens ist, ich hatte aber nur genickt und ja gesagt und war verlegen fortgegangen.

An dieser Geschichte hingen nun meine Gedanken fest und fanden sich nicht zurecht. Ein hübsches Mädchen liebzuhaben, davon hatte ich schon oft mit tiefem Verlangen geträumt. Da war nun eine, hübsch und blond und etwas größer als ich, die wollte von mir geküßt sein und in meinen Armen ruhen. Sie war groß und kräftig gewachsen, sie war weiß und rot und hübsch von Gesicht, an ihrem Nacken spielte schattiges Haargekräusel, und ihr Blick war voll Erwartung und Liebe. Aber ich hatte nie an sie gedacht, ich war nie in sie verliebt gewesen, ich war ihr nie in zärtlichen Träumen nachgegangen und hatte nie mit Zittern ihren Namen in mein Kissen geflüstert. Ich durfte sie, wenn ich wollte, liebkosen und zu eigen haben, aber ich konnte sie nicht verehren und nicht vor ihr knien und anbeten. Was sollte daraus werden? Was sollte ich tun?

Unmutig stand ich von meinem Graslager auf. Ach, es war eine üble Zeit. Wollte Gott, mein Fabrikjahr wäre schon morgen um und ich könnte wegreisen, weit von hier, und neu anfangen und das alles vergessen.

Um nur etwas zu tun und mich leben zu fühlen, beschloß ich, vollends auf den Berg zu steigen, so mühsam es von hier aus war. Da droben war man hoch über dem Städtchen und konnte in die Ferne sehen. Im Sturm lief ich die Halde hinan bis zum oberen Felsen, klemmte mich zwischen den Steinen empor und zwängte mich auf das hohe Gelände, wo der unwirtliche Berg in Gesträuch und lockeren Felstrümmern verlief. In Schweiß und Atemklemme kam ich hinan und atmete befreiter im schwachen Luftzug der sonnigen Höhe. Verblühende Rosen hingen locker an den Ranken und ließen müde blasse Blätter sinken, wenn ich vorüberstreifte. Grüne kleine Brombeeren wuchsen überall und hatten nur an der Sonnenseite den ersten schwachen Schimmer von metallischem Braun. Distelfalter flogen ruhig in der stillen Wärme einher und zogen Farbenblitze durch die Luft; auf einer bläulich überhauchten Schafgarbendolde saßen zahllose rot und schwarz gefleckte Käfer, eine sonderbare lautlose Versammlung, und bewegten automatenhaft ihre langen, hageren Beine. Vom Himmel waren längst alle Wolken verschwunden, er stand in reinem Blau, von den schwarzen Tannenspitzen der nahen Waldberge scharf durchschnitten.

Auf dem obersten Felsen, wo wir als Schulknaben stets unsere Herbstfeuer angezündet hatten, hielt ich an und wendete mich um. Da sah ich tief im halbschattigen Tal den Fluß aufglänzen und die weißschaumigen Mühlenwehre blitzen, und eng in die Tiefe gebettet, unsere alte Stadt mit braunen Dächern, über denen still und steil der blaue mittägliche Herdrauch in die Lüfte stieg. Da stand meines Vaters Haus und die alte Brücke, da stand unsere Werkstatt, in der ich klein und rot das Schmiedefeuer glimmen sah, und weiter flußab die Spinnerei, auf deren flachem Dache Gras wuchs und hinter deren blanken Scheiben mit vielen andern auch die Berta Vögtlin ihrer Arbeit nachging. Ach die! Ich wollte nichts von ihr wissen.

Die Vaterstadt sah wohlbekannt in der alten Vertrautheit zu mir herauf mit allen Gärten, Spielplätzen und Winkeln, die goldenen Zahlen der Kirchenuhr glänzten listig in der Sonne auf, und im schattigen Mühlkanal standen Häuser und Bäume klar in kühler Schwärze gespiegelt. Nur ich selber war anders geworden, und nur an mir lag es, daß zwischen mir und diesem Bilde ein gespenstischer Schleier der Entfremdung hing. In diesem kleinen Bezirk von Mauern, Fluß und Wald lag mein Leben nicht mehr sicher und zufrieden eingeschlossen, es hing wohl noch mit starken Fäden an diese Stätten geknüpft, war aber nicht mehr eingewachsen und umfriedet, sondern schlug überall mit Wogen der Sehnsucht über die engen Grenzen ins Weite.

Indem ich mit einer eigentümlichen Trauer hinuntersah, stiegen alle meine geheimen Lebenshoffnungen feierlich in meinem Gemüt auf, Worte meines Vaters und Worte der verehrten Dichter zusammen mit meinen eigenen heimlichen Gelübden, und es schien mir eine ernsthafte, doch köstliche Sache, ein Mann zu werden und mein eigenes Schicksal bewußt in Händen zu halten. Und alsbald fiel dieser Gedanke wie ein Licht in die Zweifel, die mich wegen der Angelegenheit mit Berta Vögtlin bedrängten. Mochte sie hübsch sein und mich gern haben; es war nicht meine Sache, das Glück so fertig und unerworben mir von Mädchenhänden schenken zu lassen.

Es war nicht mehr lange bis Mittag. Die Lust am Klettern war mir verflogen, nachdenklich stieg ich den Fußweg nach der Stadt hinab, unter der kleinen Eisenbahnbrücke durch, wo ich in früheren Jahren jeden Sommer in den dichten Brennesseln die dunkeln pelzigen Raupen der Pfauenaugen erbeutet hatte, und an der Friedhofmauer vorbei, vor deren Pforte ein moosiger Nußbaum dichten Schatten streute. Das Tor stand offen, und ich hörte von drinnen den Brunnen plätschern. Gleich nebenan lag der Spiel- und Festplatz der Stadt, wo beim Maienfest und am Sedanstag gegessen und getrunken, geredet und getanzt wurde. Jetzt lag er still und vergessen im Schatten der uralten, mächtigen Kastanien, mit grellen Sonnenflecken auf dem rötlichen Sand.

Hier unten im Tal, auf der sonnigen Straße den Fluß entlang, brannte eine erbarmungslose Mittagshitze, hier standen, auf der Flußseite den grell bestrahlten Häusern gegenüber, die spärlichen Eschen und Ahorne dünnlaubig und schon spätsommerlich angegilbt. Wie es meine Gewohnheit war, ging ich auf der Wasserseite und schaute nach den Fischen aus. Im glashellen Flusse wedelte mit langen, wallenden Bewegungen das dichte bärtige Seegras, dazwischen in dunkeln, mir genau bekannten Lücken stand da und dort vereinzelt ein dicker Fisch träge und regungslos, die Schnauze gegen die Strömung gerichtet, und obenhin jagten zuweilen in kleinen dunkeln Schwärmen die jungen Weißfische hin. Ich sah, daß es gut gewesen war, diesen Morgen nicht zum Angeln zu gehen, aber die Luft und das Wasser und die Art, wie zwischen zwei großen runden Steinen eine dunkle alte Barbe ausruhend im klaren Wasser stand, sagte mir verheißungsvoll, es werde heut am Nachmittag wahrscheinlich etwas zu fangen sein. Ich merkte es mir und ging weiter und atmete tief auf, als ich von der blendenden Straße durch die Einfahrt in den kellerkühlen Flur unseres Hauses trat.

»Ich glaube, wir werden heute wieder ein Gewitter haben«, sagte bei Tisch mein Vater, der ein zartes Wettergefühl besaß. Ich wandte ein, daß kein Wölkchen am Himmel und kein Hauch von Westwind zu spüren sei, aber er lächelte und sagte: »Fühlst du nicht, wie die Luft gespannt ist? Wir werden sehen.«

Es war allerdings schwül genug, und der Abwasserkanal roch heftig wie bei Föhnbeginn. Ich spürte von dem Klettern und von der eingeatmeten Hitze nachträglich eine Müdigkeit und setzte mich gegen den Garten auf die Veranda. Mit schwacher Aufmerksamkeit und oft von leichtem Schlummer unterbrochen, las ich in der Geschichte des Generals Gordon, des Helden von Chartum, und immer mehr schien es nun auch mir, es müsse bald ein Gewitter kommen. Der Himmel stand nach wie vor im reinsten Blau, aber die Luft wurde immer bedrückender, als lägen durchglühte Wolkenschichten vor der Sonne, die doch klar in der Höhe stand. Um zwei Uhr ging ich in das Haus zurück und begann mein Angelzeug zu rüsten. Während ich meine Schnüre und Haken untersuchte, fühlte ich die innige Erregung der Jagd voraus und empfand mit Dankbarkeit, daß doch dieses eine, tiefe, leidenschaftliche Vergnügen mir geblieben sei.

Die sonderbar schwüle, gepreßte Stille jenes Nachmittags ist mir unvergeßlich geblieben. Ich trug meinen Fischeimer flußabwärts bis zum unteren Steg, der schon zur Hälfte im Schatten der hohen Häuser lag. Von der nahen Spinnerei hörte man das gleichmäßige, einschläfernde Surren der Maschinen, einem Bienenfluge ähnlich, und von der Obermühle her schnarrte jede Minute das böse, schartige Kreischen der Kreissäge. Sonst war es ganz still, die Handwerker hatten sich in den Schatten der Werkstätten zurückgezogen, und kein Mensch zeigte sich auf der Gasse. Auf der Mühlinsel watete ein kleiner Bub nackt zwischen den nassen Steinen umher. Vor der Werkstatt des Wagnermeisters lehnten rohe Holzdielen an der Wand und dufteten in der Sonne überstark, der trockene Geruch kam bis zu mir herüber und war durch den satten, etwas fischigen Wasserduft hindurch deutlich zu spüren.

Die Fische hatten das ungewöhnliche Wetter auch bemerkt und verhielten sich launisch. Ein paar Rotaugen gingen in der ersten Viertelstunde an die Angel, ein schwerer breiter Kerl mit schönen roten Bauchflossen riß mir die Schnur ab, als ich ihn schon beinahe in Händen hatte. Gleich darauf kam eine Unruhe in die Tiere, die Rotaugen gingen tief in den Schlamm und sahen keinen Köder mehr an, oben aber wurden Schwärme von jungem, einjährigem Fischzeug sichtbar und zogen in immer neuen Scharen wie auf einer Flucht flußaufwärts. Alles deutete darauf, daß anderes Wetter im Anzug sei, aber die Luft stand still wie Glas, und der Himmel war ohne Trübung.

Mir schien, es müsse irgendein schlechtes Abwasser die Fische vertrieben haben, und da ich noch nicht nachzugeben gesonnen war, besann ich mich auf einen neuen Standort und suchte den Kanal der Spinnerei auf. Kaum hatte ich dort einen Platz bei dem Schuppen gefunden und meine Sachen ausgepackt, so tauchte an einem Treppenfenster der Fabrik die Berta auf, schaute herüber und winkte mir. Ich tat aber, als sähe ich es nicht, und bückte mich über meine Angel.

Das Wasser strömte dunkel in dem gemauerten Kanal, ich sah meine Gestalt darin mit wellig zitternden Umrissen gespiegelt, sitzend, der Kopf zwischen den Fußsohlen. Das Mädchen, das noch drüben am Fenster stand, rief meinen Namen herüber, ich starrte aber regungslos ins Wasser und wendete den Kopf nicht um.

Mit dem Angeln war es nichts, auch hier trieben sich die Fische hastig wie in eiligen Geschäften umher. Von der bedrückenden Wärme ermüdet, blieb ich auf dem Mäuerlein sitzen, nichts mehr von diesem Tag erwartend, und wünschte, es möchte schon Abend sein. Hinter mir summte in den Sälen der Spinnerei das ewige Maschinengetöne, der Kanal rieb sich leise rauschend an den grünbemoosten, feuchten Mauern. Ich war voll schläfriger Gleichgültigkeit und blieb nur sitzen, weil ich zu träge war, meine Schnur schon wieder aufzuwickeln.

Aus dieser faulen Dämmerung erwachte ich, vielleicht nach einer halben Stunde, plötzlich mit einem Gefühl von Sorge und tiefem Unbehagen. Ein unruhiger Windzug drehte sich gepreßt und widerwillig um sich selber, die Luft war dick und schmeckte fad, ein paar Schwalben flogen erschreckt dicht über dem Wasser hinweg. Mir war schwindlig, und ich meinte, vielleicht einen Sonnenstich zu haben, das Wasser schien stärker zu riechen, und mir begann ein übles Gefühl, wie vom Magen her, den Kopf einzunehmen und den Schweiß zu treiben. Ich zog die Angelschnur heraus, um meine Hände an den Wassertropfen zu erfrischen, und begann mein Zeug zusammenzupacken.

Als ich aufstand, sah ich auf dem Platz vor der Spinnerei den Staub in kleinen spielenden Wölkchen wirbeln, plötzlich stieg er hoch und in eine einzige Wolke zusammen, hoch oben in den erregten Lüften flohen Vögel wie gepeitscht davon, und gleich darauf sah ich talherab-

wärts die Luft weiß werden wie in einem dicken Schnee-
sturm. Der Wind, sonderbar kühl geworden, sprang wie
ein Feind auf mich herab, riß die Fischleine aus dem Wasser, nahm meine Mütze und schlug mich wie mit Fäusten
ins Gesicht.

Die weiße Luft, die eben noch wie eine Schneewand
über fernen Dächern gestanden hatte, war plötzlich um
mich her, kalt und schmerzhaft, das Kanalwasser spritzte
hoch auf wie unter schnellen Mühlradschlägen, die Angelschnur war fort, und um mich her tobte schnaubend
und vernichtend eine weiße brüllende Wildnis, Schläge
trafen mir Kopf und Hände, Erde spritzte an mir empor,
Sand und Holzstücke wirbelten in der Luft.

Alles war mir unverständlich; ich fühlte nur, daß etwas
Furchtbares geschehe und daß Gefahr sei. Mit einem Satz
war ich beim Schuppen und drinnen, blind vor Überraschung und Schrecken. Ich hielt mich an einem eisernen
Träger fest und stand betäubte Sekunden atemlos in
Schwindel und animalischer Angst, bis ich zu begreifen
begann. Ein Sturm, wie ich ihn nie gesehen oder für möglich gehalten hatte, riß teuflisch vorüber, in der Höhe
klang ein banges oder wildes Sausen, auf das flache Dach
über mir und auf den Erdboden vor dem Eingang stürzte
weiß in dicken Haufen ein grober Hagel, dicke Eiskörner
rollten zu mir herein. Der Lärm von Hagel und Wind war
furchtbar, der Kanal schäumte gepeitscht und stieg in unruhigen Wogen an den Mauern auf und nieder.

Ich sah, alles in einer Minute, Bretter, Dachschindeln
und Baumzweige durch die Luft dahingerissen, fallende
Steine und Mörtelstücke, alsbald von der Masse der darüber geschleuderten Hagelschloßen bedeckt; ich hörte
wie unter raschen Hammerschlägen Ziegel brechen und
stürzen, Glas zersplittern, Dachrinnen stürzen.

Jetzt kam ein Mensch dahergelaufen, von der Fabrik
her quer über den eisbedeckten Hof, mit flatternden Kleidern schräg wider den Sturm gelegt. Kämpfend taumelte

die Gestalt näher, mir entgegen, mitten aus der scheußlich durcheinandergewühlten Sintflut. Sie trat in den Schuppen, lief auf mich zu, ein stilles fremd-bekanntes Gesicht mit großen liebevollen Augen schwebte mit schmerzlichem Lächeln dicht vor meinem Blick, ein stiller warmer Mund suchte meinen Mund und küßte mich lange in atemloser Unersättlichkeit, Hände umschlangen meinen Hals, und blondes feuchtes Haar preßte sich an meine Wangen, und während ringsum der Hagelsturm die Welt erschütterte, überfiel ein stummer, banger Liebessturm mich tiefer und schrecklicher.

Wir saßen auf einem Bretterstoß, ohne Worte, eng umschlungen, ich streichelte scheu und verwundert Bertas Haar und drückte meine Lippen auf ihren starken, vollen Mund, ihre Wärme umschloß mich süß und schmerzlich. Ich tat die Augen zu, und sie drückte meinen Kopf an ihre klopfende Brust, in ihren Schoß und strich mit leisen, irren Händen über mein Gesicht und Haar.

Da ich die Augen aufschlug, von einem Sturz in Schwindelfinsternis erwachend, stand ihr ernstes, kräftiges Gesicht in trauriger Schönheit über mir, und ihre Augen sahen mich verloren an. Von ihrer hellen Stirne lief, unter den verwirrten Haaren hervor, ein schmaler Streifen hellroten Blutes über das ganze Gesicht und bis in den Hals hinab.

»Was ist? Was ist denn geschehen?« rief ich angstvoll.

Sie sah mir tiefer in die Augen und lächelte schwach.

»Ich glaube, die Welt geht unter«, sagte sie leise, und der dröhnende Wetterlärm verschlang ihre Worte.

»Du blutest«, sagte ich.

»Das ist vom Hagel. Laß nur! Hast du Angst?«

»Nein. Aber du?«

»Ich habe keine Angst. Ach du, jetzt fällt die ganze Stadt zusammen. Hast du mich denn gar nicht lieb, du?«

Ich schwieg und schaute gebannt in ihre großen, klaren Augen, die waren voll betrübter Liebe, und während sie sich über meine senkten und während ihr Mund so schwer und zehrend auf meinem lag, sah ich unverwandt in ihre ernsten Augen, und am linken Auge vorbei lief über die weiße, frische Haut das dünne hellrote Blut. Und indessen meine Sinne trunken taumelten, strebte mein Herz davon und wehrte sich mit Verzweiflung dagegen, so im Sturm und wider seinen Willen weggenommen zu werden. Ich richtete mich auf, und sie las in meinem Blick, daß ich Mitleid mit ihr habe.

Da bog sie sich zurück und sah mich wie zürnend an, und da ich ihr in einer Bewegung von Bedauern und Sorge die Hand hinstreckte, nahm sie die Hand mit ihren beiden, senkte ihr Gesicht darein, sank kniend nieder und begann zu weinen, und ihre Tränen liefen warm über meine zuckende Hand. Verlegen schaute ich zu ihr nieder, ihr Kopf lag schluchzend über meiner Hand, auf ihrem Nacken spielte schattig ein weicher Haarflaum. Wenn das nun eine andere wäre, dachte ich heftig, eine, die ich wirklich liebte und der ich meine Seele hingeben könnte, wie wollte ich in diesem süßen Flaum mit liebenden Fingern wühlen und diesen weißen Nacken küssen! Aber mein Blut war stiller geworden, und ich litt Qualen der Scham darüber, diese da zu meinen Füßen knien zu sehen, welcher ich nicht gewillt war, meine Jugend und meinen Stolz hinzugeben.

Dieses alles, das ich durchlebte wie ein verzaubertes Jahr und das mir heute noch mit hundert kleinen Regungen und Gebärden wie ein großer Zeitraum im Gedächtnis steht, hat in der Wirklichkeit nur wenige Minuten gedauert. Eine Helligkeit brach unvermutet herein, Stücke blauen Himmels schienen feucht in versöhnlicher Unschuld hervor, und plötzlich, messerscharf abgeschnitten, fiel das Sturmgetöse in sich zusammen, und eine erstaunliche, unglaubhafte Stille umgab uns.

Wie aus einer phantastischen Traumhöhle trat ich aus dem Schuppen hervor an den wiedergekehrten Tag, verwundert, daß ich noch lebte. Der öde Hof sah übel aus, die Erde zerwühlt und wie von Pferden zertreten, überall Haufen von großen eisigen Schloßen, mein Angelzeug war fort und auch der Fischeimer verschwunden. Die Fabrik war voll Menschengetöse, ich sah durch hundert zerschlagene Scheiben in die wogenden Säle, aus allen Türen drängten Menschen hervor. Der Boden lag voll von Glasscherben und zerborstenen Ziegelsteinen, eine lange blecherne Dachrinne war losgerissen und hing schräg und verbogen über das halbe Haus herab.

Nun vergaß ich alles, was eben noch gewesen war, und fühlte nichts als eine wilde, ängstliche Neugierde, zu sehen, was eigentlich passiert wäre und wieviel Schlimmes das Wetter angerichtet habe. Alle die zerschlagenen Fenster und Dachziegel der Fabrik sahen im ersten Augenblick recht wüst und trostlos aus, aber schließlich war doch das alles nicht gar so gräßlich und stand nicht recht im Verhältnis zum furchtbaren Eindruck, den der Zyklon mir gemacht hatte. Ich atmete auf, befreit und halb auch wunderlich enttäuscht und ernüchtert: die Häuser standen wie zuvor, und zu beiden Seiten des Tales waren auch die Berge noch da. Nein, die Welt war nicht untergegangen.

Indessen, als ich den Fabrikhof verließ und über die Brücke in die erste Gasse kam, gewann das Unheil doch wieder ein schlimmeres Ansehen. Das Sträßlein lag voll von Scherben und zerbrochenen Fensterläden, Schornsteine waren herabgestürzt und hatten Stücke der Dächer mitgerissen, Menschen standen vor allen Türen, bestürzt und klagend, alles, wie ich es auf Bildern belagerter und eroberter Städte gesehen hatte. Steingeröll und Baumäste versperrten den Weg. Fensterlöcher starrten überall hinter Splittern und Scherben, Gartenzäune lagen am Boden oder hingen klappernd über Mauern herab. Kinder wurden vermißt und gesucht, Menschen sollten auf den Feldern vom Hagel erschlagen worden sein. Man zeigte Hagelstücke herum, groß wie Talerstücke und noch größere.

Noch war ich zu erregt, um nach Hause zu gehen und den Schaden im eigenen Hause und Garten zu betrachten; auch fiel mir nicht ein, daß man mich vermissen könnte, es war mir ja nichts geschehen. Ich beschloß, noch einen Gang ins Freie zu tun, statt weiter durch die Scherben zu stolpern, und mein Lieblingsort kam mir verlockend in den Sinn, der alte Festplatz neben dem Friedhof, in dessen Schatten ich alle großen Feste meiner Knabenjahre gefeiert hatte. Verwundert stellte ich fest, daß ich erst vor vier, fünf Stunden auf dem Heimweg von den Felsen dort vorübergegangen sei; es schienen mir lange Zeiten seither vergangen.

Und so ging ich die Gasse zurück und über die untere Brücke, sah unterwegs durch eine Gartenlücke unsern roten sandsteinernen Kirchturm wohlerhalten stehen und fand auch die Turnhalle nur wenig beschädigt. Weiter drüben stand einsam ein altes Wirtshaus, dessen Dach ich von weitem erkannte. Es stand wie sonst, sah aber doch sonderbar verändert aus, ich wußte nicht gleich warum. Erst als ich mir Mühe gab, mich genau zu besinnen, fiel mir ein, daß vor dem Wirtshaus immer zwei hohe Pappeln gestanden waren. Diese Pappeln waren nicht mehr da. Ein uralt vertrauter Anblick war zerstört, eine liebe Stelle geschändet.

Da stieg mir eine böse Ahnung auf, es möchte noch mehr und noch Edleres verdorben sein. Mit einemmal fühlte ich mit beklemmender Neuheit, wie sehr ich meine Heimat liebte, wie tief mein Herz und Wohlsein abhängig war von diesen Dächern und Türmen, Brücken und Gassen, von den Bäumen, Gärten und Wäldern. In neuer Erregung und Sorge lief ich rascher, bis ich drüben bei dem Festplatz war.

Da stand ich still und sah den Ort meiner liebsten Erinnerungen namenlos verwüstet in völliger Zerstörung liegen. Die alten Kastanien, in deren Schatten wir unsere Festtage gehabt hatten und deren Stämme wir als Schulknaben zu dreien und vieren kaum hatten umarmen können, die lagen abgebrochen, geborsten, mit den Wurzeln ausgerissen und umgestülpt, daß hausgroße Löcher im Boden klafften. Nicht einer stand mehr an seinem Platz, es war ein schauerhaftes Schlachtfeld, und auch die Linden und die Ahorne waren gefallen, Baum an Baum. Der weite Platz war ein ungeheurer Trümmerhaufen von Ästen, gespaltenen Stämmen, Wurzeln und Erdblöcken, mächtige Stämme standen noch im Boden, aber ohne Krone, abgeknickt und abgedreht mit tausend weißen, nackten Splittern.

Es war nicht möglich weiterzugehen, Platz und Straße waren haushoch von durcheinandergeworfenen Stämmen und Baumtrümmern gesperrt, und wo ich seit den ersten Kinderzeiten nur tiefen heiligen Schatten und hohe Baumtempel gekannt hatte, starrte der leere Himmel über der Vernichtung.

Mir war, als sei ich selber mit allen geheimen Wurzeln ausgerissen und in den unerbittlich grellen Tag gespieen worden. Tagelang ging ich umher und fand keinen Waldweg, keinen vertrauten Nußbaumschatten, keine von den Eichen der Bubenkletterzeit mehr wieder, überall weit um die Stadt nur Trümmer, Löcher, gebrochene Waldhänge wie Gras hingemäht, Baumleichen klagend mit entblößtem Wurzelwerk zur Sonne gekehrt. Zwischen mir und meiner Kindheit war eine Kluft aufgebrochen, und meine Heimat war nicht die alte mehr. Die Lieblichkeit und die Torheit der gewesenen Jahre fielen von mir ab, und bald darauf verließ ich die Stadt, um ein Mann zu werden und das Leben zu bestehen, dessen erste Schatten mich in diesen Tagen gestreift hatten. (1913)

Im Presselschen Gartenhaus

Eine Erzählung aus dem alten Tübingen

Es war in den zwanziger Jahren des vorigen Jahrhunderts, und wenn die Weltläufte damals andere waren als heute, so schien doch die Sonne und lief der Wind nicht anders über das grüne friedvolle Tal des Neckars als heute und gestern. Ein schöner, freudiger Frühsommertag war über die Alb heraufgestiegen und stand festlich über der Stadt Tübingen, über Schloß und Weinbergen, Neckar und Ammer, über Stift und Stiftskirche, spiegelte sich im frischen, blanken Flusse und schickte spielende, zarte Wolkenschatten über das grellsonnige Pflaster des Marktplatzes.

Im theologischen Stift war die lärmende Jugend soeben vom Mittagstisch aufgestanden. In plaudernden, lachenden, streitenden Gruppen schlenderten die Studenten durch die alten hallenden Gänge und über den gepflasterten Hof, den eine zackige Schattenlinie in der Quere teilte. Freundespaare standen in Fenstern und offenen Stubentüren beieinander; aus frohen, ernsten, heiteren oder träumerischen Jünglingsgesichtern leuchtete der schöne warme Sonnentag wider, und in ahnungsvoll durchglühter Jugend strahlte da manche noch so knabenhafte Stirn, deren Träume noch heute lebendig sind, und deren Namen heute wieder von dankbaren und schwärmerischen Jünglingen verehrt werden.

An einem Korridorfenster, gegen den Neckar hinausgelehnt, stand der junge Student Eduard Mörike und blickte zufrieden in die grüne, mittägliche Gegend hinüber; ein Schwalbenpaar schwang sich jauchzend in launisch spielerischen Bogen durch die sonnige Luft vorbei, und der junge Mensch lächelte gedankenlos mit den eigenwillig hübschen, gekräuselten Lippen.

Dem etwa Zwanzigjährigen, den seine Freunde einer unerschöpflich frohsprudelnden Laune wegen liebten, begegnete es nicht selten, daß in frohen, guten Augenblicken ihm plötzlich die ganze Umgebung zu einem verzauberten Bild erstarrte, in dem er mit staunenden Augen stand und die rätselhafte Schönheit der Welt wie eine Mahnung und beinahe wie einen feinen, heimlichen Schmerz empfand. Wie eine bereitstehende Salzlösung oder ein stilles Wintergewässer nur einer leisen Berührung bedarf, um plötzlich in Kristallen zusammenzuschießen und gebannt zu erstarren, so war mit jenem Schwalbenfluge dem jungen Dichtergemüt plötzlich der Neckar, die grüne Zeile der stillen Baumwipfel und die schwachdunstige Berglandschaft dahinter zu einem verklärten und geläuterten Bild erstarrt, das mit der erhobenen, feierlich-milden Stimme einer höheren, dichterischen Wirklichkeit zu seinen zarten Sinnen sprach. Schöner und herzlicher spielte nun das frohe Licht in den schweren, laubigen Wipfeln, beseelter und bedeutsamer floß die Kette der Berge in die verschleierte Ferne hinüber, geistiger lächelte vom Ufer Gras und Gebüsch herauf, und dunkler, mächtiger redete der strömende Fluß wie aus urwelthaften Götterträumen her, als werbe Baumgrün und Gebirge, Flußrauschen und Wolkenzug dringlich um Erlösung und ewigen Fortbestand in der Seele des Dichters.

Noch verstand der befangene Jüngling die flehenden Stimmen nicht ganz, noch ruhte der innere Beruf, ein verklärender Spiegel für die Schönheit der Welt zu sein, erst halb bewußt in den Ahnungen dieser schönen, heiternachdenklichen Stirn, und noch war das Wissen um eine vereinsamende Auszeichnung nicht mit seinem Schmerzen in des Dichters Seele gedrungen. Wohl floh er oft aus solchen geisterhaft gebannten Stunden plötzlich mit ausbrechendem Weh und Trostbedürfnis wie ein erschrecktes Kind zu seinen Freunden, verlangte in nervöser Einsamkeit heftig nach Musik und Gespräch und innigster

Geselligkeit, doch war noch die unter hundert Launen verborgene Schwermut und das in allen Freuden weiterdürstende Ungenügen seinem Bewußtsein fremd geblieben. Und noch lächelten Mund und Auge in ungebrochener Lebensfrische, und von jenen geheimen Zügen der Gebundenheit und Lebensscheu, die wir im Bild des geliebten Dichters kennen, war noch keiner in das reine Gesicht gekommen, es sei denn als ein flüchtig vorübergleitender Schatten.

Indem er stand und schaute und mit zarten, witternden Sinnen den jungen Sommertag einsog, für Augenblicke ganz allein und abgerückt und außerhalb der Zeit, kam ein Student in lärmender Wildheit die Treppe herabgerannt. Er sah den Versunkenen stehen, kam mit stürmischen Sätzen einhergesprungen und schlug dem Träumer heftig beide Hände auf die schmalen Schultern.

Erschrocken und aus tiefen Träumen gerüttelt, wendete Mörike sich um, Abwehr und einen Schatten von Beleidigung im Gesicht, die großen, milden Augen noch vom Glanz der kurzen Entrückung überflogen. Doch alsbald lächelte er wieder, griff eine der um seinen Hals gelegten Hände und hielt sie fest.

»Waiblinger! Ich hätte mir's denken können. Was machst du? Wo rennst du wieder hin?«

Wilhelm Waiblinger blitzte ihn aus hellblauen Augen an, und seine vollen, aufgeworfenen Lippen verzogen sich schmollend wie ein verwöhnter und etwas blasierter Weibermund.

»Wohin?« rief er in seiner heftigen und rastlosen Art. »Wohin soll ich denn fliehen, von euch prädestinierten Pfaffenbäuchen weg, wenn nicht zu meinem chinesischen Refugium draußen im Weinberg, oder vielleicht lieber gleich in irgendeine Kneipe, um meine Seele mit Bier und Wein zu überschwemmen, bis nur die höchsten Gebirge noch aus dem Dreck und Schlamm hinausragen? O Meerigel, du wärst ja noch der einzige, mit dem ich gehen könnte, aber weißt du, am Ende bist vielleicht auch du bloß so ein Heimtücker und fauler Philister. Nein, ich habe niemand mehr hier in dieser Hölle, ich habe keinen Freund, es wird nächstens gar keiner mehr mit mir gehen wollen! Bin ich nicht ein Hanswurst, ein räudiger Egoist und wüster Saufbold! Bin ich nicht ein Verräter, der die Seelen seiner Freunde verkauft, jede arme Seele für einen Dukaten an den Verleger Franckh in Stuttgart?«

Mörike lächelte und sah dem Freund in das erregte, wilde Gesicht, das ihm so vertraut und so merkwürdig war mit seiner Mischung von brutaler Offenheit und pathetischer Schauspielerei. Die langen, wehenden Locken, mit denen Waiblinger in Tübingen aufgetreten war und die ihm so viel Ruhm und Spott eingebracht hatten, waren seit einiger Zeit gefallen. Er hatte sie sich in einer gerührten Stunde von der Frau eines Bekannten mit der Schere abschneiden lassen.

»Ja, Waiblinger«, sagte Mörike langsam, »du machst es einem eigentlich nicht leicht. Deine Locken hast du damals geopfert, aber daß du dir vorgenommen hast, vor Mittag kein Bier mehr zu trinken, das hast du, scheint's, wieder vergessen.«

Mit einer übertriebenen Gebärde der Verachtung sah der andere ihn an und warf den Athletenkopf zurück.

»Ach du! Jetzt fängst auch du noch das Predigen an! Das ist gerade, was mir noch gefehlt hat. Es ist ein Elend. Ich aber sage dir, du Gesalbter des Herrn, du wirst eines Tages in einer stinkigen Landpfarre sitzen und wirst sieben Jahre um die saure Tochter deines Brotherrn dienen und einen Bauch dabei bekommen und wirst das Gedächtnis deiner besseren Tage verkaufen um ein Linsengericht, und wirst deinen Jugendfreund verleugnen um einer Gehaltsaufbesserung willen. Denn siehe, es wird eine Schande und Todsünde sein, für den Freund des Waiblinger zu gelten, und sein Name soll ausgetilgt werden im Gedächtnis der Guten und Frommen. Meerigel, du bist ein Heimlichtuer, und es ist mein Fluch, daß ich dein Freund sein muß, denn auch du hältst mich für einen Verworfenen, und wenn ich in der Verzweiflung meiner Seele zu dir komme und mich an dein Herz werfe, dann wirfst du mir vor, daß ich Bier getrunken habe! Nein, ich habe nur noch einen Freund, einen einzigen, und zu dem will ich gehen. Der ist meinesgleichen, und das Hemd hängt ihm aus den Hosen, und er ist seit zwanzig Jahren so verrückt, wie ich es bald auch sein werde.«

Er hielt inne, nestelte heftig an seinem lang herabhängenden Halstuch, das er unter die Weste stopfte, und fuhr plötzlich viel sanfter und beinahe bittend fort: »Du, ich will zum Hölderlin gehen. Gelt, du kommst mit?«

Mörike zeigte mit der Hand durchs offene Fenster, mit einer unbestimmten, weiten Gebärde. »Da guck einmal hinaus! Das ist so schön, wie das alles im Frieden liegt und in der Sonne atmet. So hat es der Hölderlin auch einmal gesehen, wie er seine Ode vom Neckartal gedichtet hat. Ja, ich komme mit, natürlich.«

Er ging voran, Waiblinger aber blieb einen Augenblick stehen und blickte hinaus, als habe wirklich erst Mörike ihm die Schönheit des vertrauten Bildes gezeigt. Dann legte er im Nacheilen dem Freunde die Hand auf den Arm und nickte mehrmals nachdenklich, und sein unstetes Gesicht war still und gespannt geworden.

»Bist du mir bös?« fragte er kurz.

Mörike lachte nur und ging weiter.

»Ja, es ist schön da draußen«, fuhr Waiblinger fort, »und da hat der Hölderlin vielleicht seine schönsten Sachen gedichtet, wie er anfing, das Griechenland seiner Seele in der Heimat zu suchen. Du verstehst das auch besser als ich, du kannst so ein Stück Schönheit ganz still aufnehmen und wegtragen und dann einmal wieder ausstrahlen. Das kann ich nicht, noch nicht, ich kann nicht so ruhig und still und so verflucht geduldig sein. Vielleicht einmal später, wenn ich kühl und ausgetobt und alt geworden bin.«

Sie traten auf den Stiftshof hinaus und überschritten die Schattengrenze. Waiblinger nahm den Hut vom Kopf und atmete begierig die warme Sonnenluft. An alten, stillen Häusern vorbei, deren grüne Holzläden auf der Mittagsseite gegen die Hitze geschlossen waren, gingen sie die Gasse hinab bis zum Hause des Schreinermeisters Zimmer, wo eine saubergeschichtete Ladung von frischen tannenen Brettern in der blanken Wärme glänzte und duftete. Die Haustür stand offen, und alles war still, der Meister hielt noch Mittagspause.

Als die Jünglinge ins Haus traten und sich zur Treppe wandten, die zu des wahnsinnigen Dichters Erkerzimmer hinaufführte, öffnete sich in dem dunklen Hausflur eine Türe, aus einem durchsonnten Wohnraum her drang weiches Licht in Strahlenbündeln heraus, und darin erschien ein junges Mädchen, die Tochter des Schreiners.

»Grüß Gott, Jungfer Lotte!« sagte Mörike freundlich.

Sie schaute einen Augenblick lichtblind in den schattigen Raum, dann kam sie näher. »Grüß Gott, ihr Herren! Ach, Sie sind's? Grüß Gott, Herr Waiblinger! Ja, er ist droben.«

»Wir wollen ihn mit spazieren nehmen, wenn wir dürfen?« sagte Waiblinger mit einer einschmeichelnden Stimme, die er gegen alle jungen und hübschen Mädchen im Gebrauch hatte.

»Das ist recht, bei dem schönen Wetter. Gehen die Herren wieder ins Presselsche Gartenhaus?«

»Jawohl, Jungfer Lotte. Kann ihn vielleicht später jemand dort abholen? Ich frage nur. Wenn's nicht gut geht, bringen wir ihn selber wieder her. Man kommt immer gern zu Ihnen ins Haus, Jungfer.«

»Ei was! Nein, ich komme dann schon und hole ihn. Daß er nur nicht zu lange in der heißen Sonne bleibt, es tut ihm nicht gut.«

»Danke, ich will daran denken. Also auf Wiederse-hen!«

Sie verschwand, und mit ihr floh die Lichtflut hinter die Stubentür zurück. Die beiden Studenten stiegen die Treppe hinauf und fanden die Tür zu Hölderlins Zimmer halb offenstehen. Mit der leichten Scheu und Befangen-heit, die er trotz wiederholter Besuche jedesmal vor dieser Schwelle empfand, näherte Mörike sich langsam. Waib-linger ging rascher voraus und pochte an den Türpfosten, und da keine Antwort herauskam, schob er die leise in den Angeln reibende Tür behutsam weiter auf, und beide traten ein.

Sie sahen in dem sehr einfachen, aber hübschen und lichten Raum, dessen Fenster auf den Neckar gingen, die hohe Gestalt des Unglücklichen in ein Fenster gelehnt, auf den unmittelbar unter dem Erker dahinströmenden Fluß blickend. Hölderlin stand ohne Rock in Hemdär-meln, den schlanken Hals bloß, das Haupt leicht gegen den Fluß hinabgebeugt. Nahe beim Fenster stand sein Schreibtisch; Gänsefedern staken in einem Behältnis, eine lag quer über mehrere beschriebene Papiere hinwegge-legt. Ein schwacher Luftzug lief vom Fenster her und ra-schelte in den Blättern.

Bei dem Geräusch wendete der Dichter sich um, er nahm die Eingetretenen wahr und blickte ihnen aus seinen schönen, reinen Augen entgegen, indem sein Blick zuerst auf Mörike fiel, den er nicht zu erkennen schien.

Verlegen machte dieser einen kleinen Bückling und sagte schüchtern: »Guten Tag, Herr Bibliothekar! Wie geht es Ihnen?«

Der Dichter schlug den Blick zu Boden, ließ die noch auf dem Fenstersims ruhende Hand sinken und verneigte sich sehr tief, indem er unverständliche demütige Worte murmelte. Wieder und wieder verneigte er sich in schau-erlich mechanischer Ergebenheit, bückte sein schönes, schwach ergrautes Haupt tief hinab und legte die Hände über der Brust zusammen.

Waiblinger trat vor, legte ihm die Hand auf den Arm und sagte: »Lassen Sie's gut sein, verehrter Herr Bibliothekar!«

Nochmals bückte Hölderlin sich tief und murmelte halblaut: »Ja, Königliche Majestät. Wie Eure Majestät befehlen.«

Und indem er Waiblinger in die Augen sah, erkannte er ihn, der sein Freund und häufiger Besucher war; er hörte auf, seine Verbeugungen zu machen, ließ sich die Hand schütteln und wurde ruhig.

»Wir wollen spazierengehen!« rief der Student ihm zu, der diesem Kranken gegenüber etwas von seinem reizbar ungleichen Wesen verlor und im Umgang mit dem verehrten Schatten eine ihm sonst kaum eigene Güte und sanfte Überlegenheit zeigte, wie er denn überhaupt zu keinem Menschen in einem so gleichmäßigen und liebenden Verhältnis lebte wie zu dem geisteskranken Dichter, der mehr als dreißig Jahre älter war und den er bald sanft und schonend wie ein gutes Kind, bald ernst und verehrend wie einen edlen Freund anzufassen wußte.

Mit Verwunderung und verlegener Rührung sah nun der Studiosus Mörike zu, wie sein ungestümer und hochfahrender Freund sich mit seltsam zarter Teilnahme und mit einer gewissen Übung und Geschicklichkeit des kranken Menschen annahm.

Waiblinger schien sich in Hölderlins Zimmer genau auszukennen. Von einem Nagel hinter der Tür brachte er des Wahnsinnigen Gehrock, aus einer Schublade sein wollenes Halstuch hervor und half dem folgsamen Kranken in seine Kleider wie eine Mutter dem Kind. Er wischte mit seinem Taschentuch den Staub von Hölderlins Knien, er suchte dessen großen schwarzen Hut hervor und bürstete ihn sorglich rein, und dazwischen redete er ihm zu und ermunterte ihn beständig: »So, so, Herr Bibliothekar, jetzt haben wir's gleich, jawohl. So, so ist's recht, so ist's gut. Dann gehen wir an die Luft hinaus und zu den Bäumen und Blumen, es ist schön Wetter heut. So, jetzt noch den Hut auf, s'il vous plaît.« Worauf der alte Dichter nichts erwiderte als etwa einmal in höflich zerstreutem Tone die Worte: »Euer Gnaden befehlen es. Je vous remercie mille fois, Herr von Waiblinger.« Er ließ sich betreuen und hielt willig stand, und sein ehrwürdiges Gesicht mit den nur teilweise zerstörten, adlig schönen Zügen schien bald voll zerstreuter Gleichgültigkeit, bald in einer heimlich belustigten hohen Überlegenheit zuzuschauen.

Mörike war unterdessen an den Schreibtisch getreten und las, ohne das Blatt jedoch in die Hände zu nehmen, stehend in einem der offenliegenden Manuskripte. In metrisch tadellosen, wohlgebauten Versen stand da ein Stück von des zerstörten Dichtergeistes Schattenleben aufgezeichnet: flüchtige, oft von Unsinn unterbrochene Gedanken und sanfte Klagen, dazwischen Bilder voll reiner Anschaulichkeit, in einer empfindlichen, feingepflegten Sprache voll Musik, aber immer wieder gestört und vernichtet durch plötzlich hineingeflossene Worte und Sätze eines harmlos ledernen Kanzleistils.

»So, jetzt können wir ja gehen«, rief Waiblinger, als sie fertig waren, und Hölderlin folgte ihm willig, nicht ohne noch im Gehen zu wiederholen: »Der Herr Baron befehlen. Euer Gnaden untertänig zu Diensten.«

Hager und groß schritt Friedrich Hölderlin hinter Waiblinger her die Treppe hinab, über den umzäunten Hof und durch die Gasse, den großen Hut bis dicht über die Augen herabgezogen, leise vor sich hinmurmelnd und scheinbar ohne einen Blick für die Welt. Bei der Neckarbrücke aber, wo zwei kleine barfüßige Büblein kauerten und mit einer toten Eidechse spielten, blieb die schlanke, würdevolle Gestalt einen Augenblick stehen, um vor den beiden Kindern tief den Hut zu ziehen. Mörike ging neben ihm und da und dort blickte man aus Fenstern und Haustüren dem grotesken kleinen Zuge nach, jedoch ohne viel Erregung und Neugierde, denn jedermann kannte den verrückten Dichter und wußte von seinem Schicksal.

Sie stiegen an hübschen buschigen Gartenhängen und Weinbergmäuerchen vorbei den sonnigen Österberg hinan. Voraus ging stattlich die kraftvolle Gestalt Waiblingers, welcher längst aus Erfahrung wußte, daß Hölderlin niemals vorangehe und einer Führung bedürfe. Dieser schritt langsam und ernsthaft, den Blick meist am Boden, und neben ihm ging der zarte Mörike her, gleich seinem Kameraden schwarz gekleidet. In den Ritzen der Rebbergmauern blühte da und dort blauroter Storchschnabel und weiße Schafgarbe, davon riß Hölderlin zuweilen einige Stengel ab und nahm sie mit sich. Die Hitze schien ihn nicht anzufechten, und als sie oben haltmachten, blickte er befriedigt um sich.

Hier stand das chinesische Gartenhäuschen des Oberhelfers Pressel, das im Sommer stets an Studenten abgetreten wurde und jetzt schon seit längerer Zeit, solange es die Witterung erlaubte, tagsüber von Waiblinger bewohnt wurde. Dieser zog einen großen geschmiedeten Schlüssel aus der Tasche, stieg die paar Steinstufen zum Eingang empor, schloß die Türe auf und wandte sich mit einer feierlich einladenden Gebärde an den Gast: »Treten Sie ein, Herr Bibliothekar, und seien Sie willkommen!«

Der Dichter nahm seinen Hut ab, stieg hinan und trat in das kleine putzige Häuschen, das er längst kannte und liebte. Kaum war auch Waiblinger hereingekommen, so wandte sich Hölderlin an diesen mit einer tiefen, respektvollen Verbeugung und sprach mit mehr Lebhaftigkeit als sonst: »Euer Gnaden haben befohlen. Ich empfehle mich Ihnen, Herr Baron. Eure Herrlichkeit wird mich in dero Schutz nehmen. Votre très humble serviteur.«

Darauf trat er vor den Schreibtisch und starrte mit angelegentlichem Interesse nach der Wand empor, wo Waiblinger in großen griechischen Schriftzeichen den geheimnisvollen Spruch »Ein und All« angebracht hatte. Vor diesen Zeichen verweilte er minutenlang in gespannter Nachdenklichkeit. Mörike, in der leisen Hoffnung, ihn jetzt einem Gespräch zugänglich zu finden, näherte sich ihm und fragte behutsam: »Sie scheinen diesen Spruch zu kennen, Herr Bibliothekar!«

Dieser wich aber alsbald zurück und verschanzte sich in sein undurchdringliches Hofzeremoniell. »Majestät«, sagte er mit großer Feierlichkeit, »dieses kann und darf ich nicht beantworten.«

Er trug den unordentlich zusammengerafften Blumenstrauß noch in der Hand, den er nun langsam mit den Fingern zerpflückte und in die Taschen seines Rockes stopfte. Währenddessen war er an das breite, niedere Fenster getreten, das über den lichten Weinberg und die tieferliegenden Gärten hinweg eine weite stille Aussicht auf das Flußtal und auf die hohen Berge der Alb darbot. In den Anblick der hellen, friedevollen Sommerlandschaft versunken, blieb er stehen, tief die reine, von Sonnenschein und Rebenblüte erfüllte Luft atmend, und an seinen entspannten und beglückten Mienen war zu merken, daß diesem schönen Bilde seine Seele noch in der alten Zartheit und heiligen Empfänglichkeit offenstehe und Antwort gebe.

Waiblinger nahm ihm den Hut aus der Hand und sprach ihm zu, sich aufs Gesims des Fensters zu setzen, was er sogleich tat. Darauf erhielt erst Hölderlin, dann Mörike vom Hausherrn eine wohlzubereitete Tabakspfeife überreicht, und nun saß der kranke Dichter begnügt und zufrieden rauchend, schwieg und blickte ruhig in das sommerliche Tal hinaus. Sein rastloses Murmeln war verstummt, und vielleicht hatte sein ermüdeter Geist zu den hohen Sternbildern seiner Erinnerung zurückgefunden, unter welchen er einst die kurze herrliche Blüte seines Lebens gefeiert und deren Namen seit zwei Jahrzehnten niemand mehr ihn hatte nennen hören.

Schweigend hatten die Freunde eine Weile den Rauch aus ihren Pfeifen gesogen und dem stillen Mann am Fenster zugeschaut. Dann erhob sich Waiblinger, nahm ein Schreibheft zu Händen, das auf dem Tisch lag, und begann mit feierlicher Stimme zu reden: »Verehrter Gast, es ist Ihnen wohl bekannt, daß wir drei ein Kollegium von Dichtern vorstellen, wenn auch keiner von uns jungen Anfängern sich mit dem Dichter des unsterblichen Hyperion vergleichen darf. Was könnte nun natürlicher und schöner sein, als daß ein jeder von uns etwas von seinen Gedichten oder Gedanken vortrage? In diesem Heft hier habe ich allerlei aus Ihren neueren Schriften gesammelt, Herr Bibliothekar, und ich bitte Sie herzlich, lesen Sie uns etwas daraus vor!«

Er gab Hölderlin das Schreibheft in die Hand, das dieser sogleich wiederzuerkennen schien. Er stand auf, begann in dem kleinen Raum hin und wider zu schreiten, und plötzlich hob er mit lauter Stimme und mit einer gewissen ergreifenden Leidenschaftlichkeit an, folgendes vorzulesen: »Wenn einer in den Spiegel siehet, ein Mann, und siehet darin sein Bild wie abgemalt: es gleicht dem Manne. Augen hat des Menschen Bild, hingegen Licht der Mond. Der König Ödipus hat ein Auge zuviel vielleicht. Die Leiden dieses Mannes, sie scheinen unbeschreiblich, unaussprechlich, unausdrücklich. Wenn das Schauspiel ein solches darstellt, kommt's daher. Wie ist mir's aber, gedenk ich deiner jetzt? Wie Bäche reißt das Ende von etwas mich dahin, welches sich wie Asien ausdehnet. Natürlich, dieses Leiden, das hat Ödipus. Natürlich ist's darum. Hat auch Herkules gelitten? Wohl. Die Dioskuren in ihrer Freundschaft, haben sie Leiden nicht auch getragen? Nämlich, wie Herkules mit Gott streiten, das ist Leiden. Doch das ist auch ein Leiden, wenn mit Sommerflecken ist bedeckt ein Mensch, mit manchen

Flecken ganz überdeckt zu sein! Das tut die schöne Sonne. Die Jünglinge führt sie die Bahn mit Reizen ihrer Strahlen wie mit Rosen. Die Leiden scheinen so, die Ödipus getragen, als wie ein armer Mann klagt, daß ihm etwas fehle. Sohn Laios', armer Fremdling in Griechenland! Leben ist Tod, und Tod ist auch ein Leben ...«

Während des Lesens hatte sein Pathos sich noch immer gesteigert, und die Studenten waren den seltsamen, zuweilen tief und schrecklich bedeutsam lautenden Worten nicht ohne Bangigkeit und geheimen Schauder gefolgt.

»Wir danken Ihnen!« sagte Mörike. »Wann haben Sie das geschrieben?«

Allein der Kranke liebte es nicht, gefragt zu werden, er ging nicht darauf ein. Statt dessen hielt er dem Jüngling das Schreibheft vor die Augen. »Sehen Sie, Hoheit, hier steht ein Semikolon. Euer Hoheit Wunsch ist mir Befehl. Non, votre Altesse, die Gedichte bedürfen des Kommas und des Punktes. Euer Gnaden befehlen, daß ich mich zurückziehe.« Damit setzte er sich wieder ins Fenster, begann an der erloschenen Pfeife zu saugen und richtete seinen Blick auf den fernen Roßberg, über dem eine lange, schmale Wolke mit goldenen Rändern stand.

»Du hast doch auch etwas zum Vorlesen?« fragte Waiblinger seinen Freund.

Mörike schüttelte den Kopf und fuhr mit den Fingern durch sein blondes, frauenhaft zartes Haar. In seinem kleinen Stehpult verborgen, bewahrte er daheim in seiner Stiftsstube seit kurzem zwei neue Gedichte auf, welche »An Peregrina« überschrieben waren und von denen keiner seiner Freunde wußte. Wohl wußten einige von ihnen um die sonderbare romantische Liebe, deren schönes Zeugnis jene Lieder waren; vor Waiblinger aber hatte er nie davon gesprochen. »Du bist doch ein Querkopf!« rief Waiblinger enttäuscht. »Warum hältst du dich eigentlich vor mir so verborgen? Von deinen Gedichten höre ich nichts mehr, und hier oben hat man den Herrn auch seit

Wochen nimmer gesehen. Der Louis Bauer macht es gerade so. Ihr seid verfluchte Feiglinge, ihr Tugendhelden!«

Mörike wiegte unruhig seinen Kopf hin und wider. »Wir wollen uns lieber vor dem da nicht zanken«, sagte er leise mit einer Gebärde gegen das Fenster. »Was indessen den Tugendhelden betrifft, da hast du dich getäuscht. Mein Werter, ich habe letzte Woche wieder einmal acht Stunden im Karzer gesessen. Das sollte mich bei dir rehabilitieren. Und nächstens kann ich dir auch wieder etwas vorlesen.«

Waiblinger hatte seinen Hemdkragen weit aufgeknöpft und den Rock ausgezogen, seine mächtige, dunkelbehaarte Brust schaute durch den Hemdspalt. »Du bist ein Diplomat!« rief er feindselig, und alles, woran er seit Wochen litt und womit er nicht fertig wurde, stieg wieder mit neu ausbrechender Heftigkeit in ihm auf. »Man weiß nie, wie man bei dir steht. Aber ich will es jetzt wissen, du. Warum weicht ihr mir alle aus. Warum kommt keiner mehr zu mir in den Weinberg da heraus? Warum läuft mir der Gfrörer davon, wenn ich ihn anreden will? Ach, ich weiß ja alles! Angst habt ihr, elende lumpige Stiftlerangst! Ihr seid genau wie die Ratten, die ein Schiff vor dem Untergang verlassen! Denn daß ich nächstens einmal aus dem Stift hinausgeworfen werde, das wißt ihr ja besser als ich selber. Ich bin gezeichnet wie ein Baum, der gefällt werden soll, und ihr zieht euch zurück und seht zu, die Hände in den Taschen, wie lang ich's wohl noch treibe. Und wenn sie mich dann absägen, dann seid ihr die Schlauen und könnt sagen: haben wir's nicht schon lang gesagt? Wenn der Bürgersmann einen rechten Spaß haben soll, dann muß einer gehenkt werden, und der bin diesmal ich. Und du, du stehst auch bei denen drüben, und von dir ist es nicht recht, du bist doch bei Gott mehr wert als die ganze Rotte. Du und ich, wir könnten miteinander das ganze Pack in die Luft sprengen. Aber nein, du hast deinen Bauer und deinen Hartlaub, die laufen dir nach und bilden sich ein, sie wären auch so eine Art von Genies, wenn sie sich an deinem Feuer wärmen. Und ich kann allein herumlaufen und an mir selber ersticken, bis ich kaputtgehe! Es ist nur gut, daß ich den Hölderlin habe. Ich glaube, dem haben sie auch seinerzeit im Tübinger Stift das Rückgrat gebrochen.«

»Ja, da muß ich beinahe lachen«, fing Mörike besänftigend an. »Du schimpfst, ich käme nimmer zu dir ins Gartenhaus. Aber wo sitzen wir denn gerade jetzt? Und ich bin auch ein paarmal schon den Österberg heraufgestiegen, aber der Waiblinger war nicht da, der Waiblinger hatte in der Beckei und beim Lammwirt und in andern Kneipen zu tun. Vielleicht hat er auch hier drinnen gesessen und hat bloß nicht auftun mögen, wie ich geklopft habe, so wie er's einmal dem Ludwig Uhland auch gemacht hat.« Er streckte dem Kameraden die Hand hinüber. »Sieh, Wilhelm, du weißt, daß ich nicht immer mit dir einverstanden sein kann – du bist es ja selber nicht. Aber wenn du meinst, ich habe dich nimmer gern, oder wenn du gar behauptest, mir sei mein Plätzlein im Stift zu lieb und ich habe Angst, für deinen Freund zu gelten, dann muß ich einfach lachen. Lieber soll man mich acht Tage in den Karzer stecken, als daß ich an einem Freunde den Judas mache. Weißt du's jetzt?«

Waiblinger drückte die hingebotene Hand so heftig, daß sein Freund schmerzlich den Mund verzog. Stürmisch fiel er ihm um den Hals, der sich seiner kaum erwehren konnte, und plötzlich hatte er die Augen voll Tränen stehen, und seine umschlagende Stimme klang hoch und knabenhaft. »Ich weiß ja«, rief er schluchzend, »ach, ich weiß, ich bin deiner gar nicht wert. Das dumme Saufen hat mich heruntergebracht. Du weißt ja nicht, wie elend ich bin, du kennst das alles nicht, was ich durchmache und was mich noch tötet, du kennst das Weib nicht, diese wunderbare, rätselhafte Frau, an der ich mich verblute.«

»Ich kenne sie schon!« meinte Eduard trocken, und er dachte, mit einer kleinen Erbitterung gegen den Freund, an seine eigenen Schmerzen um Peregrina.

»Du kennst sie nicht, sag ich, wenn du sie auch schon gesehen hast und ihren Namen weißt. Du, ist sie nicht wahnsinnig schön? Kann sie denn etwas dafür, daß sie eine Jüdin ist, und könnte sie so rasend schön sein, wenn sie's nicht wäre? Ich verbrenne an ihr, ich kann nicht lesen mehr, nicht schlafen, nicht dichten; erst seit ich ihren Busen geküßt und an ihrem Hals geweint habe, weiß ich, was Schicksal ist.«

»Schicksal ist immer Liebe«, sagte Mörike leise und dachte mehr an Peregrina als an den Freund, dessen stürmende Selbstentblößung ihm quälend war.

»Ach du«, rief jener schmerzlich und sank in seinen Sitz zurück, »du bist ein Heiliger! Du stehst überall nur wie ein Wächter dabei und hast überall nur teil am Schönen und Zarten und nicht am Giftigen und Häßlichen. Du bist so ein stiller guter Stern, aber ich, ich bin eine wilde nutzlose Fackel und verbrenne in der Nacht. Und ich will es auch so, ich will verflackern und verbrennen, es ist gut so und ist nicht schade um mich. Wenn ich nur vorher noch einmal etwas Gutes und Großes schaffen könnte, nur ein einziges edles, reifes Werk. Es ist ja alles nichts, was ich gemacht habe, alles schwach und eitel und in mir selbst befangen! Der hat es gekonnt, der dort drüben am Fenster! Der hat seinen Hyperion hingestellt, ein Sternbild und ein Denkmal seiner großen Seele! Und du kannst es auch, du wirst in aller Stille große und gute Werke schaffen, du Unheimlicher, dem ich nie ganz ins Herz sehen kann! O, ich kenne sie alle durch und durch, die Freunde, den Pfizer in Stuttgart und den Bauer und alle miteinander, ich habe sie durchschaut und ausgeleert und verbraucht – wie Nüsse, wie Nüsse! Nur du hast immer standgehalten, nur du hast dein Geheimnis in dir bewahrt. Dich kenn ich noch immer nicht, dich kann ich nicht aufknacken und verbrauchen! Mit mir geht es schon abwärts, und du stehst noch im Anfang. Mir wird es gehen wie unserm Hölderlin, und die Kinder werden mich auslachen. Aber ich habe keinen Hyperion gedichtet!«

Mörike war sehr ernst geworden. »Du hast den Phaethon gedichtet«, sagte er zart.

»Den Phaethon! Da wollte ich griechisch sein, und wie verlogen, wie widerlich ist das Zeug geworden! Sprich mir nimmer vom Phaethon! Dir kann ich's nicht glauben, wenn du ihn noch lobst, du stehst so hoch über dieser Spottgeburt! Nein, er ist nichts wert, und ich bin ein Stümper, ein jammervoller Stümper! Es geht mir immer so, ich fange eine Dichtung in heller Freude an, und es blüht und sprudelt in mir und läßt mich Tag und Nacht nicht los, bis ich den Strich unters letzte Kapitel gemacht habe. Dann meine ich wunder was ich geleistet hätte, und nach einer Weile, wenn ich's wieder ansehe, ist alles fad und grau oder alles grell und falsch und übertrieben. Ich weiß, bei dir ist das ganz anders, du machst wenig und brauchst Zeit dazu, aber dann ist es auch gut und kann sich sehen lassen. Bei mir wird aus jedem Einfall immer gleich ein Buch, und ich muß sagen, es gibt nichts Herrlicheres, als so sich hinzustürmen und auszugießen, im Rausch und Feuer des Schaffens. Aber nachher, nachher! Da steht der Satan da und grinst und zeigt den Pferdefuß, und die Begeisterung war Schwindel, und der edle Rausch war Einbildung! Es ist ein Fluch!«

»Du mußt nicht so reden«, fing Mörike gütig an, die Stimme voll von Trost. »Wir sind ja noch fast Kinder, du und ich, wir dürfen noch jeden Tag das wegwerfen, was wir gestern gemacht und schön gefunden haben. Wir müssen noch probieren und lernen und warten. Der Goethe hat auch Sachen geschrieben, von denen er nichts mehr wissen will.«

»Natürlich, der Goethe!« rief Waiblinger gereizt. »Das

ist auch so ein Ritter von der Geduld, vom Abwarten und Zusammensparen! Ich mag ihn nicht!«

Plötzlich hielt er inne, und beide Jünglinge schauten verwundert auf. Hölderlin hatte seinen Fensterplatz verlassen, durch die laute, heftige Unterhaltung beunruhigt, nun stand er und schaute Mörike an; sein Gesicht zuckte unruhig, und seine hagere, lange Figur sah bedürftig und leidend aus.

Da beide betroffen schwiegen, neigte sich Hölderlin über Mörikes Stuhl, berührte ihn vorsichtig an der Schulter und sagte mit sonderbar hohler Stimme: »Nein, Euer Gnaden, der Herr von Goethe in Weimar, der Herr von Goethe – ich kann und darf mich darüber nicht äußern.«

Das gespenstische Dazwischentreten des Wahnsinnigen und sein scheinbares Eingehen auf ihr Gespräch, was bei ihm äußerst selten war, hatte die Freunde unheimlich berührt und beinahe erschreckt.

Jetzt fing Hölderlin wieder an, durch die kleine Stube zu wandern, traurig und geängstet hin und her zu wandern wie ein gefangener großer Vogel, und unverständliche Worte vor sich hin zu sagen.

»Wir hatten ihn ganz vergessen!« rief Waiblinger voll Reue und war wie verwandelt. Wieder nahm er sich des Dichters wie ein sanfter Pfleger an, führte ihn ans Fenster zurück, lobte die Aussicht und die herrliche Luft, brachte die am Boden liegende Pfeife wieder in Ordnung, tröstete und begütigte mütterlich. Und wieder gewann Mörike den anspruchsvollen und unbequemen Freund, da er ihn so herzlich und gütevoll bemüht sah, von neuem seltsam lieb und machte sich stille Vorwürfe, ihn seit langem wirklich vernachlässigt zu haben. Er kannte Waiblingers phantastische Übertreibungssucht und das unheimlich rasche Auf und Nieder seiner Stimmungen, aber was Mörike von jener gefährlichen Jüdin durch Hörensagen wußte, war freilich bedenklich, und des Freundes voriger Ausbruch hatte ihn ernstlich geängstigt. Der zarte und empfindliche Mörike hatte in Waiblinger stets ein Urbild unverwüstlichen Jugendübermuts und üppig schwellender Kraft gesehen; nun aber machte der von Trunk und seelischer Selbstzerstörung beschädigte und entstellte Mensch auch ihm einen beklemmenden Eindruck, als gehe er verzweifelnd auf einem abschüssigen Pfade tiefer und tiefer einem unholden Schicksal entgegen. Auch die seltsame Vertrautheit, ja Freundschaft des Freundes mit dem Geisteskranken erschien ihm heute in einer unheimlichen Bedeutsamkeit.

Friedlich saß indessen der Freund neben seinem armen Gast im Fenster, der strotzend junge neben dem ergrauten und erloschenen Mann; die tiefer gerückte Sonne strahlte wärmer und farbiger am Gebirge wider, im Tal fuhr ein langes Floß aus Tannenstämmen den Fluß abwärts, Studenten saßen darauf, schwangen blitzende Trinkkelche im Sonnenlicht und sangen ein kräftig frohes Lied, daß es bis in diese stille Höhe heraufschallte.

Mörike trat zu den beiden und blickte mit hinaus. Schön und milde lag die geliebte Gegend zu seinen Füßen, mit blanken Lichtern blitzte der Neckar herauf, und mit der satten lauen Luft wehte Gesang und ungebärdige Jugendlust wie mit warmem Lebensatem herauf. Warum saßen sie hier so arm und beraubt, diese Dichter des Überschwanges, der alte und der junge, und warum stand er selber, von schwankenden Freundschaften und von einer beschämend hoffnungslosen Liebe erschüttert, so unbefriedigt und traurig daneben? War das nur seine Empfindlichkeit und Schwäche, daß er trüben Stimmungen so oft unterlag? Oder war es wirklich das Schicksal der Dichter, daß ihnen keine Sonne scheinen konnte, deren Schatten sie nicht in der eigenen Seele sammeln mußten?

Mitleidig dachte er dem Leben Hölderlins nach, der einst nicht nur ein Dichter, sondern auch ein begabter Philolog und hochgesinnter Erzieher gewesen war, mit Schiller in Verkehr gestanden und als Hofmeister im

Hause der Frau von Kalb gelebt hatte. Hölderlin war, gerade wie Mörike auch, ein Zögling des theologischen Stifts gewesen und hätte Pfarrer werden sollen, und dagegen hatte er sich gesträubt, wie auch Mörike sich dagegen zu sträuben gedachte. Seinen Willen nun hatte jener durchgesetzt, aber er hatte die besten Kräfte dabei verbraucht! Und wie hatte die Welt den untreu gewordenen Stiftler, den zartherzigen, schüchternen Dichter empfangen! Nichts war ihm geworden als Armut, Demütigung, Hunger, Heimatlosigkeit, bis er aufgerieben war und der jahrzehntelangen Krankheit verfiel, welche weniger ein Wahnsinn zu sein schien als eine tiefe Ermüdung und hoffnungslose Resignation des verbrauchten Geistes und Herzens. Da saß er nun mit der göttlichen Stirn und den noch immer ergreifend rein blickenden Augen, das Gespenst seiner selbst, in eine taube, entwicklungslose Kindheit zurückgesunken; und wenn er noch Bogen Papiers vollschrieb, aus denen zuweilen ein wahrhaft schöner Vers wie ein helles Auge aufblickte, so war es doch nichts mehr als das Spiel eines Kindes mit bunten Mosaiksteinen.

Wie Mörike so ergriffen und nachsinnend hinter den beiden stand, wendete Hölderlin sich ihm zu und schaute eine Weile starr und suchend in das feinzügige, überaus zart belebte, etwas weiche Jünglingsgesicht, dessen Stirn und Augen voll von Geist und voll von seelischer Kindheit waren. Vielleicht fühlte der Alte, wie ähnlich dieser Junge ihm selbst sei; vielleicht erinnerte ihn die Reinheit und beseelte Helligkeit dieser Stirn und der tiefe, noch keines zartesten Hauches beraubte Jünglingstraum in diesen herrlichen Augen an seine eigene Jugend; doch ist es zweifelhaft, ob nicht auch diese einfache Gedankenfolge schon zu ermüdend für sein Denken war, vielleicht ruhte sein unergründlicher ernster Blick nur in rein sinnlichem Vergnügen auf dem Gesicht des Studenten.

Während sie alle drei eine Weile schwiegen und jeder

den Nachhall der vorigen lebhaften Aussprache in sich fortschwingen fühlte, kam den Weinberg herauf die Jungfer Lotte Zimmer gestiegen. Waiblinger sah sie von weitem und schaute dem Herankommen der kräftigen Mädchengestalt mit stillem Vergnügen zu, und als sie näher kam und ihm, der sie mit lautem Zuruf begrüßte, mit Lächeln zunickte, tat er einen Sprung durchs niedrige Fenster und ging ihr die letzten Schritte entgegen.

»Es ist mir eine Ehre«, rief er überschwenglich und wies einladend die Steinstufen hinauf, »es ist mir eine Ehre, in dieser Klause auch einmal ein so hübsches Fräulein begrüßen zu dürfen. Kommen Sie herein, werte Jungfer Lotte, drei Dichter werden zu Ihren Füßen knien.«

Das Mädchen lachte, und ihr gesundes Gesicht glühte rot vom raschen Bergansteigen. Sie blieb auf der kleinen Treppe stehen und hörte dem Getöne des Studenten belustigt zu, schüttelte dann aber kurz den blonden Kopf. »Bleiben Sie lieber stehen, Herr Waiblinger, ich bin ans Knien nicht gewöhnt. Und geben Sie mir meinen Dichter heraus, ich habe genug an dem einen.«

»Aber Sie werden doch wenigstens einen Augenblick hereinkommen! Es ist ein Tempel, Fräulein, und keine Räuberhöhle. Sind Sie denn gar nicht neugierig?«

»Ich kann's aushalten, Herr Waiblinger. Eigentlich hab ich mir einen Tempel immer anders vorgestellt.«

»So? Und wie denn?«

»Ja, das weiß ich nicht. Jedenfalls feierlicher und ohne Tabakrauch, wissen Sie. Nein, geben Sie sich keine Mühe mehr, es ist ja doch nicht Ihr Ernst. Ich komme nicht hinein, ich muß gleich wieder umkehren. Bringen Sie mir nur den Hölderlin heraus, bitte, daß ich ihn heimbringen kann.«

Nach einigen weiteren Scherzen und Umständlichkeiten ging er denn hinein und winkte dem Kranken zum Aufbruch, gab ihm seinen Hut in die Hand und führte ihn zur Tür. Hölderlin schien ungern wegzugehen, man sah es seinem Blick und seinen zögernden Bewegungen an, doch sagte er kein Wort der Bitte oder des Bedauerns.

Mit der tadellosen Artigkeit, hinter welcher er seit so vielen Jahren sich vor aller Welt verschanzte und verborgen hielt, wendete er sich mit Blick und Verneigung erst an Mörike, dann an Waiblinger, schritt folgsam zur Tür und wandte sich dort mit einer letzten Verbeugung um: »Empfehle mich Euer Exzellenz ganz ergebenst. Euer Exzellenz haben befohlen. Ergebenster Diener, dero Herrschaften.«

Freundlich nahm ihn draußen Lotte Zimmer bei der Hand und führte ihn hinweg, und die zwei Studenten blieben auf den Stufen stehen und sahen den Hinweggehenden nach, wie sie zwischen den Reben den Berg hinabgingen und rasch kleiner wurden, der lange feierliche Mann an der Hand seiner Pflegerin. Ihr blaues Kleid und sein großer schwarzer Hut waren noch lange zu sehen.

Mörike sah, wie sein Freund mit traurigen Blicken dem entschwindenden Unglücklichen folgte. Ihm lag daran, den empfindlichen und erregten Menschen erheiternd zu zerstreuen; auch wollte er selbst es vermeiden, in der Rührung einer unbewachten Stunde etwa allzuviel von seinem Innern zu enthüllen, denn Waiblinger hatte seit Monaten aufgehört, sein unbedingter Vertrauter zu sein. Mörike, der an einsamen Tagen stundenlang einer grundlosen Wehmut nachhängen konnte, liebte es nicht und hütete sich davor, diese Seite seines komplizierten Wesens anderen zu zeigen, am wenigsten diesem Freunde, der selber so gern in einer fast widerlichen Preisgabe seines Innersten zu schwelgen liebte.

Kurzentschlossen, den Bann zu brechen und sich selbst samt dem Kameraden auf die heitere Seite des Lebens hinüberzuretten, schlug er sich klatschend aufs Knie, setzte ein geheimnisvolles Gesicht auf und sagte im Ton schlecht geheuchelter Gleichgültigkeit: »Übrigens, dieser Tage habe ich einen alten Bekannten wiedergetroffen.«

Waiblinger sah ihn an und sah sein bewegliches Gesicht vom leise zuckenden Wetterleuchten hervorbrechenden Humors überflogen, die gekräuselten Mundwinkel spielten wie probend in sarkastischen Faltungen, die magern Wangen spannten sich über den starken Backenknochen in spitzbübischer Laune, und die eingekniffenen Augen schienen vor verhaltener Munterkeit zu knistern.

»Ja, wen denn?« fragte Waiblinger in froher Spannung. »Komm, wir wollen hineingehen.«

Im Stübchen zog Mörike die Fensterladen halb zu, daß sie in wohlig warmer Dämmerung saßen. Er ging elastisch hin und her, plötzlich blieb er vor Waiblinger stehen, lachte lustig auf und fing an: »Ja, weiß Gott, der Mann nannte sich Vogeldunst, Museumsdirektor Joachim Andreas Vogeldunst aus Samarkand, und er behauptete, auf einer wichtigen, äußerst wichtigen, folgenreichen Geschäftsreise zu sein. Er kam von Stuttgart mit Empfehlungen von Schwab und Matthisson – unmöglich, ihn abzuweisen! – und er wollte noch am selben Abend mit Extrapost nach Zürich weiterreisen, wo er von hochstehenden Gönnern mit Ungeduld erwartet werde. Nur der Ruf dieses entzückenden Musensitzes, sagte er, und der spezielle Ruhm und Glanz des theologischen Stifts, dieser ehrwürdigen Pflanzstätte der exzellentesten Geister, habe ihn veranlassen können, seine eilige Reise für wenige Stunden zu unterbrechen, und er bereue es nicht, nein, wahrlich, er hoffe es nie zu bereuen, obwohl seine Freunde in Zürich, Mailand und Paris ihm keine Stunde des Zuspätkommens verzeihen würden. In der Tat, Tübingen sei ganz charmant, und vornehmlich so gegen Abend in den Alleen am Neckar herrsche ein geradezu ravissantes Helldunkel von einer höchst pittoresken Delikatesse, sozusagen romantisch-poetisch. Der Emir von Belutschistan, von dem er beauftragt sei, die Abbildungen aller schönen Städte Europas in Kupferstich zu sammeln und seiner Hoheit mitzubringen, er werde entzückt sein, und wo denn ein guter Kupferstecher wohne, un bon graveur sur cuivre, aber versteht sich, ein Meister, ein rechter Künstler voll Esprit und Gemüt. Ja, ob es übrigens hier warme Quellen gebe? Nicht? Er glaube doch davon gehört zu haben – oder nein, das sei in Baden-Baden, das müsse ja von hier ganz nahe sein. Und ob der Dichter Schubart noch lebe – er meine jenen Unglücklichen, der von Friedrich dem Gütigen an die Hottentotten verkauft worden sei und dort die afrikanische Nationalhymne gedichtet habe. Oh, er sei gestorben? Hélas! der Beklagenswerte! Indessen war mir doch ganz sonderbar zumute, wie der Kerl seine Suada herunterrasselte und dazu mit den langen, dünnen Fingern an seinen silbernen Rockknöpfen drehte. Du hast ihn schon gesehen, dachte ich immer, diesen Direktorem Vogeldunst mit seinen warmen Quellen und seinen langen, dünnen Spinnenfingern! Da holt der Mann eine Dose aus seinem blauen, langen Tuchrock, der ihm hinten bis an die Schuhe hinabhing, eine hölzerne gedrechselte Dose, und wie er sie aufschraubt und in den gespenstischen Händen dreht und eine Prise nimmt und dazu in seiner heillos aufgeregten Vergnügtheit so hell und hoch zu meckern beginnt, und wie er dann so süß und äußerst angenehm zu lächeln weiß und mit den Fingernägeln auf der Dose den Pariser Marsch trommelt, da ist mir's wie im Traum, und ich quäle mich und rätsele herum wie ein Kandidat im Examen, wenn's brenzlig wird, daß ihm der Schweiß ausbricht und die Brillengläser anlaufen. Der Herr Joachim Andreas Vogeldunst aus Samarkand ließ mir aber keinen Augenblick zum Nachdenken, ordentlich als wisse er, wie mir zumute sei, und habe seine tückische Freude daran und wolle mich ja wohl recht lange schmoren lassen. Von Stuttgart erzählte er, und von den amönen Gedichten des Herrn Matthisson, die er ihm selber eigenhändig vorgelesen habe und welchen eine gewisse interes-

sant-pikante Bleichsüchtigkeit von Kennern nicht abzu-
sprechen sei, und im gleichen Atem fragt er aufs angele-
gentlichste, ob die direkte Postroute von hier nach Zürich
nicht über Blaubeuren führe, er habe nämlich von einem
Stück Blei gehört, das dort irgendwo liegen müsse und
das vortrefflich in seine erstklassige Sammlung von Se-
henswürdigkeiten passen möchte. Den Bodensee gedenke
er dann auch aufzusuchen, um dort en passant am Grabe
des Herrn Doktor Mesmer seine Andacht zu verrichten.
Von dem tierischen Magnetismus nämlich sei er ein alter,
treuer Anhänger, wie er denn auch dem Professor Schel-
ling die Bekanntschaft mit dem Geiste des universi ver-
danke und überhaupt ein aufrichtiger Freund der Bildung
dürfe genannt werden. Wenigstens habe er die Phantasie-
stücke von Hoffmann ins Persische übersetzt und lasse
alle seine Kleider in Paris arbeiten, sei auch vom seligen
Pascha von Assuan mit einem wertvollen Orden deko-
riert worden. Er stelle einen Stern dar, dessen Zacken von
Krokodilzähnen gebildet werden, und früher habe er ihn
gern auf der Brust getragen, einst aber einer Berliner Hof-
dame damit beim Tanzen den Hals verwundet, weshalb
er auf das Tragen dieser hübschen Dekoration seitdem
resigniert habe. Aber indem er das sagt, fährt sich der
Herr Museumsdirektor mit der flachen Hand sacht über
den Scheitel, und das tat das Männlein so kosend und
zephirhaft, daß ich um ein Haar laut hätte hinauslachen
müssen. Denn jetzt kannte ich ihn – wer war's?«

»Wispel!« rief Waiblinger entzückt auf.

»Richtig geraten. Es war Wispel. Aber er hatte sich
verändert, das muß ich sagen. Ganz leise begann ich also
meine Entdeckung anzudeuten und sagte vorerst, mir sei,
ich habe ihn schon früher einmal gesehen. Er lächelt. Er
sei zum erstenmal in seinem Leben in diesem charmanten
Lande und in dieser entzückenden Stadt, deren Bild in
Kupferstich mitzunehmen er übrigens ja nicht vergessen
dürfe, aber obschon er sehr bedaure, sich nicht erinnern

zu können, möchte es ja doch immerhin wohl möglich sein, daß ich ihn schon gesehen hätte. In Berlin vielleicht? Oder am Ende in Petersburg? Nein? Oder in Venedig? Auf Korfu? Nicht? Ja, dann tue es ihm leid, es müsse wohl ein angenehmer Irrtum des Herrn Magisters sein. Nein, sagte ich, jetzt eben fällt mir's ein, es ist in Orplid gewesen. Er stutzt einen Augenblick. Orplid? Ja, richtig, da sei er auch einmal gewesen, als Gesellschafter bei dem alten König Ulmon, der aber leider inzwischen gestorben sein solle. – Da kennen Sie vielleicht auch unsern Freund Wispel? frage ich jetzt und sehe ihm gerade in die Augen. Ich kann schwören, er war's, aber meinst du, er hätte mit einer Wimper gezuckt? Nichts dergleichen! Wi – Wips – Wipf – sagte er nachdenklich und tut, als könne er den wildfremden Namen absolut nicht aussprechen.«

»Großartig!« jubelte Waiblinger. »Das sieht ihm gleich, dem Windbeutel, dem Vogeldunst! Aber was hat er denn eigentlich von dir gewollt?«

»Ach, nichts Besonderes«, lachte Mörike, »Ich erzähl dir's dann. Aber jetzt muß ich einen Augenblick hinausgehen.«

Er stieß die Laden wieder auf, golden lag der Abend draußen und die Berge blau im Duft.

Er ging hinaus, kam aber schon nach einer Minute wieder zur Tür herein, vollkommen verwandelt, das Gesicht seltsam schlaff, mit süßlich zugespitztem Munde, die Augen leer und rastlos, das Haar ein wenig in die Stirn herabgestrichen, was ihn ungemein veränderte, mit schwebenden, vogelartigen Bewegungen der Arme und Hände, mit auswärts gespreizten Füßen auf den Zehenspitzen hüpfend, ganz Wispel. Dazu hatte er eine hohe, seltsam fade, flatterhafte Stimme angenommen.

»Schönen guten Abend, Herr Magister!« fing er an und machte ein weltmännisches Kompliment, den Hut mit den Fingerspitzen der Linken am Rande haltend. »Schönen guten Abend, ich habe die Ehre und das Vergnügen, mich Ihnen als den Museumsdirektor Vogeldunst aus Samarkand vorzustellen. Sie erlauben wohl, daß ich mich ein wenig bei Ihnen umsehe? Ein angenehmer Aufenthalt hier oben, en effet, erlauben Sie mir, Ihnen zu diesem deliziösen Tuskulum zu gratulieren.«

»Was führt Ihn denn her, Wispel?« fragte nun Waiblinger.

»Vogeldunst, bitte, Direktor Vogeldunst. Auch muß ich ergebenst bitten, mich nicht mit Er anzureden, nicht meiner unbedeutenden Person wegen, sondern aus Respekt vor den diversen hohen und distinguierten Herrschaften, in deren Dienst zu stehen ich die Ehre habe.«

»Also, Herr Direktor, womit kann ich dienen?«

»Sie sind der Herr Magister Waiblinger?« »Jawohl.«

»Sehr gut. Sie sind Dichter. Sie sind ein poetisches Genie. O, bitte, keine überflüssige Bescheidenheit! Man ist von Ihren Meriten unterrichtet. Ich kenne Ihre unsterblichen Werke, mein Herr. Drei Tage im Phaethon oder die Griechenlieder in der Unterwelt. Wie? Nein, bemühen Sie sich nicht, ich bin vollkommen unterrichtet.«

»Also weiter, zum Teufel, Sie Direktor in der Oberwelt!«

»Der Herr Magister gehören in das Tübinger Stift? Da möchte ich ganz ergebenst recherchieren, ob der Herr denn dort auch zufrieden ist?«

»Zufrieden? Im Stift? Mann, da müßte ich ja ein Vieh sein. Indessen hat die Sache zwei Seiten: die Herren vom Stift sind nämlich mit mir ebensowenig zufrieden wie ich mit ihnen.«

»Sehr gut, très bien, Verehrtester! Ganz wie ich es mir gewünscht habe. Ich bin nämlich in der aimablen Lage, dem Herrn Magister eine recht angenehme Verbesserung seiner Umstände offerieren zu können.«

»O, sehr verbunden. Darf ich fragen –?«

Mörike-Wispel trat einen kleinen Schritt zurück, setzte vorsichtig seinen Hut auf ein Bücherbrett nieder, führte mit den Armen die sublimsten Flugbewegungen aus und flötete im höchsten Diskant, doch geheimnisvoll gedämpften Tons: »Sie sehen in mir, Verehrter, einen bescheidenen Mann, einen Mann von wenig Verdiensten vielleicht, aber einen Mann, mein Herr, der das Seine ohne Ruhmredigkeit zu tun weiß und der schon die höchsten Herrschaften zu dero Zufriedenheit bedient hat. Erlauben Sie mir, mich ganz kurz zu fassen, wie es einem Manne geziemt, dessen Zeit überaus kostbar ist. Ich trage die schmeichelhaftesten Empfehlungsbriefe von den Herren Matthisson und Schwab in meiner Tasche. Es handelt sich um eine nicht unwichtige Angelegenheit. Hören Sie, und achten Sie wohl auf meine Worte. Ich suche einen Ersatz für Friedrich Schiller.«

»Für Schiller! Ja, mein werter Mann –«

»Sie werden mich verstehen, ja ich schmeichle mir, Sie werden mich billigen. Hören Sie! Zu den hervorragenden Männern, denen ich gelegentlich meine schwachen Dienste widme, gehört der Herr Lord Fox in London, einer der distinguiertesten und reichsten Männer von England, Pair von Großbritannien, Freund und Vertrauter Seiner Majestät des Königs, Schwager des Ministers der Finanzen, Pate des Prinzen Jakob von Cumberland, Besitzer der Grafschaften –«

»Ja, ja, schon recht. Und was ist's mit diesem Herrn Lord?«

»Der Lord weiß meine Talente zu schätzen, ja, ich darf mich seinen Freund nennen, Herr Magister. Es war einmal auf einer Hofjagd in Wales, da stellte er mich dem Baron Castlewood vor mit den wahrhaft jovialen Worten: Dieser Mann ist ein Juwel, lieber Baron! Ein andermal, als die Prinzessin Victoria gerade zur Welt gekommen war – ich war damals von Spanien zurückgekehrt –«

»Gut, gut, aber fahren Sie fort! Der Lord Fox –«

»Der Lord Fox ist ein ungewöhnlicher Mann, Herr Magister. Ich hatte damals die Ehre, ihn in seinem eigenen Wagen zur Jagd begleiten zu dürfen. Es war eine Fuchsjagd, mein Herr, und der Fuchs wird in England zu Pferde gejagt, es ist das Lieblingsvergnügen des Adels, vous savez. Auch der berühmte Lord Chesterfield soll ein großer Fuchsjäger gewesen sein, ebenso Lord Bolingbroke. Er starb an Blutvergiftung.«

»Kommen Sie doch zur Sache, Herr!«

»Ich bin stets bei der Sache. Eine Fuchsjagd ist sogar eine ganz charmante Sache, wenn schon vielleicht eine russische Büffeljagd noch interessanter sein mag. Ich habe einer solchen Büffeljagd im Ural beigewohnt. Aber, um mich kurz zu fassen, die großen Herren in England haben sonderbare und, je vous assure, kostspielige Passionen. Ich kannte einen Herrn von der Ostindischen Kompagnie, der tat nichts anderes, als daß er wegen eines Schmerzes im linken Knie alle Ärzte von ganz Europa zu sich kommen ließ. Ich empfahl ihm damals den Leibarzt des Kurfürsten von Braunschweig – nun habe ich seinen Namen vergessen –«

»Welchen Namen? Des Kurfürsten –«

»Nein, des Leibarztes. Ich bin untröstlich, ich hätte es niemals für möglich gehalten; es ist in der Tat selten, daß mein Gedächtnis mich im Stiche läßt. Er war ein sehr geschickter Mensch, der sein Handwerk verstand. Übrigens hat er dem Herrn in England doch nicht helfen können, und er behauptete nachher, die Schmerzen jenes Mannes seien überhaupt nicht zu heilen, da sie lediglich in seiner Einbildung bestünden. Immerhin, der Engländer war unzufrieden, es war für mich ein rechter embarras. – Aber Sie haben mich unterbrochen. Also, es handelt sich darum, einen Ersatz für Friedrich Schiller zu finden. Der Lord Fox will nämlich einen deutschen Dichter in seiner Sammlung haben. Ich selbst habe ihn dazu überredet, und warum soll er nicht? Er besitzt einen tibetanischen Priester, einen japanischen Schwerttänzer, einen Zauberer aus dem Mondgebirge und zwei echte Hexen aus Salamanca. Sie wissen, ich bin gewissermaßen selbst ein Stück von einem homme de lettres, und da ich mancherlei Reisen mache und vielerlei Bekanntschaften habe, konnte ich die vielleicht nicht ganz uninteressante Beobachtung machen, daß sehr viele von den deutschen Dichtern Schwaben sind, und daß sehr viele von diesen schwäbischen Dichtern dem theologischen Stift angehören, und daß sehr viele von ihnen wenig mit ihren Glücksumständen zufrieden zu sein scheinen. Eh bien! da dachte ich mir, ich könnte dem Lord Fox einen schwäbischen Dichter besorgen. Er bezahlt die Reise und gibt zweitausend Taler jährlich. Es ist nicht eben viel, aber man kann davon leben. Meine Erkundigungen im Ausland haben zu dem Resultat geführt, daß Friedrich Schiller der berühmteste schwäbische Dichter ist, und ich bin nach Jena gereist, um ihm meine Reverenz zu machen. Leider erfuhr ich, daß Herr Schiller schon vor längerer Zeit gestorben sei. Lord Fox will aber einen lebendigen Dichter haben, vous comprenez –«

Mitten im Satz hielt Mörike plötzlich inne. Von der Stadt herauf schlug die Stiftskirchenuhr, die Sonne stand schon tief. Es war sieben Uhr.

»O weh, das gibt wieder eine Note!« rief Mörike ein wenig bekümmert. »Wir kommen nimmer rechtzeitig ins Stift heim, und ich habe eben erst im Karzer gesessen.«

»Ach was«, meinte Waiblinger ärgerlich, »es ist bloß schade um den Wispel. Die dumme Kirchenuhr! Komm, wir fangen noch einmal an!«

Aber Mörike schüttelte den Kopf; er war plötzlich ernüchtert. Bedächtig strich er seine Haare zurecht und schloß einen Augenblick die Augen; sein Gesicht sah müde aus. »Kommst du mit?« fragte er dann. »Wenn ich beim Torwart ein bißchen bettle, läßt er uns vielleicht doch noch hinein.«

Waiblinger stand unschlüssig. Jene schöne Jüdin, sein böses Schicksal, erwartete ihn auf den Abend. Er hatte sie seit einer Stunde ganz vergessen, seit langem war ihm nicht so wohl gewesen. Einstweilen begann er die Läden zu schließen, Mörike half mit, dann traten sie beide aus dem dunkelgewordenen Gartenhaus in den warmen Abend, der auf den steinernen Treppenstufen rötlich glühte.

Nun verschloß Waiblinger die Tür von außen. »Nein«, sagte er, während er den Schlüssel abzog, »ich bleibe heute abend draußen. Aber ich begleite dich noch in die Stadt. Es ist hübsch gewesen heute nachmittag, ich war schon lange nimmer so vergnügt. Weißt du, es geht mir schlecht, und du mußt mir's nicht nachtragen, wenn ich dich vielleicht ein wenig angeschrien habe. Es gilt alles mir selber, auch was etwa an dich adressiert war, und wenn du schlecht von mir denkst, so kannst du doch gewiß nicht schlechter von mir denken, als ich's selber tue.«

Sie gingen im Abendlicht bergabwärts der Stadt entgegen, die mit rauchenden Kaminen und schrägbesonnten Dächern bescheiden und eng um die mächtig ragende Stiftskirche her gedrängt lag.

»Du, komm lieber mit ins Stift!« fing Mörike nach einer langen Pause bittend an. »Es ist nicht wegen des Torwarts. Aber wir könnten dann den Abend etwas miteinander lesen, im Hyperion oder im Shakespeare, es wäre hübsch.«

»Ja, es wäre hübsch«, seufzte Waiblinger. »Aber ich habe schon eine Verabredung; es geht nicht. Wir wollen bald wieder einmal zusammen hier draußen sein, dann mußt du auch deine Gedichte mitbringen. Es sind doch gute Zeiten gewesen, wie der Louis Bauer und der Gfrörer noch kamen und wie wir da im Gartenhaus unsere Kindereien getrieben haben! Wer weiß, wie oft wir noch beieinander sein können, gar lang kann's nimmer dauern. Für mich ist in Tübingen keine Luft und kein Boden mehr.«

»So mußt du nicht denken. Du hast jetzt eine Zeitlang

ein bißchen wüst gelebt und dir Feinde gemacht; das kann alles wieder anders werden.«

Seine Stimme klang leicht und tröstlich, aber der Freund schüttelte überzeugt den mächtigen Kopf, und sein eigenwilliges, etwas gedunsenes Gesicht wurde bitter.

»Sag selber: was hätte ich schließlich davon, wenn sie mich wirklich im Stift behielten? Am Ende müßte ich mein Examen machen und Pfarrer werden oder etwa Schulmeister. Vikar Waiblinger! Pfarrverweser Waiblinger! Ich weiß ja nicht, was einmal aus mir werden soll, aber das nicht, das ganz gewiß nicht! Zu lernen ist hier auch nicht gerade viel, unsere Professoren sind ja Leimsieder, der Haug vielleicht ausgenommen. Nein, ich lasse es jetzt vollends darauf ankommen! Ich muß es auf eigenen Füßen probieren, wie der arme Hölderlin seinerzeit auch, und ich bin stärker als er. Ich bin nicht so rein und nobel wie er, leider, aber ich hab mehr Kraft und ein heißeres Blut. Am besten wär's, ich ginge gleich jetzt davon, freiwillig, man kann nicht jung genug anfangen, wenn man sich sein eigenes Leben erobern will. Aber du weißt ja, was mich in Tübingen hält – an dieser Liebe will ich groß werden oder zugrunde gehen!«

Er schwieg plötzlich, als habe er zuviel gesagt, und an der nächsten Ecke bot er dem andern die Hand.

»Also gute Nacht, Mörike, und einen Gruß an den Wispel!«

»Den will ich ausrichten.«

Sie hatten sich die Hände geschüttelt, da wandte Mörike sich noch einmal zurück. Er blickte dem Freunde voll in die Augen und sagte mit ungewöhnlich ernsthaftem Ton: »Du darfst nicht vergessen, was für Gaben du hast! Glaub mir, man muß auf viel verzichten können, wenn man groß werden und etwas Rechtes schaffen will.«

Damit ging er, und sein Freund blieb stehen und sah ihm nach, wie der schmächtige Jüngling nun mit plötzlicher Hast gegen die Bursagasse und das Stift hineilte.

Waiblinger, der sonst keine Ermahnungen vertrug, war für diese Worte unendlich dankbar, denn er fühlte wohl ihren heimlichsten, köstlichen Sinn: daß Mörike an ihn glaube. Das war für ihn, der so oft an sich selbst irre ward, ein Trost und eine tiefe Mahnung.

Langsam ging er weiter, nach dem Haus seiner schönen Jüdin, der fatalen Schwester des Professors Michaelis.

Zur selben Stunde ging Friedrich Hölderlin in seinem Erkerzimmer rastlos auf und nieder. Er hatte seine Abendsuppe verzehrt und den Teller, wie es seine Gewohnheit war, vor die Tür auf den Boden gestellt. Er mochte nichts in seiner Klause dulden, was nicht sein Eigentum war, und zur Enge seines in sich zurückgezogenen Daseins gehörte nicht Teller noch Glas, nicht Bild noch Buch.

Der Nachmittag klang stark in ihm nach: das geliebte stille Häuschen im Weinberg, die weite, sommersatte Landschaft Flußblinken und Studentengesang, Anblick und Gespräch der beiden jungen Menschen, namentlich jenes schönen, zarten, dessen Namen er nicht wußte. Unruhe trieb ihn, obschon er müde war, immer wieder auf und ab, hin und her, und manchmal blieb er am Fenster stehen und schaute verloren in den Abend.

Wieder einmal hatte er heute die Stimme des Lebens vernommen, und sie klang fremd und aufreizend in seiner Schattenwelt nach. Jugend und Schönheit, geistiges Gespräch und ferne Gedankenwelten hatten zu ihm gesprochen, zu ihm, der einst Schillers Gast und ein Geladener an der Tafel der Götter gewesen war. Aber er war müde, er vermochte nicht mehr nach den goldenen Fäden zu greifen, nicht mehr dem vielstimmigen Gesang des Lebens zu folgen. Er vermochte nur noch die dünne, vereinzelte Melodie seiner eigenen Vergangenheit zu hören, und die war nichts als unendliche Sehnsucht ohne Erfüllung gewesen. Er war alt, er war alt und müde.

Beim letzten Licht des hinsterbenden Tages nahm der kranke Mann nochmals die Feder zur Hand, und unter wirre, klanglose Verse, mit denen ein daliegender Bogen groben Papiers bedeckt war, schrieb er mit seiner schönen, eleganten Handschrift diese kurze, traurige Klage:

»Das Angenehme dieser Welt hab ich genossen,
Der Jugend Freuden sind wie lang! wie lang!
                                                    verflossen.
April und Mai und Julius sind ferne,
Ich bin nichts mehr, ich lebe nicht mehr gerne.«

Nicht lange nach dieser Zeit mußte Wilhelm Waiblinger das Stift und Tübingen verlassen. Ihm war beschieden, das Glück und das Elend der Freiheit in raschen durstigen Zügen zu trinken und früh zu verlodern. Er wanderte nach Italien aus und hat die Heimat und die Freunde nicht wiedergesehen. Arm und verlassen ist er als ein gemiedener Abenteurer in Rom erloschen und verschollen.

Mörike blieb im Stift, konnte sich am Ende seiner Studienzeit aber nicht entschließen, Pfarrer zu werden. Nach mißglückten Versuchen in der Welt und hoffnungslosen Kämpfen mußte er endlich doch zu Kreuze kriechen. Aber wie er niemals ein ganzer Pfarrer wurde, so ist ihm nie ein ganzes Leben und Glück zuteil geworden. Unter Schmerzen beschied er sich und formte in erdarbten guten Stunden seine unverwelklichen Gedichte.

Friedrich Hölderlin blieb in seinem Tübinger Erkerzimmer und hat noch gegen zwanzig Jahre in seiner toten Dämmerung dahingelebt.   *(1913)*

Autorenabend

Als ich gegen Mittag in dem Städtchen Querburg ankam, empfing mich am Bahnhof ein Mann mit einem breiten grauen Backenbart. »Mein Name ist Schievelbein«, sagte er, »ich bin der Vorstand des Vereins.«

»Freut mich«, sagte ich. »Es ist großartig, daß es hier in dem kleinen Querburg einen Verein gibt, der literarische Abende veranstaltet.«

»Na, wir leisten uns hier allerlei«, bestätigte Herr Schievelbein. »Im Oktober war zum Beispiel ein Konzert, und im Karneval geht es schon ganz toll zu. – Und Sie wollen uns also heut abend durch Vorträge unterhalten?«

»Ja, ich lese ein paar von meinen Sachen vor, kürzere Prosastücke und Gedichte, wissen Sie.«

»Ja, sehr schön. Sehr schön. Wollen wir einen Wagen nehmen?«

»Wie Sie meinen. Ich bin hier ganz fremd; vielleicht zeigen Sie mir ein Hotel, wo ich absteigen kann.«

Der Vereinsvorstand musterte jetzt den Koffer, den der Träger hinter mir herbrachte. Dann ging sein Blick prüfend über mein Gesicht, über meinen Mantel, meine Schuhe, meine Hände, ein ruhig prüfender Blick, so wie man etwa einen Reisenden ansieht, mit dem man eine Nacht das Coupé teilen soll. Seine Prüfung fing eben an, mir aufzufallen und peinlich zu werden, da verbreiteten sich wieder Wohlwollen und Höflichkeit über seine Züge.

»Wollen Sie bei mir wohnen?« fragte er lächelnd. »So gut wie im Gasthaus finden Sie es da auch und sparen die Hotelkosten.«

Er begann mich zu interessieren; seine Patronatsmiene und wohlhabende Würde waren drollig und lieb, und hinter dem etwas herrischen Wesen schien viel Gutmütigkeit verborgen. Ich nahm also die Einladung an; wir setzten uns in einen offenen Wagen, und nun konnte ich wohl

sehen, neben wem ich saß, denn in den Straßen von Querburg war beinahe kein Mensch, der meinen Patron nicht
mit Ergebenheit gegrüßt hätte. Ich mußte beständig die
Hand am Hute haben und bekam eine Vorstellung davon,
wie es Fürsten zumute ist, wenn sie sich durch ihr Volk
hindurchsalutieren müssen.

Um ein Gespräch zu beginnen, fragte ich: »Wieviel
Plätze hat wohl der Saal, in dem ich sprechen soll?«

Schievelbein sah mich beinahe vorwurfsvoll an: »Das
weiß ich wirklich nicht, lieber Herr; ich habe mit diesen
Sachen gar nichts zu tun.«

»Ich dachte nur, weil Sie ja doch Vorstand – –«

»Gewiß; aber das ist nur so ein Ehrenamt, wissen Sie.
Das Geschäftliche besorgt alles unser Sekretär.«

»Das ist wohl der Herr Giesebrecht, mit dem ich kor-
respondiert habe?«

»Ja, der ist's. Jetzt passen Sie auf, da kommt das Krie-
gerdenkmal, und dort links, das ist das neue Postgebäude. Fein, nicht?«

»Sie scheinen hier in der Gegend keinen eigenen Stein
zu haben«, sagte ich, »da Sie alles aus Backstein machen?«

Herr Schievelbein sah mich mit runden Augen an,
dann brach er in ein Gelächter aus und schlug mir kräftig
aufs Knie.

»Aber Mann, das ist ja eben unser Stein! Haben Sie nie
vom Querburger Backstein gehört? Ist ja berühmt. Von
dem leben wir hier alle.«

Da waren wir schon vor seinem Hause. Es war min-
destens ebenso schön wie das Postgebäude. Wir stiegen
aus, und über uns ging ein Fenster auf und eine Frauen-
stimme rief herunter: »So, hast du also den Herrn doch
mitgebracht? Na, schön. Komm nur, wir essen gleich.«

Bald darauf erschien die Dame an der Haustür und war
ein vergnügtes rundes Wesen, voll von Grübchen und mit
kleinen, dicken, kindlichen Wurstfingern. Wenn man ge-

gen den Herrn Schievelbein etwa noch Bedenken hätte hegen können, diese Frau zerstreute jeden Zweifel, sie atmete nichts als wohligste Harmlosigkeit. Erfreut nahm ich ihre warme, gepolsterte Hand.

Sie musterte mich wie ein Fabeltier und sagte dann halb lachend: »Also Sie sind der Herr Hesse! Na, ist schön, ist schön. Nein, aber daß Sie eine Brille tragen!«

»Ich bin etwas kurzsichtig, gnädige Frau.«

Sie schien die Brille trotzdem sehr komisch zu finden, was ich nicht recht begriff. Aber sonst gefiel mir die Hausfrau sehr. Hier war solides Bürgertum; es würde gewiß ein vorzügliches Essen geben.

Einstweilen wurde ich in den Salon geführt, wo eine Palme einsam zwischen unechten Eichenmöbeln stand. Die ganze Einrichtung zeigte sich lückenlos in jenem schlechtbürgerlichen Stil unserer Väter und älteren Schwestern, den man selten mehr in solcher Reinheit antrifft. Mein Auge blieb gebannt an einem gleißenden Gegenstand hängen, den ich bald als einen ganz und gar mit Goldbronze bestrichenen Stuhl erkannte.

»Sind Sie immer so ernst?« fragte die Dame mich nach einer flauen Pause.

»O nein«, rief ich schnell, »aber entschuldigen Sie: warum haben Sie eigentlich diesen Stuhl vergolden lassen?«

»Haben Sie das noch nie gesehen? Es war eine Zeitlang sehr in Mode, natürlich nur als Ziermöbel, nicht zum Draufsitzen. Ich finde es sehr hübsch.«

Herr Schievelbein hustete: »Jedenfalls hübscher als das verrückte moderne Zeug, was man jetzt bei jung verheirateten Leuten sehen muß. – Aber können wir noch nicht essen?«

Die Hausfrau erhob sich, und eben kam das Mädchen, uns zum Essen zu bitten. Ich bot der Gnädigen den Arm, und wir wandelten durch ein ähnlich prunkvoll aussehendes Gemach in das Speisezimmer und einem kleinen

Paradies von Frieden, Stille und guten Sachen entgegen, das zu beschreiben ich mich nicht fähig fühle.

Ich sah bald, daß man hier nicht gewohnt war, sich neben dem Essen her mit Unterhaltung anzustrengen, und meine Furcht vor etwaigen literarischen Gesprächen fand sich angenehm enttäuscht. Es ist undankbar von mir, aber ich lasse mir ungern ein gutes Essen von den Wirten dadurch verderben, daß man mich fragt, ob ich den »Jörn Uhl« auch schon gelesen habe und ob ich Tolstoi oder Ganghofer hübscher finde. Hier war Sicherheit und Friede. Man aß gründlich und gut, sehr gut, und auch den Wein muß ich loben, und unter sachlichen Tafelgesprächen über Weinsorten, Geflügel und Suppen verrann selig die Zeit. Es war herrlich, und nur einmal gab es eine Unterbrechung. Man hatte mich um meine Meinung über das Füllsel der jungen Gans gefragt, an der wir aßen, und ich sagte so etwas wie: das seien Gebiete des Wissens, mit welchen wir Schriftsteller meist allzu wenig zu tun bekämen.

Da ließ Frau Schievelbein ihre Gabel sinken und starrte mich aus großen runden Kinderaugen an:

»Ja, sind Sie denn auch Schriftsteller?«

»Natürlich«, sagte ich ebenfalls verwundert. »Das ist ja mein Beruf. Was hatten Sie denn geglaubt?«

»O, ich dachte, Sie reisen eben immer so herum und halten Vorträge. Es war einmal einer hier – Emil, wie hieß er gleich? Weißt du, der, der damals diese bayrischen Volkslieder vorgetragen hat.«

»Ach, der mit den Schnadahüpferln –« Aber auch er konnte sich des Namens nicht mehr erinnern. Und auch er sah mich verwundert an und gewissermaßen mit etwas mehr Respekt, und dann nahm er sich zusammen, erfüllte seine gesellschaftliche Pflicht und fragte vorsichtig: »Ja, und was schreiben Sie da eigentlich? Wohl fürs Theater?«

Nein, sagte ich, das hätte ich noch nie probiert. Nur so Gedichte, Novellen und solche Sachen.

»Ach so«, seufzte er erleichtert. Und sie fragte: »Ist das nicht furchtbar schwer?«

Ich sagte nein, es ginge an. Herr Schievelbein aber hegte noch immer irgendein Mißtrauen.

»Aber nicht wahr«, fing er nochmals zögernd an, »ganze Bücher schreiben Sie doch nicht?«

»Doch«, mußte ich bekennen, »ich habe auch schon ganze Bücher geschrieben.« Das stimmte ihn sehr nachdenklich. Er aß eine Weile schweigend fort, dann hob er sein Glas und rief mit etwas angestrengter Munterkeit: »Na, prosit!«

Gegen den Schluß der Tafel wurden die Leute beide zusehends stiller und schwerer, sie seufzten verschiedene Male tief und ernst, und Herr Schievelbein legte eben die Hände über der Weste zusammen und wollte einschlafen, da mahnte ihn seine Frau: »Erst wollen wir noch den schwarzen Kaffee trinken.« Aber auch sie hatte schon ganz kleine Augen.

Der Kaffee war nebenan serviert; man saß in blauen Polstermöbeln zwischen zahlreichen stillblickenden Familienphotographien. Nie hatte ich eine Einrichtung gesehen, welche dem Wesen der Bewohner so vollkommen entsprach und Ausdruck verlieh. Mitten im Zimmer stand ein ungeheurer Vogelkäfig, und drinnen saß regungslos ein großer Papagei.

»Kann er sprechen?« fragte ich.

Frau Schievelbein verkniff ein Gähnen und nickte. »Sie werden ihn vielleicht bald hören. Nach Tisch ist er immer am muntersten.«

Es hätte mich interessiert zu wissen, wie er sonst aussah, denn weniger munter hatte ich noch nie ein Tier gesehen. Er hatte die Lider halb über die Augen gezogen und sah aus wie von Porzellan.

Aber nach einer Weile, als der Hausherr entschlummert war und auch die Dame bedenklich im Sessel nickte, da tat der versteinerte Vogel wahrhaftig den Schnabel auf und sprach in gähnendem Tonfall mit gedehnter und äußerst menschenähnlicher Stimme die Worte, die er konnte: »O Gott ogott ogott ogott – –«

Frau Schievelbein wachte erschrocken auf; sie glaubte, es sei ihr Mann gewesen, und ich benutzte den Augenblick, um ihr zu sagen, ich möchte mich jetzt gern ein wenig in mein Zimmer zurückziehen.

»Vielleicht geben Sie mir irgend etwas zu lesen mit«, setzte ich hinzu.

Sie lief und kam mit einer Zeitung wieder. Aber ich dankte und sagte: »Haben Sie nicht irgendein Buch? Einerlei was.«

Da stieg sie seufzend mit mir die Treppe zum Gastzimmer hinauf, zeigte mir meine Stube und öffnete dann mit Mühe einen kleinen Schrank im Korridor. »Bitte, bedienen Sie sich hier«, sagte sie und zog sich zurück. Ich glaubte, es handle sich um einen Likör, aber vor mir stand die Bibliothek des Hauses, eine kleine Reihe staubiger Bücher. Begierig griff ich zu, man findet in solchen Häusern oft ungeahnte Schätze. Es waren aber nur zwei Gesangbücher, drei alte Bände von »Über Land und Meer«, ein Katalog der Weltausstellung in Brüssel von Anno soundso und ein Taschenlexikon der französischen Umgangssprache.

Eben war ich nach einer kurzen Siesta am Waschen, da wurde geklopft, und das Dienstmädchen führte einen Herrn herein. Es war der Vereinssekretär, der mich sprechen wollte. Er klagte, der Vorverkauf sei sehr schlecht, sie schlügen kaum die Saalmiete heraus. Und ob ich nicht mit weniger Honorar zufrieden wäre. Aber er wollte nichts davon wissen, als ich vorschlug, die Vorlesung lieber zu unterlassen. Er seufzte nur sorgenvoll, und dann meinte er: »Soll ich für etwas Dekoration sorgen?«

»Dekoration? Nein, ist nicht nötig.«

»Es wären zwei Fahnen da«, lockte er unterwürfig. Endlich ging er wieder, und meine Stimmung begann sich erst wieder zu heben, als ich mit meinen nun wieder munter gewordenen Gastgebern beim Tee saß. Es gab Buttergebackenes dazu und Rum und Benediktiner.

Am Abend gingen wir dann alle drei in den »Goldenen Anker«. Das Publikum strömte in Scharen nach dem Hause, so daß ich ganz erstaunt war; aber die Leute verschwanden alle hinter den Flügeltüren eines Saales im Parterre, während wir in die zweite Etage hinaufstiegen, wo es viel stiller zuging.

»Was ist denn da unten los?« fragte ich den Sekretär.

»Ach, die Biermusik. Das ist jeden Samstag.«

Ehe Schievelbeins mich verließen, um in den Saal zu gehen, ergriff die gute Frau in einer plötzlichen Wallung meine Hand, drückte sie begeistert und sagte leise: »Ach, ich freue mich ja so furchtbar auf diesen Abend.«

»Warum denn?« konnte ich nur sagen, denn mir war ganz anders zumute.

»Nun«, rief sie herzlich, »es gibt doch nichts Schöneres, als wenn man sich wieder einmal so richtig auslachen kann!«

Damit eilte sie davon, froh wie ein Kind am Morgen seines Geburtstages.

Das konnte gut werden.

Ich stürzte mich auf den Sekretär. »Was denken sich die Leute eigentlich unter diesem Vortrag?« rief ich hastig. »Mir scheint, sie erwarten etwas ganz anderes als einen Autoren-Abend.«

Ja, stammelte er kleinlaut, das könne er unmöglich wissen. Man nehme an, ich werde lustige Sachen vortragen, vielleicht auch singen, das andere sei meine Sache – und überhaupt, bei diesem miserablen Besuch – –

Ich jagte ihn hinaus und wartete allein in bedrückter Stimmung in einem kalten Stübchen, bis der Sekretär mich wieder abholte und in den Saal führte. Da standen etwa zwanzig Stuhlreihen, von denen drei oder vier besetzt waren. Hinter dem kleinen Podium war eine Vereinsfahne an die Wand genagelt. Es war scheußlich. Aber ich stand nun einmal da, die Fahne prunkte, das Gaslicht blitzte in meiner Wasserflasche, die paar Leute saßen und warteten, ganz vorne Herr und Frau Schievelbein. Es half alles nichts; ich mußte beginnen.

So las ich denn in Gottes Namen ein Gedicht vor. Alles lauschte erwartungsvoll – aber als ich glücklich im zweiten Vers war, da brach unter unseren Füßen mit Pauken und Tschinellen die große Biermusik los. Ich war so wütend, daß ich mein Wasserglas umwarf. Man lachte herzlich über diesen Scherz.

Als ich drei Gedichte vorgelesen hatte, tat ich einen Blick in den Saal. Eine Reihe von grinsenden, fassungslosen, enttäuschten, zornigen Gesichtern sah mich an, etwa sechs Leute erhoben sich verstört und verließen diese unbehagliche Veranstaltung. Ich wäre am liebsten mitgegangen. Aber ich machte nur eine Pause und sagte dann, soweit ich gegen die Musik ankam, es scheine leider hier ein Mißverständnis zu walten, ich sei kein humoristischer Rezitator, sondern ein Literat, eine Art von Sonderling und Dichter, und ich wolle ihnen jetzt, da sie doch einmal da seien, eine Novelle vorlesen.

Da standen wieder einige Leute auf und gingen fort.

Aber die Übriggebliebenen rückten jetzt aus den lichtgewordenen Reihen näher beim Podium zusammen; es waren immer noch etwa zwei Dutzend Leute, und ich las weiter und tat meine Schuldigkeit, nur kürzte ich das Ganze tüchtig ab, so daß wir nach einer halben Stunde fertig waren und gehen konnten. Frau Schievelbein begann mit dicken Händchen wütend zu klatschen, aber es klang so allein nicht gut, und so hörte sie errötend wieder auf.

Der erste literarische Abend von Querburg war zu Ende. Mit dem Sekretär hatte ich noch eine kurze ernste Unterredung; dem Mann standen Tränen in den Augen.

Ich warf einen Blick in den leeren Saal zurück, wo das Gold der Fahne einsam leuchtete, dann ging ich mit meinen Wirten nach Hause. Sie waren so still und feierlich wie nach einem Begräbnis, und plötzlich, als wir so blöd und schweigend nebeneinander hergingen, mußte ich laut hinauslachen, und nach einer kleinen Weile stimmte Frau Schievelbein mit ein. Daheim stand ein ausgesuchtes kleines Essen bereit, und nach einer Stunde waren wir drei in der besten Stimmung. Die Dame sagte mir sogar, meine Gedichte seien herzig und ich möchte ihr eins davon abschreiben.

Das tat ich zwar nicht, aber vor dem Schlafengehen schlich ich mich ins Nebenzimmer, drehte Licht an und trat vor den großen Vogelkäfig. Ich hätte gerne den alten Papagei noch einmal gehört, dessen Stimme und Tonfall dies ganze liebe Bürgerhaus sympathisch auszudrücken schien. Denn was irgendwo drinnen ist, will sich zeigen; Propheten haben Gesichte, Dichter machen Verse, und dieses Haus ward Klang und offenbarte sich im Ruf dieses Vogels, dem Gott eine Stimme verlieh, daß er die Schöpfung preise.

Der Vogel war beim Aufblitzen des Lichtes erschrocken und sah mich aus verschlafenen Augen starr und glasig an. Dann fand er sich zurecht, dehnte den Flügel mit einer unsäglich schläfrigen Gebärde und gähnte mit fabelhaft menschlicher Stimme: »O Gott ogott ogott ogott − −«   *(1913)*

Der Waldmensch

Im Anfang der ersten Zeitalter, noch ehe die junge Menschheit sich über die Erde verbreitet hatte, waren die Waldmenschen. Diese lebten eng und scheu in der Dämmerung der tropischen Urwälder, stets im Streit mit ihren Verwandten, den Affen, und über ihrem Tun und Sein stand als einzige Gottheit und einziges Gesetz: der Wald. Der Wald war Heimat, Schutzort, Wiege, Nest und Grab, und außerhalb des Waldes vermochte man sich kein Leben zu denken. Man vermied es, bis an seine Ränder vorzudringen, und wer je durch besondere Schicksale auf der Jagd oder Flucht dorthin verschlagen worden war, der erzählte zitternd und geängstigt von der weißen Leere draußen, wo man das furchtbare Nichts im tödlichen Sonnenbrande gleißen sähe. Es lebte ein alter Waldmann, der war vor Jahrzehnten, durch wilde Tiere verfolgt, über den äußersten Rand des Waldes hinaus geflohen und alsbald blind geworden. Er war jetzt eine Art Priester und Heiliger und hieß mata dalam (der das Auge inwendig hat); er hatte das heilige Waldlied gedichtet, das bei großen Gewittern gesungen wurde, und auf ihn hörten die Waldleute. Daß er die Sonne mit Augen gesehen hatte, ohne daran zu sterben, das war sein Ruhm und sein Geheimnis.

Die Waldmenschen waren klein und braun und stark behaart, sie gingen vorgebückt und hatten scheue Wildaugen. Sie konnten wie Menschen und wie Affen gehen und fühlten sich hoch im Geäst des Waldes ebenso sicher wie am Boden. Häuser und Hütten kannten sie noch nicht, wohl aber mancherlei Waffen und Gerätschaften, auch Schmuck. Sie verstanden Bogen, Pfeile, Lanzen und Streitkolben aus harten Hölzern zu machen, Halsbänder aus Bast und mit getrockneten Beeren oder Nüssen behängt, auch trugen sie um den Hals oder im Haar ihre

Kostbarkeiten: Eberzahn, Tigerkralle, Papageienfeder, Flußmuschel.

Mitten durch den unendlichen Wald floß der große Strom, die Waldmenschen wagten sein Ufer aber nur in dunkler Nacht zu betreten, und viele hatten ihn nie gesehen. Die Mutigeren schlichen zuweilen des Nachts aus dem Dickicht hervor, scheu und lauernd, dann sahen sie im schwachen Schimmer die Elefanten baden, blickten durch die überhängenden Baumwipfel und sahen erschrocken im Netzwerk der vielarmigen Mangrovenbäume die glänzenden Sterne hängen. Die Sonne sahen sie niemals, und es galt schon für äußerst gefährlich, ihr Spiegelbild im Sommer zu erblicken.

Zu jenem Stamme der Waldleute, welchen der blinde mata dalam vorstand, gehörte auch der Jüngling Kubu, und er war der Führer und Vertreter der Jungen und Unzufriedenen. Es gab nämlich Unzufriedene, seit mata dalam älter und herrschsüchtiger geworden war. Bisher war es sein Vorrecht gewesen, daß er, der Blinde, von den andern mit Speise versorgt wurde, auch fragte man ihn um Rat und sang sein Waldlied. Allmählich aber führte er allerlei neue und lästige Bräuche ein, welche ihm, wie er sagte, von der Gottheit des Waldes im Traum waren geoffenbart worden. Ein paar Junge und Zweifler aber behaupteten, der Alte sei ein Betrüger und suche nur seinen eigenen Vorteil.

Das Neueste, was mata dalam eingeführt hatte, war eine Neumondfeier, wobei er in der Mitte eines Kreises saß und die Rindentrommel schlug. Die anderen Waldleute aber mußten so lange im Kreise tanzen und das Lied golo elah dazu singen, bis sie todmüde waren und in die Knie sanken. Dann mußte ein jeder sich das linke Ohr mit einem Dorn durchbohren, und die jungen Weiber mußten zu dem Priester geführt werden, und er durchbohrte einer jeden das Ohr mit einem Dorn.

Dieser Sitte hatte sich Kubu samt einigen seiner Altersgenossen entzogen, und ihr Bestreben war, auch die jungen Mädchen zum Widerstand zu überreden. Einmal hatten sie Aussicht, zu siegen und die Macht des Priesters zu brechen. Der Alte nämlich hielt wieder Neumondfest und durchbohrte den Weibchen das linke Ohr. Eine kräftige Junge aber schrie dabei furchtbar und leistete Widerstand, und darüber passierte es dem Blinden, daß er ihr mit dem Dorn ins Auge stach, und das Auge lief aus. Jetzt schrie das Mädchen so verzweifelt, daß alle herbeiliefen, und als man sah was geschehen war, schwieg man betroffen und unwillig. Als aber die Jungen sich triumphierend darein mischten und als Kubu den Priester an der Schulter zu packen wagte, da stand der Alte vor seiner Trommel auf und sagte mit krähend höhnischer Stimme einen so grauenhaften Fluch, daß alle entsetzt zurückflohen und dem Jüngling selber das Herz vor Entsetzen gefror. Der alte Priester sagte Worte, deren genauen Sinn niemand verstehen konnte, deren Art und Ton aber wild und grausig an die gefürchteten heiligen Worte der Gottesdienste anklang. Und er verfluchte des Jünglings Augen, die er dem Geier zum Fraße zusprach, und verfluchte seine Eingeweide, von welchen er prophezeite, sie würden eines Tages im freien Felde in der Sonne rösten. Dann aber befahl der Priester, der im Augenblick mehr Macht hatte als jemals, das junge Mädchen nochmals zu sich und stieß ihr den Dorn auch ins zweite Auge, und jedermann sah es mit Entsetzen, und niemand wagte zu atmen.

»Du wirst draußen sterben«, hatte der Alte den Kubu verflucht, und seither mied man den Jüngling als einen Hoffnungslosen. »Draußen« – das hieß: außerhalb der Heimat, außerhalb des dämmernden Waldes! »Draußen«, das bedeutete Schrecken, Sonnenbrand und glühende, tödliche Leere.

Entsetzt war Kubu weit hinweg geflohen, und als er sah, daß jedermann vor ihm zurückwich, da verbarg er sich in einem hohlen Baumstamm und gab sich verloren.

Tage und Nächte lag er, wechselnd zwischen Todesangst und Trotz, und ungewiß, ob nun die Leute seines Stammes kommen würden, ihn zu erschlagen, oder ob die Sonne selbst durch den Wald brechen, ihn belagern, erjagen und erlegen werde. Es kam aber weder Pfeil noch Lanze, weder Sonne noch Blitzstrahl, es kam nichts als eine tiefe Erschlaffung und die brüllende Stimme des Hungers.

Da stand Kubu wieder auf und kroch aus dem Baum, nüchtern und beinahe mit einem Gefühl von Enttäuschung.

»Es ist nichts mit dem Fluch des Priesters«, dachte er verwundert, und dann suchte er sich Speise, und als er gegessen hatte und wieder das Leben durch seine Glieder kreisen fühlte, da kam Stolz und Haß in seine Seele zurück. Jetzt *wollte* er nicht mehr zu den Seinen zurückkehren. Jetzt wollte er ein Einsamer und Ausgestoßener sein, einer, den man haßte und dem der Priester, das blinde Vieh, ohnmächtige Verfluchungen nachrief. Er wollte allein sein und allein bleiben, zuvor aber wollte er seine Rache nehmen.

Und er ging und sann. Er dachte über alles nach, was ihm jemals Zweifel erweckt hatte und als Trug erschienen war, und vor allem über die Trommel des Priesters und seine Feste, und je mehr er dachte und je länger er allein war, desto klarer konnte er sehen: ja, es war Trug, es war alles nur Trug und Lüge. Und da er schon so weit war, dachte er noch weiter und richtete sein wachsam gewordenes Mißtrauen vollends auf alles, was als wahr und heilig galt. Wie stand es zum Beispiel mit dem Waldgott und mit dem heiligen Waldlied? Oh, auch damit war es nichts, auch das war Schwindel! Und ein heimliches Entsetzen überwindend, stimmte er das Waldlied an, höhnisch mit verächtlicher Stimme und alle Worte verdrehend, und er rief dreimal den Namen der Waldgottheit, den außer dem Priester niemand bei Todesstrafe nennen durfte, und es blieb alles ruhig, und kein Sturm brach los, und kein Blitz zuckte nieder!

Manche Tage und Wochen irrte der Vereinsamte so umher, Falten über den Augen und mit stechendem Blick. Er ging auch, was noch niemand gewagt hatte, bei Vollmond an das Ufer des Stromes. Dort blickte er erst dem Spiegelbild des Mondes und dann dem Vollmond selber und allen Sternen lang und kühn in die Augen, und es geschah ihm kein Leid. Ganze Mondnächte saß er am Ufer, schwelgte im verbotenen Lichtrausch und pflegte seine Gedanken. Viele kühne und schreckliche Pläne stiegen in seiner Seele auf. Der Mond ist mein Freund, dachte er, und der Stern ist mein Freud, aber der alte Blinde ist mein Feind. Also ist das »Draußen« vielleicht besser als unser Drinnen, und vielleicht ist die ganze Heiligkeit des Waldes auch nur ein Gerede! Und er kam, um Generationen vor allen Menschen voraus, eines Nachts auf die verwegene und fabelhafte Idee, man könne ganz wohl einige Baumäste mit Bast zusammenbinden, sich darauf setzen und den Strom hinunterschwimmen. Seine Augen funkelten, und sein Herz schlug gewaltig. Aber es war nichts damit; der Strom war voll von Krokodilen.

Dann gab es also keinen anderen Weg in die Zukunft als den, den Wald an seinem Rande zu verlassen, falls es überhaupt ein Ende des Waldes gab, und sich alsdann der glühenden Leere, dem bösen »Draußen« anzuvertrauen. Jenes Ungeheuer, die Sonne, mußte aufgesucht und bestanden werden. Denn wer weiß? Am Ende war auch die uralte Lehre von der Furchtbarkeit der Sonne nur so eine Lüge!

Dieser Gedanke, der letzte in einer kühnen, fiebrig wilden Reihe, machte den Kubu erzittern. Das hatte in allen Weltaltern noch niemals ein Waldmensch gewagt, freiwillig den Wald zu verlassen und sich der schrecklichen Sonne auszusetzen. Und wieder ging er Tage um Tage, seinen Gedanken tragend. Und endlich faßte er Mut. Er schlich mit Zittern am hellen Mittag gegen den Fluß, näherte sich lauernd dem glitzernden Ufer und suchte mit bangen Augen das Bildnis der Sonne im Wasser. Der Glanz schmerzte heftig in den geblendeten Augen, er mußte sie rasch wieder schließen, aber nach einer Weile wagte er es wieder und dann nochmals, und es gelang. Es war möglich, es war zu ertragen, und es machte sogar froh und mutig. Kubu hatte Vertrauen zur Sonne gefaßt. Er liebte sie, auch wenn sie ihn töten sollte, und er haßte den alten, finsteren, faulen Wald, wo die Priester quäkten und wo er, der Junge und Mutige, verfemt und ausgestoßen worden war.

Jetzt war sein Entschluß reif geworden, und er pflückte die Tat wie eine süße Frucht. Mit einem neuen, zügigen Hammer aus Eisenholz, dem er einen ganz dünnen und leichten Stiel gegeben hatte, ging er in der nächsten Morgenfrühe dem mata dalam nach, fand seine Spur und fand ihn selbst, schlug ihm den Hammer auf den Kopf und sah seine Seele aus dem gekrümmten Maul entfliehen. Er legte ihm seine Waffe auf die Brust, damit man wisse, durch wen der Alte gestorben sei, und auf die glatte Fläche des Hammers hatte er mit einer Muschelscherbe mühsam eine Schilderung geritzt, einen Kreis mit mehreren geraden Strahlen: das Bildnis der Sonne.

Mutig trat er seine Wanderschaft nach dem fernen »Draußen« an und ging vom Morgen bis zur Nacht in gerader Richtung und schlief nachts im Gezweige und setzte in der Frühe sein Wandern fort, viele Tage lang, über Bäche und schwarze Sümpfe, und schließlich über ansteigendes Land und moosige Steinbänke, wie er sie nie gesehen hatte, und endlich steiler hinan, von Schluchten aufgehalten, ins Gebirge hinein, immer durch den ewigen Wald, so daß er am Ende zweifelhaft und traurig wurde und den Gedanken erwog, vielleicht möchte es doch den Geschöpfen des Waldes von einem Gott verboten sein, ihre Heimat zu verlassen.

Und da kam er eines Abends, nachdem er seit langem immerzu gestiegen und in immer höhere, trocknere, leichtere Lüfte gekommen war, unversehens an ein Ende. Der Wald hörte auf, aber mit ihm auch der Erdboden, es stürzte hier der Wald ins Leere der Luft hinab, als wäre an dieser Stelle die Welt entzweigebrochen. Zu sehen war nichts als eine ferne schwache Röte und oben einige Sterne, denn die Nacht hatte schon begonnen.

Kubu setzte sich an den Rand der Welt und band sich an den Schlingpflanzen fest, daß er nicht hinunterfalle. In Grauen und wilder Erregung verbrachte er kauernd die Nacht, ohne ein Auge zu schließen, und beim ersten Grauen der Frühe sprang er ungeduldig auf seine Füße und wartete, über das Leere gebeugt, auf den Tag.

Gelbe Streifen schönen Lichtes erglommen in der Ferne, und der Himmel schien in Erwartung zu zittern wie Kubu zitterte, der noch niemals das Werden des Tages im weiten Luftraum gesehen hatte. Und gelbe Lichtbündel flammten auf, und plötzlich sprang jenseits der ungeheuren Weltenschlucht die Sonne groß und rot in den Himmel. Sie sprang empor aus einem endlosen grauen Nichts, welches alsbald blauschwarz wurde: das Meer.

Und vor dem zitternden Waldmann lag entschleiert das »Draußen«. Vor seinen Füßen stürzte der Berg hinab bis in unkenntliche rauchende Tiefen, gegenüber sprang rosig und juwelenhaft ein Felsgebirge empor, zur Seite lag fern und riesig das dunkle Meer, und die Küste lief weiß und schaumig mit kleinen nickenden Bäumen darum her. Und über dies alles, über diese tausend neuen, fremden gewaltigen Formen zog die Sonne herauf und wälzte einen glühenden Strom von Licht über die Welt, die in lachenden Farben entbrannte.

Kubu vermochte nicht, der Sonne ins Gesicht zu sehen. Aber er sah ihr Licht in farbigen Fluten um die Berge und Felsen und Küsten und fernen blauen Inseln strömen, und er sank nieder und neigte sein Gesicht zur Erde vor den Göttern dieser strahlenden Welt. Ach, wer war er, Kubu?! Er war ein kleines schmutziges Tier, das sein ganzes dumpfes Leben im dämmerigen Sumpfloch des dicken Waldes hingebracht hatte, scheu und finster und niederträchtigen Winkelgottheiten untertan. Aber hier war die Welt, und ihr oberster Gott war die Sonne, und der lange schmähliche Traum seines Waldlebens lag dahinten und begann schon jetzt in seiner Seele zu erlöschen wie das fahle Bild des toten Priesters. Auf Händen und Füßen kletterte Kubu den steilen Abgrund hinab, dem Licht und dem Meer entgegen, und über seine Seele zitterte in flüchtigem Glücksrausch die traumhafte Ahnung einer hellen, von der Sonne regierten Erde, auf welcher helle, befreite Wesen im Lichte lebten und niemand untertan wären als der Sonne. *(1914)*

Das Haus der Träume

Ein Fragment

Erster Teil

Krokus war vergangen, Schneeglöckchen war verschwunden, im erwartenden bangen Spätfrühling blühte allein die alte Magnolie. Aus dem großblätterigen, schwach silberscheinenden Laub des runden Baumes quoll Amselgesang, und die reinen weißen Blüten blickten sanft und befremdet wie schöne kränkliche Kinder. Rund und feierlich blühte der Magnolienbaum in der kleinen, ovalen Wiese; darüber stand in der Sonne freundlich mit dem gewölbten Vordach die Südseite des niederen Hauses, verwittert, grün und grauer Kalkbewurf, rundes Giebelgewölb und schmaler Ziegelrand des Daches im feuchten Blauen ruhend, breite Altane tausendmal vom leidenschaftlichen Astgeschlinge der großen Glyzine umarmt. Aber alles tief und innig in grüne und kahle Wipfel und Kronen gebettet, hoch überragt vom beschützenden Ulmenbaum, der mit greisen, ungeheuren Ästen weit über das ganze Dach hin griff, und zu Seiten die ausländischen Föhren mit den feierlichen und durchdachten Pyramiden ihrer langhaarigen Äste, wo vorjährige aufgesprungene Zapfenfrüchte harzig an der Wärme dufteten und im gefleckten Schatten kleine Baumläufer und Spechtmeisen um die dicken, roten Stämme liefen, jetzt grauschattig, jetzt edelsteinern aufglänzend.

Der Grasplatz mit der Magnolie, dem Wacholder und den Rosenstämmen lag zwischen Haus, Ulme, Föhren und der dicht verwirrten Buschwildnis hoher Fliedergesträuche vor Staub und Wind der Welt beschützt und tief in seinen grünen Schrein versenkt. Offen war er einzig nach Süden: da fiel der Garten in Stufen und kleinen Terrassen abwärts, der Sonne zugeneigt. Dahinter lag weit und grün das wellige Weideland, auf seine offene Tafel gezeichnet stand eine lange, launig gekrümmte Linie von breitkronigen Eichen, die Grenze des Nachbargutes. Das grüne Wiesenland war von einem unsichtbaren Flußtal begrenzt, jenseits lag grünes Waldgebirg in langen, stillen Zügen, dahinter ein neuer Zug von grünen Höhen, schon bläulich bedünstet, und hinter ihm ganz blau, mit herausleuchtenden, nackten Felsflühen, eine steile Vorbergkette. Und erst jenseits von diesem dritten blauen Gebirgszug, unendlich fern und hoch im Wechsel der Gewölke, schwebten die traumfarbenen Schneeberge, verklärt in vielfältig gedämpfter und entrückter Wirklichkeit, eine erinnerungslose, bleiche Geisterwelt, aber wahrer und beständiger als alle Nähe.

Der Alte stand bei den Rosenstämmen; es war Zeit, sie aufzubinden. In den Gürtel der grünen Schürze gesteckt, trug er eine lange, blonde Locke von hellem Bast und in der Hand eine Schere. Mit zögernden Fingern suchte und wählte er in den braunen, dornigen Zweigen, schnitt mit Sorgfalt abgestorbene Spitzen ab und sammelte sie in einen flachen Weidenkorb. Abendliches Sonnenlicht floß warm in schrägen Strahlen zwischen den knospenden, hohen Sträuchern, Flieder und Hasel, herein. Der Alte hatte auf den Augenblick gewartet; nun tat er Korb und Schere beiseite, trat auf die Abendseite der kleinen Wiese und beging seine einfache Abendfeier, indem er still im strömenden Sonnenfeuer stand und den Magnolienbaum belauschte. Der hielt seine bleichen, weißen Blüten noch weit atmend geöffnet, und von den höchsten Zweigen abwärts überfloß ihn das satte späte Licht, und schnell und zart sprang das abendliche Rosenrot auf jede Blüte. Das müde Weiß glühte in heimlicher Zärtlichkeit auf, und minutenlang hing über dem verzauberten Baume ein magischer Schleier, dünn und wesenlos, und jede bleiche

Blume schaute still und warm mit erwachter Seele aus dem sanften Kelch und feierte ihr kleines, banges Fest.

Mit den stillgewordenen Augen betrachtete der Blumenvater freundlich und forschend das bescheidene Wunder, ihm sandte jede Blüte errötend ihren Abendgruß ins Herz, und mit fühlender Teilnahme atmete er die Gerüche der drängenden Jahreszeit, spürte witternd ihre gespannte Bereitschaft und das süße, knospende Erwartungsfieber ungeduldiger Keime.

Die Welt ist kleiner geworden, dachte er mit einem Schein von Lächeln. Ein Leben lang war dieser alte Mensch in tausend tätigen Beziehungen und hohen Ämtern gestanden, hatte die Welt umreist und immer wieder die Sehnsucht in sich genährt, wie Goethe »allen Sonnenschein und alle Bäume, alles Meergestad und alle Träume in sein Herz zu fassen miteinander« – nun fand er sich auf den engen Bezirk seines Gartens beschränkt, wo Baum und Gras, Strauch und Beet ihm vertraut und zu eigen, von ihm gepflegt, von ihm erdacht, von ihm geschaffen, geformt und geleitet lebten, und die Fülle war nicht kleiner geworden, und ein Beet Rosen war für Sinne und Gedanken so wenig auszuschöpfen als Meergestade und weite Welt. Alles Besitzen war Beschränkung, alles Verstehen war Verzicht, und alles Verzichtenmüssen suchte seine Verklärung in Lächeln und in Andacht.

Langsam schritt Neander um den Rasen bis zu der Stelle, wo der Kiesweg zwischen Gebüschen, die ihn dicht umschlossen, plötzlich gegen die Steintreppe nach dem unteren Garten mündete. Da drang Himmel und grenzenlose Weite in die enge Weltflucht des buschigen Winkels, und über Gärten, Bäume, Hecken, Weiden, grüne Bergzüge und blaue Bergzüge hinweg stürzte der Blick in die luftige Welt, an deren Ende fern und ehrwürdig die Alpen standen. Dasselbe Licht, das im Magnolienbaum die armen Blumenschwestern verklärte, floß dort im Weiten mit demselben Zauber über Wolken- und Schneeberge. Jenseits der abendlichen Wiesenwelt und Bergwälder glühte diamanten das Gebirge in unirdischen Zaubern, Märchenbauten aus Glas und Edelstein, von wallenden Lichtfeuern durchströmt, nicht mit der Erde zusammenhängend, sondern hoch über den Dünsten der Ferne strahlend, Berghäupter brüderlich zwischen Wolkenhäuptern.

Oft gedachte Gedanken besuchten den Alten. Von suchender Unrast geistigen Erraffens einst bis weit in fremde Erdteile hinein auf schnellen, gierigen Reisen verschlagen, hatte er doch beinahe sein ganzes Leben nahe bei diesen verklärten Bergen hingebracht, ihre Schönheit und ihre Rätsel waren seit frühen Jugendzeiten seinem Gemüt heimisch geworden; der große Wall der Alpen war ihm ewiges Sinnbild des Zwiespaltes und Hemmnisses in der eigenen Seele, wo der sehnsüchtige Kampf von Süden und Norden zum Mittelpunkt aller Bewegung geworden war wie in der Geschichte der Menschheit.

Drüben hinter der gläsernen Zaubermauer wußte er die schönen Paradiese liegen, dort floß das Leben gut und leicht in der Unschuld angeborenen Reichtums; und das Schöne wuchs dort mit der kindlichen Natürlichkeit anmutiger Blumen empor, das der Norden nur aus Qualen der Sehnsucht und Abgründen grübelnden Trotzes gebar. Aber die nordische Schönheit klang inniger und erschütternder und flatterte kühner in göttlicher Trunkenheit.

Wieder umfaßte Neander im Anblick der vielfarbigen, fernschwebenden Gipfel den Umfang seines inneren Lebens. Er stand auf der Seite des Nordens, er stand auf der Seite des Verzichtes und der unstillbaren Sehnsucht. Der Kampf aber war eingeschlummert. Seit er die Lebenshöhe überschritten hatte und tiefer ins Tal der langen Schatten hinabgestiegen war, hatten seine Gedanken die Flucht vor dem Tode aufgegeben. Von wo er kam, und wohin er ging, schien ihm ein und dasselbe Land. Die lockende Stimme des Lebens, die ihn seit Kinderzeiten jeden Tag gerufen und seine Schritte vorwärts und vorwärts getrieben hatte, war ihm allmählich zur Stimme des Todes geworden, welche von jenseits rief und der zu folgen nicht minder schön und seltsam war. Leben oder Tod, das waren nur Namen, aber die lockende Stimme war da und sang und zog und hieß ihn im guten Takt der Tage schreiten, und der Weg führte nach der Heimat.

Abendatem wehte aus der Weite her, am Weiher rührte sich Schilfgesang. Nacht rief dem Tage, Tag rief der Nacht, ein und aus wehte ewig der Atem Gottes.

Mit aufmerksamen Blicken betrachtete der alte Mann, aus der farbigen Himmelsferne zurück ins Nahe kehrend, seinen Garten. Er sah ihn nicht in seiner augenblicklichen Wirklichkeit, ihn verband mit Bäumen und Gesträuch ein liebevoller Umgang seit vielen Jahren. Was hier stand und wuchs, in diesem kleinen, gepflegten Bezirk zwischen Haus und Holunderecke, in dieser grünen Garteninsel, die kein Blick von außen zu erreichen vermochte, das war alles von ihm gedacht und gewollt, auf Übernommenem weitergebaut und nirgends fertig, vielmehr voll von heranwachsenden Gedanken und Erfüllungen für die Zukunft. Daß an der Ecke zwischen Haselnuß und Holunder die hohen wilden Rosen mit langen Ranken schwebten, daß unter dem blühenden Palmkätzchenbaum der schwarze, dicke Efeu kroch, daß zwischen dem Gekräusel der Glyzinenranken nur zartes, spitzblättriges Fliederlaub sich wölben durfte, das war sein Werk, und es war nicht nur schön, es war in zärtlichen Jahren aus hundert besorgten Gärtnerträumen lebendig in langsamer Wahl und Ordnung entstanden. Wo jetzt durch dünne Äste frei der Himmel schaute, da wußte Neander aus Laub und Blüten, aus Früchten und Schlingpflanzen viel schöne, geistvolle Dinge für den Mai, für den Juli, für September heranwachsen und warten: Ebereschenbeeren blank im Blauen hängend, rote Blüten aus dunkelstem Grün aufglühend, Bienenwinkel und Schmetterlings-

rastorte für alle Jahreszeiten vorbereitet, innige Pflanzen-
freundschaften, von Menschenhand geschützt und be-
günstigt. Sommermorgenfrühe und schwüle August-
nacht, Aprilmittag und Herbstabend fanden hier und
dort ihren Lieblingsplatz und Rahmen bereitet, und im
kleinen Treibhause grünte kein winziger Pflanzenkeim,
der nicht in des Gartendichters Gedanken schon als Laub
und Blume, als Lichtfleck oder Schattenecke, als satte,
rote Blütenfarbe dort und da sein Amt und seine Bestimmung hatte.

Aber tiefer und inniger noch lebte der Greis in seinen
grünen Träumen, ihm nur bekannt und deutbar wurzel-
ten im Garten und überall Erinnerungen und Sinnbilder
seines innern Lebens, Trauermale und Dankopfer, Ge-
denkzeichen der Jugend und hinausdeutende Ahnungen
von Tod und Wiederkehr. Wie er die Zeiten des Jahres
und Tages im Leben des Gartens inniger mitbeging, so
fühlte er über die Jahre hinweg dieses tausendfältig lebende Gebilde als ein Bildnis seiner selbst, als das geheimnisvolle Werk und Abbild seiner Seele. Hier waren Le-
bensträume gestorben und verwandelt, hier war Gottesdienst begangen und Gefühl der Ewigkeit gepflegt, und
wo dem fremden Auge nur ein schöner Wipfel, ein woh-
liges Gebüsch stand, da lebte ihm, dem Dichter, unver-
gessenes Sein und Kämpfen, Suchen und Überwinden
fort. Wie ein einsamer Regierender in fernen Bewegungen
der Menschen und ihrer Güter die Folgen und Früchte
seiner Gedanken und Pläne erkennt, so fühlte der alte
Gartenfreund jedes Wachstum, jedes stille Geschehen seines sanften Reiches als Fortklang und ferne fruchtbare
Schwingung seines Inneren.

Wartend saß Neander auf der niedrigen Mauer, den
Blick auf den Bergen. Schon gab es laue Abende und
feuchtes Ferneblau, ein Winter und Vorfrühling war
überwunden, und vor den Gedanken des Alten lag wieder
ein wachsendes Jahr, ein neues, ahnungsreiches Garten-

jahr: Sternblumen, Fliederzeit, Rosengehänge über der weißen Mauer!

Kräftige Schritte klangen auf dem Weg vom Hause her. Neander erhob sich, um entgegenzugehen, da stand frisch und lachend sein zweiter Sohn vor ihm, den Hut in der Linken, und griff nach seiner Hand, die er mit zärtlicher Ehrfurcht festhielt.

»Hans! Du bist schon da!«

»Ja, Vater, einen Tag früher als ich euch schrieb. Mama fand ich nicht, sie ist in die Stadt gegangen. Geht es dir gut, Vater?«

»Es geht uns allen gut, Hans. Ich bin vielleicht ein bißchen alt geworden, aber du wirst sehen, Mama ist noch so jung wie immer.«

»Ach, und der Garten, unser alter Garten! Die Magnolie blüht, ich sah es gleich. Du bist hier immer noch fleißig – ich glaube, ich habe mein Leben lang nie an dich gedacht, ohne daß ich dich im Garten sah, bei den Rosen oder mit der Gießkanne. Es ist so schön bei dir, schöner als ich wußte. Es gibt auf der Welt keinen solchen Garten mehr.«

Hans Neander stellte den Fuß auf die Mauer und blickte fröhlich umher.

»Es stimmt nicht ganz«, sagte der Vater, »unsereiner meint es ja gut, aber wir sind hierzulande keine Gärtner, leider. Man muß sehen, wie Japaner das verstehen! Aber für dich ist hier Heimat und Kindheit, da ist alles schön und vollkommen.«

»Es war mir ganz ernst damit«, rief Hans, »du hast deine Bäume und Beete und alles so merkwürdig richtig und lebendig verteilt und abgestimmt, ich glaube wirklich nicht, daß man es besser machen könnte.«

»Weil du die Fehler nicht siehst, mein Junge. Zum Beispiel da unten, neben dem Pavillon, habe ich zwischen die Akazien ein paar Ebereschen gepflanzt und den ganzen schönen Baumschlag damit verdorben. Die Bäumchen sind groß geworden, ehe ich das merkte, und jetzt stehen sie und hängen im Hochsommer ihre roten Beeren in den Himmel, es wäre grausam, sie wieder abzutun. Aber die Akazien allein wären viel, viel schöner und richtiger. Und so ist noch vieles, überall. Es ist nicht leicht, einen guten Garten zu pflanzen. Es ist so schwer wie ein Reich zu regieren. Man muß sich entschließen, auch die Unvollkommenheiten zu lieben, sonst ist man betrogen. Du hast das besser gekonnt als ich. Weißt du, wenn jemand die heikle Geschichte mit der Willensfreiheit ganz ausstudieren will, dann muß er sich auf Gärtnerei legen. Nicht bloß, daß kein Strauch so wächst, wie du ihn dir gedacht hast! Nein, nach Jahren siehst du erst, daß du den Strauch gar nicht frei gewählt und gepflanzt hast; es steckte ein unbewußter Wunsch, eine Erinnerung, ein Zwang dahinter. Auch mit den Ebereschen war es so. Ich meinte sie damals zu wählen, weil Wuchs und Laub mir zu den Akazien zu passen schienen. Erst viel später ging mir auf, daß ich die Bäumchen bloß darum haben wollte, weil ihr Standort in der Pflanzschule, wo ich sie kaufte, mich an eine Ecke im Garten der Großeltern erinnerte. Als ich damals zum Baumzüchter ging, war ich noch gar nicht für Eschen entschlossen. Erst dort, zwischen den jungen Stämmen, fand ich mich plötzlich an den Großvater und an ein Stück Kinderheimat erinnert und kaufte darum die Bäume.«

Er lachte still.

»Und dabei weiß ich nicht einmal, ob es wirklich die Eschen waren, die mir jene liebe Erinnerung weckten. Ich deutete es damals so. Es kann aber etwas ganz anderes gewesen sein, ein Geruch, oder die Beleuchtung, irgend etwas, vielleicht eine eigentümliche Wolke vor der Sonne. Aber ich dachte, es seien die Eschen, und da stehen sie nun seit zwanzig Jahren und sind groß geworden.« Hans horchte mit Behagen auf die vertraute, ehrwürdige Stimme und dachte an keine Antwort.

»Nun ja«, sagte er langsam, »ich glaube auch, daß wir immerfort aus einem Dickicht von untergesunkenen Erinnerungen heraus leben und empfinden. Vielleicht ist das, was wir unsre Seele nennen, nichts als dieses Geschiebe von dunklem Erinnerungsgut. Ich bin kein Denker und ich bin froh, daß ich darüber nicht zu grübeln brauche. Aber eben, als ich durchs Haus gegangen war und hinten auf den Kiesplatz kam und den Brunnen sah, hat mich auch plötzlich solch eine frühe Erinnerung überfallen. Ich weiß nicht, ob du dich noch darauf besinnen kannst. Ich war fünf oder sechs Jahre alt und spielte im Hof bei der Ulme und wurde da zu laut und lästig, da riefst du mich zu dir und sagtest, ich möchte jetzt artig sein, dann würdest du mir etwas Merkwürdiges zeigen. Dann brachst du ein großes Blatt von einer Kapuzinerkresse ab und tauchtest es in den Brunnentrog, und ich sah mit einem unvergeßlichen Erstaunen und Entzücken, wie das breite, grüne Blatt sich ganz mit dickflüssigem Silber überzog. Ich konnte mich lange Zeit immer wieder mit diesem Wunder beschäftigen und fühlte dabei eine so merkwürdig satte, volle Kinderwonne, und lange Zeit schien mir so ein Kapuzinerblatt im Wasser das Schönste, was es auf der Welt geben könne.«

Der alte Mann wiegte den greisen Kopf hin und her und blickte über die erblaßten Berge hinweg in die noch braun und blaurötlich nachschimmernden Wolken. Er deutete hinüber: eine graue, lange Wolke, quer über den Horizont gezogen, schimmerte matt in hundert Farbenstufen wie ein Taubenhals.

»Da sitzen wir«, rief der Alte lachend, »und schwatzen, und du kommst von der Reise und bist am Ende hungrig. Oder magst du ein Glas Wein haben? Und erzählt hast du auch noch nichts, wir haben uns doch ein halbes Jahr nicht gesehen. Du bist ja jetzt so eine Art Beamter geworden?«

»O nein, Papa, der Regierungsbaumeister ist bloß ein

Titel, ich bleibe natürlich selbständig und suche kein Amt. Aber ein Glas Wein nehme ich ganz gern. Hast du noch von dem Elsässer?«

Sie gingen ins Haus, und überall traten dem Heimgekehrten die Andenken der Kindheit und Heimatzeit entgegen. Im Eßzimmer schimmerte der hellgelbe Wein in der geschliffenen Flasche auf dem großen Schiefertafeltisch, da setzte sich Hans, nahm einen Schluck Wein und aß ein Stück Brot dazu behaglich aus der Hand. Neben ihm saß lächelnd der Vater, mit seiner eigentümlich klaren Greisenfrische im weißen Haar, von den Wänden blickten die wohlbekannten Bilder, der holländische Nelkenstrauß und die kleine goldene Madonna aus Italien, auf den Fenstergesimsen standen Geraniumstöcke, durch die halboffene Schiebeluke hörte man nebenan in der Küche die Magd mit dem Messer auf Holz etwas schneiden und schaben. Hans sog alles tief mit dankbarer Wonne ein: Heimkehr, holder Erinnerungssturm, geliebte Räume, vertraute Gerüche, und inmitten der klaren, heimatlichen Welt still und allein der alte Vater, erfreut über seine Rückkunft, doch fest und unstörbar in seiner innern Welt beharrend.

»Und was macht Albert?« fragte der Baumeister, indem er sich im Sessel zurücklehnte. »Seht ihr euch oft?«

»Nein«, sagte Neander zögernd, »er sitzt manchmal einen Abend bei Mama, und dann kommt er ja sonntags immer zu uns zu Tisch. Es macht mir etwas Mühe, mit ihm zu reden; daran sehe ich, daß ich alt geworden bin. Früher hatten wir oft lange Gespräche miteinander, es war mir interessant, ihm in seinen Gedanken zu folgen, er ist ja ein eigener Kopf. Aber seine Mythologie ist mir immer fremder geworden, die Schuld mag bei mir liegen. Ich schätze nichts höher als Frömmigkeit, aber Albert wird immer gleich dogmatisch. Merkwürdig ist es schon, wie das bei ihm mit den Jahren herausgekommen ist. Mamas Familie war ja ganz pietistisch, sowenig sie selber es ist. Das hat nun Albert geerbt. Nun, du weißt ja. Er hat sogar Wandsprüche in sein Arbeitszimmer gehängt. Sonst ist er ja ein guter, treuer Mensch, und auf mich nimmt er viel Rücksicht. Bist du eigentlich im Briefwechsel mit ihm?«

»Nein, geschrieben haben wir uns nur selten, bei Geburtstagen und so. Übrigens hat er für mich immer mehr Ähnlichkeit mit dir gehabt als mit der Mutter, auch äußerlich.«

»Wirklich? Es kann wohl sein. Als er ein kleiner Junge war, fand jedermann, er sei mir sehr ähnlich. Freilich nicht so ähnlich, wie du der Mutter. Darin hat er ja gewiß meine Art, daß er mehr in Gedanken lebt als in der Wirklichkeit. Nur die Neigung zum Fanatismus, die er doch wohl hat, kann ich bei mir nicht finden. Vielleicht auch Täuschung.«

»Nein, Vater, gewiß nicht. Du bist ja so frei, von dir habe ich ja alles, was ich von Freiheit weiß. Albert ist vielleicht doch ein wenig Pedant, ein wenig Schulmeister – mir war es immer etwas unheimlich, daß er ausgerechnet Gymnasiallehrer werden mußte. Und du, Vater, du bist ein Künstler, du bist ganz und gar ein Künstler. Nicht daß Albert gelehrter oder klüger wäre, o nein, aber bei dir wird aus den Gedanken immer ein Bild, etwas Schönes und Liebenswertes.«

Der alte Herr nickte dem Sohne freundschaftlich zu. »Geschmack hat dein Bruder aber doch«, sagte er munter. »Du wirst dir sehr Mühe geben müssen, Hans, wenn du mir einmal eine hübschere Schwiegertochter heimbringen willst.«

»O, diese Mühe will ich mir gern machen. Aber es ist wahr, Betty ist eine feine und aparte Frau. Schade, man lernt sie schwer kennen. Anfangs hielt ich sie für hochmütig, wie sie immer so schweigsam und kühl blieb. Das war ein Irrtum. Aber fremd ist sie mir immer noch.«

»Es war ein großer Irrtum«, bestätigte der Alte mit

Wärme. »Sie ist das Gegenteil, sie ist schüchtern und fast demütig. Man würde sie besser kennen, wenn sie nicht so schön wäre. Sie bleibt hinter ihrer Schönheit versteckt. Und es bedrückt sie, daß sie keine Kinder hat.«

»Ja, das ist schade. Aber es kann ja noch kommen.«

Plötzlich sprang Hans auf, er hatte die Haustüre gehen hören. Im halbdunklen Flur überraschte er die heimkommende Mutter und fiel ihr um den Hals.

»Mama, Mama!«

Zweiter Teil

Aufrecht und frisch saß die Mutter am Tisch, die hohe bronzene Erdöllampe brannte mit stillem, gelbem Licht, das Abendessen war abgetragen, und Hans hatte eine Zigarette angezündet.

»Papa wird wohl wieder herunterkommen?« fragte er, und sein Blick hing vergnügt am Gesicht der Mutter, wie sie mit emporgezogenen Brauen und weitab gestreckten Händen bemüht war, ihre Nadel einzufädeln.

Als sie fertig war, lächelte sie zu Hans hinüber, wurde aber alsbald wieder nachdenklich.

»Ich glaube nicht«, sagte sie, und schwieg und nähte eine Weile, dann legte sie die Arbeit von sich und stützte die Ellbogen auf den Tisch. Hans aber hatte seine Freude an jeder ihrer Bewegungen, an ihrer festen, strammen Haltung, an ihren langen, weißen Händen, am hellgrauen Seidenkleid mit den kleinen, gekräuselten Manschetten.

»Wie hast du Papa gefunden?« fragte sie plötzlich.

»O, ganz wie sonst. Er sieht prächtig aus. Ich fand ihn im Garten bei den Rosen.«

»Ja, er fühlt sich wohl. Bloß stiller ist er geworden. Fandest du nicht? Was habt ihr gesprochen?«

Hans besann sich. Er wußte sofort, was sie meinte.

»Er war recht gesprächig. Es war vom Garten die

Rede, von Akazien und Ebereschen. Ich habe nie so deutlich gefühlt, wie seltsam er mit alledem verwachsen ist. Es ist wie ein Märchen, und er ist der Zauberer und geheimnisvolle Weise darin.«

»Und hat er dich ausgefragt? Nach deinem Examen, nach deinen Arbeiten? Nach deinen Freunden?«

»Das nicht, nein, aber ich hatte das auch nicht erwartet. Ich merkte doch, daß mein Kommen ihn freute. Sehr stark hat er sich ja nie für das interessiert, was nicht zu seinem engeren Kreis gehört. Er sagte das auch selber. Wir sprachen von Albert, und da meinte er, dem gehe es wie ihm selber, daß er mehr in Gedanken als in der Wirklichkeit lebe.«

Die Mutter nickte und sah ins Lampenlicht.

»Das ist richtig«, sagte sie und suchte nach den Worten. »Es war immer so, aber es ist mit der Zeit stärker geworden. Papa hat etwas Eigenes, etwas von einem Sonderling, und das ist ja ganz gut. Aber er ist in den letzten Jahren so einsam geworden. Er bringt fast den ganzen Tag im Garten zu, oder im Treibhaus, und läßt sich dort nicht gerne stören. Manchmal kann ich bei den Blumen helfen und eine Stunde dabeisein, aber eigentlich ist er immer am liebsten allein, und während er pflanzt oder Blumen schneidet, ist er in seinen Gedanken. Das war immer so, seit er damals sein Amt aufgegeben hat. Aber die Abende haben wir dann fast immer gemeinsam zugebracht, wir lasen einander vor oder er diktierte mir seine Briefe, oft haben wir auch musiziert oder Schach gespielt. Das alles hat nun so allmählich aufgehört, siehst du, und das macht mir manchmal Sorgen. Jetzt geht er jeden Tag bald nach dem Abendessen weg, meistens ins Studierzimmer oben oder in seine chinesische Stube, und ein paarmal hat er auch den ganzen Abend im Treibhaus im Dunkeln gesessen.«

Hans legte seine Hand auf die der Mutter.

»Da sitzt du also viel allein?«

»Ach, das ist es nicht. Oft kommt Albert oder sonst Besuch, und zu tun ist ja immer genug. Es quält mich nur manchmal, wenn ich Papa so viel allein und in seinen weltfernen Gedanken sehe. Denn siehst du, ganz kann ich es doch nicht begreifen, wie er immer so in seiner Stille leben mag. Ich weiß ja, daß er ein Gelehrter und Denker ist. Aber zuweilen wird es mir einfach traurig und beinah unheimlich, wie er so außerhalb der Welt leben mag. Er zieht seine Blumen, aber nicht um sie jemand zu zeigen oder zu schenken, und er denkt seine Gedanken, aber nicht um sie mitzuteilen.«

»Ganz so schlimm ist es nicht«, sagte der Sohn begütigend, »du weißt, Papa hat es sehr gern, wenn man sich seine Beete ansieht und sie lobt. Er ist eben ein Künstler, oder ein Dichter. Über dem, was seine Gedanken beschäftigt, vergißt er alles. Ich kann das gut begreifen, aber freilich auch dich. Wir wollen ihn schon zuweilen wieder herauslocken und aufmuntern! Und dich auch, Mama, und überhaupt bleibe ich jetzt unendlich lang daheim bei dir. Bei euch ist es so schön und gut, daß ich gar nicht daran glauben kann, es gebe auch hier Sorgen und Schwierigkeiten! Weißt du, wie ich heut abend zu Fuß von der Bahn herauskam, durch die Felder und an den Eichen und am Friedhof vorbei, und wie ich von weitem unsre Ulme sah und das Dach und dann den Zaun und die Treppe und die Haustür, und wie dann im Haus der alte, kühle Geruch wieder war, und die Lisa kam und meldete, die gnädige Frau sei ausgegangen, lieber Gott, ich hätte das korrekte alte Mädchen beinah vor Freude und Rührung umarmt! Und dann beschlich ich den Vater im Garten, bei der Magnolie, und die Fliederbüsche bei der Veranda streiften mir die Haare, und der Brunnen klang so alt und gut und war alle die Monate und Jahre immerzu treulich in sein altes Becken gelaufen, und dann stand Papa bei der Treppe, wo die Aussicht ist, und gab mir die Hand und fing an, von der Magnolie zu sprechen, als wäre ich nie von Hause fort gewesen. Da wußte ich erst wieder so richtig, wie schön das alles ist und daß kein Mensch auf der Welt eine schönere Heimat hat als ich. Und Papa plauderte mit mir, und es gab gar kein Fragen und Besinnen, ich war einfach wieder bei ihm und hörte zu, wie er aus seiner stillen, noblen Welt heraus sprach – und ich wußte dabei, nachher kommt Mama, und dann ist für die Fragen und Sorgen und alles Zeitliche gesorgt! Ich kann dir gar nicht sagen, wie froh ich war!«

Jetzt lachte die Mutter leise, und wie ihre hellblauen Augen warm und strahlend wurden und der feste Mund im Lächeln weich und geschmeidig, sah sie dem Sohn ähnlich wie eine ältere Schwester.

»Jetzt möchte ich noch etwas zu naschen haben«, rief Hans lustig. »Wenn du lieb bist und ein Auge zudrückst, geh ich schnell einmal in die Speisekammer und hol mir noch ein Stück von dem schönen Kuchen. Darf ich?«

Sie schloß ein Auge und nickte unmerklich mit derselben Gebärde, mit der sie ihm in Kinderzeiten solche Wünsche gewährt hatte. Und er lief in die Küche, zündete die Kerze an und kam mit einem kleinen Teller wieder.

»Zum Dank will ich dir aber auch etwas Schönes erzählen«, sagte er beim Essen. »Nämlich ich will bei euch nicht etwa auf der faulen Haut liegen, sondern fleißig sein. Ich habe eine schöne Arbeit vor.«

»Etwas zu bauen? Ja hast du denn schon einen Auftrag?«

»Das nicht, aber es kann vielleicht einer werden. Es ist ein Preisausschreiben, und zwar eins, das noch gar nicht ausgeschrieben ist. Man hat es mir verraten, weißt du, und das ist ein gutes Zeichen. Es soll ein Bankgebäude werden, in einer Stadt in der Schweiz.«

»Da wünsche ich Glück, Hans.«

»Ja, aber das Beste ist: es ist da wirklich etwas Feines zu machen. Nämlich ich bin vorgestern schnell dort gewesen, um zu sehen, ob ich überhaupt mitmachen soll. Nun denke dir, eine kleine, stille Seitenstraße, lauter alte, feine Häuser in einem bescheidenen, noblen Barock, und ein hübscher Baumgarten dazwischen, ganz entzückend. Der Garten freilich kommt weg, denn dort soll das Haus hingebaut werden. Man kann sich nichts Hübscheres ausdenken. Das ist etwas anderes, als in eine moderne Stadtstraße hinein ein beliebiges Haus mehr zu bauen.«

»Famos, Hans! Aber gewiß nicht leicht.«

»Doch, es ist leicht. Es ist ganz leicht. Es soll ja eine Bank werden, kein Warenhaus. Das kann man ganz fein und anständig zwischen die schönen alten Sachen hineinstellen, wahrscheinlich brauchen wir nicht einmal höher zu bauen als die Nebenhäuser, jedenfalls nicht viel. Ich nehme den Bau ein klein wenig zurück, hinter ein schmales Rasenplätzchen, und dann wird die Fassade ein ganz klein wenig geschweift, nur eine Idee, so –«

Er hatte sein Taschenbuch herausgenommen und zeichnete eifrig. Die Mutter stand darübergebeugt und fühlte sich wieder ganz mit ihrem Lieblingskind vereinigt. Es gab keine Sorgen mehr, es waren keine Mißklänge in der Welt. Hans war da, und es ging ihm gut, er war glücklich.

»Wie schön, mein Junge! Sieh, das habe ich mir oft in Gedanken ausgemalt, den Augenblick, wo du zum erstenmal einen schönen Bau beginnst. Aber stört dich das nicht, daß du dich an die Nachbarhäuser so sehr anpassen mußt?«

»Ach, das ist ja gerade fein! So ein maßvolles, bürgerliches, gar nicht theaterhaftes Barock, das ist etwas ganz Köstliches. Diese Art von moderner Bauerei, die bloß recht originell sein will, ist mir so unsäglich zuwider! Ich denke mir oft, wenn alle Häuser und Straßen hübsch und ruhig und edel aussehen würden, da müßten auch die Leute alle freundlich und liebenswürdig sein. Aber wenn da jeder kleine Frechling von Architekt so tun darf, wie wenn er Michelangelo wäre und eine neue Ära einleiten müsse, wenn das eine Haus fast ohne Fenster und das daneben fast ganz aus Glas ist, wenn man Stein und Holz und Eisen, Keramik und Mosaik und alles durcheinander schmeißt und einer den andern bloß mit recht heftigen Trümpfen stechen will, da kann ja die Welt nicht in Ordnung sein. Wir heißen das unter uns Freunden Konzert-Architektur. – Ich weiß ja nicht, wie weit ich es als Baumeister bringe und ob es mir gelingt, es so zu machen, wie ich möchte. Aber wenn ich einmal beim Bauen Einfälle habe und originell sein will, dann darf es keine Originalität sein, die einem von weitem in die Augen schreit. Nichts auf der Welt ist so verleidig und wird einem so zuwider wie aufdringliche Architekturen.« Er sah, wie die Mutter über seinen Eifer lächelte, und brach lachend ab.

»Also ich mache mein Barockhaus so gut ich kann, und häßlich wird es nicht, das kann ich versprechen. Ich glaube, sogar Papa wird einverstanden sein, wenn erst die Zeichnungen fertig sind. Und er ist sicher der strengste Richter, den ich mir suchen kann. Nur muß ich mit der Arbeit noch warten, bis die Bedingungen veröffentlicht sind; sonst fange ich schließlich etwas an, was die Bankleute nicht brauchen können, und hätte dann die schöne erste Schaffensfreude vergebens verpufft. Es gibt also zunächst eine kleine Weile Ferien! Ich will wieder einmal bei euch daheim sein wie in den Knabenzeiten, mit dir und Papa, ohne Besuche und Einladungen, und will gar nichts tun als spüren, wie schön es hier ist.«

Die große Uhr schlug zehn, und Frau Neander packte, wie der Sohn sie es tausendmal hatte tun sehen, ihre Nähsachen zusammen, tat die Brille ins Lederfutteral, schloß die hohen Schranktüren ab und schaute nach, ob im Hausflur auf dem Kaminsims die Leuchter bereitständen. Dann bat sie Hans, nach der Haustür zu sehen, ob sie geschlossen sei, und wünschte ihm gute Nacht.

»Geh nur ins Bett«, mahnte sie, »du findest in deinem

Zimmer alles bereit. Wir haben halt immer noch die alte Wirtschaft mit den Lampen und Kerzen, Vater will das Elektrische nicht im Haus haben.«

Sie zündete zwei Leuchter an, den einfachen, messingenen für sich und den silbernen Gastleuchter mit drei dicken Kerzen für Hans, und löschte die Lampe aus.

Hans mochte noch nicht schlafen. Fröhlich stieg er die runde Steintreppe hinauf und sah im Kerzenlicht hier und dort die bekannten lieben Sachen grüßend funkeln, Bilderrahmen und hohe Vasen, blanke Türklinken und Zinngerät auf hohen Wandborden. In seinem Zimmer dufteten Veilchen, hinterm offnen Fenster stand schwarz das Geäst der Ulme.

Er stellte den Leuchter auf den Tisch neben den unausgepackten Koffer und ging langsam durchs Zimmer hin und her, darin er so viel Knabenjahre, Jünglingsjahre, Studentenferien verlebt hatte und wo alles vertraulich in der alten Ordnung stand, Bücherreihen und Tonmodelle, Schmetterlingssammlung und Windbüchse, Mappen voll Photographien von den Reisen seiner Schülerzeiten, die Büste Goethes und die Totenmaske von Beethoven, Notenschrank und Gitarre.

Aufmerksam blickte er in der warm durchfluteten Dämmerung umher. O wie recht hatte der Vater, der kein elektrisches Licht in diesem Haus haben wollte! Alles Zarteste dieser Stunde wäre weg gewesen ohne den Gang durch die Finsternis des Flurs und der Treppe, ohne das launische Spiel kleiner Glanzlichter auf Metall und Glas, ohne das warme, milde Licht der drei Kerzen im hohen Leuchter.

Ihm fiel ein, wie verwandt er hierin seinem Vater sei, in der Liebe zur zarten Haut und Oberfläche der Dinge, im Sinn für das Magische alles Sichtbaren, des Lichtes, der Farben. Wie die messingnen Kofferbeschläge das Licht widerstrahlten, wie der geknickte Schatten des hohen Ofens über Wand und Stubendecke floh, das war ihm lieb und zauberhaft, das tat ihm wohl, reizte ihn und gab ihm Gedanken. Vielmehr nicht Gedanken, sondern ein reizendes, klangvolles Gefühl vom Lebendigsein der Welt, vom stillen, zähen Eigenleben der Sachen, ein gutes, nachdenkliches und zärtliches Gefühl, ohne das er nicht hätte leben mögen. Das hatte der Vater ebenso, mehr als alle anderen Menschen, die er kannte, dies gelegentliche Verlorensein an das selbstlose Schauen, diese Ahnung vom Lebendigsein aller Dinge, wobei die Bewußtheit eines Menschenlebens oft wie ein Unrecht, wie eine Härte, wie eine Schuld erschien. Eine nicht zu sühnende Schuld, zu sühnen nur für Augenblicke durch eine gesteigerte Liebe zu den Dingen, durch ein flüchtiges, schnell hinschauerndes Empfinden von Einsamkeit und Vergänglichkeit.

Ein Schritt auf der Terrasse neben seinem Fenster schreckte ihn empor. Hans lief hinüber. Da war der Vater aus dem Studierzimmer getreten und stand atemholend in der bleichen Nacht, zwischen den noch kahlen Glyzinenranken der Brüstung, und blickte mit emporgerecktem Gesicht in das dunkle Astgebäude der Ulme.

Hans wollte ihn nicht stören. Er wußte, der Vater kam aus der Einsamkeit seiner Gedanken und suchte nach seiner Gewohnheit am Ende des Tages noch einen Anblick, einen Duft, einen Ton, ein Stück unschuldiger Natur, um seine Sinne daran zu stillen und es mit in den Schlaf und Traum zu nehmen.

Doch bezwang ihn ein Nachklang aus den Gesprächen mit der Mutter und ein aufwallender Schauer von Liebe zu dem alten, stillen Mann, und er stieg wie in früheren Zeiten durchs Fenster zu ihm hinaus.

»Gut Nacht, Vater«, rief er behutsam.

Der Alte wendete sich um.

»Gut Nacht, mein Junge. Bist du zufrieden?«

Hans nahm seine hagere, noch seltsam kraftvolle Hand.

»Du bist so viel allein, Vater.«

Der alte Mann schüttelte den Kopf und lächelte. »Du täuschst dich, Hans, ich bin nicht allein. Das ist man nur in der Jugend.«

»Aber Mutter wartet gewiß manchmal auf dich, denke ich, so am Abend.«

»Meinst du? Es ist gut, daß du mich erinnerst.«

Neander ließ die Hand seines Sohnes los und ging ein paar Schritte weiter, blieb stehen, kam zurück und sagte: »In der Jugend, Hans, ist man viel allein, und man spürt, daß das Alleinsein nicht gut ist. Darum sucht man Freunde, und verliebt sich, und entdeckt Familie und Vaterland. Das ist sehr gut, dabei gedeiht die Welt. Aber wenn man alt genug geworden ist, dann genügt das der Seele nicht mehr. Dann ist Freundschaft und Liebe und Vaterland auch bloß wieder eine Schale, die uns vom andern trennt, die uns vom Ganzen trennt. Dann wollen wir zum Ganzen. Das Ganze ist Gott. – Hast du nie chinesische Erzählungen gelesen?«

»Ich glaube nicht. Nein. Warum?«

»Einerlei. In den chinesischen Geschichten kommt immer und immer wieder derselbe Mann vor, in verschiedenen Gestalten. Als Jüngling gehorcht er den Eltern und lernt einen Beruf. Als Mann heiratet er und sorgt für seine Familie. Darüber lernt er das Vaterland lieben und bei allem an Ahnen und an Nachkommen denken. Er wird tätig und nützlich, er hilft den Staat leiten. Aber zuletzt, in der letzten Reife, da erkennt er, daß auch alles das noch Einsamkeit und Selbstsucht ist. Dann verläßt er eines Nachts seine Hütte und sein Feld, sein Weib und seine Untertanen, sein Amt und seine Bücher, und verschwindet. Seine Zeit ist gekommen. Er geht in die Berge, um von Tau und Blumenblättern zu leben und um alles abzustreifen, was noch Schale an ihm ist. Dann geht er zu den Unsterblichen ein.«

Wieder ging er einige ruhige Schritte auf und nieder,

sein weißes Haar schimmerte blaß in der Nacht. Dann gab er Hans nochmals die Hand. »Schlaf wohl, Hans. Du wirst einmal Freude an diesen Chinesenbüchern haben, es stehen gute Sachen drin. Das und der alte Goethe, der ganz alte Goethe, ist mir von allen Büchern jetzt am liebsten. Aber das hat noch Zeit für dich, noch viel Zeit. Du bist noch kaum über den Werther hinaus, noch in den Lehrjahren.«

Damit ging er, und aus der Tür zum Studierzimmer, die er öffnete, drang Lichtflut und umströmte seine Gestalt. Gleich darauf ward es dunkel und Hans hörte ihn in sein Schlafzimmer gehen.

Dritter Teil

Auf stillgraue Tage mit lauem Regengeriesel war Südwind und feuchter Himmel mit greller Wolkenjagd gefolgt, rußig schwarze Schatten und weißes, stechendes Sonnenlicht, zwischen zornig ineinander verrannten Wolkenlagen sanfte Himmelsinseln von sehnsuchtsvollem Frühlingsblau. In der nassen, schwarzen Erde standen fett und grell die roten, drallen Tulpen in starren Reihen und Kreisen.

Hans stand beim Vater im Treibhaus, durch viele halbgeöffnete Scheiben trieb die kräftigfeuchte kühlere Luft herein, nur der Anbau mit den ausländischen Pflanzen stand noch fest verschlossen. Der Gärtner mischte Erde aus verschiedenen Behältern durch ein Sieb zusammen und füllte sie in kleine Töpfe, und in jeden Topf pflanzte der alte Neander mit zartem Fingerdruck eine kleine, junge Pflanze ein, die Sommerblumen für Fenster, Balkonbrüstung und Terrasse. Durch die schrägen Glasscheiben des Daches spielte das unruhige Licht des windigen Tages mit hastigen Wolkenschatten herein.

»Ich muß noch immer an das denken«, sagte Hans,

»was du mir neulich am Abend von jenen alten Chinesen gesagt hast.«

Neander gab keine Antwort. Sorgfältig drückte er die dunkle Erde um die Wurzeln einer Pflanze fest.

»Glaubst du wirklich, daß sie dann von Blumenblättern gelebt haben?«

Der Vater griff nach einer neuen Pflanze.

»Ich weiß nicht«, sagte er. »Ich glaube, das ist nicht wichtig. Aber ich kann mich täuschen. Ich bin kein Chinese, und ich bin lange nicht so weit, wie die es waren, die sich in die Berge zurückzogen und zu den Unsterblichen eingingen. Wir haben es vielleicht schwerer, und über die Unsterblichen wissen wir so gut wie nichts. Unsre Zeit ist anders, wir haben leider keine Götter, und wir werden daran einmal zugrunde gehen. Aber wir haben viel in der Natur herum studiert, und es zeigt sich, daß die Welt doch nicht ärmer geworden ist. Gottheiten haben wir nicht, aber wir haben einige solche Geheimnisse wie die Röntgenstrahlen. Die reißen plötzlich ein Loch in die bekannte Welt und zeigen, daß alles noch viel wunderbarer ist als die uns bekannten Mythologien. Ärmer sind wir nicht geworden, nein, wir sind im Gegenteil etwas schnell reich geworden, darum fehlt uns die Hauptsache.«

Er hob den kleinen Topf empor und prüfte, ob die Pflanze schön aufrecht stehe.

»Und was wäre denn die Hauptsache?« fragte Hans zögernd.

»Die Einfachheit«, sagte der Vater kurz und bestimmt. Dann setzte er spielender hinzu: »Im Neuen Testament heißt es Einfalt.«

Ein Schatten fiel herein, und durchs nächste offene Fenster blickte mit braunen Augen ein schönes Frauengesicht.

»Da ist ja Hans«, rief Betty freundlich. »Du wolltest uns gestern besuchen, als wir spazierengegangen waren. Grüß Gott, Hans. Grüß Gott, Papa.«

Sie kam herein, etwas gebückt zwischen den herabhängenden Ranken der Ampelgewächse, und gab beiden die Hand.

»Es hat Albert sehr leid getan, wir kommen dafür heut abend her.«

Hans sah Betty neugierig an, die im hellbraunen Tuchkleid schmal auf dem nassen Laufbrett stand. Wieder fiel ihm ihr Haar auf, schwarzes, vom Nacken her straff hochgekämmtes Haar. Er erinnerte sich, daß auf berühmten Blättern von Utamaro und andern japanischen Meistern die Kenner besonders die regelmäßige Feinheit des Haaransatzes rühmten, er besaß selbst ein solches Blatt, und stellte nun mit stillem Vergnügen dieselbe Vollkommenheit an Betty fest.

»Aber ich störe dich, Papa«, sagte sie rasch, »ich will gleich wieder gehen.«

»Dann nimm Hans mit«, rief Neander, »er spricht mir zu viel. Ich muß hier noch arbeiten.«

»Laß uns noch einen Augenblick dableiben«, bat Hans. »Es ist so hübsch, wie die kleinen, strammen Pflanzen nebeneinander in ihren Töpfchen stehen. Sieh nur, Betty!«

Nun standen sie eine Weile, während der Vater in seiner zarten Arbeit fortfuhr, und sahen seinen geübten, kundigen Fingern zu und den kleinen Pflanzen, die aus dem Gedränge eines Saatkastens kamen und nun, jede plötzlich vereinzelt, mit einem Ausdruck von Ängstlichkeit und Verwunderung an ihren neuen Plätzen standen.

»Wie wenn sie sich fürchteten«, sagte Betty.

Der Alte nickte.

»Das tun sie auch.«

Dann ging Betty auf dem feuchten Brett voraus ins Freie, ihre Jacke zuknöpfend.

»Wie geht's, Frau Schwägerin?« fragte Hans, als sie draußen waren.

Sie ging auf den leichten Ton nicht ein.

»Danke, gut«, sagte sie ernsthaft. »Ich bin froh, daß ich dich traf. Ich möchte dir etwas sagen.«

Im Aufblicken sah er sie leicht erröten und sah über ihren Augen und in den Nasenflügeln einen sonderbaren Ausdruck, den er kannte und den er früher an ihr gar nicht hatte leiden mögen. Es sah aus wie Hochmut und drückte doch, wie er jetzt deutlicher als jemals fühlte, nichts anderes aus als die Anspannung, mit der Betty ihre eigene Schüchternheit bekämpfte.

Ohne zu sprechen, blickte er ihr einladend und ermunternd in die Augen, mit einem Ausdruck von Vertrauen, den er ihr gegenüber sonst nie gefunden hatte. Ihre Schüchternheit war ihm zum erstenmal nicht mehr hinderlich und störend, sondern lieb und rührend durch kindliche Reize.

Wie er alsbald spürte, empfand sie ohne weiteres aus Blick und Haltung seine Freundlichkeit, seinen guten Willen, und beide ahnten in diesem Augenblick, daß sie einander verwandt und einer dem andern zu Verständnis und Hilfe bestimmt seien. Von ihr wich die ängstliche Scheu; von ihm fiel die schlechte Gewohnheit ab, sie burschenhaft und ein wenig spöttisch zu behandeln.

Statt weiter gegen das Haus zu gehen, bog Betty in den Obstgang gegen das Wäldchen ein, an dessen Rand die Gesträuche schon lichtgrün schimmerten.

»Es ist wegen Albert«, begann sie mit freierer Stimme wieder. »Ich will dich nicht bitten, öfter als früher zu ihm zu kommen. Aber du weißt, er ist eigen und empfindlich, und vielleicht ist es gerade sein Bestes, was er immer verbirgt und verschweigt. Laß mich offen reden! Albert ist schwerer als du, weniger offen, weniger heiter, und was er geworden ist, hat ihn Mühe gekostet. Dir fiel alles leichter, schon in der Schule. Er leidet vielleicht nicht darunter, aber er empfindet es doch, und es quält ihn ernstlich, daß er zu Papa kein so freies und vertrauliches Verhältnis mehr hat.«

Hans nickte und schwieg. Er fühlte, sie wolle noch etwas anderes sagen. Im Wäldchen blieb sie stehen.

»Ich weiß nicht, Hans, ob du es richtig findest, daß ich dir davon sage. Es ist dir ja auch nicht neu. Aber du darfst nicht glauben, ich wolle irgend jemandem Schuld geben. Wenn jemand Schuld dabei hat, dann bin nur ich es.«

»Du?« rief Hans verwundert.

»Ja. Es wäre meine Aufgabe, Alberts Leben heiterer und leichter zu machen. Stattdessen bin ich selber behindert und ungeschickt. Er müßte jemand um sich haben, der alles leichter nimmt, der fünfe grade sein lassen kann. Ich weiß, wie sehr er sich Kinder gewünscht hat, auch diese Enttäuschung drückt auf ihn. Er ist ja nicht so, wie er jetzt oft scheint, er hat auch viel von Papa in sich, aber das Grübeln und Quälen hat immer mehr die Oberhand gewonnen.«

»Er soll froh sein, daß er dich hat!« wollte Hans rufen. Aber er fühlte, wie töricht es klänge. Und er sagte nur: »Du sorgst ja so gut für ihn.«

Das war nicht, was sie hören wollte. Mit der gewohnten Gebärde reckte sie abwehrend den Kopf hoch und zog die Brauen empor.

»Was kann ich denn tun?« meinte Hans kleinlaut.

Sofort ließ sie den Kopf wieder sinken.

»Ich weiß nicht. Du solltest nur davon wissen.« Und nach einer Pause: »Damit du mir helfen kannst.«

Bei den Worten hatte er ein Gefühl, wie wenn eine kleine Kinderhand sich vertraulich in seine schöbe. Er lächelte froh und sagte, ohne zu überlegen: »Recht so, Betty. Natürlich will ich dir helfen.«

Von Hans begleitet, schlug sie den Feldweg ein. Er kam mit bis zum Rande der Stadt, wo die Trambahn hielt. Sie gaben sich die Hände nur flüchtig, aber beide empfanden ein Erlebnis. Sie waren Freunde geworden.

Am Abend kam sie mit Albert, sie saßen bei Tische Hans gegenüber, der den Bruder mit einer neuen Teilnahme beobachtete. Albert, wenig über dreißig Jahre alt, hatte nichts Jugendliches mehr im Äußeren, er trug in

Stirnfalten und im schon leicht verfärbten Schläfenhaar die Spuren einer nervösen Schwäche und eines für seine Natur nicht leichten Amtes an sich. Aber er war heute gut gelaunt, gesprächig und leidlich heiter. Wieder beobachtete der Bruder an ihm die alte Gewohnheit, daß er unfrei und unbequem im Stuhle saß und beständig seine Haltung veränderte. Auch erkannte er gleich beim ersten Wortgeplänkel mit einem leichten Mißbehagen die Gebärde wieder, mit welcher Albert bei jeder ihm unerwarteten und unliebsamen Wendung des Gesprächs mit der Fläche der linken Hand über die Schläfe strich, wie um einen sich meldenden Schmerz zu beruhigen. Diese Gebärde war es vor allem gewesen, an welcher Hans in den Jahren knabenhafter Empfindlichkeit Anstoß genommen hatte, ihretwegen war ihm der unverstandene ältere Bruder zuzeiten völlig zuwider gewesen. Dies Schläfenstreichen sah so aus, als klage Albert über einen ungerechten Angriff auf seine Ruhe und mache den Angreifer für sein Wehgefühl verantwortlich. Hans sah es mit Lächeln, aber ein Nachgeschmack ehemaliger Ablehnung war doch in ihm vorhanden.

Im übrigen betrachtete er wieder mit Aufmerksamkeit Alberts auffallendes Gesicht, das von beiden Eltern eigenartige Züge übernommen hatte und übertrieb; namentlich trat bei ihm im Lächeln der Zug von leicht spöttischer Skepsis, der beim Vater liebenswerteste Geistigkeit ausdrückte, beinahe häßlich hervor. Vom Vater stammte auch Alberts Nase und Ohr, nur war bei ihm die reiche Formung, namentlich der Nüstern, bis zu einer unruhigen und leidenden Sensibilität gesteigert. Die hellblauen Augen, von Schnitt und Farbe genau die der Mutter, wohnten fremd in diesem Gesicht, in dem sie doch das Schönste waren.

Je weniger sich Hans den Bruder als Freund vorstellen konnte, desto schonender dachte er über ihn, desto stärker sprachen die elterlichen Züge in Alberts Gesicht zu ihm, desto magischer erschien ihm das Geheimnis des Blutes, das ihn mit jenem verband.

Nach dem Abendessen bat Hans seine Brudersfrau, etwas zu singen. Neander hatte es kaum gehört, als er die Bitte eifrig unterstützte. Ihm schlug Betty keinen Wunsch ab.

»Gern«, sagte sie. »Was möchtest du hören, Vater?«

Sie wußte, daß Neander nur dann nach Musik begehrte, wenn er Verlangen nach dem Wiederhören eines ganz bestimmten Stückes trug.

»Wenn ihr einverstanden seid«, sagte der Alte höflich, »bitte ich um die Händel-Arie, die du im Winter einmal gesungen hast: Quel fiore, che ride.«

»Die Noten sind nicht da«, sagte Betty zögernd, »ich muß es aus dem Gedächtnis versuchen und mich selber begleiten. Aber es ist nur ein Bruchstück, was ihr zu hören bekommt. Es ist ein Duett für zwei Soprane und eigentlich ist es eine Barbarei, wenn ich es so singe, wie ich es mir für mich allein aus dem zweistimmigen Satz heraus kombiniert habe.«

»Bitte sing nur«, rief Albert.

Sie setzte sich ans Klavier, einen kleinen, altmodischen Flügel, und suchte leise die Begleitung zusammen. Nun blickte sie den Alten an, sah dann vor sich nieder und sang mit einer leichten, klaren Mädchenstimme rein und korrekt das Lied von der Blume, die in der Morgenfrühe lacht und nur bis zum Abend lebt:

> Quel fior che all'alba ride,
> Il sole poi l'uccide,
> E tomba ha nella sera.

> E un fior la vita ancora:
> L'occaso ha nell'aurora
> E perde in un sol dì
> La primavera.

»Wie schön!« sagte Hans nach einer Pause. »Und lauter Sachen, die kein Mensch kennt. Wo hast du das wieder gefunden?«

»Es war auf einer Reise. Ich war in Bern und kam im Spazierengehen gegen Abend vor das alte Münster, sah Leute hineingehen und erfuhr, daß ein Orgelkonzert darin sei. Da hörte ich das Lied von zwei Sängerinnen zur Orgel singen. – Magst du noch etwas hören, Papa?«

»Danke, Kind, ich denke, es ist genug. Du mußt mit einem alten Mann Geduld haben, der nicht mehr viel Musik vertragen kann. Übrigens – darf ich sagen, daß das Lied mich beim zweiten Hören doch etwas enttäuscht? Es ist wie sein Text: mehr hübsch als originell.«

»Du bist grausam«, rief Hans lebhaft. »Es kann doch nicht jedes kleine, hübsche Lied auch gleich eine Offenbarung sein.«

Neander ließ seine hellen, blauen Augen glänzen.

»Junge, da hast du vermutlich recht. Aber es ist ganz merkwürdig, wie entbehrlich die Kunst einem mit den Jahren werden kann. Tausend Kompositionen und Gemälde und Dichtungen, ohne die ich mir in alten Zeiten das Leben gar nicht mehr denken konnte, sind jetzt so gleichgültig geworden. Ich sehe mich noch dazu kommen, daß ein einziges Buch und ein einziges Musikstück meinem Bedarf an Kunst genügen.«

»Die möchte ich wohl kennen«, sagte Albert kritisch.

»Das Buch möchte ich lieber nicht nennen«, fuhr der Alte unbeirrt fort. »Aber das Musikstück wüßte ich schon.« Albert sah ihn fragend an, und auch die andern blickten erwartungsvoll.

»Es ist der Actus Tragicus von Bach – aber freilich, während ich das sage, fällt mir schon ein andrer Gipfel dazu ein: das Ave verum corpus von Mozart. Darüber hinaus geht keine Musik.«

»Ich finde das aber doch ungerecht«, sagte Hans nachdenklich. »Du könntest schließlich grade so gut die Cherubini-Arie ›Voi che sapete‹ oder zwanzig andere Stücke vom gleichen Rang nennen.«

Neander strich seinen weißen Bart, und sein freundlicher Blick verlor sich zu Betty hinüber und über ihr schwarzglänzendes, hochfrisiertes Haar hinweg ins Ziellose.

»Zugegeben«, nickte er langsam. »Es war eine Sentimentalität von mir. Immer wieder klammert man sich ans Liebgewordene und meint, es sei Treue, es ist aber bloß Trägheit. – Natürlich muß es auch ohne Actus Tragicus gehen und ohne Mozart und ohne all das. Es muß überhaupt ohne Kunst gehen. Sie ist eine feine und sensible Haut zwischen uns und dem Herzen der Welt, und es ist gewiß besser, diese dünne Haut zu haben als einen Panzer – aber um ganz ins Herz der Welt hineinzukommen, muß man auch diese zarteste Haut schließlich durchstoßen.«

Er lachte aus seinen etwas weitsichtigen Augen ...

(1914)

[Hier endet das Manuskript.]

Wenn der Krieg noch zwei Jahre dauert

Seit meiner Jugend hatte ich die Gewohnheit, von Zeit zu Zeit zu verschwinden und zur Erfrischung in andere Welten unterzutauchen, man pflegte mich dann zu suchen und nach einiger Zeit als vermißt auszuschreiben, und wenn ich schließlich wiederkam, so war es mir stets ein Vergnügen, die Urteile der sogenannten Wissenschaft über mich und meine »Abwesenheit« – oder Dämmerzustände anzuhören. Während ich nichts anderes tat als das, was meiner Natur selbstverständlich war und was früher oder später die meisten Menschen werden tun können, wurde ich von diesen seltsamen Menschen für eine Art Phänomen angesehen, von den einen als Besessener, von den andern als ein mit Wunderkräften Begnadeter.

Kurz, ich war also wieder eine Weile fortgewesen. Nach zwei oder drei Kriegsjahren hatte die Gegenwart viel an Reiz für mich verloren, und ich drückte mich hinweg, um eine Weile andere Luft zu atmen. Auf dem gewohnten Wege verließ ich die Ebene, in der wir leben, und hielt mich gastweise auf anderen Ebenen auf. Ich war eine Zeitlang in fernen Vergangenheiten, jagte unbefriedigt durch Völker und Zeiten, sah den üblichen Kreuzigungen, Händeln, Fortschritten und Verbesserungen auf Erden zu und zog mich dann für einige Zeit ins Kosmische zurück.

Als ich wiederkam, war es 1920, und zu meiner Enttäuschung standen sich überall noch immer mit der gleichen geistlosen Hartnäckigkeit die Völker im Kriege gegenüber. Es waren einige Grenzen verschoben, einige ausgesuchte Regionen älterer höherer Kulturen mit Sorgfalt zerstört worden, aber alles in allem hatte sich äußerlich auf der Erde nicht viel geändert.

Groß war der erreichte Fortschritt in der Gleichheit auf Erden. Wenigstens in Europa sah es in allen Ländern, wie ich hörte, genau gleich aus, auch der Unterschied zwischen Kriegführenden und Neutralen war fast ganz verschwunden. Seit man die Beschießung der Zivilbevölkerung mechanisch durch Freiballons betrieb, welche aus Höhen von 15000 bis 20000 Metern im Dahintreiben ihre Geschosse fallenließen, seither waren die Landesgrenzen, obwohl nach wie vor scharf bewacht, so ziemlich illusorisch geworden. Die Streuung dieser vagen Schießerei aus der Luft herab war so groß, daß die Absender solcher Ballons ganz zufrieden waren, wenn sie nur ihr eigenes Gebiet nicht trafen, und sich nicht mehr darum kümmerten, wie viele ihrer Bomben auf neutrale Länder oder schließlich auch auf das Gebiet von Bundesgenossen fielen.

Dies war eigentlich der einzige Fortschritt, den das Kriegswesen selbst gemacht hatte; in ihm sprach sich endlich einigermaßen klar der Sinn des Krieges aus. Die Welt war eben in zwei Parteien geteilt, welche einander zu vernichten suchten, weil sie beide das gleiche begehrten, nämlich die Befreiung der Unterdrückten, die Abschaffung der Gewalttat und die Aufrichtung eines dauernden Friedens. Gegen einen Frieden, der möglicherweise nicht ewig währen könnte, war man überall sehr eingenommen – wenn der ewige Friede nicht zu haben war, so zog man mit Entschiedenheit den ewigen Krieg vor, und die Sorglosigkeit, mit welcher die Munitionsballons aus ungeheuren Höhen ihren Segen über Gerechte und Ungerechte regnen ließen, entsprach dem Sinn dieses Krieges vollkommen. Im übrigen wurde er jedoch auf die alte Weise mit bedeutenden, aber unzulänglichen Mitteln weitergeführt. Die bescheidene Phantasie der Militärs und Techniker hatte noch einige wenige Vernichtungsmittel erfunden – jener Phantast aber, der den mechanischen Streuballon ausgedacht hatte, war der letzte seiner Art gewesen; denn seither hatten die Geistigen, die Phantasten, Dichter und Träumer sich mehr und mehr vom Interesse für den Krieg zurückgezogen. Er blieb, wie gesagt, den Militärs und Technikern überlassen und machte also wenig Fortschritte. Mit ungeheurer Ausdauer standen und lagen sich überall die Heere gegenüber, und obwohl der Materialmangel längst dazu geführt hatte, daß die soldatischen Auszeichnungen nur noch aus Papier bestanden, hatte die Tapferkeit sich nirgends erheblich vermindert.

Meine Wohnung fand ich zum Teil durch Flugzeuggeschosse zertrümmert, doch ließ es sich noch darin schlafen. Immerhin war es kalt und unbehaglich, der Schutt am Boden und der feuchte Schimmel an den Wänden mißfielen mir, und ich ging bald wieder weg, um einen Spaziergang zu machen.

Ich ging durch einige Gassen der Stadt, die sich stark gegen früher verändert hatten. Vor allem waren keine Läden mehr zu sehen. Die Straßen waren ohne Leben. Ich war noch nicht lange unterwegs, da trat ein Mann mit einer Blechnummer am Hut auf mich zu und fragte, was ich da tue. Ich sagte, ich gehe spazieren. Er: »Haben Sie Erlaubnis?« Ich verstand ihn nicht, es gab einen Wortwechsel, und er forderte mich auf, ihm in das nächste Amtshaus zu folgen.

Wir kamen in eine Straße, deren Häuser alle mit weißen Schildern behängt waren, auf denen ich Bezeichnungen von Ämtern mit Nummern und Buchstaben las.

»Beschäftigungslose Zivilisten« stand auf einem Schilde, und die Nummer 2487 B 4 dabei. Dort gingen wir hinein. Es waren die üblichen Amtsräume, Wartezimmer und Korridore, in welchen es nach Papier, nach feuchten Kleidern und Amtsluft roch. Nach manchen Fragen wurde ich auf Zimmer 72 d abgeliefert und dort verhört.

Ein Beamter stand vor mir und musterte mich. »Können Sie nicht strammstehen?« fragte er streng. Ich sagte: »Nein.« Er fragte: »Warum nicht?« »Ich habe es nie gelernt«, sagte ich schüchtern.

»Also Sie sind dabei festgenommen worden, wie Sie ohne Erlaubnisschein spazierengegangen sind. Geben Sie das zu?«

»Ja«, sagte ich, »das stimmt wohl. Ich hatte es nicht gewußt. Sehen Sie, ich war längere Zeit krank –«.

Er winkte ab. »Sie werden dadurch bestraft, daß Ihnen für drei Tage das Gehen in Schuhen untersagt wird. Ziehen Sie Ihre Schuhe aus!«

Ich zog meine Schuhe aus.

»Mensch!« rief der Beamte da entsetzt. »Mensch, Sie tragen ja Lederschuhe! Woher haben Sie die? Sind Sie denn völlig verrückt?«

»Ich bin geistig vielleicht nicht völlig normal, ich kann das selbst nicht genau beurteilen. Die Schuhe habe ich früher einmal gekauft.«

»Ja, wissen Sie nicht, daß das Tragen von Leder in jedweder Form den Zivilpersonen streng verboten ist? – Ihre Schuhe bleiben hier, die werden beschlagnahmt. Zeigen Sie übrigens doch einmal Ihre Ausweispapiere!«

Lieber Gott, ich hatte keine.

»Das ist mir doch seit einem Jahr nimmer vorgekommen!« stöhnte der Beamte und rief einen Schutzmann herein. »Bringen Sie den Mann ins Amt Nummer 194, Zimmer 8!«

Barfuß wurde ich durch einige Straßen getrieben, dann traten wir wieder in ein Amtshaus, gingen durch Korridore, atmeten den Geruch von Papier und Hoffnungslosigkeit, dann wurde ich in ein Zimmer gestoßen und von einem andern Beamten verhört. Dieser trug Uniform.

»Sie sind ohne Ausweispapiere auf der Straße betroffen worden. Sie bezahlen zweitausend Gulden Buße. Ich schreibe sofort die Quittung.«

»Um Vergebung«, sagte ich zaghaft, »so viel habe ich nicht bei mir. Können Sie mich nicht statt dessen einige Zeit einsperren?«

Er lachte hell auf.

»Einsperren? Lieber Mann, wie denken Sie sich das? Glauben Sie, wir hätten Lust, Sie auch noch zu füttern? – Nein, mein Guter, wenn Sie die Kleinigkeit nicht zahlen können, bleibt Ihnen die härteste Strafe nicht erspart. Ich muß Sie zum provisorischen Entzug der Existenzbewilligung verurteilen. Bitte geben Sie mir Ihre Existenzbewilligungskarte!«

Ich hatte keine.

Der Beamte war nun ganz sprachlos. Er rief zwei Kollegen herein, flüsterte lange mit ihnen, deutete mehrmals auf mich, und alle sahen mich mit Furcht und tiefem Erstaunen an. Dann ließ er mich, bis mein Fall beraten wäre, in ein Haftlokal abführen.

Dort saßen oder standen mehrere Personen herum, vor der Tür stand eine militärische Wache. Es fiel mir auf, daß ich, abgesehen von dem Mangel an Stiefeln, weitaus der am besten Gekleidete von allen war. Man ließ mich mit einer gewissen Ehrfurcht sitzen, und sogleich drängte ein kleiner scheuer Mann sich neben mich, bückte sich vorsichtig zu meinem Ohr herab und flüsterte mir zu: »Sie, ich mache Ihnen ein fabelhaftes Angebot. Ich habe zu Hause eine Zuckerrübe! Eine ganze, tadellose Zuckerrübe! Sie wiegt beinahe drei Kilo. Die können Sie haben. Was bieten Sie?«

Er bog sein Ohr zu meinem Munde, und ich flüsterte: »Machen Sie mir selbst ein Angebot! Wieviel wollen Sie haben?«

Leise flüsterte er mir ins Ohr: »Sagen wir hundertfünfzehn Gulden!«

Ich schüttelte den Kopf und versank in Nachdenken.

Ich sah, ich war zu lange weggewesen. Es war schwer, sich wieder einzuleben. Viel hätte ich für ein Paar Schuhe oder Strümpfe gegeben, denn ich hatte an den bloßen Füßen, mit denen ich durch die nassen Straßen hatte gehen müssen, schrecklich kalt. Aber es war niemand in dem Zimmer, der nicht barfuß gewesen wäre.

Nach einigen Stunden holte man mich ab. Ich wurde in das Amt Nr. 285, Zimmer 19 f, geführt. Der Schutzmann blieb diesmal bei mir; er stellte sich zwischen mir und dem Beamten auf. Es schien mir ein sehr hoher Beamter zu sein.

»Sie haben sich in eine recht böse Lage gebracht«, fing er an. »Sie halten sich in hiesiger Stadt auf und sind ohne Existenzbewilligungsschein. Es wird Ihnen bekannt sein, daß die schwersten Strafen darauf stehen.«

Ich machte eine kleine Verbeugung.

»Erlauben Sie«, sagte ich, »ich habe eine einzige Bitte an Sie. Ich sehe vollkommen ein, daß ich der Situation nicht gewachsen bin und daß meine Lage nur immer schwieriger werden muß. – Ginge es nicht an, daß Sie mich zum Tode verurteilen? Ich wäre sehr dankbar dafür!«

Milde sah der hohe Beamte mir in die Augen.

»Ich begreife«, sagte er sanft. »Aber so könnte schließlich jeder kommen! Auf alle Fälle müßten Sie vorher eine Sterbekarte lösen. Haben Sie Geld dafür? Sie kostet viertausend Gulden.«

»Nein, so viel habe ich nicht. Aber ich würde alles geben, was ich habe. Ich habe großes Verlangen danach, zu sterben.«

Er lächelte sonderbar.

»Das glaube ich gerne, da sind Sie nicht der einzige. Aber so einfach geht das mit dem Sterben nicht. Sie gehören einem Staate an, lieber Mann, und sind diesem Staat verpflichtet, mit Leib und Leben. Das dürfte Ihnen doch bekannt sein. Übrigens – ich sehe da eben, daß Sie als Sinclair, Emil, eingetragen sind. Sind Sie vielleicht der Schriftsteller Sinclair?«

»Gewiß, der bin ich.«

»O, das freut mich sehr. Ich hoffe, Ihnen gefällig sein zu können. Schutzmann, Sie können inzwischen abtreten.«

Der Schutzmann ging hinaus, der Beamte bot mir die Hand. »Ich habe Ihre Bücher mit viel Interesse gelesen«, sagte er verbindlich, »und ich will Ihnen gern nach Möglichkeit behilflich sein. – Aber sagen Sie mir doch, lieber Gott, wie Sie in diese unglaubliche Lage geraten konnten?«

»Ja, ich war eben eine Zeitlang weg. Ich flüchtete mich für einige Zeit ins Kosmische, es mögen so zwei, drei Jahre gewesen sein, und offen gestanden hatte ich so halb und halb angenommen, der Krieg würde inzwischen sein Ende gefunden haben. – Aber sagen Sie, können Sie mir eine Sterbekarte verschaffen? Ich wäre Ihnen fabelhaft dankbar.«

»Es wird vielleicht gehen. Vorher müssen Sie aber eine Existenzbewilligung haben. Ohne sie wäre natürlich jeder Schritt aussichtslos. Ich gebe Ihnen eine Empfehlung an das Amt 127 mit, da werden Sie auf meine Bürgschaft hin wenigstens eine provisorische Existenzkarte bekommen. Sie gilt allerdings nur zwei Tage.«

»O, das ist mehr als genug!«

»Nun gut! Kommen Sie dann bitte zu mir zurück.«

Ich drückte ihm die Hand.

»Noch eines!« sagte ich leise. »Darf ich noch eine Frage an Sie stellen? Sie können sich denken, wie schlecht orientiert ich in allem Aktuellen bin.«

»Bitte, bitte.«

»Ja, also – vor allem würde es mich interessieren zu wissen, wie es möglich ist, daß bei diesen Zuständen das Leben überhaupt noch weitergeht. Hält denn ein Mensch das aus?«

»O ja. Sie sind ja in einer besonders schlimmen Lage, als Zivilperson, und gar ohne Papiere! Es gibt sehr wenig Zivilpersonen mehr. Wer nicht Soldat ist, der ist Beamter. Schon damit wird für die meisten das Leben viel erträglicher, viele sind sogar sehr glücklich. Und an die Entbehrungen hat man sich eben so allmählich gewöhnt. Als das mit den Kartoffeln allmählich aufhörte und man sich an den Holzbrei gewöhnen mußte – er wird jetzt leicht geteert und dadurch recht schmackhaft –, da dachte jeder, es sei nicht mehr auszuhalten. Und jetzt geht es eben doch. Und so ist es mit allem.«

»Ich verstehe«, sagte ich. »Es ist eigentlich weiter nicht erstaunlich. Nur eins begreife ich nicht ganz. Sagen Sie mir: wozu eigentlich macht nun die ganze Welt diese riesigen Anstrengungen? Diese Entbehrungen, diese Gesetze, diese tausend Ämter und Beamte – was ist es eigentlich, was man damit beschützt und aufrechterhält?«

Erstaunt sah der Herr mir ins Gesicht.

»Ist das eine Frage!« rief er mit Kopfschütteln. »Sie wissen doch, daß Krieg ist, Krieg in der ganzen Welt! Und das ist es, was wir erhalten, wofür wir Gesetze geben, wofür wir Opfer bringen. Der Krieg ist es. Ohne diese enormen Anstrengungen und Leistungen könnten die Armeen keine Woche länger im Felde stehen. Sie würden verhungern – es wäre unausstehlich!«

»Ja«, sagte ich langsam, »das ist allerdings ein Gedanke! Also der Krieg ist das Gut, das mit solchen Opfern aufrechterhalten wird! Ja, aber – erlauben Sie eine seltsame Frage – warum schätzen Sie den Krieg so hoch? Ist er denn das alles wert? Ist denn der Krieg überhaupt ein Gut?«

Mitleidig zuckte der Beamte die Achseln. Er sah, ich verstand ihn nicht.

»Lieber Herr Sinclair«, sagte er, »Sie sind sehr weltfremd geworden. Aber bitte, gehen Sie durch eine einzige Straße, reden Sie mit einem einzigen Menschen, strengen Sie Ihre Gedanken nur ein klein wenig an und fragen Sie sich: Was haben wir noch? Worin besteht unser Leben? Dann müssen Sie doch sofort sagen: Der Krieg ist das einzige, was wir noch haben! Vergnügen und persönlicher Erwerb, gesellschaftlicher Ehrgeiz, Habgier, Liebe, Geistesarbeit – alles existiert nicht mehr. Der Krieg ist es einzig und allein, dem wir es verdanken, daß noch so etwas wie Ordnung, Gesetz, Gedanke, Geist in der Welt vorhanden ist. – Können Sie denn das nicht sehen?«

Ja, nun sah ich es ein, und ich dankte dem Herrn sehr.

Dann ging ich davon und steckte die Empfehlung an das Amt 127 mechanisch in meine Tasche. Ich hatte nicht im Sinne, von ihr Gebrauch zu machen, es war mir nichts daran gelegen, noch irgendeines dieser Ämter zu belästigen. Und noch ehe ich wieder bemerkt und zur Rede gestellt werden konnte, sprach ich den kleinen Sternensegen in mich hinein, stellte meinen Herzschlag ab, ließ meinen Körper im Schatten eines Gebüsches verschwinden und setzte meine vorherige Wanderung fort, ohne mehr an Heimkehr zu denken.   *(1917)*

Der Maler

Ein Maler namens Albert konnte in seinen jungen Jahren mit den Bildern, die er malte, den Erfolg und die Wirkung nicht erreichen, nach denen er begehrte. Er zog sich zurück und beschloß, sich selbst genug zu sein. Das versuchte er jahrelang. Aber es zeigte sich mehr und mehr, daß er sich nicht selbst genug war. Er saß und malte an einem Heldenbild, und während dem Malen fiel ihm je und je wieder der Gedanke ein: »Ist es eigentlich nötig, das zu tun, was du tust? Müssen eigentlich diese Bilder wirklich gemalt sein? Wäre es nicht für dich und für jedermann ebenso gut, wenn du bloß spazierengehen oder Wein trinken würdest? Tust du eigentlich für dich selbst etwas anderes mit deinem Malen, als daß du dich ein wenig betäubst, ein wenig vergißt, dir die Zeit ein wenig vertreibst?«

Diese Gedanken waren der Arbeit nicht förderlich. Mit der Zeit hörte Alberts Malerei fast ganz auf. Er ging spazieren, er trank Wein, er las Bücher, er machte Reisen. Aber zufrieden war er auch bei diesen Dingen nicht.

Oft mußte er darüber nachdenken, mit welchen Wünschen und Hoffnungen er einst die Malerei begonnen hatte. Er erinnerte sich: sein Gefühl und Wunsch war gewesen, daß zwischen ihm und der Welt eine schöne, starke Beziehung und Strömung entstehe, daß zwischen ihm und der Welt etwas Starkes und Inniges beständig schwinge und leise musiziere. Mit seinen Helden und heroischen Landschaften hatte er sein Inneres ausdrücken und befriedigen wollen, damit es ihm von außen her, im Urteil und Dank der Betrachter seiner Bilder, wieder lebendig und dankbar entgegenkomme und strahle.

Ja, das hatte er also nicht gefunden. Das war ein Traum gewesen, und auch der Traum war so allmählich schwach und dünn geworden. Jetzt, wo Albert durch die Welt schweifte, oder an entlegenen Orten einsam hauste, auf Schiffen fuhr oder über Gebirgspässe wanderte, jetzt kam der Traum häufiger und häufiger wieder, anders als früher, aber ebenso schön, ebenso mächtig lockend, ebenso begehrend und strahlend in junger Wunschkraft.

O, wie sehnte er sich oft danach – Schwingung zu fühlen zwischen sich und allen Dingen der Welt! Zu fühlen, daß sein Atem und der Atem der Winde und Meere derselbe sei, daß Brüderschaft und Verwandtschaft, daß Liebe und Nähe, daß Klang und Harmonie zwischen ihm und allem sei!

Er begehrte nicht mehr Bilder zu malen, in denen er selbst und seine Sehnsucht dargestellt wären, welche ihm Verständnis und Liebe bringen, ihn erklären, rechtfertigen und rühmen sollten. Er dachte an keine Helden und Aufzüge mehr, die als Bild und Rauch sein eigenes Wesen ausdrücken und umschreiben sollten. Er begehrte nur nach dem Fühlen jener Schwingungen, jenes Kraftstroms, jener heimlichen Innigkeit, in der er selbst zu nichts werden und untergehen, sterben und wiedergeboren werden würde. Schon der neue Traum davon, schon die neue, erstarkte Sehnsucht danach machte das Leben erträglich, brachte etwas wie Sinn hinein, verklärte und erlöste.

Die Freunde Alberts, soweit er noch welche hatte, begriffen diese Phantasien nicht gut. Sie sahen bloß, daß dieser Mensch mehr und mehr in sich hinein lebte, daß er stiller und sonderbarer sprach und lächelte, daß er so viel fort war, und daß er keinen Teil an dem hatte, was anderen Leuten lieb und wichtig ist, nicht an Politik noch Handel, nicht an Schützenfest und Ball, nicht an klugen Gesprächen über die Kunst, und an nichts von dem, woran sie ihre Freude fanden. Er war ein Sonderling und halber Narr geworden. Er lief durch die graue kühle Winterluft und atmete hingegeben die Farben und Gerüche dieser Lüfte, er lief einem kleinen Kinde nach, das Lala vor sich hin sang, er starrte stundenlang in ein grünes

Wasser, auf ein Blumenbeet, oder er versank, wie ein Leser in sein Buch, in die Linien, die er in einem durchschnittenen Stückchen Holz, in einer Wurzel oder Rübe fand.

Es kümmerte sich niemand mehr um ihn. Er lebte damals in einer kleinen ausländischen Stadt, und dort ging er eines Morgens durch eine Allee, und sah von da zwischen den Stämmen auf einen kleinen trägen Fluß, auf ein steiles, gelbes, lehmiges Ufer, wo über Erdrutschen und mineralischer Kahlheit Gebüsch und Dorngekräut sich staubig verzweigten. Da klang etwas in ihm auf, er blieb stehen, er fühlte in seiner Seele ein altes Lied aus sagenhaften Zeiten wieder angestimmt. Lehmgelb und staubiges Grün, oder träger Fluß und jähe Ufersteile, irgendein Verhältnis der Farben oder Linien, irgendein Klang, eine Besonderheit in dem zufälligen Bilde war schön, war unglaublich schön, rührend und erschütternd, sprach zu ihm, war ihm verwandt. Und er fühlte Schwingung und innigste Beziehung zwischen Wald und Fluß, zwischen Fluß und ihm selbst, zwischen Himmel, Erde und Gewächs, alles schien einzig und allein da zu sein, um in dieser Stunde so vereinigt in seinem Auge und Herzen sich zu spiegeln, sich zu treffen und zu begrüßen. Sein Herz war der Ort, wo Fluß und Kraut, Baum und Luft zueinander kommen, einswerden, sich aneinander steigern und Liebesfeste feiern konnten.

Als dieses herrliche Erlebnis sich wenigemal wiederholt hatte, umgab den Maler ein herrliches Glücksgefühl, dicht und voll wie ein Abendgold oder ein Gartenduft. Er kostete es, es war süß und schwer, aber er konnte es nicht lange dabei aushalten, es war zu reich, es wurde in ihm zu Fülle und Spannung, zu Erregung und beinahe zu Angst und Wut. Es war stärker als er, es nahm ihn hin, riß ihn weg, er fürchtete, darin unterzusinken. Und das wollte er nicht. Er wollte leben, eine Ewigkeit leben! Nie, nie hatte er so innig zu leben gewünscht wie jetzt!

Wie nach einem Rausche fand er sich eines Tages still und allein in einer Kammer. Er hatte einen Kasten mit Farben vor sich stehen und ein Stückchen Karton ausgespannt – nach Jahren saß er nun wieder und malte.

Und dabei blieb es. Der Gedanke »Warum tue ich das?« kam nicht wieder. Er malte. Er tat nichts mehr als sehen und malen. Entweder war er draußen an die Bilder der Welt verloren oder er saß in seiner Kammer und ließ die Fülle wieder abströmen. Bild um Bild dichtete er auf seine kleinen Kartons, einen Regenhimmel mit Weiden, eine Gartenmauer, eine Bank im Wald, eine Landstraße, auch Menschen und Tiere, und Dinge, die er nie gesehen hatte, vielleicht Helden oder Engel, die aber waren und lebten wie Mauer und Wald.

Als er wieder zu Menschen kam, wurde es bekannt, daß er wieder male. Man fand ihn ziemlich verrückt, aber man war neugierig, seine Bilder zu sehen. Er wollte sie niemand zeigen. Aber man ließ ihm keine Ruhe, man plagte und zwang ihn. Da gab er einem Bekannten die Schlüssel zu seinem Zimmer, er selber aber reiste weg und wollte nicht dabei sein, wenn andere Leute seine Bilder ansahen.

Die Leute kamen, und es entstand ein großes Geschrei, man habe ein Mordsgenie von einem Maler entdeckt, einen Sonderling zwar, aber einen von Gottes Gnaden, und wie die Sprüche der Kenner und Redner alle heißen.

Der Maler Albert war inzwischen in einem Dorf abgestiegen, hatte ein Zimmer bei Bauern gemietet und seine Farben und Pinsel ausgepackt. Wieder ging er beglückt durch Tal und Berge, und strahlte später in seine Bilder zurück, was er erlebt und gefühlt hatte.

Da erfuhr er durch eine Zeitung davon, daß alle Welt zu Hause seine Bilder angesehen habe. Im Wirtshaus bei einem Glas Wein las er einen langen, schönen Artikel in der Zeitung der Hauptstadt. Sein Name stand dick gedruckt darüber, und überall troffen feiste Lobwörter aus den Spalten. Aber je weiter er las, desto seltsamer wurde ihm.

»Wie herrlich leuchtet in dem Bild mit der blauen Dame das Gelb des Hintergrundes – eine neue, unerhört kühne, bezaubernde Harmonie!«

»Wunderbar ist auch die Plastik des Ausdrucks in dem Rosenstilleben. – Und gar die Reihe der Selbstbildnisse! Wir dürfen sie den besten Meisterwerken psychologischer Porträtkunst an die Seite stellen.«

Sonderbar, sonderbar! Er konnte sich nicht erinnern, je ein Rosenstilleben gemalt zu haben, noch eine blaue Dame, und nie hatte er seines Wissens ein Selbstporträt gemacht. Dagegen fand er weder das Lehmufer noch die Engel, weder den Regenhimmel noch die anderen ihm so lieben Bilder erwähnt.

Albert reiste in die Stadt zurück. Im Reisekleid ging er nach seiner Wohnung, die Leute gingen dort aus und ein. Ein Mann saß unter der Tür, und Albert mußte eine Karte lösen, um eintreten zu dürfen.

Da waren seine Bilder, wohlbekannt. Jemand aber hatte Zettel an sie gehängt, auf denen stand allerlei, wovon Albert nichts gewußt hatte. ›Selbstbildnis‹ stand auf manchen und andere Titel. Eine Weile stand er nachdenklich vor den Bildern und ihren unbekannten Namen. Er sah, man konnte diese Bilder auch ganz anders nennen, als er es getan hatte. Er sah, in der Gartenmauer hatte er etwas erzählt, was anderen eine Wolke schien, und die Klüfte seiner Steinlandschaft konnten für andere auch ein Menschengesicht bedeuten.

Schließlich lag nicht viel daran. Aber Albert zog es doch vor, still wieder fortzugehen und abzureisen und nicht mehr in diese Stadt zurückzukehren. Er malte noch viele Bilder und gab ihnen noch viele Namen, und war glücklich dabei; aber er zeigte sie niemandem.   *(1918)*

Wenn der Krieg noch fünf Jahre dauert

Im »Regierungsblatt«, der einzigen Zeitung, welche im Jahre 1925 noch im Königreich Sachsen erschien (einmal in der Woche), stand im Herbst 1925 einst folgender kleiner Artikel mit der etwas gesuchten Überschrift:

»Ein neuer Kaspar Hauser.«

Im Vogtland, in der Ronneburger Gegend, wurde kürzlich ein ebenso rätselhafter wie bedenklicher Fund gemacht, ein Fund, von dem sich erst zeigen muß, ob er nur als ein Kuriosum aufzufassen sei oder möglicherweise doch ein weitergreifendes Interesse habe.

Bei der »amtlichen Abschaffung der nicht zivildienstfähigen Bevölkerung«, die bei uns so wohlorganisiert und trotz unvermeidlicher Härten so human durchgeführt worden ist, kam in der Ronneburger Gegend einer der ja nicht allzu seltenen Fälle vor, in welchen eine Privatperson trotz erwiesener Unfähigkeit, dem Staat und Gemeinwohl irgendwie noch zu nützen, die ihr gesetzte Existenzzeit ganz wesentlich (es soll sich um Monate handeln) überschritt. Der Privatmann Philipp Gaßner, der in der Nähe eines Dorfes ein einsam gelegenes kleines Landhaus bewohnt, war schon vor Jahresfrist bei der Altersmusterung als unbrauchbar bezeichnet und in üblicher Weise durch staffelweise Herabsetzung seiner Rationen an seine Untertanenpflicht erinnert worden. Als nach Ablauf des letzten Termins weder sein Hingang gemeldet noch die kreisamtliche Chloroformstelle für ihn in Anspruch genommen worden war, begab sich der Unteroffizier Kille im Auftrag des Bezirkskommandos in die Wohnung des Gaßner, um ihn in der vorgeschriebenen Form unter Strafandrohung an die Erfüllung seiner Bürgerpflicht zu erinnern.

Obwohl nun diese Mahnung völlig ordnungsgemäß

erfolgte, auch das übliche Angebot kostenloser Erleichterungen nicht versäumt wurde, geriet dennoch Gaßner, ein Mann von bald siebzig Jahren, in eine außergewöhnliche Erregung und weigerte sich hartnäckig, dem Gesetz Folge zu leisten. Vergeblich stellte der Unteroffizier ihm vor, welchen Mangel an vaterländischer Gesinnung er damit bekunde und wie betrübend es sei, wenn ein alter, in bürgerlichen Ehren ergrauter Mann sich sperre, das notwendige Opfer zu bringen, zu welchem täglich die gesamte hoffnungsvolle Jungmannschaft an der Front bereit sei. Gaßner setzte sich, als er abgeführt werden sollte, sogar tätlich zur Wehr. Der Unteroffizier, dem schon die auffallende Körperkraft des seit Jahresfrist auf abnehmende Rationen gesetzten Mannes auffiel, schritt nun zu einer Haussuchung. Und da ergab sich das Unglaubliche: In einem gegen den Garten gehenden Zimmer des ersten Stockwerks wurde eine junge Mannsperson entdeckt, die der Alte seit Jahren bei sich verborgen hielt!

Der junge Mensch, sechsundzwanzig Jahre alt und kerngesund, entpuppte sich als Alois Gaßner, Sohn des Hausbesitzers. Auf welche Weise es dem durchtriebenen Alten gelungen ist, seinen Sohn jahrelang der Dienstpflicht zu entziehen und bei sich verborgen zu halten, bleibt noch aufzuklären; es dürfte sich dabei eine verbrecherische Urkundenfälschung mit Wahrscheinlichkeit ergeben. Die einsame Lage des Hauses, die Vermöglichkeit des Vaters und ein großer und sehr sorgfältig angebauter Hausgarten, aus dessen Erträgen die beiden vorzugsweise lebten, erklären immerhin einiges.

Was uns hier interessiert, ist nicht so sehr der ungewöhnliche Fall einer schweren Hinterziehung und Dienstpflichtverletzung als eine psychologische Merkwürdigkeit, welche dabei zutage kam und zur Zeit von Sachverständigen untersucht wird. Es ist kaum zu glauben, aber die bisher vorliegenden Berichte lassen keinen Zweifel. Man höre!

Alois Gaßner scheint, nach übereinstimmender Aussage aller Fachleute, geistig vollkommen normal zu sein. Er schreibt, liest und rechnet nicht nur gewandt, er ist sogar geistig hoch gebildet und hat mit Hilfe einer recht guten Privatbibliothek sich dem Studium der Philosophie gewidmet. Er hat eine Reihe von Arbeiten aus verschiedenen Gebieten der Philosophiegeschichte und der Erkenntnistheorie verfaßt, außerdem Gedichte und belletristische Versuche, welche alle zumindest ein klares Denken und einen geschulten Geist bekunden.

Aber dieser seltsame Verborgene zeigt in seinem geistigen und seelischen Leben eine äußerst merkwürdige Lücke – er weiß nichts vom Krieg! Er hat alle diese Jahre außerhalb der Welt gelebt, die uns alle umgibt! Wie er bürgerlich für die Welt nicht vorhanden war, so lebte er geistig außerhalb unserer Zeit und Welt, in Europa wohl der einzige erwachsene Mensch, der bei voller Zurechnungsfähigkeit doch ohne jedes Wissen von seiner Zeit, vom Weltkrieg, von den Geschehnissen und Umwälzungen dieser zehn Jahre geblieben ist!

So möchten wir diesen eigentümlichen Philosophen mit jenem Kaspar Hauser vergleichen, welcher einst die ganze Jugend außerhalb der Menschen- und Tageswelt in einer einsamen Dämmerung verlebte!

Der verhältnismäßig einfache Fall des Vaters G. wird vermutlich nicht lange auf seine Aufklärung und Aburteilung warten lassen. Er hat sich eines schweren Vergehens schuldig gemacht und wird die Folgen davon zu tragen haben. Über die Schuld oder Schuldbeteiligung des Sohnes hingegen gehen die Ansichten weit auseinander. Zur Zeit weilt er noch in einer Heilanstalt zur Untersuchung. Das wenige, was er bis jetzt dort vom Weltlauf, vom Staat und seinen staatsbürgerlichen Verpflichtungen erfahren hat, erregte bei ihm zunächst lediglich eine kindliche und etwas ängstliche Verwunderung. Es ist deutlich erkennbar, daß er die Versuche, ihn in diese Zusammenhänge einzuführen, nur teilweise ernst nimmt, er scheint in ihnen Fiktionen zu sehen, mit welchen er in Beziehung auf seinen Geisteszustand auf die Probe gestellt werden soll. Fragen und Assoziationsversuche mit den häufigsten, jedem Kinde geläufigen politischen Schlagwörtern blieben ohne jedes Ergebnis.

Wie wir in letzter Stunde noch erfahren, hat sich die philosophische Fakultät der Universität Leipzig soeben des Falles angenommen. Die Studien und Arbeiten Gaßners sollen dort einer Prüfung unterzogen werden. Aber auch abgesehen vom Wert oder Unwert dieser Arbeiten legt die Fakultät großen Wert darauf, den Mann kennenzulernen, ja ihn unter Umständen gewissermaßen zu erwerben, als einziges Exemplar einer Spezies von Mensch, welche nicht mehr auf Erden existiert. Dieser »Vorkriegsmensch« soll einem gründlichen Studium unterzogen und womöglich der Wissenschaft erhalten werden.   *(1918)*

Der Mann mit den vielen Büchern

Es war ein Mann, der hatte schon in früher Jugend sich aus dem Lärm des Lebens, der ihm Furcht machte, zu den Büchern zurückgezogen. Er lebte in seinem Hause, dessen Zimmer mit Büchern angefüllt waren, und hatte kaum einen Umgang und Verkehr außer mit seinen Büchern. Es schien ihm, da er von der Leidenschaft für das Wahre und Schöne erfüllt war, weit richtiger zu sein, daß er mit den edelsten Geistern der Menschheit in nahem Umgang lebe, als sich den Zufälligkeiten und den zufälligen Menschen auszusetzen, die das Leben ihm sonst etwa zugeführt hätte.

Seine Bücher waren alle aus der alten Zeit, von den Weisen und Dichtern der Griechen und Römer, deren Sprachen er liebte und deren Welt ihm so klar und wohlgestaltet erschien, daß er oft kaum begriff, warum die Menschheit diese hohen Pfade längst verlassen und so viel Irrsale dafür eingetauscht habe. In allen Dingen des Wissens und des Dichtens hatten jene Alten das Beste schon getan, es war später weniges mehr hinzugekommen, Goethe etwa, und wenn die Menschheit inzwischen Fortschritte gemacht hatte, so war es nur auf den Gebieten, die ihn nicht berührten und ihm entbehrlich und oberflächlich schienen, im Bauen von Maschinen und Kriegswaffen und im Verwandeln des Lebenden in das Tote, im Verwandeln der Natur in Zahlen oder in Geld.

Ein klares, stilles, gleichmäßiges Leben führte dieser Leser. Er ging durch seinen kleinen Garten, Verse von Theokrit auf den Lippen, er sammelte Sprüche der Alten und ging ihre schönen Gedankenwege, namentlich die des Platon, nachgenießend mit. Manchmal empfand er in seinem Leben eine gewisse Armut und Einschränkung, allein er wußte von den alten Weisen, daß das

Glück des Menschen nicht vom Vielerlei abhänge und daß in Treue und Selbstbeschränkung der Kluge sein Heil finde.

Einst erfuhr dies ungetrübte Leben eine Unterbrechung dadurch, daß der Leser auf einer Reise, die er nach einer Bibliothek des Nachbarstaates unternahm, einen Abend in einem Theater verbrachte. Es wurde ein Drama von Shakespeare aufgeführt, den er wohl von den Schulen her kannte, aber nur eben so, wie man die Dinge auf den Schulen lernen kann. Nun saß er in dem hohen dämmernden Hause, etwas bedrückt und gestört, denn er liebte Menschenansammlungen nicht, aber bald fand er sich angerufen und hingerissen durch den Geist dieser Dichtung. Er erkannte, daß die Darsteller ihre Sache nur mäßig machten, und war überhaupt kein Freund des Theaters, aber durch all diese Hemmnisse hindurch traf ihn dennoch ein Strahl, eine Kraft, ein mächtiger Reiz, den er noch nie gekostet hatte. Betäubt lief er nach dem Schluß des Dramas aus dem Hause, setzte pflichtgemäß seine Reise fort und brachte von ihr alle Werke des englischen Dichters mit nach Hause. Da las er nun, saß wie betäubt und las den »Lear«, den »Othello«, den »Romeo« und alle diese Stücke, und ein Sturm von Leidenschaft, Dämonie und phantastischem Leben drang auf ihn ein. Im Taumel vergingen ihm die Tage, glücklich empfand er, daß ein neues Stück Welt ihm erschlossen worden sei, und lange Zeit lebte er in Haus und Garten, beständig umgeben von den Gestalten dieses unbegreiflichen Dichters, der alles auf den Kopf zu stellen schien, was die Griechen festgestellt, und der dennoch recht hatte und jeden Widerspruch besiegte.

Zum erstenmal war die Welt des Lesers durchbrochen, war Luft von draußen in seine klassische Ruhe gedrungen – oder war es vielleicht eher etwas in ihm selber drinnen, das erwacht war und mit unruhigen Flügeln schlug? Wie war dies merkwürdig, wie war dies neu! Dieser Dichter, welcher doch auch schon lange tot war, schien gar keine Ideale zu haben, oder ganz andre als die der Alten, für diesen Shakespeare war anscheinend die Menschheit kein Gedankentempel, sondern ein Meer voll von Stürmen, auf welchem zuckende Menschen dahintrieben, selig in ihrem Hingenommensein, trunken von ihrem Schicksal! Diese Menschen bewegten sich wie Sternbilder, jeder im vorbestimmten Schwung seiner Bahn, mit unverminderter Wucht, mit ewigem Drang, auch wo die Bahn in Absturz und Untergang führte.

Als endlich der Leser, wie ein Erwachender nach einem Bacchanal, sich wieder auf sich selbst und das Ehemals besann und zu seinen Lateinern und Griechen zurückkehrte, da schmeckten sie anders, schmeckten ein wenig fade, ein wenig alt, ein wenig fremd. Darauf versuchte er es mit einigen Büchern von heutigen Dichtern. Die gefielen ihm aber nicht, es schien sich alles um kleine und belanglose Dinge zu drehen, und es schien alles nur halb ernstgemeint zu sein.

Den Hunger nach großen, neuen Reizen und Aufrüttelungen aber wurde der Mann nicht mehr los. Wer sucht, findet. Und so war das Nächste, was er fand, ein Buch von einem Norweger, namens Hamsun. Ein sonderbares Buch und ein sonderbarer Dichter. Dieser Mensch schien sein Leben lang – es hieß, er lebe noch – sich allein und stürmisch in der Welt umherzutreiben, ohne ein Ziel, ohne einen Glauben, halb verwöhnt und halb verwildert, auf ewiger Suche nach einem Gefühl, das er da und dort für Augenblicke im Zusammenklang seines Herzens mit der umgebenden Welt zu finden schien. Dieser Dichter gestaltete keine Menschenwelt wie Shakespeare, er sprach meistens von sich selbst. Aber an vielen Stellen überfiel den Leser eine tiefe Rührung und oft ein bitteres Weh, und manchmal mußte er auf einmal, und auf eine neue Art, plötzlich lachen. Welch ein Kind war dieser Dichter, welch ein trotziger Knabe war er! Aber er war herrlich, und wer ihn las, fühlte Sternschnuppen fallen und hörte ferne Brandungen donnern.

Weiter fand der Büchermann ein dickes Buch, das »Anna Karenina« hieß, und dann Gedichte von Richard Dehmel. Und er fand wenig später die Bücher von Dostojewski. Seit er mit Shakespeare begonnen hatte, war es, als liefe die Dichtung ihm nach, als käme ihm da und dort, sobald er eine Leere zu spüren begann, gerade das durch Magie entgegen, was jetzt zu ihm sprechen, was jetzt ihn hinreißen konnte. Er weinte und lag schlaflos über diesen russischen Büchern, er schleuderte den Horaz von sich und gab eine Menge von seinen alten Büchern weg. Eines fiel ihm dabei in die Hand, ein lateinisches, das er früher wenig geschätzt hatte. Jetzt legte er es beiseite und las es bald. Es waren die Bekenntnisse des Augustinus. Von ihm kehrte er wieder zu Dostojewski zurück.

Eines Tages gegen Abend, er hatte sich müde gelesen und fühlte Augenschmerzen, war auch nicht mehr jung, da fiel er in Nachdenken. Über einem seiner hohen Bücherschäfte stand von früher her in Goldschrift jenes griechische Wort, welches bedeutet: »Erkenne dich selbst!« Das arbeitete in ihm. Denn er kannte sich selbst nicht, seit langem wußte er nichts mehr von sich. Nun ging er jede erfühlbare Spur zurück, er suchte mit Inbrunst nach den Zeiten, da ihn ein Vers von Horaz entzückt, ein Gesang des Pindar ihn beseligt hatte. Damals hatte er, aus jenen alten Büchern her, in sich etwas gewußt, das Menschheit hieß, er war mit den Dichtern Held, Herrscher, Weiser gewesen, er hatte Gesetze gegeben und Gesetze geachtet, und in herrlicher Würde war er, der Mensch, aus der Wirrnis der seelenlosen Natur hervorgetreten, dem klaren Licht entgegen. – Jetzt war dies alles zerstört und dahingeschmolzen. Er hatte nicht nur Räuber- und Liebesgeschichten gelesen und Freude daran gehabt, nein, er hatte mit geliebt, mit gemordet, mit geweint, mit gesündigt, mit gelacht, er war in Abgründe des Verbrechens, der Not, der irren, flatternden Instinkte und Gelüste geraten, er hatte mit zuckender Angst und Wonne im Gräßlichen und Verbotenen gewühlt!

Sein Nachdenken ergab keine Früchte. Bald hing er wieder fiebernd über seltsamen Büchern. Er schlürfte die lasterhafte Luft aufregender Geschichten von Oscar Wilde, er verlor sich in die wehmütig skeptischen Sucherwege Flauberts, er las Gedichte und Dramen junger und jüngster Dichter, welche allem Geordneten, allem Griechischen und Klassischen todfeind schienen, welche Auflehnung und Anarchie predigten, Häßlichstes verherrlichten, Furchtbarstes belächelten. Und er fand: auch sie hatten irgendwie recht, auch das war im Menschen, auch das mußte sein. Es war Lüge, es zu verheimlichen. Es war Lüge, sich um das ganze blutige Chaos des Lebens zu drücken.

Eine große Abspannung und Ermüdung folgte. Es gab keine Bücher mehr, die ihm entgegenkamen, in denen Neues, Mächtiges ihn anrief. Er war krank, er fühlte sich alt und betrogen. Ein Traum zeigte ihm seinen Zustand. Er träumte: Er war damit beschäftigt, eine hohe Mauer aus lauter Büchern aufzurichten. Sie wuchs empor, er sah nichts als sie, es war seine Aufgabe, alle Bücher der Welt hier zu einem großen Bau aufzustapeln. Da plötzlich geriet ein Teil des Gebäudes ins Wanken, Bücher glitten hinweg, rumpelten ins Bodenlose, ein seltsames Licht fiel durch klaffende Lücken herein, und jenseits der Büchermauer sah er etwas Ungeheures, sah er in Licht und Dunst ein riesiges Chaos, einen Knäuel von Gestalten und Bildungen, Menschen und Landschaften, Sterbende und Gebärende, Kinder und Tiere, Schlangen und Soldaten, brennende Städte und untergehende Schiffe, Schreie und wildes Jauchzen klang irr herüber, Blut floß, Wein strömte, Fackeln strahlten grell und frech, – und er erwachte und sprang auf, von einem schweren Druck auf dem Herzen gepeinigt, und wie er im Mondlicht verstört in seinem stillen Zimmer stand, die Bäume hinterm Fenster und das Buch auf dem Nachttisch erkannte, da wußte und spürte er plötzlich alles:

Er war betrogen, er war um alles betrogen! Er hatte gelesen, er hatte Seiten umgedreht, er hatte Papier gefressen – ach, und dahinter, hinter der schändlichen Büchermauer, war das Leben gewesen, hatten Herzen gebrannt, Leidenschaften getobt, war Blut und Wein geflossen, war Liebe und Verbrechen geschehen. Und nichts von alledem hatte ihm gehört, nichts war sein gewesen, nichts hatte er in Händen gehabt, nichts als dünne flache Schatten und Papier, in Büchern!

Er ging nicht erst wieder zu Bett. Er rannte, flüchtig angekleidet, in die Stadt, lief durch hundert Straßen im Laternenschein, sah in tausend blinde schwarze Fenster, lauschte an hundert geschlossenen Türen. Der Morgen kam, die Gassen erwachten, wie ein übriggebliebner Trunkner irrte er durch das bleiche Morgenlicht, nahe am Zusammenbrechen. Ein bleiches, schwach und kränklich aussehendes Mädchen begegnete ihm, er sank vor ihr nieder, sie nahm ihn mit sich.

In ihrer Kammer saß er, auf einem ärmlichen Bett, über dem ein japanischer Fächer aufgespannt war, voller Staub und Spinnweb. Er saß und sah, wie sie mit seinen Talern spielte, und wieder nahm er ihre Hand und sagte: »Laß mich nicht allein, du! Hilf mir! Ich bin alt, ich habe niemand als dich. Bleib bei mir! Vielleicht habe ich nichts mehr zu erwarten als Krankheit und Tod, aber wenigstens das will ich auskosten, wenigstens leiden und sterben will ich selber, will ich mit meinem eigenen Blut und Herzen. Wie bist du schön! Tut es weh, wenn ich dich anfasse? Nein? O, du bist gütig. Denke, ich war mein Leben lang begraben, in lauter Papier begraben! Weißt du, wie das ist? Nicht? Desto besser! O, wir wollen noch leben, wir wollen leben. Ist die Sonne schon aufgegangen? Zum erstenmal werde ich die Sonne sehen.«

Das Mädchen lächelte, streichelte seine unruhigen Hände und hörte zu. Sie verstand ihn nicht, und sie sah im grauen Morgenlicht verfallen und elend aus, auch sie war die ganze Nacht auf den Gassen gegangen. Sie lächelte, und sie sagte: »Ja, ja, ich werde dir helfen. Sei nur ruhig, ich werde dir schon helfen.« *(1918)*

Kinderseele

Manchmal handeln wir, gehen aus und ein, tun dies und das, und es ist alles leicht, unbeschwert und gleichsam unverbindlich, es könnte scheinbar alles auch anders sein. Und manchmal, zu anderen Stunden, könnte nichts anders sein, ist nichts unverbindlich und leicht, und jeder Atemzug, den wir tun, ist von Gewalten bestimmt und schwer von Schicksal.

Die Taten unseres Lebens, die wir die guten nennen und von denen zu erzählen uns leicht fällt, sind fast alle von jener ersten, »leichten« Art, und wir vergessen sie leicht. Andere Taten, von denen zu sprechen uns Mühe macht, vergessen wir nie mehr, sie sind gewissermaßen mehr unser als andere, und ihre Schatten fallen lang über alle Tage unseres Lebens.

Unser Vaterhaus, das groß und hell an einer hellen Straße lag, betrat man durch ein hohes Tor, und sogleich war man von Kühle, Dämmerung und steinern feuchter Luft umfangen. Eine hohe, düstere Halle nahm einen schweigsam auf, der Boden von roten Sandsteinfliesen führte leicht ansteigend gegen die Treppe, deren Beginn zuhinterst tief im Halbdunkel lag. Viele tausend Male bin ich durch dies hohe Tor eingegangen, und niemals hatte ich acht auf Tor und Flur, Fliesen und Treppe: dennoch war es immer ein Übergang in eine andere Welt, in »unsere« Welt. Die Halle roch nach Stein, sie war finster und hoch, hinten führte die Treppe aus der dunklen Kühle empor und zu Licht und hellem Behagen. Immer aber war erst die Halle und die ernste Dämmerung da: etwas von Vater, etwas von Würde und Macht, etwas von Strafe und schlechtem Gewissen. Tausendmal ging man lachend hindurch. Manchmal aber trat man herein und war sogleich erdrückt und zerkleinert, hatte Angst, suchte rasch die befreiende Treppe.

Als ich elf Jahre alt war, kam ich eines Tages von der Schule her nach Hause, an einem von den Tagen, wo Schicksal in den Ecken lauert, wo leicht etwas passiert. An diesen Tagen scheint jede Unordnung und Störung der eigenen Seele sich in unserer Umwelt zu spiegeln und sie zu entstellen. Unbehagen und Angst beklemmen unser Herz, und wir suchen und finden ihre vermeintlichen Ursachen außer uns, sehen die Welt schlecht eingerichtet und stoßen überall auf Widerstände.

Ähnlich war es an jenem Tage. Von früh an bedrückte mich – wer weiß woher? vielleicht aus Träumen der Nacht – ein Gefühl wie schlechtes Gewissen, obwohl ich nichts Besonderes begangen hatte. Meines Vaters Gesicht hatte am Morgen einen leidenden und vorwurfsvollen Ausdruck gehabt, die Frühstücksmilch war lau und fad gewesen. In der Schule war ich zwar nicht in Nöte geraten, aber es hatte alles wieder einmal trostlos, tot und entmutigend geschmeckt und hatte sich vereinigt zu jenem mir schon bekannten Gefühl der Ohnmacht und Verzweiflung, das uns sagt, daß die Zeit endlos sei, daß wir ewig und ewig klein und machtlos und im Zwang dieser blöden, stinkenden Schule bleiben werden, Jahre und Jahre, und daß dies ganze Leben sinnlos und widerwärtig sei.

Auch über meinen derzeitigen Freund hatte ich mich heute geärgert. Ich hatte seit kurzem eine Freundschaft mit Oskar Weber, dem Sohn eines Lokomotivführers, ohne recht zu wissen, was mich zu ihm zog. Er hatte neulich damit geprahlt, daß sein Vater sieben Mark am Tage verdiene, und ich hatte aufs Geratewohl erwidert, der meine verdiene vierzehn. Daß er sich dadurch hatte imponieren lassen, ohne Einwände zu machen, war der Anfang der Sache gewesen. Einige Tage später hatte ich mit Weber einen Bund gegründet, indem wir eine gemeinsame Sparkasse anlegten, aus welcher später eine Pistole gekauft werden sollte. Die Pistole lag im Schaufenster eines Eisenhändlers, eine massive Waffe mit zwei bläulichen Stahlrohren. Und Weber hatte mir vorgerechnet, daß man nur eine Weile richtig zu sparen brauche, dann könne man sie kaufen. Geld gebe es ja immer, er bekomme sehr oft einen Zehner für Ausgänge, oder sonst ein Trinkgeld, und manchmal finde man Geld auf der Gasse, oder Sachen mit Geldeswert, wie Hufeisen, Bleistücke und anderes, was man gut verkaufen könne. Einen Zehner hatte er auch sofort für unsere Kasse hergegeben, und der hatte mich überzeugt und mir unseren ganzen Plan als möglich und hoffnungsvoll erscheinen lassen.

Indem ich an jenem Mittag unseren Hausflur betrat und mir in der kellerig kühlen Luft dunkle Mahnungen an tausend unbequeme und hassenswerte Dinge und Weltordnungen entgegenwehten, waren meine Gedanken mit Oskar Weber beschäftigt. Ich fühlte, daß ich ihn nicht liebte, obwohl sein gutmütiges Gesicht, das mich an eine Waschfrau erinnerte, mir sympathisch war. Was mich zu ihm hinzog, war nicht seine Person, sondern etwas anderes, ich könnte sagen, sein Stand – es war etwas, das er mit fast allen Buben von seiner Art und Herkunft teilte: eine gewisse freche Lebenskunst, ein dickes Fell gegen Gefahr und Demütigung, eine Vertrautheit mit den kleinen praktischen Angelegenheiten des Lebens, mit Geld, mit Kaufläden und Werkstätten, Waren und Preisen, mit Küche und Wäsche und dergleichen. Solche Knaben wie Weber, denen die Schläge in der Schule nicht weh zu tun schienen und die mit Knechten, Fuhrleuten und Fabrikmädchen verwandt und befreundet waren, die standen anders und gesicherter in der Welt als ich; sie waren gleichsam erwachsener, sie wußten, wieviel ihr Vater am Tag verdiene, und wußten ohne Zweifel auch sonst noch vieles, worin ich unerfahren war. Sie lachten über Ausdrücke und Witze, die ich nicht verstand. Sie konnten überhaupt auf eine Weise lachen, die mir versagt war, auf eine dreckige und rohe, aber unleugbar erwachsene und »männliche« Weise. Es half nichts, daß man klüger war als sie und in der Schule mehr wußte. Es half nichts, daß man besser als sie gekleidet, gekämmt und gewaschen war. Im Gegenteil, eben diese Unterschiede kamen ihnen zugute. In die »Welt«, wie sie mir in Dämmerschein und Abenteuerschein vorschwebte, schienen mir solche Knaben wie Weber ganz ohne Schwierigkeiten eingehen zu können, während mir die »Welt« so sehr verschlossen war und jedes ihrer Tore durch unendliches Älterwerden, Schulesitzen, durch Prüfungen und Erzogenwerden mühsam erobert werden mußte. Natürlich fanden solche Knaben auch Hufeisen, Geld und Stücke Blei auf der Straße, bekamen Lohn für Besorgungen, kriegten in Läden allerlei geschenkt und gediehen auf jede Weise.

Ich fühlte dunkel, daß meine Freundschaft zu Weber und seiner Sparkasse nichts war als wilde Sehnsucht nach jener »Welt«. An Weber war nichts für mich liebenswert als sein großes Geheimnis, kraft dessen er den Erwachsenen näher stand als ich, in einer schleierlosen, nackteren, robusteren Welt lebte als ich mit meinen Träumen und Wünschen. Und ich fühlte voraus, daß er mich enttäuschen würde, daß es mir nicht gelingen werde, ihm sein Geheimnis und den magischen Schlüssel zum Leben zu entreißen.

Eben hatte er mich verlassen, und ich wußte, er ging nun nach Hause, breit und behäbig, pfeifend und vergnügt, von keinen Ahnungen verdüstert. Wenn er die Dienstmägde und Fabrikler antraf und ihr rätselhaftes, vielleicht wunderbares, vielleicht verbrecherisches Leben führen sah, so war es ihm kein Rätsel und ungeheures Geheimnis, keine Gefahr, nichts Wildes und Spannendes, sondern selbstverständlich, bekannt und heimatlich wie der Ente das Wasser. So war es. Und ich hingegen, ich würde immer nebendraußen stehen, allein und unsicher, voll von Ahnungen, aber ohne Gewißheit.

Überhaupt, das Leben schmeckte an jenem Tage wieder einmal hoffnungsvoll fade, der Tag hatte etwas von einem Montag an sich, obwohl es ein Samstag war, er roch nach Montag, dreimal so lang und dreimal so öde als die anderen Tage. Verdammt und widerwärtig war dies Leben, verlogen und ekelhaft war es. Die Erwachsenen taten, als sei die Welt vollkommen und als seien sie selber Halbgötter, wir Knaben aber nichts als Auswurf und Abschaum. Diese Lehrer –! Man fühlte Streben und Ehrgeiz in sich, man nahm redliche und leidenschaftliche Anläufe zum Guten, sei es nun zum Lernen der griechischen Unregelmäßigen oder zum Reinhalten seiner Kleider, zum Gehorsam gegen die Eltern oder zum schweigenden, heldenhaften Ertragen aller Schmerzen und Demütigungen – ja, immer und immer wieder erhob man sich, glühend und fromm, um sich Gott zu widmen und den idealen, reinen, edlen Pfad zur Höhe zu gehen, Tugend zu üben, Böses stillschweigend zu dulden, anderen zu helfen – ach, und immer und immer wieder blieb es ein Anlauf, ein Versuch und kurzer Flatterflug! Immer wieder passierte schon nach Tagen, o schon nach Stunden etwas, was nicht hätte sein dürfen, etwas Elendes, Betrübendes und Beschämendes. Immer wieder fiel man mitten aus den trotzigsten und adligsten Entschlüssen und Gelöbnissen plötzlich unentrinnbar in Sünde und Lumperei, in Alltag und Gewöhnlichkeiten zurück! Warum war es so, daß man die Schönheit und Richtigkeit guter Vorsätze so wohl und tief erkannte und im Herzen fühlte, wenn doch beständig und immerzu das ganze Leben (die Erwachsenen einbegriffen) nach Gewöhnlichkeit stank und überall darauf eingerichtet war, das Schäbige und Gemeine triumphieren zu lassen? Wie konnte es sein, daß man morgens im Bett auf den Knien oder nachts vor angezündeten Kerzen sich mit heiligem Schwur dem Guten und Lichten verbündete, Gott anrief und jedem Laster für immer Fehde ansagte – und daß man dann, vielleicht bloß ein paar Stunden später, an diesem selben heiligen Schwur und Vorsatz den elendsten Verrat üben konnte, sei es auch nur durch das Einstimmen in ein verführerisches Gelächter, durch das Gehör, das man einem dummen Schulbubenwitze lieh? Warum war das so? Ging es andern anders? Waren die Helden, die Römer und Griechen, die Ritter, die ersten Christen – waren diese alle andere Menschen gewesen als ich, besser, vollkommener, ohne schlechte Triebe, ausgestattet mit irgendeinem Organ, das mir fehlte, das sie hinderte, immer wieder aus dem Himmel in den Alltag, aus dem Erhabenen ins Unzulängliche und Elende zurückzufallen? War die Erbsünde jenen Helden und Heiligen unbekannt? War das Heilige und Edle nur Wenigen, Seltenen, Auserwählten möglich? Aber warum war mir, wenn ich nun also kein Auserwählter war, dennoch dieser Trieb nach dem Schönen und Adligen eingeboren, diese wilde, schluchzende Sehnsucht nach Reinheit, Güte, Tugend? War das nicht zum Hohn? Gab es das in Gottes Welt, daß ein Mensch, ein Knabe, gleichzeitig alle hohen und alle bösen Triebe in sich hatte und leiden und verzweifeln mußte, nur so als eine unglückliche und komische Figur, zum Vergnügen des zuschauenden Gottes? Gab es das? Und war dann nicht – ja war dann nicht die ganze Welt ein Teufelsspott, gerade wert, sie anzuspucken?! War dann nicht Gott ein Scheusal, ein Wahnsinniger, ein dummer, widerlicher Hanswurst? – Ach, und während ich mit einem Beigeschmack von Empörerwollust diese Gedanken dachte, strafte mich schon mein banges Herz durch Zittern für die Blasphemie!

Wie deutlich sehe ich, nach dreißig Jahren, jenes Treppenhaus wieder vor mir, mit den hohen, blinden Fenstern, die gegen die nahe Nachbarmauer gingen und so wenig Licht gaben, mit den weißgescheuerten, tannenen Treppen und Zwischenböden und dem glatten, harthölzernen Geländer, das durch meine tausend sausenden

Abfahrten poliert war! So fern mir die Kindheit steht, und so unbegreiflich und märchenhaft sie mir im ganzen erscheint, so ist mir doch alles genau erinnerlich, was schon damals, mitten im Glück, in mir an Leid und Zwiespalt vorhanden war. Alle diese Gefühle waren damals im Herzen des Kindes schon dieselben, wie sie es immer blieben: Zweifel am eigenen Wert, Schwanken zwischen Selbstschätzung und Mutlosigkeit, zwischen weltverachtender Idealität und gewöhnlicher Sinneslust – und wie damals, so sah ich auch hundertmal später noch in diesen Zügen meines Wesens bald verächtliche Krankheit, bald Auszeichnung, habe zu Zeiten den Glauben, daß mich Gott auf diesem qualvollen Wege zu besonderer Vereinsamung und Vertiefung führen wolle, und finde zu andern Zeiten wieder in alledem nichts als die Zeichen einer schäbigen Charakterschwäche, einer Neurose, wie Tausende sie mühsam durchs Leben schleppen.

Wenn ich alle die Gefühle und ihren qualvollen Widerstreit auf ein Grundgefühl zurückführen und mit einem einzigen Namen bezeichnen sollte, so wüßte ich kein anderes Wort als: Angst. Angst war es, Angst und Unsicherheit, was ich in allen jenen Stunden des gestörten Kinderglücks empfand: Angst vor Strafe, Angst vor dem eigenen Gewissen, Angst vor Regungen meiner Seele, die ich als verboten und verbrecherisch empfand.

Auch in jener Stunde, von der ich erzähle, kam dies Angstgefühl wieder über mich, als ich in dem heller und heller werdenden Treppenhause mich der Glastür näherte. Es begann mit einer Beklemmung im Unterleib, die bis zum Hals emporstieg und dort zum Würgen oder zu Übelkeit wurde. Zugleich damit empfand ich in diesen Momenten stets, und so auch jetzt, eine peinliche Geniertheit, ein Mißtrauen gegen jeden Beobachter, einen Drang zu Alleinsein und Sichverstecken.

Mit diesem üblen und verfluchten Gefühl, einem wahren Verbrechergefühl, kam ich in den Korridor und in das

Wohnzimmer. Ich spürte: es ist heut der Teufel los, es wird etwas passieren. Ich spürte es, wie das Barometer einen veränderten Luftdruck spürt, mit rettungsloser Passivität. Ach, nun war es wieder da, dies Unsägliche! Der Dämon schlich durchs Haus, Erbsünde nagte am Herzen, riesig, und unsichtbar stand hinter jeder Wand ein Geist, ein Vater und Richter.

Noch wußte ich nichts, noch war alles bloß Ahnung, Vorgefühl, nagendes Unbehagen. In solchen Lagen war es oft das beste, wenn man krank wurde, sich erbrach und ins Bett legte. Dann ging es manchmal ohne Schaden vorüber, die Mutter oder Schwester kam, man bekam Tee und spürte sich von liebender Sorge umgeben, und man konnte weinen oder schlafen, um nachher gesund und froh in einer völlig verwandelten, erlösten und hellen Welt zu erwachen.

Meine Mutter war nicht im Wohnzimmer, und in der Küche war nur die Magd. Ich beschloß, zum Vater hinaufzugehen, zu dessen Studierzimmer eine schmale Treppe hinaufführte. Wenn ich auch Furcht vor ihm hatte, zuweilen war es doch gut, sich an ihn zu wenden, dem man so viel abzubitten hatte. Bei der Mutter war es einfacher und leichter, Trost zu finden; beim Vater aber war der Trost wertvoller, er bedeutete einen Frieden mit dem richtenden Gewissen, eine Versöhnung und ein neues Bündnis mit den guten Mächten. Nach schlimmen Auftritten, Untersuchungen, Geständnissen und Strafen war ich oft aus des Vaters Zimmer gut und rein hervorgegangen, bestraft und ermahnt zwar, aber voll neuer Vorsätze, durch die Bundesgenossenschaft des Mächtigen gestärkt gegen das feindliche Böse. Ich beschloß, den Vater aufzusuchen und ihm zu sagen, daß mir übel sei.

Und so stieg ich die kleine Treppe hinauf, die zum Studierzimmer führte. Diese kleine Treppe mit ihrem eigenen Tapetengeruch und dem trockenen Klang der hohlen, leichten Holzstufen war noch unendlich viel mehr als der

Hausflur ein bedeutsamer Weg und ein Schicksalstor; über diese Stufen hatten viele wichtige Gänge mich geführt, Angst und Gewissensqual hatte ich hundertmal dort hinaufgeschleppt, Trotz und wilden Zorn, und nicht selten hatte ich Erlösung und neue Sicherheit zurückgebracht. Unten in unserer Wohnung waren Mutter und Kind zu Hause, dort wehte harmlose Luft; hier oben wohnten Macht und Geist, hier waren Gericht und Tempel und das »Reich des Vaters«.

Etwas beklommen wie immer drückte ich die altmodische Klinke nieder und öffnete die Tür halb. Der väterliche Studierzimmergeruch floß mir wohlbekannt entgegen: Bücher- und Tintenduft, verdünnt durch blaue Luft aus halboffnen Fenstern, weiße, reine Vorhänge, ein verlorner Faden von Kölnisch-Wasser-Duft und auf dem Schreibtisch ein Apfel. – Aber die Stube war leer.

Mit einer Empfindung halb von Enttäuschung und halb von Aufatmen trat ich ein. Ich dämpfte meinen Schritt und trat nur mit Zehen auf, so wie wir hier oben manchmal gehen mußten, wenn der Vater schlief oder Kopfweh hatte. Und kaum war dies leise Gehen mir bewußt geworden, so bekam ich Herzklopfen und spürte verstärkt den angstvollen Druck im Unterleib und in der Kehle wieder. Ich ging schleichend und angstvoll weiter, einen Schritt und wieder einen Schritt, und schon war ich nicht mehr ein harmloser Besucher und Bittsteller, sondern ein Eindringling. Mehrmals schon hatte ich heimlich in des Vaters Abwesenheit mich in seine beiden Zimmer geschlichen, hatte sein geheimes Reich belauscht und erforscht und hatte zweimal auch etwas daraus entwendet.

Die Erinnerung daran war alsbald da und erfüllte mich, und ich wußte sofort: jetzt war das Unglück da, jetzt passierte etwas, jetzt tat ich Verbotenes und Böses. Kein Gedanke an Flucht! Vielmehr, ich dachte wohl daran, dachte sehnlich und inbrünstig daran, davonzulaufen, die Treppe hinab und in mein Stübchen oder in den Garten – aber ich wußte, ich werde das doch nicht tun, nicht tun können. Innig wünschte ich, mein Vater möchte sich im Nebenzimmer rühren und hereintreten und den ganzen grauenvollen Bann durchbrechen, der mich dämonisch zog und fesselte. O käme er doch! Käme er doch, scheltend meinetwegen, aber käme er nur, eh es zu spät ist!

Ich hustete, um meine Anwesenheit zu melden, und als keine Antwort kam, rief ich leise: »Papa!« Es blieb alles still, an den Wänden schwiegen die vielen Bücher, ein Fensterflügel bewegte sich im Wind und warf einen hastigen Sonnenspiegel über den Boden. Niemand erlöste mich, und in mir selber war keine Freiheit, anders zu tun, als der Dämon wollte. Verbrechergefühl zog mir den Magen zusammen und machte mir die Fingerspitzen kalt, mein Herz flatterte angstvoll. Noch wußte ich keineswegs, was ich tun würde. Ich wußte nur, es würde etwas Schlechtes sein.

Nun war ich beim Schreibtisch, nahm ein Buch in die Hand und las einen englischen Titel, den ich nicht verstand. Englisch haßte ich – das sprach der Vater stets mit der Mutter, wenn wir es nicht verstehen sollten und auch wenn sie Streit hatten. In einer Schale lagen allerlei kleine Sachen, Zahnstocher, Stahlfedern, Stecknadeln. Ich nahm zwei von den Stahlfedern und steckte sie in die Tasche, Gott weiß wozu, ich brauchte sie nicht und hatte keinen Mangel an Federn. Ich tat es nur, um dem Zwang zu folgen, der mich fast erstickt hätte, dem Zwang, Böses zu tun, mir selbst zu schaden, mich mit Schuld zu beladen. Ich blätterte in meines Vaters Papieren, sah einen angefangenen Brief liegen, ich las die Worte: »es geht uns und den Kindern, Gott sei Dank, recht gut«, und die lateinischen Buchstaben seiner Handschrift sahen mich an wie Augen.

Dann ging ich leise und schleichend in das Schlafzimmer hinüber. Da stand Vaters eisernes Feldbett, seine braunen Hausschuhe darunter, ein Taschentuch lag auf dem Nachttisch. Ich atmete die väterliche Luft in dem kühlen, hellen Zimmer ein, und das Bild des Vaters stieg deutlich vor mir auf, Ehrfurcht und Auflehnung stritten in meinem beladenen Herzen. Für Augenblicke haßte ich ihn und erinnerte mich seiner mit Bosheit und Schadenfreude, wie er zuweilen an Kopfwehtagen still und flach in seinem niederen Feldbett lag, sehr lang und gestreckt, ein nasses Tuch über der Stirn, manchmal seufzend. Ich ahnte wohl, daß auch er, der Gewaltige, kein leichtes Leben habe, daß ihm, dem Ehrwürdigen, Zweifel an sich selbst und Bangigkeit nicht unbekannt waren. Schon war mein seltsamer Haß verflogen, Mitleid und Rührung folgten ihm. Aber inzwischen hatte ich eine Schieblade der Kommode herausgezogen. Da lag Wäsche geschichtet und eine Flasche Kölnisches Wasser, das er liebte; ich wollte daran riechen, aber die Flasche war noch ungeöffnet und fest verstöpselt, ich legte sie wieder zurück. Daneben fand ich eine kleine runde Dose mit Mundpastillen, die nach Lakritzen schmeckten, von denen steckte ich einige in den Mund. Eine gewisse Enttäuschung und Ernüchterung kam über mich, und zugleich war ich doch froh, nicht mehr gefunden und genommen zu haben.

Schon im Ablassen und Verzichten zog ich noch spielend an einer andern Lade, mit etwas erleichtertem Gefühl und mit dem Vorsatz, nachher die zwei gestohlenen Stahlfedern drüben wieder an ihren Ort zu legen. Vielleicht waren Rückkehr und Reue möglich, Wiedergutmachung und Erlösung. Vielleicht war Gottes Hand über mir stärker als alle Versuchung …

Da sah ich mit schnellem Blick noch eilig in den Spalt der kaum aufgezogenen Lade. Ach, wären Strümpfe oder Hemden oder alte Zeitungen darin gewesen! Aber da war nun die Versuchung, und sekundenschnell kehrte der kaum gelockerte Krampf und Angstbann wieder, meine Hände zitterten, und mein Herz schlug rasend. Ich sah in einer aus Bast geflochtenen, indischen oder sonst exotischen Schale etwas liegen, etwas Überraschendes, Verlockendes, einen ganzen Kranz von weiß bezuckerten, getrockneten Feigen!

Ich nahm ihn in die Hand, er war wundervoll schwer. Dann zog ich zwei, drei Feigen heraus, steckte eine in den Mund, einige in die Tasche. Nun waren alle Angst und alles Abenteuer doch nicht umsonst gewesen. Keine Erlösung, keinen Trost konnte ich mehr von hier fortnehmen, so wollte ich wenigstens nicht leer ausgehen. Ich zog noch drei, vier Feigen von dem Ring, der davon kaum leichter wurde, und noch einige, und als meine Taschen gefüllt und von dem Kranz wohl mehr als die Hälfte verschwunden war, ordnete ich die übriggebliebenen Feigen auf dem etwas klebrigen Ring lockerer an, so daß weniger zu fehlen schienen. Dann stieß ich, in plötzlichem hellem Schrecken, die Lade heftig zu und rannte davon, durch beide Zimmer, die kleine Stiege hinab und in mein Stübchen, wo ich stehenblieb und mich auf mein kleines Stehpult stützte, in den Knien wankend und nach Atem ringend.

Bald darauf tönte unsere Tischglocke. Mit leerem Kopf und ganz von Ernüchterung und Ekel erfüllt, stopfte ich die Feigen in mein Bücherbrett, verbarg sie hinter Büchern und ging zu Tisch. Vor der Eßzimmertür merkte ich, daß meine Hände klebten. Ich wusch sie in der Küche. Im Eßzimmer fand ich alle schon am Tische warten. Ich sagte schnell Gutentag, der Vater sprach das Tischgebet, und ich beugte mich über meine Suppe. Ich hatte keinen Hunger, jeder Schluck machte mir Mühe. Und neben mir saßen meine Schwestern, die Eltern gegenüber, alle hell und munter und in Ehren, nur ich Verbrecher elend dazwischen, allein und unwürdig, mich fürchtend vor jedem freundlichen Blick, den Geschmack der Feigen noch im Mund. Hatte ich oben die Schlafzimmertür auch zugemacht? Und die Schublade?

Nun war das Elend da. Ich hätte mir die Hand abhauen lassen, wenn dafür meine Feigen wieder oben in der Kommode gelegen hätten. Ich beschloß, sie fortzuwerfen, sie mit in die Schule zu nehmen und zu verschenken. Nur daß sie wegkämen, daß ich sie nie wieder sehen müßte!

»Du siehst heut schlecht aus«, sagte mein Vater über den Tisch weg. Ich sah auf meinen Teller und fühlte seine Blicke auf meinem Gesicht. Nun würde er es merken. Er merkte ja alles, immer. Warum quälte er mich vorher noch? Mochte er mich lieber gleich abführen und meinetwegen totschlagen.

»Fehlt dir etwas?« hörte ich seine Stimme wieder. Ich log, ich sagte, ich habe Kopfweh.

»Du mußt dich nach Tisch ein wenig hinlegen«, sagte er. »Wieviel Stunden habt ihr heute nachmittag?«

»Bloß Turnen.«

»Nun, turnen wird dir nicht schaden. Aber iß auch, zwinge dich ein bißchen! Es wird schon vergehen.«

Ich schielte hinüber. Die Mutter sagte nichts, aber ich wußte, daß sie mich anschaute. Ich aß meine Suppe hinunter, kämpfte mit Fleisch und Gemüse, schenkte mir zweimal Wasser ein. Es geschah nichts weiter. Man ließ mich in Ruhe. Als zum Schluß mein Vater das Dankgebet sprach: »Herr, wir danken dir, denn du bist freundlich, und deine Güte währet ewiglich«, da trennte wieder ein ätzender Schnitt mich von den hellen, heiligen, vertrauensvollen Worten und von allen, die am Tische saßen: mein Händefalten war Lüge, und meine andächtige Haltung war Lästerung.

Als ich aufstand, strich mir die Mutter übers Haar und ließ ihre Hand einen Augenblick auf meiner Stirn liegen, ob sie heiß sei. Wie bitter war das alles!

In meinem Stübchen stand ich dann vor dem Bücherbrett. Der Morgen hatte nicht gelogen, alle Anzeichen hatten recht gehabt. Es war ein Unglückstag geworden, der schlimmste, den ich je erlebt hatte. Schlimmeres konnte kein Mensch ertragen. Wenn noch Schlimmeres über einen kam, dann mußte man sich das Leben nehmen. Man müßte Gift haben, das war das beste, oder sich erhängen. Es war überhaupt besser, tot zu sein, als zu leben. Es war ja alles so falsch und häßlich. Ich stand und sann und griff zerstreut nach den verborgenen Feigen und aß davon, eine und mehrere, ohne es recht zu wissen.

Unsre Sparkasse fiel mir in die Augen, sie stand im Bord unter den Büchern. Es war eine Zigarrenkiste, die ich fest zugenagelt hatte; in den Deckel hatte ich mit einem Taschenmesser einen ungefügen Schlitz für die Geldstücke geschnitten. Er war schlecht und roh geschnitten, der Schlitz, Holzsplitter standen heraus. Auch das konnte ich nicht richtig. Ich hatte Kameraden, die konnten so etwas mühsam und geduldig und tadellos machen, daß es aussah wie vom Schreiner gehobelt. Ich aber pfuschte immer nur, hatte es eilig und machte nichts sauber fertig. So war es mit meinen Holzarbeiten, so mit meiner Handschrift und meinen Zeichnungen, so war es mit meiner Schmetterlingssammlung und mit allem. Es war nichts mit mir. Und nun stand ich da und hatte wieder gestohlen, schlimmer als je. Auch die Stahlfedern hatte ich noch in der Tasche. Wozu? Warum hatte ich sie genommen – nehmen *müssen*? Warum mußte man, was man gar nicht wollte?

In der Zigarrenkiste klapperte ein einziges Geldstück, der Zehner von Oskar Weber. Seither war nichts dazugekommen. Auch diese Sparkassengeschichte war so eine meiner Unternehmungen! Alles taugte nichts, alles mißriet und blieb im Anfang stecken, was ich begann! Mochte der Teufel diese unsinnige Sparkasse holen! Ich mochte nichts mehr von ihr wissen.

Diese Zeit zwischen Mittagessen und Schulbeginn war an solchen Tagen wie heute immer mißlich und schwer herumzubringen. An guten Tagen, an friedlichen, vernünftigen liebenswerten Tagen, war es eine schöne und erwünschte Stunde; ich las dann entweder in meinem Zimmer an einem Indianerbuch oder lief sofort nach Tisch wieder auf den Schulplatz, wo ich immer einige unternehmungslustige Kameraden traf, und dann spielten wir, schrien und rannten und erhitzten uns, bis der Glockenschlag uns in die völlig vergessene »Wirklichkeit« zurückrief. Aber an Tagen wie heute – mit wem wollte man da spielen und wie die Teufel in der Brust betäuben? Ich sah es kommen – noch nicht heute, aber ein nächstes Mal, vielleicht bald. Da würde mein Schicksal vollends zum Ausbruch kommen. Es fehlte ja nur noch eine Kleinigkeit, eine winzige Kleinigkeit mehr an Angst und Leid und Ratlosigkeit, dann lief es über, dann mußte es ein Ende mit Schrecken nehmen. Eines Tages, an gerade so einem Tag wie heute, würde ich vollends im Bösen untersinken, ich würde in Trotz und Wut und wegen der sinnlosen Unerträglichkeit dieses Lebens etwas Gräßliches und Entscheidendes tun, etwas Gräßliches, aber Befreiendes, das der Angst und Quälerei ein Ende machte, für immer. Ungewiß war, was es sein würde; aber Phantasien und vorläufige Zwangsvorstellungen davon waren mir schon mehrmals verwirrend durch den Kopf gegangen, Vorstellungen von Verbrechen, mit denen ich an der Welt Rache nehmen und zugleich mich selbst preisgeben und vernichten würde. Manchmal war es mir so, als würde ich unser Haus anzünden: ungeheure Flammen schlugen mit Flügeln durch die Nacht, Häuser und Gassen wurden vom Brand ergriffen, die ganze Stadt loderte riesig gegen den schwarzen Himmel. Oder zu anderen Zeiten war das Verbrechen meiner Träume eine Rache an meinem Vater, ein Mord und grausiger Totschlag. Ich aber würde mich dann benehmen wie jener Verbrecher, jener einzige, richtige Verbrecher, den ich einmal hatte durch die Gassen unsrer Stadt führen sehen. Es war ein Einbrecher, den man gefangen hatte und in das Amtsgericht führte, mit Handschellen gefesselt, einen steifen

Melonenhut schief auf dem Kopf, vor ihm und hinter ihm ein Landjäger. Dieser Mann, der durch die Straßen und durch einen riesigen Volksauflauf von Neugierigen getrieben wurde, an tausend Flüchen, boshaften Witzen und herausgeschrienen bösen Wünschen vorbei, dieser Mann hatte in nichts jenen armen, scheuen Teufeln geglichen, die man zuweilen vom Polizeidiener über die Straße begleitet sah und welche meistens bloß arme Handwerksburschen waren, die gebettelt hatten. Nein, dieser war kein Handwerksbursche und sah nicht windig, scheu und weinerlich aus, oder flüchtete in ein verlegendummes Grinsen, wie ich es auch schon gesehen hatte – dieser war ein echter Verbrecher und trug den etwas zerbeulten Hut kühn auf einem trotzigen und ungebeugten Schädel, er war bleich und lächelte still verachtungsvoll, und das Volk, das ihn beschimpfte und anspie, wurde neben ihm zu Pack und Pöbel. Ich hatte damals selbst mitgeschrien: »Man hat ihn, der gehört gehängt!«; aber dann sah ich seinen aufrechten, stolzen Gang, wie er die gefesselten Hände vor sich trug, und wie er auf dem zähen, bösen Kopf den Melonenhut kühn wie eine phantastische Krone trug – und wie er lächelte! und da schwieg ich. So wie dieser Verbrecher aber würde auch ich lächeln und den Kopf steif halten, wenn man mich ins Gericht und auf das Schafott führte, und wenn die vielen Leute um mich her drängten und hohnvoll aufschrien – ich würde nicht ja und nicht nein sagen, einfach schweigen und verachten.

Und wenn ich hingerichtet und tot war und im Himmel vor den ewigen Richter kam, dann wollte ich mich keineswegs beugen und unterwerfen. O nein, und wenn alle Engelscharen ihn umstanden und alle Heiligkeit und Würde aus ihm strahlte! Mochte er mich verdammen, mochte er mich in Pech sieden lassen! Ich wollte mich nicht entschuldigen, mich nicht demütigen, ihn nicht um Verzeihung bitten, nichts bereuen! Wenn er mich fragte:

»Hast du das und das getan?«, so würde ich rufen: »Jawohl habe ich's getan, und noch mehr, und es war recht, daß ich's getan habe, und wenn ich kann, werde ich es wieder und wieder tun. Ich habe totgeschlagen, ich habe Häuser angezündet, weil es mir Spaß machte, und weil ich dich verhöhnen und ärgern wollte. Ja, denn ich hasse dich, ich spucke dir vor die Füße, Gott. Du hast mich gequält und geschunden, du hast Gesetze gegeben, die niemand halten kann, du hast die Erwachsenen angestiftet, uns Jungen das Leben zu versauen.«

Wenn es mir glückte, mir dies vollkommen deutlich vorzustellen und fest daran zu glauben, daß es mir gelingen würde, genau so zu tun und zu reden, dann war mir für Augenblicke finster wohl. Sofort aber kehrten die Zweifel wieder. Würde ich nicht schwach werden, würde mich einschüchtern lassen, würde doch nachgeben? Oder, wenn ich auch alles tat, wie es mein trotziger Wille war – würde nicht Gott einen Ausweg finden, eine Überlegenheit, einen Schwindel, so wie es den Erwachsenen und Mächtigen ja immer gelang, am Ende noch mit einem Trumpf zu kommen, einen schließlich doch noch zu beschämen, einen nicht für voll zu nehmen, einen unter der verfluchten Maske des Wohlwollens zu demütigen? Ach, natürlich würde es so enden.

Hin und her gingen meine Phantasien, ließen bald mich, bald Gott gewinnen, hoben mich zum unbeugsamen Verbrecher und zogen mich wieder zum Kind und Schwächling herab.

Ich stand am Fenster und schaute auf den kleinen Hinterhof des Nachbarhauses hinunter, wo Gerüststangen an der Mauer lehnten und in einem kleinen winzigen Garten ein paar Gemüsebeete grünten. Plötzlich hörte ich durch die Nachmittagsstille Glockenschläge hallen, fest und nüchtern in meine Visionen hinein, einen klaren, strengen Stundenschlag, und noch einen. Es war zwei Uhr, und ich schreckte aus den Traumängsten in die der

Wirklichkeit zurück. Nun begann unsre Turnstunde, und wenn ich auch auf Zauberflügeln fort und in die Turnhalle gestürzt wäre, ich wäre doch schon zu spät gekommen. Wieder Pech! Das gab übermorgen Aufruf, Schimpfworte und Strafe. Lieber ging ich gar nicht mehr hin, es war doch nichts mehr gutzumachen. Vielleicht mit einer sehr guten, sehr feinen und glaubhaften Entschuldigung – aber es wäre mir in diesem Augenblick keine eingefallen, so glänzend mich auch unsre Lehrer zum Lügen erzogen hatten; ich war jetzt nicht imstande, zu lügen, zu erfinden, zu konstruieren. Besser war es, vollends ganz aus der Stunde wegzubleiben. Was lag daran, ob jetzt zum großen Unglück noch ein kleines kam!

Aber der Stundenschlag hatte mich geweckt und meine Phantasiespiele gelähmt. Ich war plötzlich sehr schwach, überwirklich sah mein Zimmer mich an, Pult, Bilder, Bett, Bücherschaft, alles geladen mit strenger Wirklichkeit, alles Zurufe aus der Welt, in der man leben mußte, und die mir heut wieder einmal so feindlich und gefährlich geworden war. Wie denn? Hatte ich nicht die Turnstunde versäumt? Und hatte ich nicht gestohlen, jämmerlich gestohlen, und hatte die verdammten Feigen im Bücherbrett liegen, soweit sie nicht schon aufgegessen waren? Was gingen mich jetzt der Verbrecher, der liebe Gott und das jüngste Gericht an! Das würde alles dann schon kommen, zu seiner Zeit – aber jetzt, jetzt im Augenblick konnte das Verbrechen entdeckt werden. Vielleicht war es schon soweit, vielleicht hatte mein Vater droben schon jene Schublade gezogen und stand vor meiner Schandtat, beleidigt und erzürnt, und überlegte sich, auf welche Art mir der Prozeß zu machen sei. Ach, er war möglicherweise schon unterwegs zu mir, und wenn ich nicht sofort entfloh, hatte ich in der nächsten Minute schon sein ernstes Gesicht mit der Brille vor mir. Denn er wußte natürlich sofort, daß ich der Dieb war. Es gab keine Verbrecher in unserm Haus außer mir, meine

Schwestern taten nie so etwas, Gott weiß warum. Aber wozu brauchte mein Vater da in seiner Kommode solche Feigenkränze verborgen zu haben?

Ich hatte mein Stübchen schon verlassen und mich durch die hintere Haustür und den Garten davongemacht. Die Gärten und Wiesen lagen in heller Sonne, Zitronenfalter flogen über den Weg. Alles sah jetzt schlimm und drohend aus, viel schlimmer als heut morgen. Oh, ich kannte das schon, und doch meinte ich, es nie so qualvoll gespürt zu haben: wie da alles in seiner Selbstverständlichkeit und mit seiner Gewissensruhe mich ansah, Stadt und Kirchturm, Wiesen und Weg, Grasblüten und Schmetterlinge, und wie alles Hübsche und Fröhliche, was man sonst mit Freuden sah, nun fremd und verzaubert war! Ich kannte das, ich wußte, wie es schmeckt, wenn man in Gewissensangst durch die gewohnte Gegend läuft! Jetzt konnte der seltenste Schmetterling über die Wiese fliegen und sich vor meinen Füßen hinsetzen – es war nichts, es freute nicht, reizte nicht, tröstete nicht. Jetzt konnte der herrlichste Kirschbaum mir seinen vollsten Ast herbieten – es hatte keinen Wert, es war kein Glück dabei. Jetzt gab es nichts als fliehen, vor dem Vater, vor der Strafe, vor mir selber, vor meinem Gewissen, fliehen und rastlos sein, bis dennoch unerbittlich und unentrinnbar alles kam, was kommen mußte.

Ich lief und war rastlos, ich lief bergan und hoch bis zum Wald, und vom Eichenberg nach der Hofmühle hinab, über den Steg und jenseits wieder bergauf und durch Wälder hinan. Hier hatten wir unser letztes Indianerlager gehabt. Hier hatte letztes Jahr, als der Vater auf Reisen war, unsre Mutter mit uns Kindern Ostern gefeiert und im Wald und Moos die Eier für uns versteckt. Hier hatte ich einst mit meinen Vettern in den Ferien eine Burg gebaut, sie stand noch halb. Überall Reste von einstmals, überall Spiegel, aus denen mir ein andrer entgegensah, als der ich heute war! War ich das alles gewesen? So lustig, so zufrieden, so dankbar, so kameradschaftlich, so zärtlich mit der Mutter, so ohne Angst, so unbegreiflich glücklich? War das ich gewesen? Und wie hatte ich so werden können, wie ich jetzt war, so anders, so ganz anders, so böse, so voll Angst, so zerstört? Alles war noch wie immer, Wald und Fluß, Farnkräuter und Blumen, Burg und Ameisenhaufen, und doch alles wie vergiftet und verwüstet. Gab es denn gar keinen Weg zurück, dorthin, wo das Glück und die Unschuld waren? Konnte es nie mehr werden, wie es gewesen war? Würde ich jemals wieder so lachen, so mit den Schwestern spielen, so nach Ostereiern suchen?

Ich lief und lief, den Schweiß auf der Stirn, und hinter mir lief meine Schuld und lief groß und ungeheuer der Schatten meines Vaters als Verfolger mit.

An mir vorbei liefen Alleen, sanken Waldränder hinab. Auf einer Höhe machte ich halt, abseits vom Weg, ins Gras geworfen, mit Herzklopfen, das vom Bergaufwärtsrennen kommen konnte, das vielleicht bald besser wurde. Unten sah ich Stadt und Fluß, sah die Turnhalle, wo jetzt die Stunde zu Ende war und die Buben auseinanderliefen, sah das lange Dach meines Vaterhauses. Dort war meines Vaters Schlafzimmer und die Schublade, in der die Feigen fehlten. Dort war mein kleines Zimmer. Dort würde, wenn ich zurückkam, das Gericht mich treffen. – Aber wenn ich nicht zurückkam?

Ich wußte, daß ich zurückkommen würde. Man kam immer zurück, jedesmal. Es endete immer so. Man konnte nicht fort, man konnte nicht nach Afrika fliehen oder nach Berlin. Man war klein, man hatte kein Geld, niemand half einem. Ja, wenn alle Kinder sich zusammentaten und einander hülfen! Sie waren viele, es gab mehr Kinder als Eltern. Aber nicht alle Kinder waren Diebe und Verbrecher. Wenige waren so wie ich. Vielleicht war ich der einzige. Aber nein, ich wußte, es kamen öfters solche Sachen vor wie meine – ein Onkel von mir hatte als Kind auch gestohlen und viele Sachen angestellt, das hatte ich irgendwann einmal erlauscht, heimlich aus einem Gespräch der Eltern, heimlich, wie man alles Wissenswerte erlauschen mußte. Doch das alles half mir nicht, und wenn jener Onkel selber da wäre, er würde mir auch nicht helfen! Er war jetzt längst groß und erwachsen, er war Pastor, und er würde zu den Erwachsenen halten und mich im Stich lassen. So waren sie alle. Gegen uns Kinder waren sie alle falsch und verlogen, spielten eine Rolle, gaben sich anders als sie waren. Die Mutter vielleicht nicht, oder weniger.

Ja, wenn ich nun nicht mehr heimkehren würde? Es könnte ja etwas passieren, ich konnte mir den Hals brechen oder ertrinken oder unter die Eisenbahn kommen. Dann sah alles anders aus. Dann brachte man mich nach Hause, und alles war still und erschrocken und weinte, und ich tat allen leid, und von den Feigen war nicht mehr die Rede. Ich wußte sehr gut, daß man sich selber das Leben nehmen konnte. Ich dachte auch, daß ich das wohl einmal tun würde, später, wenn es einmal ganz schlimm kam. Gut wäre es gewesen, krank zu werden, aber nicht bloß so mit Husten, sondern richtig todkrank, so wie damals, als ich Scharlachfieber hatte.

Inzwischen war die Turnstunde längst vorüber, und auch die Zeit war vorüber, wo man mich zu Hause zum Kaffee erwartete. Vielleicht riefen und suchten sie jetzt nach mir in meinem Zimmer, im Garten und Hof, auf dem Estrich. Wenn aber der Vater meinen Diebstahl schon entdeckt hatte, dann wurde nicht gesucht, dann wußte er Bescheid.

Es war mir nicht möglich, länger liegenzubleiben. Das Schicksal vergaß mich nicht, es war hinter mir her. Ich nahm das Laufen wieder auf. Ich kam an einer Bank in den Anlagen vorüber, an der hing wieder eine Erinnerung, wieder eine, die einst schön und lieb gewesen war und jetzt wie Feuer brannte. Mein Vater hatte mir ein

Taschenmesser geschenkt, wir waren zusammen spazierengegangen, froh und in gutem Frieden, und er hatte sich auf diese Bank gesetzt, während ich im Gebüsch mir eine lange Haselrute schneiden wollte. Und da brach ich im Eifer das neue Messer ab, die Klinge dicht am Heft, und kam entsetzt zurück, wollte es erst verheimlichen, wurde aber gleich danach gefragt. Ich war sehr unglücklich, wegen des Messers und weil ich Scheltworte erwartete. Aber da hatte mein Vater nur gelächelt, mir leicht die Schulter berührt und gesagt: »Wie schade, du armer Kerl!« Wie hatte ich ihn da geliebt, wieviel ihm innerlich abgebeten! Und jetzt, wenn ich an das damalige Gesicht meines Vaters dachte, an seine Stimme, an sein Mitleid – was war ich für ein Ungeheuer, daß ich diesen Vater so oft betrübt, belogen und heut bestohlen hatte!

Als ich wieder in die Stadt kam, bei der oberen Brücke und weit von unserm Hause, hatte die Dämmerung schon begonnen. Aus einem Kaufladen, hinter dessen Glastür schon Licht brannte, kam ein Knabe gelaufen, der blieb plötzlich stehen und rief mich mit Namen an. Es war Oskar Weber. Niemand konnte mir ungelegener kommen. Immerhin erfuhr ich von ihm, daß der Lehrer mein Fehlen in der Turnstunde nicht bemerkt habe. Aber wo ich denn gewesen sei?

»Ach nirgends«, sagte ich, »ich war nicht recht wohl.«

Ich war schweigsam und zurückweisend, und nach einer Weile, die ich empörend lang fand, merkte er, daß er mir lästig sei. Jetzt wurde er böse.

»Laß mich in Ruhe«, sagte ich kalt, »ich kann allein heimgehen.«

»So?« rief er jetzt. »Ich kann geradesogut allein gehen wie du, dummer Fratz! Ich bin nicht dein Pudel, daß du's weißt. Aber vorher möchte ich doch wissen, wie das jetzt eigentlich mit unserer Sparkasse ist! Ich habe einen Zehner hineingetan und du nichts.«

»Deinen Zehner kannst du wiederhaben, heut noch,

wenn du Angst um ihn hast. Wenn ich dich nur nimmer sehen muß. Als ob ich von dir etwas annehmen würde!«

»Du hast ihn neulich gern genommen«, meinte er höhnisch, aber nicht, ohne einen Türspalt zur Versöhnung offen zu lassen.

Aber ich war heiß und böse geworden, alle in mir angehäufte Angst und Ratlosigkeit brach in hellen Zorn aus. Weber hatte mir nichts zu sagen! Gegen ihn war ich im Recht, gegen ihn hatte ich ein gutes Gewissen. Und ich brauchte jemand, gegen den ich mich fühlen, gegen den ich stolz und im Recht sein konnte. Alles Ungeordnete und Finstere in mir strömte wild in diesen Ausweg. Ich tat, was ich sonst so sorgfältig vermied, ich kehrte den Herrensohn heraus, ich deutete an, daß es für mich keine Entbehrung sei, auf die Freundschaft mit einem Gassenbuben zu verzichten. Ich sagte ihm, daß für ihn jetzt das Beerenessen in unserm Garten und das Spielen mit meinen Spielsachen ein Ende habe. Ich fühlte mich aufglühen und aufleben: Ich hatte einen Feind, einen Gegner, einen, der schuld war, den man packen konnte. Alle Lebenstriebe sammelten sich in diese erlösende, willkommene, befreiende Wut, in die grimmige Freude am Feind, der diesmal nicht in mir selbst wohnte, der mir gegenüberstand, mich mit erschreckten, dann mit bösen Augen anglotzte, dessen Stimme ich hörte, dessen Vorwürfe ich verachtete, dessen Schimpfworte ich übertrumpfen konnte.

Im anschwellenden Wortwechsel, dicht nebeneinander, trieben wir die dunkelnde Gasse hinab; da und dort sah man uns aus einer Haustüre nach. Und alles, was ich gegen mich selber an Wut und Verachtung empfand, kehrte sich gegen den unseligen Weber. Als er damit zu drohen begann, er werde mich dem Turnlehrer anzeigen, war es Wollust für mich: er setzte sich ins Unrecht, er wurde gemein, er stärkte mich.

Als wir in der Nähe der Metzgergasse handgemein

wurden, blieben gleich ein paar Leute stehen und sahen unserm Handel zu. Wir hieben einander in den Bauch und ins Gesicht und traten mit den Schuhen gegeneinander. Nun hatte ich für Augenblicke alles vergessen, ich war im Recht, war kein Verbrecher, Kampfrausch beglückte mich, und wenn Weber auch stärker war als ich, so war ich flinker, klüger, rascher, feuriger. Wir wurden heiß und schlugen uns wütend. Als er mir mit einem verzweifelten Griff den Hemdkragen aufriß, fühlte ich mit Inbrunst den Strom kalter Luft über meine glühende Haut laufen.

Und im Hauen, Reißen und Treten, Ringen und Würgen hörten wir nicht auf, uns weiter mit Worten anzufeinden, zu beleidigen und zu vernichten, mit Worten, die immer glühender, immer törichter und böser, immer dichterischer und phantastischer wurden. Und auch darin war ich ihm über, war böser, dichterischer, erfinderischer. Sagte er Hund, so sagte ich Sauhund. Rief er Schuft, so schrie ich Satan. Wir bluteten beide, ohne etwas zu fühlen, und dabei häuften unsre Worte böse Zauber und Wünsche, wir empfahlen einander dem Galgen, wünschten uns Messer, um sie einander in die Rippen zu jagen und darin umzudrehen, wir beschimpften einer des andern Namen, Herkunft und Vater.

Es war das erste und einzige Mal, daß ich einen solchen Kampf im vollen Kriegsrausch bis zu Ende ausfocht, mit allen Hieben, allen Grausamkeiten, allen Beschimpfungen. Zugesehen hatte ich oft und mit grausender Lust diese vulgären, urtümlichen Flüche und Schandworte angehört; nun schrie ich sie selber heraus, als sei ich ihrer von klein auf gewohnt und in ihrem Gebrauch geübt. Tränen liefen mir aus den Augen und Blut über den Mund. Die Welt aber war herrlich, sie hatte einen Sinn, es war gut zu leben, gut zu hauen, gut zu bluten und bluten zu machen.

Niemals vermochte ich in der Erinnerung das Ende

dieses Kampfes wieder zu finden. Irgendeinmal war es aus, irgendeinmal stand ich allein in der stillen Dunkelheit, erkannte Straßenecken und Häuser, war nahe bei unserm Hause. Langsam floh der Rausch, langsam hörte das Flügelbrausen und Donnern auf, und Wirklichkeit drang stückweise vor meine Sinne, zuerst nur vor die Augen. Da der Brunnen. Die Brücke. Blut an meiner Hand, zerrissene Kleider, herabgerutschte Strümpfe, ein Schmerz im Knie, einer im Auge, keine Mütze mehr da – alles kam nach und nach, wurde Wirklichkeit und sprach zu mir. Plötzlich war ich tief ermüdet, fühlte meine Knie und Arme zittern, tastete nach einer Hauswand.

Und da war unser Haus. Gott sei Dank! Ich wußte nichts auf der Welt mehr, als daß dort Zuflucht war, Friede, Licht, Geborgenheit. Aufatmend schob ich das hohe Tor zurück.

Da mit dem Duft von Stein und feuchter Kühle überströmte mich plötzlich Erinnerung, hundertfach. O Gott! Es roch nach Strenge, nach Gesetz, nach Verantwortung, nach Vater und Gott. Ich hatte gestohlen. Ich war kein verwundeter Held, der vom Kampf heimkehrte. Ich war kein armes Kind, das nach Hause findet und von der Mutter in Wärme und Mitleid gebettet wird. Ich war Dieb, ich war Verbrecher. Da droben waren nicht Zuflucht, Bett und Schlaf für mich, nicht Essen und Pflege, nicht Trost und Vergessen. Auf mich wartete Schuld und Gericht.

Damals in dem finstern abendlichen Flur und im Treppenhaus, dessen viele Stufen ich unter Mühen erklomm, atmete ich, wie ich glaube, zum erstenmal in meinem Leben für Augenblicke den kalten Äther, die Einsamkeit, das Schicksal. Ich sah keinen Ausweg, ich hatte keine Pläne, auch keine Angst, nichts als das kalte, rauhe Gefühl: »Es muß sein.« Am Geländer zog ich mich die Treppe hinauf. Vor der Glastür fühlte ich Lust, noch einen Augenblick mich auf die Treppe zu setzen, aufzuatmen, Ruhe zu haben. Ich tat es nicht, es hatte keinen Zweck.

Ich mußte hinein. Beim Öffnen der Tür fiel mir ein, wie spät es wohl sei?

Ich trat ins Eßzimmer. Da saßen sie um den Tisch und hatten eben gegessen, ein Teller mit Äpfeln stand noch da. Es war gegen acht Uhr. Nie war ich ohne Erlaubnis so spät heimgekommen, nie hatte ich beim Abendessen gefehlt.

»Gott sei Dank, da bist du!« rief meine Mutter lebhaft. Ich sah, sie war in Sorge um mich gewesen. Sie lief auf mich zu und blieb erschrocken stehen, als sie mein Gesicht und die beschmutzten und zerrissenen Kleider sah. Ich sagte nichts und blickte niemanden an, doch spürte ich deutlich, daß Vater und Mutter sich mit Blicken meinetwegen verständigten. Mein Vater schwieg und beherrschte sich; ich fühlte, wie zornig er war. Die Mutter nahm sich meiner an, Gesicht und Hände wurden mir gewaschen, Pflaster aufgeklebt, dann bekam ich zu essen. Mitleid und Sorgfalt umgaben mich, ich saß still und tief beschämt, fühlte die Wärme und genoß sie mit schlechtem Gewissen. Dann ward ich zu Bett geschickt. Dem Vater gab ich die Hand, ohne ihn anzusehen.

Als ich schon im Bett lag, kam die Mutter noch zu mir. Sie nahm meine Kleider vom Stuhl und legte mir andere hin, denn morgen war Sonntag. Dann fing sie behutsam zu fragen an, und ich mußte von meiner Rauferei erzählen. Sie fand es zwar schlimm, schalt aber nicht und schien ein wenig verwundert, daß ich dieser Sache wegen so sehr gedrückt und scheu war. Dann ging sie.

Und nun, dachte ich, war sie überzeugt, daß alles gut sei. Ich hatte Händel ausgefochten und war blutiggehauen worden, aber das würde morgen vergessen sein. Von dem andern, dem Eigentlichen, wußte sie nichts. Sie war betrübt gewesen, aber unbefangen und zärtlich. Auch der Vater wußte also vermutlich noch nichts.

Und nun überkam mich ein furchtbares Gefühl von Enttäuschung. Ich merkte jetzt, daß ich seit dem Augenblick, wo ich unser Haus betreten hatte, ganz und gar von einem einzigen, sehnlichen, verzehrenden Wunsch erfüllt gewesen war. Ich hatte nichts anderes gedacht, gewünscht, ersehnt, als daß das Gewitter nun ausbrechen möge, daß das Gericht über mich ergehe, daß das Furchtbare zur Wirklichkeit werde und die entsetzliche Angst davor aufhöre. Ich war auf alles gefaßt, zu allem bereit gewesen. Mochte ich schwer gestraft, geschlagen und eingesperrt werden! Mochte er mich hungern lassen! Mochte er mich verfluchen und verstoßen! Wenn nur die Angst und Spannung ein Ende nahmen!

Statt dessen lag ich nun da, hatte noch Liebe und Pflege genossen, war freundlich geschont und für meine Unarten nicht zur Rechenschaft gezogen worden und konnte aufs neue warten und bangen. Sie hatten mir die zerrissenen Kleider, das lange Fortbleiben, das versäumte Abendessen vergeben, weil ich müde war und blutete und ihnen leid tat, vor allem aber, weil sie das andere nicht ahnten, weil sie nur von meinen Unarten, nichts von meinem Verbrechen wußten. Es würde mir doppelt schlimm gehen, wenn es ans Licht kam! Vielleicht schickte man mich, wie man früher einmal gedroht hatte, in eine Besserungsanstalt, wo man altes, hartes Brot essen und während der ganzen Freizeit Holz sägen und Stiefel putzen mußte, wo es Schlafsäle mit Aufsehern geben sollte, die einen mit dem Stock schlugen und morgens um vier mit kaltem Wasser weckten. Oder man übergab mich der Polizei?

Jedenfalls aber, es komme wie es möge, lag wieder eine Wartezeit vor mir. Noch länger mußte ich die Angst ertragen, noch länger mit meinem Geheimnis herumgehen, vor jedem Blick und Schritt im Hause zittern und niemand ins Gesicht sehen können.

Oder war es am Ende möglich, daß mein Diebstahl gar nicht bemerkt wurde? Daß alles blieb, wie es war? Daß ich mir alle diese Angst und Pein vergebens gemacht hatte? – O, wenn das geschehen sollte, wenn dies Unausdenkliche, Wundervolle möglich war, dann wollte ich ein ganz neues Leben beginnen, dann wollte ich Gott danken und mich dadurch würdig zeigen, daß ich Stunde für Stunde ganz rein und fleckenlos lebte! Was ich schon früher versucht hatte und was mir mißglückt war, jetzt würde es gelingen, jetzt waren mein Vorsatz und Wille stark genug, jetzt nach diesem Elend, dieser Hölle voll Qual! Mein ganzes Wesen bemächtigte sich dieses Wunschgedankens und sog sich inbrünstig daran fest. Trost regnete vom Himmel, Zukunft tat sich blau und sonnig auf. In diesen Phantasien schlief ich endlich ein und schlief unbeschwert die ganze, gute Nacht hindurch.

Am Morgen war Sonntag, und noch im Bett empfand ich, wie den Geschmack einer Frucht, das eigentümliche, sonderbar gemischte, im ganzen aber so köstliche Sonntagsgefühl, wie ich es seit meiner Schulzeit kannte. Der Sonntagmorgen war eine gute Sache: Ausschlafen, keine Schule, Aussicht auf ein gutes Mittagessen, kein Geruch nach Lehrer und Tinte, eine Menge freie Zeit. Dies war die Hauptsache. Schwächer nur klangen andere, fremdere, fadere Töne hinein: Kirchgang oder Sonntagsschule, Familienspaziergang, Sorge um die schönen Kleider. Damit wurden der reine, gute, köstliche Geschmack und Duft ein wenig verfälscht und zersetzt – so, wie wenn zwei gleichzeitig gegessene Speisen, etwa ein Pudding und der Saft dazu, nicht ganz zusammenpaßten, oder wie zuweilen Bonbons oder Backwerk, die man in kleinen Läden geschenkt bekam, einen fatalen leisen Beigeschmack von Käse oder von Erdöl hatten. Man aß sie, und sie waren gut, aber es war nichts Volles und Strahlendes, man mußte ein Auge dabei zudrücken. Nun, so ähnlich war meistens der Sonntag, namentlich wenn ich in die Kirche oder Sonntagsschule gehen mußte, was zum Glück nicht immer der Fall war. Der freie Tag bekam dadurch einen Beigeschmack von Pflicht und von Langeweile. Und bei den Spaziergängen mit der ganzen Familie, wenn sie auch oft schön sein konnten, passierte gewöhnlich irgend etwas, es gab Streit mit den Schwestern, man ging zu rasch oder zu langsam, man brachte Harz an die Kleider; irgendein Haken war meistens dabei.

Nun, das mochte kommen. Mir war wohl. Seit gestern war eine Masse Zeit vergangen. Vergessen hatte ich meine Schandtat nicht, sie fiel mir schon am Morgen wieder ein, aber es war nun so lange her, die Schrecken waren ferngerückt und unwirklich geworden. Ich hatte gestern meine Schuld gebüßt, wenn auch nur durch Gewissensqualen, ich hatte einen bösen, jammervollen Tag durchlitten. Nun war ich wieder zu Vertrauen und Harmlosigkeit geneigt und machte mir wenig Gedanken mehr. Ganz war es ja noch nicht abgetan, es klangen noch ein wenig Drohung und Peinlichkeit nach, so wie in den schönen Sonntag jene kleinen Pflichten und Kümmernisse mit hineinklangen.

Beim Frühstück waren wir alle vergnügt. Es wurde mir die Wahl zwischen Kirche und Sonntagsschule gelassen. Ich zog, wie immer, die Kirche vor. Dort wurde man wenigstens in Ruhe gelassen und konnte seine Gedanken laufen lassen; auch war der hohe, feierliche Raum mit den bunten Fenstern oft schön und ehrwürdig, und wenn man mit eingekniffenen Augen dort das lange dämmernde Schiff gegen die Orgel sah, dann gab es manchmal wundervolle Bilder; die aus dem Finstern ragenden Orgelpfeifen erschienen oft wie eine strahlende Stadt mit hundert Türmen. Auch war es mir oft geglückt, wenn die Kirche nicht voll war, die ganze Stunde ungestört in einem Geschichtenbuch zu lesen.

Heut nahm ich keines mit und dachte auch nicht daran, mich um den Kirchgang zu drücken, wie ich es auch schon getan hatte. So viel klang von gestern abend noch in mir nach, daß ich gute und redliche Vorsätze hatte und gesonnen war, mich mit Gott, Eltern und Welt freundlich und gefügig zu vertragen. Auch mein Zorn gegen Oskar Weber war ganz und gar verflogen. Wenn er gekommen wäre, ich hätte ihn aufs beste aufgenommen.

Der Gottesdienst begann, ich sang die Choralverse mit, es war das Lied »Hirte deiner Schafe«, das wir auch in der Schule auswendig gelernt hatten. Es fiel mir dabei wieder einmal auf, wie ein Liedervers beim Singen, und gar bei dem schleppend langsamen Gesang in der Kirche, ein ganz anderes Gesicht hatte als beim Lesen oder Hersagen. Beim Lesen war so ein Vers ein Ganzes, hatte einen Sinn, bestand aus Sätzen. Beim Singen bestand er nur noch aus Worten, Sätze kamen nicht zustande, Sinn war keiner da, aber dafür gewannen die Worte, die einzelnen, gesungenen, langhin gedehnten Worte, ein sonderbar starkes, unabhängiges Leben, ja, oft waren es nur einzelne Silben, etwas an sich ganz Sinnloses, die im Gesang selbständig wurden und Gestalt annahmen. In dem Vers »Hirte deiner Schafe, der von keinem Schlafe etwas wissen mag« war zum Beispiel heute beim Kirchengesang gar kein Zusammenhang und Sinn, man dachte auch weder an einen Hirten noch an Schafe, man dachte durchaus gar nichts. Aber das war keineswegs langweilig. Einzelne Worte, namentlich das »Schla-afe«, wurden so seltsam voll und schön, man wiegte sich ganz darin, und auch das »mag« tönte geheimnisvoll und schwer, erinnerte an »Magen« und an dunkle, gefühlsreiche, halbbekannte Dinge, die man in sich innen im Leibe hat. Dazu die Orgel!

Und dann kam der Stadtpfarrer und die Predigt, die stets so unbegreiflich lang war, und das seltsame Zuhören, wobei man oft lange Zeit nur den Ton der redenden Stimme glockenhaft schweben hörte, dann wieder einzelne Worte scharf und deutlich samt ihrem Sinn vernahm und ihnen zu folgen bemüht war, solange es ging. Wenn ich nur im Chor hätte sitzen dürfen, statt unter all den Männern auf der Empore. Im Chor, wo ich bei Kirchenkonzerten schon gesessen war, da saß man tief in schweren, isolierten Stühlen, deren jeder ein kleines festes Gebäude war, und über sich hatte man ein sonderbar reizvolles, vielfältiges, netzartiges Gewölbe, und hoch an der Wand war die Bergpredigt in sanften Farben gemalt, und das blaue und rote Gewand des Heilands auf dem blaßblauen Himmel war so zart und beglückend anzusehen.

Manchmal knackte das Kirchengestühl, gegen das ich eine tiefe Abneigung hegte, weil es mit einer gelben, öden Lackfarbe gestrichen war, an der man immer ein wenig klebenblieb. Manchmal summte eine Fliege auf und gegen eines der Fenster, in deren Spitzbogen blaurote Blumen und grüne Sterne gemalt waren. Und unversehens war die Predigt zu Ende, und ich streckte mich vor, um den Pfarrer in seinen engen, dunklen Treppenschlauch verschwinden zu sehen. Man sang wieder, aufatmend und sehr laut, und man stand auf und strömte hinaus; ich warf den mitgebrachten Fünfer in die Opferbüchse, deren blecherner Klang so schlecht in die Feierlichkeit paßte, und ließ mich vom Menschenstrom mit ins Portal ziehen und ins Freie treiben.

Jetzt kam die schönste Zeit des Sonntags, die zwei Stunden zwischen Kirche und Mittagessen. Da hatte man seine Pflicht getan, man war im langen Sitzen auf Bewegung, auf Spiele oder Gänge begierig geworden, oder auf ein Buch, und war völlig frei bis zum Mittag, wo es meistens etwas Gutes gab. Zufrieden schlenderte ich nach Hause, angefüllt mit freundlichen Gedanken und Gesinnungen. Die Welt war in Ordnung, es ließ sich in ihr leben. Friedfertig trabte ich durch Flur und Treppe hinauf.

In meinem Stübchen schien Sonne. Ich sah nach meinen Raupenkästen, die ich gestern vernachlässigt hatte, fand ein paar neue Puppen, gab den Pflanzen frisches Wasser.

Da ging die Tür.

Ich achtete nicht gleich darauf. Nach einer Minute wurde die Stille mir sonderbar; ich drehte mich um. Da stand mein Vater. Er war blaß und sah gequält aus. Der Gruß blieb mir im Halse stecken. Ich sah: er wußte! Er war da. Das Gericht begann. Nichts war gut geworden, nichts abgebüßt, nichts vergessen! Die Sonne wurde bleich, und der Sonntagmorgen sank welk dahin.

Aus allen Himmeln gerissen starrte ich dem Vater entgegen. Ich haßte ihn, warum war er nicht gestern gekommen? Jetzt war ich auf nichts vorbereitet, hatte nichts bereit, nicht einmal Reue und Schuldgefühl. – Und wozu brauchte er oben in seiner Kommode Feigen zu haben?

Er ging zu meinem Bücherschrank, griff hinter die Bücher und zog einige Feigen hervor. Es waren wenige mehr da. Dazu sah er mich an, mit stummer, peinlicher Frage. Ich konnte nichts sagen. Leid und Trotz würgten mich.

»Was ist denn?« brachte ich dann heraus.

»Woher hast du diese Feigen?« fragte er, mit einer beherrschten, leisen Stimme, die mir bitter verhaßt war.

Ich begann sofort zu reden. Zu lügen. Ich erzählte, daß ich die Feigen bei einem Konditor gekauft hätte, es sei ein ganzer Kranz gewesen. Woher das Geld dazu kam? Das Geld kam aus einer Sparkasse, die ich gemeinsam mit einem Freunde hatte. Da hatten wir beide alles kleine Geld hineingetan, das wir je und je bekamen. Übrigens – hier war die Kasse. Ich holte die Schachtel mit dem Schlitz hervor. Jetzt war bloß noch ein Zehner darin, eben weil wir gestern die Feigen gekauft hatten.

Mein Vater hörte zu, mit einem stillen, beherrschten Gesicht, dem ich nichts glaubte.

»Wieviel haben denn die Feigen gekostet?« fragte er mit der zu leisen Stimme.

»Eine Mark und sechzig.«

»Und wo hast du sie gekauft?«

»Beim Konditor.«

»Bei welchem?«

»Bei Haager.«

Es gab eine Pause. Ich hielt die Geldschachtel noch in frierenden Fingern. Alles an mir war kalt und fror.

Und nun fragte er, mit einer Drohung in der Stimme: »Ist das wahr?«

Ich redete wieder rasch. Ja, natürlich war es wahr, und mein Freund Weber war im Laden gewesen, ich hatte ihn nur begleitet. Das Geld hatte hauptsächlich ihm, dem Weber, gehört, von mir war nur wenig dabei.

»Nimm deine Mütze«, sagte mein Vater, »wir wollen miteinander zum Konditor Haager gehen. Er wird ja wissen, ob es wahr ist.«

Ich versuchte zu lächeln. Nun ging mir die Kälte bis in Herz und Magen. Ich ging voran und nahm im Korridor meine blaue Mütze. Der Vater öffnete die Glastür, auch er hatte seinen Hut genommen.

»Noch einen Augenblick!« sagte ich, »ich muß schnell hinausgehen.«

Er nickte. Ich ging auf den Abtritt, schloß zu, war allein, war noch einen Augenblick gesichert. O, wenn ich jetzt gestorben wäre!

Ich blieb eine Minute, blieb zwei. Es half nichts. Man starb nicht. Es galt standzuhalten. Ich schloß auf und kam. Wir gingen die Treppe hinunter.

Als wir eben durchs Haustor gingen, fiel mir etwas Gutes ein, und ich sagte schnell:

»Aber heut ist ja Sonntag, da hat der Haager gar nicht offen.«

Das war eine Hoffnung, zwei Sekunden lang. Mein Vater sagte gelassen: »Dann gehen wir zu ihm in die Wohnung. Komm.«

Wir gingen. Ich schob meine Mütze gerade, steckte eine Hand in die Tasche und versuchte neben ihm daherzugehen, als sei nichts Besonderes los. Obwohl ich wußte, daß alle Leute mir ansahen, ich sei ein abgeführter Verbrecher, versuchte ich doch mit tausend Künsten, es zu verheimlichen. Ich bemühte mich, einfach und harmlos zu atmen; es brauchte niemand zu sehen, wie es mir die Brust zusammenzog. Ich war bestrebt, ein argloses Gesicht zu machen, Selbstverständlichkeit und Sicherheit zu heucheln. Ich zog einen Strumpf hoch, ohne daß er es nötig hatte, und lächelte, während ich wußte, daß dies Lächeln furchtbar dumm und künstlich aussehe. In mir innen, in Kehle und Eingeweiden, saß der Teufel und würgte mich.

Wir kamen am Gasthaus vorüber, beim Hufschmied, beim Lohnkutscher, bei der Eisenbahnbrücke. Dort drüben hatte ich gestern abend mit Weber gekämpft. Tat nicht der Riß beim Auge noch weh? Mein Gott! Mein Gott!

Willenlos ging ich weiter, unter Krämpfen um meine Haltung bemüht. An der Adlerscheuer vorbei, die Bahnhofstraße hinaus. Wie war diese Straße gestern noch gut und harmlos gewesen! Nicht denken! Weiter! Weiter!

Wir waren ganz nahe bei Haagers Haus. Ich hatte in diesen paar Minuten einige hundertmal die Szene voraus erlebt, die mich dort erwartete. Nun waren wir da. Nun kam es.

Aber es war mir unmöglich, das auszuhalten. Ich blieb stehen.

»Nun? Was ist?« fragte mein Vater.

»Ich gehe nicht hinein«, sagte ich leise.

Er sah zu mir herab. Er hatte es ja gewußt, von Anfang an. Warum hatte ich ihm das alles vorgespielt und mir so viel Mühe gegeben? Es hatte ja keinen Sinn.

»Hast du die Feigen nicht bei Haager gekauft?« fragte er.

Ich schüttelte den Kopf.

»Ach so«, sagte er mit scheinbarer Ruhe. »Dann können wir ja wieder nach Hause gehen.«

Er benahm sich anständig, er schonte mich auf der Straße, vor den Leuten. Es waren viele Leute unterwegs, jeden Augenblick wurde mein Vater gegrüßt. Welches Theater! Welche dumme, unsinnige Qual! Ich konnte ihm für diese Schonung nicht dankbar sein.

Er wußte ja alles! Und er ließ mich tanzen, ließ mich meine nutzlosen Kapriolen vollführen, wie man eine gefangene Maus in der Drahtfalle tanzen läßt, ehe man sie ersäuft. Ach, hätte er mir gleich zu Anfang, ohne mich überhaupt zu fragen und zu verhören, mit dem Stock über den Kopf gehauen, das wäre mir im Grunde lieber gewesen als diese Ruhe und Gerechtigkeit, mit der er mich in meinem dummen Lügengespinst einkreiste und langsam erstickte. Überhaupt, vielleicht war es besser, einen groben Vater zu haben als so einen feinen und gerechten. Wenn ein Vater, so wie es in Geschichten und Traktätchen vorkam, im Zorn oder in der Betrunkenheit seine Kinder furchtbar prügelte, so war er eben im Unrecht, und wenn die Prügel auch weh taten, so konnte man doch innerlich die Achseln zucken und ihn verachten. Bei meinem Vater ging das nicht, er war zu fein, zu einwandfrei, er war nie im Unrecht. Ihm gegenüber wurde man immer klein und elend.

Mit zusammengebissenen Zähnen ging ich vor ihm her ins Haus und wieder in mein Zimmer. Er war noch immer ruhig und kühl, vielmehr er stellte sich so, denn in Wahrheit war er, wie ich deutlich spürte, sehr böse. Nun begann er in seiner gewohnten Art zu sprechen.

»Ich möchte nur wissen, wozu diese Komödie dienen soll? Kannst du mir das nicht sagen? Ich wußte ja gleich, daß deine ganze hübsche Geschichte erlogen war. Also wozu die Faxen? Du hältst mich doch nicht im Ernst für so dumm, daß ich sie dir glauben würde?«

Ich biß weiter auf meine Zähne und schluckte. Wenn er doch aufhören wollte! Als ob ich selber gewußt hätte, warum ich ihm diese Geschichte vorlog! Als ob ich selber gewußt hätte, warum ich nicht mein Verbrechen gestehen und um Verzeihung bitten konnte! Als ob ich auch nur gewußt hätte, warum ich diese unseligen Feigen stahl! Hatte ich das denn gewollt, hatte ich es denn mit Überlegung und Wissen und aus Gründen getan?! Tat es mir denn nicht leid? Litt ich denn nicht mehr darunter als er?

Er wartete und machte ein nervöses Gesicht voll mühsamer Geduld. Einen Augenblick lang war mir selbst die Lage vollkommen klar, im Unbewußten, doch hätte ich es nicht wie heut mit Worten sagen können. Es war so: Ich hatte gestohlen, weil ich trostbedürftig in Vaters Zimmer gekommen war und es zu meiner Enttäuschung leer gefunden hatte. Ich hatte nicht stehlen wollen. Ich hatte, als der Vater nicht da war, nur spionieren wollen, mich unter seinen Sachen umsehen, seine Geheimnisse belauschen, etwas über ihn erfahren. So war es. Dann lagen die Feigen da, und ich stahl. Und sofort bereute ich, und den ganzen Tag gestern hatte ich Qual und Verzweiflung gelitten, hatte zu sterben gewünscht, hatte mich verurteilt, hatte neue, gute Vorsätze gefaßt. Heut aber – ja, heut war es nun anders. Ich hatte diese Reue und all das nun ausgekostet, ich war jetzt nüchterner, und ich spürte unerklärliche, aber riesenstarke Widerstände gegen den Vater und gegen alles, was er von mir erwartete und verlangte.

Hätte ich ihm das sagen können, so hätte er mich verstanden. Aber auch Kinder, so sehr sie den Großen an Klugheit überlegen sind, stehen einsam und ratlos vor dem Schicksal.

Steif vor Trotz und verbissenem Weh schwieg ich weiter, ließ ihn klug reden und sah mit Leid und seltsamer Schadenfreude zu, wie alles schiefging und schlimm und schlimmer wurde, wie er litt und enttäuscht war, wie er vergeblich an alles Bessere in mir appellierte.

Als er fragte: »Also hast du die Feigen gestohlen?«, konnte ich nur nicken. Mehr als ein schwaches Nicken brachte ich auch nicht über mich, als er wissen wollte, ob es mir leid tue. – Wie konnte er, der große, kluge Mann, so unsinnig fragen! Als ob es mir etwa nicht leid getan hätte! Als ob er nicht hätte sehen können, wie mir das Ganze weh tat und das Herz umdrehte! Als ob es mir möglich gewesen wäre, mich etwa gar noch meiner Tat und der elenden Feigen zu freuen!

Vielleicht zum erstenmal in meinem kindlichen Leben empfand ich fast bis zur Schwelle der Einsicht und des Bewußtwerdens, wie namenlos zwei verwandte, gegeneinander wohlgesinnte Menschen sich mißverstehen und quälen und martern können, und wie dann alles Reden, alles Klugseinwollen, alle Vernunft bloß noch Gift hinzugießen, bloß neue Qualen, neue Stiche, neue Irrtümer schaffen. Wie war das möglich? Aber es war möglich, es geschah. Es war unsinnig, es war toll, es war zum Lachen und zum Verzweifeln – aber es war so.

Genug nun von dieser Geschichte! Es endete damit, daß ich über den Sonntagnachmittag in der Dachkammer eingesperrt wurde. Einen Teil ihrer Schrecken verlor die harte Strafe durch Umstände, welche freilich mein Geheimnis waren. In der dunkeln, unbenutzten Bodenkammer stand nämlich tief verstaubt eine Kiste, halb voll mit alten Büchern, von denen einige keineswegs für Kinder bestimmt waren. Das Licht zum Lesen gewann ich durch das Beiseiteschieben eines Dachziegels.

Am Abend dieses traurigen Sonntags gelang es meinem Vater, kurz vor Schlafengehen mich noch zu einem kurzen Gespräch zu bringen, das uns versöhnte. Als ich im Bett lag, hatte ich die Gewißheit, daß er mir ganz und vollkommen verziehen habe – vollkommener als ich ihm.

(1918/19)

Nachwort des Herausgebers

Die Erzählungen 1910-1918

Einen glimpflicheren Ausgang als Hesses Gerbersau-Ge-
schichte vom Kleptomanen und späteren Gewohnheits-
dieb »Emil Kolb« (Bd. 4) nimmt der Fehltritt des »Pater
Matthias« in der gleichnamigen Erzählung, die den Sam-
melband *Umwege* abgeschlossen hat. Obwohl sie von
allen die amüsanteste ist, hat Hesse sie später in keines
seiner Bücher mehr aufgenommen. Den Stoff dieser Geschichte verdankt er – den Angaben des Journalisten Kurt
Marti zufolge (»Neue Zürcher Zeitung« vom 1.2.1911) –
einem realen Vorgang, »der sich in der Hauptsache in
Zürich abspielte und seinerzeit die Gerichte wie die Zeitungen beschäftigte.« Geschildert wird das Doppelleben
eines Ordensbruders, der sich auf den Reisen, die er im
Interesse der Wohltätigkeit seines Klosters unternimmt,
gelegentliche Eskapaden ins Weltleben gestattet. Dabei
wird er in einer Nacht, die er in einem zwielichtigen Eta-
blissement verbringt, in einen Zustand berauschter Be-
wußtlosigkeit versetzt und um die ganze für seinen Orden
gesammelte Kollekte gebracht. In seiner Verzweiflung
wendet er sich um Rat an eine der Geldspenderinnen, eine
tüchtige junge Witwe, die Gefallen an dem eloquenten
Bettelmönch gefunden hatte. Obwohl sie dem originellen
Mann gewogen ist, ersetzt sie ihm den Verlust keineswegs, sondern ermutigt ihn, zu seiner Tat zu stehen, ins
Kloster zurückzukehren und seine Abwege zu bekennen.
Realitätsnah wird nun beschrieben, wie die Ordenslei-
tung, um die Sache zu vertuschen, seine Bitte um Entlassung aus dem Kloster ablehnt, ihn aber erst dann ver-
stößt, als der Fall doch noch in die Presse kommt. Er wird
inhaftiert und zu einer Gefängnisstrafe verurteilt, die ab-
zusitzen ihm nicht schwerfällt, da er auf eine Liaison mit

der nun von seiner Redlichkeit überzeugten Gönnerin hoffen darf.

Ein kleiner Hymnus auf die Landschaft am Bodensee ist die Romanze »Ein Wandertag vor hundert Jahren«. Zwei Freunde, ein aus Reutlingen stammender Student (dessen Name, Herkunft und Naturell auf Hesses Jugendfreund Ludwig Finckh hinweist) und ein junger Maler, der in seiner Schüchternheit an den Verfasser erinnert, kommen auf ihrer Wanderschaft nach Italien erstmals an den Bodensee, über den sie sich auf einem Fährschiff an das Schweizer Ufer rudern lassen. Es ist ein prachtvoller Sommertag. Die kleine buntgemischte Reisegesellschaft rückt zusammen. Ein Älpler aus Appenzell beginnt urtümlich zu jodeln, es wird gesungen und erzählt. Auch ein Kaufmann aus Bremen ist dabei, in dessen reizvolle Tochter der Maler sich verliebt. Um nicht zu rasch von ihr vergessen zu werden, schenkt er ihr, bevor sich ihre Wege trennen, eine Zeichnung des bukolischen Gasthofes, in den sie auf Einladung des Kaufmannes zum Abschied auf ein Abendessen geladen waren. Freude und Kummer über den Zauber und die Flüchtigkeit solcher Begegnungen mischen sich in dieser Idylle auf melancholische Weise.

Bevor Hesse im September 1911 vom Bodensee aus zur weitesten Reise seines Lebens in die damals noch Ostindien genannte Inselwelt von Sumatra und das heutige Malaysia aufbrach, entstanden die drei Kurzgeschichten: »Seenacht«, »Der schöne Traum« und »Das Nachtpfauenauge«.

Die enge Verbindung des Schönen mit dem Vergänglichen wird thematisiert in der melodramatischen Geschichte »Seenacht«. Sie spielt an einem ersten August, dem Nationalfeiertag der Schweizer, der (in Erinnerung an den Zusammenschluß der drei Urkantone Uri, Schwyz und Unterwalden im August 1291) seit 1891 alljährlich mit Freudenfeuern und Leuchtraketen gefeiert wird. Drei befreundete junge Männer, jeder vom Leben bereits gezeichnet, und ein unbeschwertes zwanzigjähriges Mädchen rudern über einen nächtlichen See der nächstgelegenen, festlich beleuchteten Stadt zu, wo mit Musik und Feuerwerk der Ausklang des Festtages begangen wird. Je näher sie dem belebten Hafen kommen, desto schwerer wird es, angesichts der vielen Boote zu manövrieren, bis ein Motorschiff mit seiner bereits angetrunkenen Mannschaft ihren unbeleuchteten Kahn zum Kentern bringt und ausgerechnet das Mädchen ertrinkt: »Zwischen Musik und Pulverdunst, zwischen Raketengefunkel und selig erblühenden Leuchtkugeln [war sie] hinweggekommen aus dem Land der Lust und Jugendfülle, dessen lachende Farbenlichter sie allein von allen vieren mit ungetrübten Augen und ungebrochenen Hoffnungen begrüßt hatte. Und von den drei Männern war keiner, der nicht gerne selber in der Tiefe verschwunden wäre, um ihre liebe leichte Gestalt und ihre frohen kindlichen Augen wieder oben im Lichte zu wissen.«

Der frühe Tod des Schülers Martin Haberland in der nächsten Erzählung hingegen hat für Hesse nichts Tragisches. Denn »Der schöne Traum«, den Martin träumt, bevor er einer Lungenentzündung erliegt, bietet ihm alles ungetrübt, was bei einer Fortsetzung seines Lebens nur mit Rückschlägen erreichbar gewesen wäre. »Wer mit Glück und mit Gesundheit 17 Jahre alt geworden ist und gute Eltern hatte«, resümiert der Verfasser, »der hat ohnehin ja in vielen Fällen den schöneren Teil des Lebens hinter sich.« Ein Bedauern, daß ihm selber dieses Schicksal nicht vergönnt war und er auch künftig den »Infamitäten des Lebens« standhalten muß, ist unüberhörbar in dieser kurzen Geschichte, die einmal mehr auf Hesses labile innere Lage während seiner letzten in Deutschland verbrachten Jahre hinweist.

In der kleinen Erzählung »Das Nachtpfauenauge«, die wie »Der Wolf« und »Die Stadt« zu Hesses beliebtesten

Kurzgeschichten gehört, versucht er ein traumatisches Kindheitserlebnis zu bewältigen. Es kommt ihm in den Sinn, als sein ältester Sohn das Alter erreicht, in welchem auch bei ihm die Leidenschaft für das Sammeln von Schmetterlingen begonnen hatte. Er sei etwa zehnjährig gewesen, berichtet der Erzähler, »da nahm dieser Sport mich ganz gefangen, und wurde zu einer solchen Leidenschaft, daß man ihn mir mehrmals verbieten zu müssen glaubte, da ich alles darüber vergaß und versäumte ... Von allen Schmetterlingen, deren Namen ich kannte und die mir in meiner Schachtel noch fehlten, ersehnte ich keinen so glühend wie das Nachtpfauenauge.« Als es ausgerechnet einem wenig sympathischen Schüler aus der Nachbarschaft glückt, diesen Falter zu fangen, gerät der Ich-Erzähler außer Kontrolle. Die brennende Neugier, das seltene Tier zu Gesicht zu bekommen, überspringt alle Hemmungen und bringt den Knaben dazu, den ersten Diebstahl seines Lebens zu begehen. Fassungslos und vor sich selbst erschrocken, wird er sich der Tat bewußt, noch ehe sie zu Ende geführt ist. In seiner Angst, ertappt zu werden, passiert es ihm, daß er das Nachtpfauenauge beschädigt. Mehr als das Gefühl des Diebstahls jedoch peinigt ihn der Anblick des zerstörten Falters, so daß er »jeden Besitz und jede Freude gern hingegeben hätte, um ihn wieder ganz zu wissen.« Daß er sich schließlich überwindet, dem Besitzer des Schmetterlings, »einen pedantischen Mitschüler«, den das »Laster der Tadellosigkeit« auszeichnete und den er »mit Neid und halber Bewunderung haßte«, seine Tat zu gestehen und ihm als Entschädigung sein liebstes Spielzeug, ja seine ganze Schmetterlingssammlung anbietet, hilft ihm wenig. Und so vernichtet er Stück für Stück seine geliebten Falter, wütend über die arrogante Verachtung des Schulkameraden und verzweifelt über sich selbst, daß ihn die Leidenschaft zu so etwas hinreißen konnte.

Ein erst vor wenigen Jahren aufgetauchter Brief eines

Augenzeugen dieser Begebenheit wirft ein aufschlußreiches Licht auf das Verhältnis von Dichtung und Wahrheit in solchen Erzählungen, die autobiographische Konstellationen überliefern. In einem Schreiben vom 31.5.1952 (an Alfred Leuschner, Basel, Missionsstraße 21) erinnert sich der damals achtzigjährige Pfarrer Benedikt Hartmann an den vier Jahre jüngeren Hermann Hesse, mit dem er von 1884 bis 1886 die Basler Missionsschule besucht hatte. Dort habe sich der kleine, gut gewachsene Hermann, der schwäbelndes Hochdeutsch sprach, nicht sonderlich ausgezeichnet: »Für mich und andere hervorgetreten ist er nur durch ein unter uns Buben Aufsehen erregendes Ereignis, das seinen Kredit bei uns in peinlicher Weise schädigte.«

Einer ihrer Lehrer, ein versierter Stenograph, Topfblumenpfleger, Briefmarken- und geschickter Schmetterlingssammler habe einen »wundervollen Nachtfalter von ganz ungewöhnlicher Größe und Farbenpracht« besessen. Plötzlich sei das sorgfältig aufgespannte und präparierte Tier verschwunden, »aus dem unverschlossenen Zimmer der Lehrer, das zwischen zwei Schulräumen lag. Als Täter erwies sich schließlich Hermann Hesse, dem seine Begeisterung für ein Kunstwerk der Natur mit den Eigentumsbegriffen durchgebrannt war. Ich glaube nicht, daß er eine exemplarische Strafe erhielt, aber das war in einer Internatsbubenschar auch nicht mehr nötig, und er holte es dann selbst als Schriftsteller nach, wie der Heilige Augustin in seinen Confessionen.« In der fiktionalen Darstellung dieser Begebenheit, die von einem Gast des Ich-Erzählers vorgetragen wird, lenkt der Autor die Sympathie des Lesers (wie später auch in der Erzählung »Kinderseele«) nicht auf den Bestohlenen, sondern den schuldig Gewordenen. Gut möglich, daß jener Lehrer ihn mit den gleichen, demütigenden Phrasen erniedrigt hat, wie der erfundene Musterschüler, dem er sie in den Mund legt.

Die Freude an Schmetterlingen, die in Hesses letzten

Gaienhofener Jahren mit dem Heranwachsen seiner Söhne wiederaufgelebt und u. a. von Wilhelm Schussen (vgl. *Hermann Hesse in Augenzeugenberichten*, Frankfurt am Main 1991, S. 498 ff.) überliefert ist, war auch einer der Beweggründe, der ihm die bald darauf unternommene Reise nach Ceylon und Indonesien so verlockkend machte. Es ging ihm dabei wie dem Protagonisten seiner Erzählung »Robert Aghion«. Dieser läßt sich vor allem deshalb als Missionar nach Indien entsenden, weil er sich in den Tropen auch Beute für seine naturkundlichen Liebhabereien, insbesondere exotische Falter verspricht.

Die Geschichte vom Irrweg des »sich zu Mitarbeit an einer neuen Kultur und Ethik verpflichtet fühlenden« Kunsthistorikers Dr. Berthold Reinhardt, der in den Bann eines Naturapostels gerät und darüber zum »Weltverbesserer« wird, knüpft an Hesses Monte Verità-Erlebnis an, dessen autobiographische Einzelheiten er bereits 1907 in seinen »Notizen eines Naturmenschen« (SW 11, S. 314 ff.) und in der Satire »Doktor Knölges Ende« (Bd. 4) dargestellt hatte. Doch zu Recht hat er nicht diese beiden Schilderungen in den Themenband *Umwege* und seine späteren Erzählsammlungen aufgenommen, sondern den »Weltverbesserer«, weil diese mit authentischem Kolorit aus der Münchener Bohème gefärbte Fabel ihren Helden nach einem dornenreichen Abweg ernüchtert und geläutert wieder zu seinem Ausgangspunkt zurückführt.

»Robert Aghion« zählt wie die thematisch verwandte, zwei Jahre zuvor entstandene Geschichte »Der Weltverbesserer« zu Hesses wichtigen fiktionalen Arbeiten. Sie ist das erste bedeutende Ergebnis seiner dreimonatigen Asienreise, und eine Auseinandersetzung mit der Familientradition seiner in Indien missionierenden Vorfahren und Eltern. Der ursprüngliche und wohl aus Rücksicht auf seinen damals noch lebenden Vater gestrichene Titel lautete »Der Missionar«. Gleich zu Beginn der Erzählung wird in einem kurzen historischen Abriß der Werdegang der »Evangelischen Heidenmission« skizziert, die von England aus mit der Verbreitung des christlichen Evangeliums wiedergutzumachen versuchte, was im Laufe der Kolonialisierung mit Schießpulver und Branntwein akquiriert und angerichtet worden war.

Wie Hesses Großvater Dr. Hermann Gundert, der 1836 von England aus im Auftrag des Londoner Kaufmanns A. N. Groves zunächst als Hauslehrer nach Madras, dann als Missionsprediger an die indische Westküste gesandt wurde, bricht der junge Vikar Robert Aghion (gleichfalls finanziert von einem Londoner Geschäftsmann, dessen Vermögen aus den indischen Kolonien stammt) als Missionar nach Bombay auf. Dort eingetroffen, macht er (wie Hesse in Ceylon und Indonesien) ernüchternde Erfahrungen mit dem üppigen Lebensstil und den selbstherrlichen Allüren der europäischen Kolonialherren und ihrem kaltschnäuzigen Umgang mit der dortigen Bevölkerung, die als stumme Diener und devote Arbeitskräfte wie eine Art Nutzvieh behandelt wurde. Deshalb bedient sich Robert Aghion im Gegensatz zu seinen weißen Landsleuten nicht eines Dolmetschers, um seinen Auftrag erfüllen zu können, sondern unterzieht sich der Mühe, die Landessprache zu lernen. Denn »er fühlte kein Recht, sich zum Lehrer dieser Leute aufzuwerfen und sie zu wichtigen Änderungen in ihrem Leben aufzufordern, ehe er dieses Leben genau kannte und fähig war, mit den Hindus einigermaßen auf gleichem Fuße zu leben und zu reden.« Dabei muß er bald schon erkennen, daß die stolzen Brahmanen keineswegs jenes ignorante Naturvolk waren, »das darauf wartet, sich von den Europäern über die göttliche Ordnung belehren zu lassen«. Gleich Hesse erlebt Robert Aghion den dortigen Alltag so stark von Religion und frommer Symbolik durchdrungen wie nirgendwo in Europa und findet dabei eine Toleranz gegen Andersgläubige, die ihn beschämt. Wohin er blickte, war Religion. »In London konnte man am höchsten christlichen Feiertag nicht soviel Frömmigkeit wahrnehmen wie hier an jedem Werktag.« Und je besser er die Sprache beherrscht, desto mehr scheint es ihm »eine Frechheit und Überhebung, als Abgesandter eines fernen Volkes diesen Menschen ihren Gott und ihren Glauben zu nehmen«.

Ein Traum von großer Bildkraft, in welchem sich mono- und polytheistische Symbole durchdringen, beendet den Konflikt Robert Aghions. Er sieht sich darin auf den Stufen eines Missionskirchleins gegenüber einem turmhohen Hindutempel den Einheimischen predigen. Doch als er beginnt, die skurrilen, mit Rüsseln, mehreren Köpfen und Armen ausgestatteten Hindugottheiten gegen seinen eigenen Gott auszuspielen, nimmt auch der Christengott deren Gestalt an, und es beginnt eine wechselseitige Wallfahrt der indischen Götter zur christlichen Kirche und Gottvaters zum Hindutempel, wobei »Gong und Orgel geschwisterlich ineinander tönten und stille dunkle Inder auf nüchternen anglikanischen Altären Lotosblumen opferten«. Angesichts der heiteren Weitherzigkeit und gelassenen Selbstverständlichkeit, mit der sein biblischer Traumgott diese Zeremonie begeht, verliert Aghion vollends die Überzeugung vom Sinn seiner Mission und bittet die Londoner Kirchenbehörde um Entlassung aus ihrem Dienst, um fortan sein Glück lieber in einem weltlichen Beruf zu suchen.

Wie zu erwarten, war das Echo auf diese Erzählung, mit der Hesses 1913 erschienenes Reisebuch *Aus Indien* abschloß, vor allem in Kirchenkreisen gespalten. »Diese phantasievolle Geschichte«, schrieb Missionsdirektor Albrecht Oepke in seiner Publikation »Moderne Indienfahrer und die Weltreligionen« (Leipzig, 1921) »ist eine durchsichtige, für die Mission wenig schmeichelhafte Allegorie. In Wahrheit ist Robert Aghion kein anderer als

Hermann Hesse ... Es ist schmerzlich zu sagen. Er ist der Sohn des bekannten Missionsschriftstellers Johannes Hesse und mütterlicherseits ein Enkel des berühmten missionarischen Sprachforschers Dr. Gundert ... Ob dem Dichter seine gott- und heilandlose Mystik, ... die vor der Praxis des Durchschnittseuropäers in den Tropen so hilflos die Segel streicht, wirklich in seinem persönlichen Leben ein starker Halt geworden ist?«

Der österreichische Schriftsteller Leo Greiner andererseits schrieb am 1.6.1912 im »Berliner Börsen-Courier«: »Wie der christliche Ideologe ... jenes fremde Leben um seiner inneren Wahrheit willen achten lernt, das ist fein, klar und mit so blitzender Raffung des Stoffes geschrieben, daß der geistige Umfang der Novelle, die in schärfster Verkürzung zwei gewaltige Kulturen konfrontiert, ihren äußeren um vieles übertrifft.«

Das nächste erzählerische Ergebnis von Hesses Reise nach Fernost, die tragikomische Reiseerinnerung »Die Braut«, mutet dagegen fast feuilletonistisch an. Er selbst hat diese in ihrer Thematik und Erzählweise an Thomas Mann erinnernde Geschichte in keines seiner Bücher aufgenommen. Die lethargische Kolossaldame aus Padua, deren Schicksal darin beschrieben wird, hatte Hesse im Verlauf seiner Schiffsreise von Genua nach Colombo kennengelernt und ihre Vorgeschichte erst im nachhinein erfahren. Sie handelt von der Unbeständigkeit äußerer Reize und dem, was Verliebten unter Umständen zustoßen kann, wenn sie zu sehr auf deren Dauerhaftigkeit bauen, wie dem fassungslosen Teepflanzer aus Ceylon, der nach dreijähriger Trennung seine einst so reizvolle Verlobte auf eine Weise verändert findet, daß er sie nicht wiedererkennt.

Die im Jahr darauf entstandene Kurzgeschichte »Der Waldmensch« wäre ohne Hesses Expedition in den äquatorialen Urwald (Vgl. SW11, seine Berichte und Tagebuchaufzeichnungen *Aus Indien*) gewiß weniger an-

schaulich ausgefallen. Sie handelt vom Eingeborenen-
Jüngling Kubu, dessen Stamm sich aus Angst vor der
vermeintlich tödlichen Kraft der Sonne nicht aus den
Mangrovenwäldern heraustraut. Er ahnt, daß das Tabu,
im Licht zu leben, mit der Erblindung des Stammeshäupt-
lings zu tun hat. Um sein Volk ans Licht zu führen, muß
Kubu den despotischen Häuptling töten. Er ist ein Pro-
totyp des mutigen Einzelgängers, der in einer Art Not-
wehr dazu getrieben wird, mit sinnlosen Überlieferungen
zu brechen und damit unwillkürlich auch Impulse zu setzen, welche die Evolution und zivilisatorische Entwicklung einen Schritt vorwärtsbringen. Das Milieu, in dem
diese Geschichte spielt, hat Hesse zwanzig Jahre später in
der Erzählung vom »Regenmacher« und seinem Sohn
Turu wiederaufgegriffen (vgl. SW 5, *Das Glasperlenspiel*,
S. 409 ff.).

Vier Monate nach seiner Rückkehr aus Indonesien
wurde Hesse zu einem »Autorenabend« eingeladen. Unmittelbar danach schrieb er in einem Brief an Liddy Gre-
gori: »Meine [Asien-] Reise verlief vollends gut, nur der
Dichterabend in Saarbrücken verunglückte vollständig.«
Und am 2.6.1912: »Der Tag bei Ihnen ist mir in schönster
Erinnerung, in besserer als Saarbrücken, wo ich vorlesen
mußte und wo man, ich weiß nicht warum, in mir einen
komischen Rezitator erwartet hatte!« Was ihn bei dieser
kuriosen Begebenheit so heilsam über die wirklichen Bedürfnisse des Publikums belehren sollte, ging auf die Vor-
ankündigung seines Auftritts in der Lokalpresse zurück,
die Hesse vermutlich nie zu Gesicht bekam, sonst hätte
ihn wohl kaum überrascht, was ihn hier erwarten sollte.
Gleichzeitig mit einer Ankündigung »Wollen Sie lachen?
Dann gehen Sie in die Tonhalle und hören sich die hu-
moristische Künstler-Kapelle Fritz Grothe an« wurde
dort auf einen im selben Gebäude stattfindenden Hermann Hesse-Abend hingewiesen, was dann zu jener folgenreichen Verwechslung geführt haben mag, wie sie die

Erzählung schildert. »Es ist alles wörtlich wahr«, erinnert sich Hesse noch 1957 in einem Brief an seinen Göppinger Schulkameraden Karl Dettinger, »Philisterhaus mit goldenem Stuhl und Papagei, Vorlesung im halbleeren Sälchen überm Riesensaal mit Bierkonzert.« Im Gegensatz zu seiner Schilderung des Autorenabends ist im Pressebericht der »Saarbrücker Zeitung« vom 25.4.1912 kaum etwas über die Komik dieser Veranstaltung zu erfahren. Die Besprechung schließt mit der Feststellung: »Die verhältnismäßig recht kleine Gemeinde der Erschienenen hatte die notwendige Sammlung und Andacht mitgebracht und konnte dem Dichter zum Schluß für eine schöne Stunde mit herzlichem Beifall danken.« (Vgl. die Dokumentation von Ralph Schock, *Hermann Hesse – Autorenabend in Saarbrücken. Verlauf und Folgen der Lesung am 22.4.1912.* Gollenstein Verlag, Blieskastel 2000.)

An eine viel länger zurückliegende Begebenheit erinnert die 1913 entstandene Novelle »Der Zyklon«. Das darin geschilderte Erlebnis aus der Zeit von Hesses Calwer Schlosserlehre läßt sich bereits in einem Jugendbrief nachweisen, den er am 1.7.1895 an den Maulbronner Schulfreund Theo Rümelin gerichtet hat. »Und dann hab ich heute ein Wetter erlebt wie selten«, notiert er darin am Vorabend seines 18. Geburtstags. »Es war großartig, ein einziger Windstoß, ein kurzer Hagel, alles zusammen kaum drei Minuten dauernd. Da flogen Scherben überall, zerstörte Läden, Dächer, Ziegel, Fenster etc. In einer einzigen Minute wurden massenhaft starke Bäume entwurzelt oder abgebrochen, ganze Felder und Gärten total vernichtet. In unserem Haus allein, wo es noch gnädig ging, sind über dreißig Scheiben zertrümmert, das Dach stellenweise zerstört etc. Ich maß Hagelkörner von 39 und 40 mm Durchmesser ... Hier auf dem Brühl sah ich mehrere starke Bäume total umgerissen.«

Ungleich suggestiver als im Brief wird in der Erzählung

dieses Naturphänomen geschildert, wie es sich vorbereitet mit drückender Schwüle, dem plötzlichen Tiefflug der Vögel, dem merkwürdigen Verhalten der Flußfische, den Ausdünstungen des Abwasserkanals, bis zur eruptiven Entladung des Wirbelsturmes, die einhergeht mit einem ebenso abrupten Liebeserlebnis. Den entfesselten Naturgewalten entspricht eine Entladung von Sinnlichkeit, die einer Ernüchterung weicht, sobald der Ausnahmezustand vorbei ist. Obwohl die Novelle in Hesses Heimatstadt spielt, wird dieser Ort zum erstenmal nicht mehr »Gerbersau« genannt. Hier wie in den künftigen Calwer Geschichten (»Kinderseele« und »Unterbrochene Schulstunde«) beschränkt sich die Fiktionalisierung auf eine Verfremdung der Personennamen, wie Siegfried Greiner am Beispiel der hoffnungslos liebenden Berta Vögtlin aus der Baumwollspinnerei nachgewiesen hat, die in Wirklichkeit die Tochter eines Zimmermanns war, Maria Voegele hieß und im April 1891 mit Hesse konfirmiert wurde.

Ein Beispiel für Hesses literarisches Einfühlungsvermögen ist die mit großer Sach-, Orts- und Menschenkenntnis geschriebene Erzählung »Im Presselschen Gartenhaus«. Sie versetzt den Leser zurück in das Tübingen des Jahres 1823, wo im evangelischen Stift die damals 21jährigen Dichter Eduard Mörike und Wilhelm Waiblinger auf den Theologenberuf vorbereitet werden sollten. Waiblinger, der soeben einen Briefroman über sein Idol Friedrich Hölderlin (*Phaeton*, Stuttgart 1823) veröffentlicht hatte, kümmerte sich mit rührender Anhänglichkeit um den gleichfalls in Tübingen, doch seit zwei Jahrzehnten in geistiger Umnachtung lebenden Dichter. An einem prächtigen Sommertag beschließen die beiden Studenten, den kranken Hölderlin zu besuchen und mit ihm einen Ausflug auf den Österberg zu unternehmen. Dort hat Waiblinger, um dann und wann der strengen Disziplin des Stifts zu entkommen, in den Sommermonaten das von Weinreben umgebene Gartenhäuschen des

Oberhelfers Pressel gemietet. Die Erzählung schildert nicht viel mehr als diesen Ausflug der drei Dichter. Doch die mit wahlverwandtem Gespür für ihre ganz verschiedenen Naturelle wiedergegebenen Beobachtungen und Gespräche bedürfen keiner weiteren Handlung. Drei Welten und Schicksale stoßen aufeinander: das des exzentrisch-genialen Waiblinger, der ungestüm, leicht reizbar und mit dem Herz auf der Zunge, schon bald aus dem Stift entlassen, in Italien ein frühes Ende finden sollte; das des schüchtern-schwermütigen Mörike, »ein Frühvollendeter, der zu spät gestorben ist«, doch auf ganz andere Weise als Hölderlin, dem es bestimmt war, sich vor den Zumutungen des Lebens, sobald sie unerträglich wurden, mit einer Isolierschicht von Wahnsinn schützen zu können. Es ist die Zeit der Restauration. Der Wiener Kongreß hatte versucht, die Folgen der Französischen Revolution und Napoleons hegemoniale Französisierung Europas rückgängig zu machen. Aber die letzten dreißig Jahre waren damit noch lange nicht ausgelöscht. So begrüßt der ehemalige Republikaner Hölderlin in seiner Umnachtung jeden, der sich ihm nähert, in zeremonieller Unterwürfigkeit, wie einen Vertreter des Hochadels, mit Wendungen, die von französischen Ergebenheitsfloskeln durchsetzt sind. Nur einmal erwacht er aus seiner freundlichen Apathie, als Waiblinger kritisch den Namen Goethes ins Gespräch wirft, der für Hölderlin mit einer Verletzung verbunden ist, die so stark gewesen sein muß, daß sie selbst noch die Schutzhülle seiner Betäubung durchdringt. Auch andere Details dieser Schilderung, wie Waiblingers griechischer Schriftzug an der Wand des Gartenhäuschens »Ein und All« oder die Szene mit der Tabakspfeife, korrespondieren mit seinen Tagebuchnotizen vom 9.6. 1823. Weniger authentisch, doch kongenial erfunden, ist das skurile Rollenspiel, mit welchem Mörike Waiblinger von seinen schlimmen Zukunftsahnungen abzulenken versucht. Er versetzt sich dabei in die Phantasiefigur seines Barbiers Wispel, der Waiblinger nahelegt, dem Gesuch eines Direktors Vogeldunst Folge zu leisten und als Ersatzmann für den verstorbenen Friedrich Schiller einzuspringen. Denn sein Auftraggeber, der kuriose englische Lord Fox, suche für seine Sammlung extravaganter Zeitgenossen, mit denen er sich umgebe, noch einen lebenden deutschen Dichter zu einem Honorar von 2000 Talern jährlich.

Mit seinem Vorläufer Mörike, der sich berufen fühlt, »ein verklärender Spiegel für die Schönheit der Welt zu sein«, kann Hesse sich wohl am meisten identifizieren, doch ist ihm auch Waiblingers aufbrausender Freiheitsdrang nicht fremd. Bis dieser erneut bei Hesse zum Ausbruch kommen konnte, bedurfte es der Bedrängnis durch die Zeitgeschichte.

Kurz vor Beginn des Ersten Weltkriegs hatte Hesse im Berner Haus seines 1912 verstorbenen Malerfreundes Albert Welti einen neuen Roman begonnen, der wie eines der Bilder Weltis den Titel »Das Haus der Träume« erhalten sollte. Das Manuskript ist Fragment geblieben. Im Geleitwort für die Einzelausgabe, die 1936 in 150 numerierten Exemplaren bei den Oltener Bücherfreunden erschien, erinnert sich Autor: »Die 1914 begonnene und unvollendet gebliebene Dichtung ›Das Haus der Träume‹ folgt in der Reihe meiner Werke auf die *Roßhalde*. Unterbrochen und schließlich unmöglich gemacht wurde die Arbeit an dieser Dichtung durch den Krieg, der im Sommer 1914 ausbrach, und der ja größere und unersetzlichere Dinge in Menge zerschlagen hat.

Der alte Neander, die Hauptgestalt der unvollendet gebliebenen Dichtung, sollte die Verleiblichung eines idealen Menschentypus sein: des Weisen nämlich, der im Alter, am Ende eines tätigen und bedeutenden Lebens nach asiatischem Vorbild den Weg nach Innen geht und einen reifen kontemplativen Lebensabend durchschreitet. Ich war damals im Wissen um die menschlichen Möglichkeiten gerade soweit, um diesen Weg nach Innen nicht mehr als Müdigkeit und Resignation, sondern als sublime Aktivität zu empfinden. Ich war vorher manche Jahre lang mit indischen Studien beschäftigt gewesen und hatte erst vor kurzem den anderen Pol des asiatischen Geistes, den chinesischen, zu entdecken begonnen, anhand der ersten Ausgaben chinesischer Klassiker in der Verdeutschung Richard Wilhelms, welche in jenen Jahren zu erscheinen begannen.«

Es sei ihm damals wichtig gewesen, schrieb Hesse in einem Brief vom April 1958 an Hermann Herrigel, »die Gestalt eines altgewordenen Menschen zu zeichnen, der das Seine in der Welt getan und erlebt, sich auf vielen Gebieten differenziert hat und jetzt im Lebensabend langsam und ohne Krampf das Differenzierte sich wieder vereinfachen und auflösen läßt. Wichtig war mir ferner: für dies Bild eine Sprache zu modulieren, die ihm adäquat wäre«. Die darin angesponnene Handlung sei ihm »damals vermutlich wichtiger gewesen als heut, aber die Hauptsache war sie auch damals nicht.«

Sie erzählt von einem Rentner , der sich nach einem arbeitsreichen Leben ganz seiner Liebhaberei, dem Gartenbau, widmet und im Umgang mit den Pflanzen immer bedürfnisloser und gelassener wird. Wie der alte Goethe oder der chinesische Weise Lao Tse erkennt er dabei die Grenzen der Willensfreiheit und daß sich nichts erzwingen läßt gegen die Gesetze der Natur. Dies zu erfahren steht seinem Sohn Albert, einem zum Dogmatismus neigenden Gymnasiallehrer, noch bevor. Nach der Schilderung der unterschiedlichen Charaktere Neanders, seiner Frau, der beiden Söhne und der Schwiegertochter Betty, bricht das Erzählfragment an jener Stelle ab, wo das Schicksal des problematischen Sohnes Albert dargestellt werden sollte. »Als mich der Krieg und die durch ihn erschütterte Welt um Jahre später wieder losließ und mir die Konzentration zu neuer Arbeit erlaubte«, schließt

Hesse sein Geleitwort von 1936, »war ich längst nicht mehr der, der 1914 die Geschichte von Neander begonnen hat.« Die drei vollendeten Kapitel des Fragmentes geben ein anschauliches Bild vom damaligen Wohnsitz der Hesse-Familie vor dem Ersten Weltkrieg, dem nach Süden ausgerichteten alten Berner Landhaus und Garten, mit Blick auf den Grenzwall der Alpen, der dem Dichter schon damals zum Sinnbild eines »Zwiespaltes und Hemmnisses« wurde, für den »sehnsüchtigen Kampf zwischen Norden und Süden«. Denn jenseits des Gebirges »wußte er die schönen Paradiese liegen, dort floß das Leben reich und gut in der Unschuld angeborenen Reichtums; und das Schöne wuchs dort mit der kindlichen Natürlichkeit anmutiger Blumen empor, das der Norden nur aus Qualen der Sehnsucht und Abgründen grübelnden Trotzes gebar. Aber die nordische Schönheit klang inniger und erschütternder.«

Der Verlauf des Ersten Weltkriegs und die Angriffe als »vaterlandsloser Gesell«, die Hesse für seine publizistischen Appelle zur Völkerverständigung hinnehmen mußte, hatten ihn 1917 dazu bewogen, seine zeitkritischen Arbeiten fortan pseudonym zu veröffentlichen. Das geschah weniger, um weiteren Attacken entgehen zu können, sondern weil er befürchten mußte, aus Deutschland keine Gelder mehr für seine 1915 begonnene Fürsorgetätigkeit zugunsten der Kriegsgefangenen zu bekommen. Auch fühlte er sich nach einer Psychoanalyse, die ihm 1916/1917 eine schwere Krise überwinden half, so stark gewandelt, daß es ihm selbstverständlich erschien, dieser neuen Identität mit einem neuen Namen zu entsprechen. Doch sein Plan, nach dem *Demian* auch künftige Werke unter dem Verfassernamen Emil Sinclair zu veröffentlichen, zerschlug sich, nachdem es Otto Flake gelang, im Mai 1920 das Pseudonym aufzudecken (Vgl. *Materialien zu Hermann Hesse »Demian«*, Frankfurt am Main 1993, S.164 ff.). Hesses erste pseudonym veröffentlichte Erzählung war die im September 1917 entstandene Farce »Wenn der Krieg noch zwei Jahre dauert«. In dieser abschreckenden Vision hat sich »der Vater aller Dinge« so sehr verselbständigt, daß der Staat und seine Kriegsbürokratie keine Zivilisten mehr, sondern nur noch Soldaten und Beamte duldet. Unter solchen Umständen vergeht Emil Sinclair jede Lust, weiterzuleben. Aber um sterben zu können, bedarf es einer »Sterbekarte«, welche die Behörden nur gegen Vorlage eines »Existenzbewilligungsscheins« auszustellen befugt sind. Um diesen zu erlangen, muß der Antragsteller von Dienststelle zu Dienststelle antichambrieren, so daß es Sinclair schließlich vorzieht, sich wie sein Autor (im »Kurzgefaßten Lebenslauf«, SW 11) mit der weißen Magie der Phantasie ins Kosmische zurückzuziehen. In Hesses Gedicht »Auf einem Polizeibüro« (SW 10, *Die Gedichte*) hat dieser Alptraum auch lyrischen Ausdruck gefunden.

Noch kafkaesker ist die ein Jahr darauf entstandene Fortsetzungsgeschichte »Wenn der Krieg noch fünf Jahre dauert«. Sie schildert in Form eines Kommuniqués der Sächsischen Staatsregierung den unerhörten Fall eines Privatmannes, der bei der Altersmusterung als unbrauchbar befunden wurde und es versäumt hat, anläßlich der mittlerweile verordneten Abschaffungsmaßnahmen »der nicht zivildienstfähigen Bevölkerung«, die zu diesem Zweck eingerichtete »kreisamtliche Chloroformstelle« in Anspruch zu nehmen. Nur weil sich eine Universität für dieses letzte Exemplar der Spezies »Vorkriegsmensch« interessiert, wird er zu wissenschaftlichen Zwecken am Leben erhalten. Satirisch, doch mit ahnungsvollem Grauen findet man hier an die Wand gemalt, was im nächsten Weltkrieg unter der bürokratischen Parole vom »Umgang mit lebensunwürdigem Leben« auf kaum vorstellbare Weise realisiert und perfektioniert werden sollte.

Zu den Ergebnissen der Psychoanalyse gehörten für

Hesse außer der neuen Identität als Emil Sinclair auch die Versuche, seine Träume bildnerisch auszudrücken. Darüber entdeckte er sein Talent, zu malen. In der kleinen Geschichte »Der Maler« zeigen sich die Selbstzweifel, die ihm dabei anfangs zu schaffen machten. Schließlich überwindet auch sein Protagonist diese Skrupel. Denn die Fragen nach dem Sinn seines Tuns sind wie verflogen, als es ihm glückt, vor der Natur einzufangen und auszudrükken, was dort mit ihm selbst harmoniert und seinem Bedürfnis, »Schwingungen zu fühlen zwischen sich und allen Dingen der Welt«. Nun beginnt sich auch die Öffentlichkeit für den Maler zu interessieren. Weil er wenig Lust hat, seine Arbeiten zu zeigen, stellen Freunde seine Bilder aus, und durch die Presse erfährt er, was für sonderbare Bedeutungen ihnen zugeschrieben werden. Das macht ihn vollends unabhängig vom Urteil seiner Zeitgenossen, die ihn für verrückt erklären, seine Bilder aber auf eine Weise rühmen, die nichts mit ihm zu tun hat.

Die im selben Jahr 1918 entstandene Kurzgeschichte »Der Mann mit den vielen Büchern« zeigt einen Menschen, der sich mit seiner Lektüre, insbesondere von Werken der klassischen Antike, vor dem »blutigen Chaos« seiner Zeit abzuschotten versucht. Das hält ihn davon ab, »sich seines Verstandes ohne Leitung eines anderen zu bedienen« (Kant). Ein Zufall führt ihn zu Shakespeare, Hamsun und schließlich zu den Werken Dostojewskis. Dabei wird ihm plötzlich bewußt, daß er über einer idealen Scheinwelt sich selbst und die Wirklichkeit verpaßt hat. Er stürzt sich ins Leben und hofft, gemeinsam mit einem Mädchen das Versäumte nachholen zu können. In Hesses ein Jahr nach der Niederschrift dieser Kurzgeschichte entstandenen Essays über Dostojewskis Romane *Der Idiot* und *Die Brüder Karamasow*, die 1920 unter dem Titel *Blick ins Chaos* erschienen, wird die Sehnsucht, einen vitaleren Realitätsbezug zu finden, erneut und auf überzeugendere Weise thematisiert.

In der letzten der in Bern entstandenen Erzählungen, »Kinderseele«, schildert der Dichter ein Erlebnis aus seinem zwölften Lebensjahr. Daß sich der Ich-Erzähler darin als elfjährig bezeichnet, mag daran liegen, daß zum Zeitpunkt der Niederschrift die Tagebuchnotizen seiner Mutter, die uns heute eine präzisere Altersangabe ermöglichen, noch bei Hesses Schwester Adele lagen. Er schrieb diese Erzählung zwei Jahre nach dem Tod seines Vaters und der u.a. durch diesen Anlaß ausgelösten Depression, die eine Psychoanalyse unumgänglich machte. Er versucht darin einen Konflikt zu bewältigen, dessen Darstellung er 1916 in seinem bewegenden Nachruf »Zum Gedächtnis des Vaters« (vgl. SW 12, *Gedenkblätter*) begreiflicherweise ausgespart hatte. Denn es handelt sich um eine frühe Kraftprobe mit dem Vater, die auch für ihn selbst kein Ruhmesblatt war. Wie in der Kurzgeschichte »Das Nachtpfauenauge« geht es um einen Diebstahl, der hier aber nicht mehr in einer Rahmengeschichte verfremdet, sondern voll eingestanden und mit einer Psychologie von »äußerster Subtilität« (Alexander Mitscherlich) motiviert wird. Die Erzählung spielt in den ersten Novembertagen des Jahres 1889 in Hesses Elternhaus in der Calwer Bischofstraße und erinnert in vielem (u.a. mit Figuren wie dem Schulkameraden Oskar Weber) an das Klima des 1917 entstandenen Romans *Demian*. Im Konflikt zwischen Ehrfurcht und Auflehnung gegen einen Vater, der »nie im Unrecht war« und dessen provozierend musterhafte Lebensführung das Unregelmäßige geradezu herausfordert, verwickelt sich der Sohn wie unter hypnotischem Zwang in eine Tat, »die er gar nicht wollte«. Interessant dabei ist, daß er – als die erwartete Strafe zu lange ausbleibt – eine Prügelei mit Oskar Weber provoziert, um sich durch Selbstbestrafung von seinem Gewissensdruck zu befreien. Die Blessuren, die er dabei davonträgt, betrachtet er als Sühne. Als dann der Diebstahl doch noch entdeckt wird, erweist sich dieser Ausweg als

Sackgasse. Weniger daß er dem Vater eine Handvoll Feigen entwendet hat, wird ihm zum Problem, als daß er die Tat nun abstreitet und sich damit in eine Lage manövriert, deren Aussichtslosigkeit ihm von Anfang an bewußt war. Der Vater durchschaut ihn sofort, kommt ihm jedoch nicht helfend entgegen, sondern zwingt ihn, sich zu demütigen. Auch nachdem die Bestrafung vorbei und alles scheinbar wieder in Ordnung ist, bleibt die Wunde über dreißig Jahre lang offen, bis Hesse das Trauma darzustellen vermochte. Selten sind die dämonischen Antriebe eines hellwachen Gewissens, das als Unrecht Erkannte dennoch zu tun, so gründlich durchleuchtet worden wie in diesem »Drama des begabten Kindes« (Alice Miller), eine Fallstudie, die auch wegen ihres Nutzwertes für Pädagogen mittlerweile zu Hesses bekanntesten Erzählungen gehört. Am 7.2.1920 schrieb er dazu in einem Brief an seine Schwester Adele: »Ich bin in der Dichtung den Weg der ›Kinderseele‹, das heißt den Weg einer möglichst graden Psychologie und Wahrheitsliebe weitergegangen und damit zu Resultaten gekommen, welche die Leser meiner früheren Bücher zumeist abschrecken werden. Aber das ist einerlei.«

Volker Michels

Quellennachweis

Pater Matthias: Geschrieben 1910. Manuskript im Privatbesitz. Erstdruck in »März«, München, vom November-Dezember 1911. Erstmals in Buchform in H. Hesse, »Umwege«, Berlin 1912.

Ein Wandertag vor hundert Jahren. Eine Idylle: Geschrieben im Januar 1910. Manuskript in Privatbesitz. Typoskript im Deutschen Literaturarchiv, Marbach. Erstdruck in »März«, München, vom August 1910. Bibliophile Einzelausgabe mit einer Illustration von Hans Bohn als Weihnachtsgabe der Mitglieder des Corps Rhenania, Freiburg im Breisgau 1919, in 475 Exemplaren. Erstmals in Buchform in H. Hesse, »Fabulierbuch«, Berlin 1935.

Der Weltverbesserer: Geschrieben 1910. Erstdruck in »März«, München, vom April-Mai 1911. Erstmals in Buchform in H. Hesse, »Umwege«, Berlin 1912.

Seenacht: Geschrieben 1911. Typoskript im Deutschen Literaturarchiv, Marbach am Neckar. Erstdruck in »Simplicissimus«, München, vom 9.10.1911. Erstmals in Buchform in H. Hesse, »Gesammelte Erzählungen«, Bd. 3 (»Der Europäer«), Frankfurt am Main 1977.

Das Nachtpfauenauge: Erstdruck in »Jugend«, München, vom 6.6.1911. Unter verschiedenen Titeln wie »Der Schmetterling«, »Der Nachtfalter«, »Der kleine Nachtfalter«, »Geschichte vom kleinen Nachtfalter« in Zeitungen und Zeitschriften mehrfach gedruckt. Erstmals in Buchform in H. Hesse, »Kleiner Garten«, E. P. Tal Verlag, Wien und Leipzig 1919.

Der schöne Traum: Erstdruck in »Licht und Schatten«, München, vom September 1912. Erstmals in Buchform in H. Hesse, »Kleiner Garten«, a.a.O. 1919.

Robert Aghion: Geschrieben 1912. Manuskript im Deutschen Literaturarchiv, Marbach. Erstdruck in »Die Schweiz«, Zürich, vom Januar 1913. Erstmals in Buchform in H. Hesse, »Aus Indien«, Berlin 1913.

Die Braut: Erstdruck in »Neues Wiener Tagblatt« vom 21.9. 1913. Erstmals in Buchform in H. Hesse, »Die Erzählungen«, Frankfurt am Main 1973.

Der Zyklon: Geschrieben 1913. Typoskript im Deutschen Literaturarchiv, Marbach. Erstdruck in »Die Neue Rundschau«, Berlin, vom Juli 1913. Erstmals in Buchform in H. Hesse, »Schön ist die Jugend«, Berlin 1916.

Im Presselschen Gartenhaus: Entstanden 1913. Erstdruck in »Westermanns Monatshefte«, Braunschweig, vom Juli 1914. Erstmals in Buchform als Faksimile nach der Handschrift in der Lehmannschen Verlagsbuchhandlung, Dresden 1920. Aufgenommen in H. Hesse, »Fabulierbuch«, Berlin 1935.

Autorenabend: Entstanden 1913. Manuskript im Deutschen Literaturarchiv, Marbach. Erstdruck in »Simplicissimus«, München, vom 13.7.1914. Erstmals in Buchform in H. Hesse, »Bilderbuch«, Berlin 1926.

Der Waldmensch: Geschrieben 1914. Erstdruck u.d.T. »Kubu« in »Simplicissimus«, München, vom 24.4.1917. Erstmals in Buchform in H. Hesse, »Fabulierbuch«, Berlin 1935.

Das Haus der Träume. Eine unvollendete Dichtung: Geschrieben Anfang 1914. Manuskript im Deutschen Literaturarchiv, Marbach. Erstdruck in »Der Schwäbische Bund«, Stuttgart, vom November 1920. Erstmals in Buchform 1936 als Einzelausgabe in 150 numerierten Exemplaren der Vereinigung Oltener Bücherfreunde.

Wenn der Krieg noch zwei Jahre dauert: Geschrieben im November 1917. Erstdruck u.d.T. »Im Jahre 1920« unter dem

Pseudonym Emil Sinclair in »Neue Zürcher Zeitung« vom 15./16.11.1917. Erstmals in Buchform in H. Hesse, »Sinclairs Notizbuch«, Zürich 1923.

Der Maler: Geschrieben 1918. Typoskript im Deutschen Literaturarchiv, Marbach. Erstdruck in »Vossische Zeitung«, Berlin, vom 23.6.1918. Erstmals in H. Hesse, »Kleiner Garten«, a.a.O. 1919.

Wenn der Krieg noch fünf Jahre dauert: Geschrieben im Juni 1918. Erstdruck unter dem Pseudonym Emil Sinclair u.d.T. »Aus dem Jahre 1925« in »Neue Zürcher Zeitung« vom 20.5. 1919. Erstmals in Buchform in H. Hesse, »Sinclairs Notizbuch«, Zürich 1923.

Der Mann mit den vielen Büchern: Geschrieben im Juli 1918. Erstdruck u.d.T. »Der Leser« in »Vossische Zeitung«, Berlin, vom 3.8.1918. Erstmals in Buchform in H. Hesse, »Kleiner Garten«, a.a.O. 1919.

Kinderseele: Geschrieben von Dezember 1918 bis Februar 1919. Typoskript in der Hesse-Sammlung von Alice und Fritz Leuthold der Eidgenössischen Technischen Hochschule, Zürich. Erstdruck in »Deutsche Rundschau«, Berlin, vom November 1919. Erstmals in Buchform in »Alemannenbuch«, herausgegeben von H. Hesse, Bern 1919.

Inhalt

Hermann Hesse
im Suhrkamp und im Insel Verlag
Eine Auswahl

NF 212 / 1 / 4.19

Hermann Hesse Lesebücher
Zusammengestellt von Volker Michels

China. Weisheit des Ostens. st 4106. 204 Seiten

Eigensinn macht Spaß. Individuation und Anpassung. 208 Seiten. Gebunden. it 2856. 189 Seiten

Die Einheit hinter den Gegensätzen. Religionen und Mythen. Gebunden. 208 Seiten

Ermutigungen. Gedanken aus seinen Werken und Briefen. Zusammengestellt von Volker Michels. it 4576. 113 Seiten

Jahre am Bodensee – Erinnerungen, Betrachtungen, Briefe und Gedichte. Mit Bildern von Siegfried Lauterwasser. Gebunden. 238 Seiten

Jedem Anfang wohnt ein Zauber inne. Lebensstufen. 207 Seiten. Gebunden. it 2854. 191 Seiten

Jugendland. Erzählungen. Ausgewählt und mit einem Nachwort von Herbert Schnierle-Lutz. it 4137. 230 Seiten

Das Leben bestehen. Krisis und Wandlung. 208 Seiten. Gebunden. it 2858. 196 Seiten

Lieben, das ist Glück. Gedanken aus seinen Werken und Briefen. Zusammengestellt von Volker Michels. it 4577. 88 Seiten

Das Lied des Lebens. Die schönsten Gedichte. 240 Seiten. Gebunden. it 2859. 243 Seiten

Mit dem Erstaunen fängt es an. Herkunft und Heimat.
Natur und Kunst. 208 Seiten. Gebunden. it 2899.
195 Seiten

Unerschrocken denken. Gedanken aus seinen Werken
und Briefen. Politik. Ratio. Wissen und Bewußtsein.
st 3974. 113 Seiten

Wer lieben kann, ist glücklich. Über die Liebe.
224 Seiten. Gebunden. it 2855. 211 Seiten

Biographien

Hugo Ball. Hermann Hesse. Sein Leben und sein Werk.
st 385. 188 Seiten

Gunnar Decker. Hermann Hesse. Der Wanderer und
sein Schatten. st 4458. 703 Seiten

Hermann Hesse. Schauplätze seines Lebens. Mit
zahlreichen Fotografien. Herausgegeben von Herbert
Schnierle-Lutz. it 1964. 345 Seiten

Michael Limberg. Hermann Hesse. Leben – Werk –
Wirkung. sb 1. 159 Seiten

Alois Prinz. »Und jedem Anfang wohnt ein Zauber
inne«. Die Lebensgeschichte des Hermann Hesse.
st 3742. 403 Seiten

Briefausgaben

Hermann Hesse. Ausgewählte Briefe. Erweiterte Ausgabe. Zusammengestellt von Hermann Hesse und Ninon Hesse. st 211. 567 Seiten

Hermann Hesse. Briefe an Freunde. Rundbriefe 1946–1962 und späte Tagebücher. Herausgegeben von Volker Michels. it 2642. 297 Seiten

Hermann Hesse. Die Antwort bist du selbst. Briefe an junge Menschen. Herausgegeben von Volker Michels. it 2583. 420 Seiten

Hermann Hesse. »Ich gehorche nicht und werde nicht gehorchen!«. Briefe 1881–1904. Herausgegeben von Volker Michels. Gebunden. 661 Seiten

»Aus dem Traurigen etwas Schönes machen« – Briefe. 1905–1915. Herausgegeben von Volker Michels. Leinen. 636 Seiten

»Eine Bresche ins Dunkel der Zeit!« Briefe 1916–1923. Herausgegeben von Volker Michels. Leinen. 669 Seiten

»Ich bin ein Mensch des Werdens und der Wandlungen« Briefe 1924–1932. Herausgegeben von Volker Michels. Leinen. 752 Seiten

»In den Niederungen des Aktuellen« Briefe 1933–1939. Herausgegeben von Volker Michels. Leinen. 750 Seiten

Hermann Hesse. »Liebes Herz!« Briefwechsel mit seiner zweiten Frau Ruth. Herausgegeben von Ursula und Volker Michels. Mit Abbildungen. Gebunden. 644 Seiten

Hermann Hesse. Stufen des Lebens. Briefe. Mit einem Nachwort von Siegfried Unseld. IB 1231. Gebunden. 120 Seiten

Ninon Hesse. »Lieber, lieber Vogel«. Briefe an Hermann Hesse. Herausgegeben von Gisela Kleine. Mit Abbildungen. 619 Seiten. Gebunden. st 3373. 620 Seiten

Hermann Hesse / Hugo Ball und Emmy Ball-Hennings. Briefwechsel 1921–1927. Herausgegeben von Bärbel Reetz. Gebunden. 612 Seiten

Hermann Hesse / Conrad Haußmann. Von Poesie und Politik. Briefwechsel 1907–1922. Herausgegeben von Helga Abret. Gebunden. 407 Seiten

Hermann Hesse / Peter Weiss. »Verehrter großer Zauberer«. Briefwechsel 1937–1962. Gebunden. 249 Seiten

Hermann Hesse / Stefan Zweig. Briefwechsel. BS 1407. 206 Seiten

Gedichte

Bäume. Herausgegeben von Volker Michels. Mit farbigen Fotografien von Dagmar Morath und Zeichnungen von Hermann Hesse. IB 1393. 131 Seiten

Bäume. Betrachtungen und Gedichte. Mit Fotografien. Ausgewählt von Volker Michels. it 455. 144 Seiten

Die Gedichte. Herausgegeben und mit einem Nachwort von Volker Michels. 700 Seiten. Gebunden. it 2762. 847 Seiten

Stufen. Ausgewählte Gedichte. BS 342. 256 Seiten

Hermann Hesse als Maler

Farbe ist Leben. Eine Auswahl seiner schönsten Aquarelle. Vorgestellt von Volker Michels. it 1810. 176 Seiten

Magie der Farben. Aquarelle aus dem Tessin. Mit Betrachtungen und Gedichten. Auswahl und Nachwort von Volker Michels. it 482. 116 Seiten

Spiel mit Farben. Der Dichter als Maler. Mit etwa 300 Aquarellen von Hermann Hesse. Herausgegeben von Volker Michels. Gebunden. 276 Seiten

Tessin. Betrachtungen, Gedichte und Aquarelle des Autors. Herausgegeben und mit einem Nachwort von Volker Michels. it 1494. 307 Seiten

Mit Hermann Hesse auf Reisen

Engadiner Erlebnisse. Erinnerungen, Gedichte, Briefe und Aquarelle. Herausgegeben von Volker Michels. Mit farbigen Aquarellen des Dichters, Fotos und Zeichnungen. Gebunden. 147 Seiten

Mit Hermann Hesse durch Italien. Ein Reisebegleiter durch Oberitalien. Herausgegeben von Volker Michels. it 1120. 214 Seiten